grafit

Chemnitzer Str. 31, D-44139 Dortmund
Internet: http://www.grafit.de
E-Mail: info@grafit.de

Umschlagillustration: Peter Bucker
Druck und Bindearbeiten: Fuldaer Verlagsagentur, Fulda
ISBN 3-89425-269-3
1. 2. 3. 4. 5. / 2004 2003 2002

Horst Bieber

Das graue Loch

Kriminalroman

grafit

Der Autor

Horst Bieber, Dr. phil., geboren 1942 in Essen, Studium der Geschichte, Philosophie und Germanistik. Anschließend Volontariat und erster Redakteursjob. 1970 nach Hamburg zur ZEIT gewechselt (Ressort Politik). Bis 19[illegible]7 Chef vom Dienst ebendort. Sachbücher und Kriminales: dreizehn Krimis, acht Krimihörspiele, ein ›Tatort‹ und weitere Fernsehspiele. Im Grafit Verlag sind von ihm *Der Kaiserhof* (1996), *Eckhoffs Fall* (1999) und *Der Abstauber* (2001) erschienen.

Personen

Arkenthin, Gerd	ein Freund von Wolfgang Tepper
Brockes, Benno	oder der ›starke Mann‹ von Stockau
Ellwein, Dieter	Vertreter des BND
Gönter, Arno	Vertreter des Zollkriminalamtes
Grembowski, Ulf	genannt Grem, Kriminalhauptkommissar und Leiter des Dezernats Verschwundene und vermisste Personen
Haindl, Kilian	genannt Kili, Hauptmeister im 1. K.
Hommel, Eckehard	Leitender Oberstaatsanwalt
Leiwen, Gertrud	Bedienung im Stockauer Bären
Lohse, Anton	genannt Olli, Wirt des Stockauer Bären
Pertz, Roland (Jockel)	Abteilungsleiter im BND
Reincke, Peter (Fuchs)	Abteilungsleiter im Landeskriminalamt
Rogge, Jens	Kriminalhauptkommissar in der Mordkommission
Sandau, Dörte von	Staatsanwältin
Simon, Karl	Kriminalrat und Rogges Vorgesetzter
Tepper, Karin	seine Ehefrau
Tepper, Wolfgang	Betrügerischer Geschäftsmann
Thelen, Johann	Elektriker auf einem Ökohof
Weinert, Ralf	Vertreter des Verfassungsschutzes
Wirksen, Andrea	Verkäuferin, mit Benno Brockes befreundet
Ziegler, Monika	Arzthelferin

Alle Personen und Namen, Daten, Orte und Taten sind frei erfunden. Nur die teils legalen, meist illegalen Aktivitäten der Dienste sollen an die Bundesrepublik Deutschland und die Bereitschaft der Politiker erinnern, im Kampf gegen den Terrorismus das Grundgesetz zunehmend als störend zu empfinden.

I.

Schloss Rilsbruch war zu einem richtigen Schmuckstück renoviert worden. Die Mauerflächen erstrahlten in einem samtenen Ocker, sämtliche Fenster waren erneuert worden. Wie beim Bau Mitte des 18. Jahrhunderts hatte man das Dach wieder mit Schiefer gedeckt. Auf den Wegen lag neuer, noch fast weißer Kies und der frisch angesäte Rasen schimmerte hellgrün.

Harald Lanckenbroick schnaufte beeindruckt. »Du meine Güte, wie viele Millionen hast du denn da reingesteckt?«

Klaus Ochtenhoff winkte lässig ab. »Nicht so viel, Harald. Gar nicht so viel. Das Land hat mir kräftig unter die Arme gegriffen. Denkmalschutz hat seine schlechten, aber auch seine guten Seiten.«

»Idioten«, brummte Lanckenbroick.

»Aber nützliche Idioten.«

»Was machen die anderen?«

»Die warten schon auf uns.«

Fünf Männer saßen um den ovalen Tisch in der Bibliothek und pochten zur Begrüßung mit den Fingerknöcheln auf das kirschrote Holz.

»Bitte um Entschuldigung«, sagte Lanckenbroick statt einer Begrüßung. »Aber meine Maschine hatte fast eine Stunde Verspätung.«

»Macht gar nichts«, erwiderte Bernhard Litten gemütlich. »So haben wir wenigstens in Ruhe einen Schluck trinken können.«

»Gut, dann wollen wir mal.« Ochtenhoff fungierte wegen seiner Rolle als Gastgeber auch als eine Art Versammlungspräsident.

»Um wie viel hat uns unser neuer Freund – wenn man ihn überhaupt so nennen soll – denn betrogen?«

Helmut Vossler, der Kassenverwalter, zog ein mehrfach zusammengefaltetes Blatt Papier aus der Innentasche seiner Jacke und faltete es fast zeremoniell auf. Aus Vorsicht verzichteten die Mitglieder der Runde darauf, wichtige Dinge schriftlich festzuhalten, und wenn es sich nicht vermeiden ließ, etwas aufzuschreiben, wurde das Papier so rasch wie möglich verbrannt. Von ihren Sitzungen fertigten sie weder Protokolle an noch ließen sie ein Tonband mitlaufen. Bloß keine Spuren hinterlassen war das Motto ihrer Treffen. Deswegen ließ sich auch niemand bis zum Parkeingang von Schloss Rilsbruch fahren, sondern stieg vorher aus, schickte den Chauffeur weg und lief ein großes Stück zu Fuß. Sie hatten Angst vor Verrat, Spitzeln und dummen Zufällen und mussten sich jetzt doch mit einem Fall von Verrat und Untreue in ihren Reihen beschäftigen.

»Sieben Millionen«, sagte Vossler endlich knapp und begann, das Blatt in kleine Fetzen zu zerreißen.

»Mehr nicht?«, schnarrte Thomas Schallbeck.

»Das Geld können wir verschmerzen. Aber vergiss nicht, der Kerl weiß jetzt zu viel.«

»Was soll er schon wissen?«, widersprach Schallbeck.

»Er kennt unsere Namen und Absichten und er weiß, dass wir uns aus bestimmten Gründen treffen und – kooperieren.«

Bei dem letzten Wort lachten alle leise. ›Kooperieren‹ war hübsch und verniedlichte ihre Ziele und Absichten.

»Womit sich die Frage erhebt, was wir mit dem Kerl anstellen.«

»Eine Bemerkung noch, bevor wir abstimmen.« Ochtenhoff war ernst geworden. »So wie ich ihn einschätze, hat er irgendwo einen ausführlichen Bericht über uns deponiert. Den Mann zu beseitigen nutzt uns nicht viel. Wir brauchen den Bericht.«

Lanckenbroick stimmte rasch zu. »Erst diesen Bericht, dann alle weiteren – Maßnahmen.«

»Okay, in dieser Reihenfolge«, pflichtete Ochtenhoff bei. »Dann stimmen wir ab. Wer ist für eine notfalls drastische, aber auf jeden Fall finale Lösung?«

Nach kurzer Bedenkzeit hoben alle sieben Männer eine Hand.

»Alles klar«, sagte Ochtenhoff. »Der Rest ist eine Aufgabe für unsern Freund Litten.«

»Ohne finanzielle Limits?«, erkundigte sich Litten.

»Ohne«, sagte Ochtenoff rasch.

Alle zuckten zusammen, als Vossler sein Feuerzeug klicken ließ und die Fetzen, die er in einen großen Glasaschenbecher gelegt hatte, sorgfältig anzündete.

Ochtenhoff schaute Lanckenbroick an. »Also, wie war's, Harald?«

»Gemischt. Die Anlage funktioniert, aber die Ausbeute ist kleiner, als wir zugesagt hatten, nur zweihundertfünfzig Liter täglich statt vierhundert. Was da technisch nicht funktioniert, kann ich nicht beurteilen.« Lanckenbroick hatte den großen Vorteil, dass er fließend Arabisch las, sprach und schrieb, aber von Technik und Chemie verstand er nichts; er war Kaufmann und auf diesem Gebiet im Nahen und Mittleren Osten unentbehrlich, da er alle Eigentümlichkeiten und Tricks dieses Marktes kannte. »Ich denke, darum muss sich Freund Peter kümmern.«

Peter Hülsken verzog das Gesicht. Er verreiste nicht gerne, vor allem besaß er eine tiefe Abneigung gegen Dolmetscher, die bei komplizierten technischen Problemen zu schnell abschalteten.

Lanckenbroick zwinkerte ihm zu. »Keine Sorge, Peter, der Obermotz dort ist Chemieingenieur und hat in den Vereinigten Staaten studiert. Ihr könnt direkt miteinander verhandeln.«

»Wenigstens etwas«, brummte Hülsken. »Das Alkoholverbot besteht immer noch?«

»Immer noch. Sogar Rotwein ist verboten.«

»Das war ein guter Übergang. Wie viele Flaschen muss ich noch aus dem Keller holen?«, fragte Ochtenhoff in die Runde. Wenn sie tagten, hatte das gesamte Personal Ausgang. Die sieben Männer einigten sich auf vier weitere Flaschen.

Von den sieben Männern konnte sich nur Siegfried Drostenmayer nicht der bald heiter werdenden Stimmung anschließen. Er wusste, dass sie auf eine finale Lösung nicht verzichten durften, aber sie gefiel ihm trotzdem nicht. Obwohl er zugeben musste, dass sie selten so dreist übers Ohr gehauen worden waren. Der Einzige, der seine Skrupel teilte, war Hülsken, sie blinzelten sich gelegentlich zu, sagten aber nichts.

Solche Krisen gab es immer wieder einmal, die mussten für die große, gemeinsame Sache ausgestanden und bereinigt werden. Cannes war kein gutes Pflaster für sie, erst Höhner, dann dieser Tepper.

Nach zwei Stunden beendeten sie ihre Sitzung. Ochtenhoff brachte die leeren Flaschen in einen Glascontainer an der Straße, nachdem er seine Gäste verabschiedet hatte.

Hülsken und Drostenmayer gingen ein längeres Stück zusammen, sie mussten sich erst vor Kelsterbrück trennen.

»Was geschieht jetzt mit seiner Frau?« fragte Hülsken beiläufig, aber Drostenmayer ließ sich nicht täuschen. »Du hast dich in sie verguckt.«

»Nein, nicht verguckt, aber sie hat mir gut gefallen, das stimmt, viel besser als er.«

»Hoffentlich hat er ihr nichts erzählt, sonst ist sie auch dran. Du kennst die Spielregeln – aussteigen gibt es nicht.«

»Was passiert jetzt eigentlich?«

»Litten hat mehrere skrupellose Trupps für schmutzige Arbeiten an der Hand. Die wird er wohl losschicken.«

»Ich halte der Frau die Daumen.«

Vor ihnen tauchten die ersten Häuser von Kelsterbrück auf. Hülsken bog ab. Er würde eine andere Autobuslinie benutzen als Drostenmayer. So wenig wie möglich zusammen gesehen zu werden zählte zu den einfacheren Vorsichtsmaßnahmen.

II.

Karin Tepper stieg als Letzte aus der S-Bahn und wartete, bis der Zug abgefahren war und die anderen Fahrgäste den Bahnsteig verlassen hatten. In den vergangenen Jahren hatte sich einiges verändert, neue Bänke, andere Kübel mit Blumen, ein Wartehäuschen aus Glas anstelle des hässlichen Betonkastens. Doch der Lautsprecher schepperte und klirrte noch wie früher und die Pflastersteine bildeten Buckel und Senken. Neugierig schaute sie sich um. Heimweh hatte sie nie verspürt, aber jetzt freute es sie doch, dass sie alles sofort wieder erkannte. Im Zug hatten einige Fahrgäste sie neugierig wie eine alte Bekannte angeschaut, doch niemand hatte gegrüßt oder sie angesprochen. Vor dem Ausgang wandte sie sich nach rechts, lief ein Stück am Bahndamm entlang und bog in die Unterführung ein. Hier war es angenehm kühl. Draußen brannte die Sonne aus einem dunkelblauen Himmel, für Anfang September war es zu warm. Ihre Schritte hallten laut wider. Jetzt waren die Taunus-Höhen schon deutlich zu sehen, unwillkürlich ging sie langsamer. Früher hatte sie die Stille des Ortes oft bedrückt, manchmal gereizt, weil sie meinte, in der Einsamkeit zu viel von ihrem Leben zu verlieren.

Keine Sentimentalität!, ermahnte sie sich spöttisch.

An die meisten Häuser erinnerte sie sich, als sei sie erst gestern fortgegangen, und an der Einmündung des Melissenwegs schluckte sie, schwankte einen Moment, ob sie umkehren sollte, und gab sich einen Ruck. Kneifen war nicht länger erlaubt. Vor dem Haus Nummer 14 holte sie tief Luft und stieß das Gartentörchen auf.

Eine junge Frau in Jeans und dünnem Hemdchen öffnete. Links klammerte sich ein strohblonder Junge an ihr Bein, rechts ein Mädchen. Die Ähnlichkeit der Gesichter war so verblüffend, dass Karin leise lachte, es mussten Zwillinge sein, auch wenn das Mädchen jetzt schüchtern den Kopf verbarg, während der Junge sie trotzig musterte.

»Guten Morgen, Frau Alberts, mein Name ist Tepper, Karin Tepper.«

»Guten Morgen«, erwiderte die junge Frau zurückhaltend.

»Hätten Sie vielleicht fünf Minuten Zeit für mich?«

»Um was geht es denn?« Jetzt war ihr Ton so abweisend, dass Karin Tepper begriff: »Keine Sorge, ich will Ihnen nichts verkaufen, keine Versicherung andrehen und Sie auch nicht überreden, einer Sekte beizutreten.«

»Ja?«

»Frau Alberts, vor sieben Jahren habe ich in diesem Haus gewohnt, zusammen mit meinem Mann. Ich bin damals weggelaufen, mit einem Freund nach Amerika gezogen und jetzt suche ich meinen Ehemann.«

Damit hatte sie die junge Mutter verwirrt, sie zwinkerte ungläubig, runzelte die Stirn und kicherte plötzlich: »Das ist ja – Bitte, kommen Sie doch herein.«

Das Mädchen schielte neugierig auf die Besucherin, der Junge blies die Backen auf, als wolle er etwas Unfreundliches loswerden, aber die Mutter wusste mit ihnen umzugehen: »Los, ihr Racker, eine Viertelstunde lasst ihr mich in Frieden, sonst gibt's heute Mittag keinen Nachtisch, verstanden?«

Vor dieser Drohung kapitulierten sie, in höchster Eile wuselten sie nach hinten ins Haus, eine Tür knallte wie ein Kanonenschuss und die Mutter seufzte: »Ein Kind war geplant, zwei sind's geworden und Arbeit machen sie für drei.«

»Meine Mutter pflegte immer zu behaupten, lieber einmal Zwillinge als zweimal den ganzen Ärger.«

»Das sage ich vielleicht auch einmal, wenn ich's hinter mir habe.«

Das Haus hatte sich zu Karin Teppers Erleichterung sehr verändert, nicht der Schnitt der Zimmer, aber die Einrichtung. Wolfgang hatte viel Wert auf Stilmöbel gelegt, auf echte Teppiche und die passende Dekoration, ihr war es manchmal wie ein halbes Museum vorgekommen, in dem man sich nur vorsichtig bewegen durfte, doch in diesem Punkt hatte er überhaupt nicht mit sich reden lassen. Jetzt war der große Wohnraum praktisch eingerichtet und überall verriet Kinderspielzeug, wer hier lebte und zurzeit den Ton angab.

»Gehen wir auf die Veranda? Ich kann Ihnen einen Eistee anbieten.«

»Das wäre wundervoll.«

Auch der Garten hatte viel von seiner früheren, steifen Eleganz eingebüßt. Eine große Sandkiste, ein Schaukelgestell, ein aufblasbares Planschbecken, seltsam, jetzt wirkte er einladender, obwohl der Rasen schwer gelitten hatte.

»Wir haben das Haus erst vor vier Jahren gekauft«, sagte die junge Mutter entschuldigend. »Über einen Notar, den Namen und die Anschrift kann ich Ihnen heraussuchen.«

»Vielen Dank.«

»Den Namen Tepper habe ich nie vorher gehört.«

»Ich weiß nicht, was Wolfgang – mein Mann – nach meinem Weggang gemacht hat.« Während der Bahnfahrt hatte sie eingesehen, dass sie ihre Geschichte oft erzählen musste, und auch mit jenen Einzelheiten, die sie lieber verschwiegen hätte. Die junge Frau sah sie erwartungsvoll an. Sie hatte ein offenes Gesicht und verheimlichte nicht, dass sie auf Karins Geständnis gespannt war.

»Wir hatten damals Krach, großen Krach. Eine Ehekrise, ich dachte an Scheidung und Wolfgang interessierte sich nur für sein Geschäft. Bis mir ein Mann über den Weg lief, ein Schwede, der in Frankfurt arbeitete. Frisch geschieden und auf dem Sprung, für seine Firma in die Vereinigten Staaten zu ziehen.« Gedankenverloren trank Karin einen Schluck, der Tee war angenehm kalt und säuerlich. »Er hat mich überredet und ich hab mich überreden lassen.«

Die junge Frau gluckste mitfühlend.

»Eines Morgens hab ich einen Koffer gepackt und in der Küche einen Brief zurückgelassen. ›Ich gehe weg.‹«

»Ohne Nachsendeadresse?«

»Ohne alles. Am Nachmittag saßen wir in einem Flugzeug nach Stockholm und von dort sind wir drei Wochen später nach Los Angeles geflogen.«

»Haben Sie Ihrem Mann nie geschrieben? Oder ihn mal angerufen?« Eine Spur von Missbilligung schwang in ihrer Stimme mit und Karin schüttelte energisch den Kopf: »Nie. Es sollte ein Schnitt werden und es wurde ein Schnitt.« Alles wollte sie nicht beichten, bestimmt nicht einer Fremden, und außerdem wusste sie selbst ja noch nicht, was aus Wolfgangs Schwierigkeiten geworden war, ob er sie gemeistert hatte.

»Und Ihr – Freund? Der Schwede?«

»Oh, Martin – er hieß Martin Carlsson – wusste, dass ich verheiratet war. Er hat mir mehr als einmal die Heirat angeboten, aber ich wollte nicht. Keine Scheidung, keine neue Ehe, so ganz hat's ihm nicht gefallen, aber er hat sich damit abgefunden.«

»Und was macht er jetzt?«

»Er ist tot. Vor vier Monaten mit seinem Sportflugzeug abgestürzt.«

»Das tut mir Leid«, stotterte die junge Frau bestürzt und Karin glaubte ihr das Mitgefühl.

»Jetzt will ich also reinen Tisch machen. Aber dazu muss ich erst einmal meinen Ehemann finden.«

»Ja, das verstehe ich – aber viel helfen kann ich Ihnen nicht. Vielleicht kennt der Notar seine Anschrift.«

»Ja, das ist gut möglich«, stimmte Karin zu und stand auf. »Grüßen Sie Ihre beiden Kinder von mir und richten Sie ihnen doch aus, sie hätten sich den Nachtisch redlich verdient.«

»Das warten wir erst mal ab«, erwiderte die Mutter düster. »In dem Alter ist so viel Ruhe eher verdächtig. Aber ich weiß mittlerweile, wo die Haupthähne für die Wasserleitungen sind.«

Es war ihr leichter gefallen, als sie es sich noch in der S-Bahn ausgemalt hatte. Und ein Notar konnte sehr gut eine Anschrift haben, Karin Tepper atmete tief durch und beschloss, an ihrem Plan festzuhalten.

Das Haus Oleanderweg 9 hatte sie immer bewundert, oft auch mit Neid betrachtet, weil es groß und doch gemütlich war. Oder nicht groß, sondern großzügig, innen wie außen. Gut, Richard verdiente sich dumm und dämlich, trotzdem bedeutete Geld ihm nicht viel, was Wolfgang immer bissig kommentiert hatte: »Der hat auch gut reden.«

Zu der Zeit hatte sie es schon vermieden, ihm zu widersprechen, ein Wort genügte bereits, einen fürchterlichen Zank auszulösen, aber sie hatte oft gedacht, das Geld komme zu Richard, weil er ihm nicht hinterherlief, während Wolfgang sich für jede Mark zu zerreißen schien. Seine unverhüllte Geldgier hatte sie oft geängstigt, fast noch mehr als seine Wut, wenn eines seiner Geschäfte geplatzt war oder ein anderer mehr herausgeholt hatte als er. Darunter hatte auch ihre Freundschaft mit Richard und Vera gelitten, Wolfgang fühlte sich immer als der Unterlegene. Zum Schluss lehnte er jede Begegnung mit dem befreundeten Paar ab und Karin war allein hingegangen, entspannte sich und vergaß gleichwohl nicht einen Moment, dass ihr Mann ihr Vorwürfe machen würde, weil sie Richard und Vera nicht aufgeben wollte.

Nach dem zweiten Klingeln wurde geöffnet, die große, schlanke Frau mit den langen dunkelgrauen Haaren musterte sie aufmerksam.

»Guten Tag«, sagte Karin leise.

»Guten ... nein, das ist ... Karin!«

Ihre Stimme zitterte: »Ja, ich bin's, Vera.«

»Karin Tepper. Ein Wunder ist geschehen. Du hast dich sehr verändert, aber nein, ich habe dich sofort wieder erkannt.« Vera trat einen Schritt vor und umarmte sie, beide hatten Mühe, die Tränen zurückzuhalten.

»Kind, Karin, dass ich dich noch einmal wieder sehe!«

»Das Kind ist schon einundvierzig Jahre alt.«

»Und ich bin fünfundsechzig und könnte immer noch deine Mutter sein. Herein mit dir! Mein Gott, so eine Überraschung. Wenn ich das Richard erzähle ...«

Die Tränen flossen schließlich doch, als in der Diele ein alter Boxer mit eisengrauem Maul schwerfällig aufstand und auf sie zuwankte.

»Emmo!«, stammelte Karin und der Hund legte den Kopf schief, als müsse er dem Tonfall nachlauschen, bevor er ihre Hand beschnupperte und wie ein Blasebalg schnaufte. Dann jaulte er auf und leckte ihre Hand.

»Er ist blind geworden«, erklärte Vera. »Aber er hat dich wieder erkannt.«

Karin kniete nieder, um den alten Kämpen zu umarmen, der sich an sie presste und nicht verstand, warum die Freundin weinte. Was hatten sie früher miteinander gerauft oder um Stöcke gekämpft, lieber ließ der Hund sich in die Höhe heben und herumschwenken als den Biss zu lockern. Nachdem sie ihn in den Swimmingpool geworfen hatte, sann der Boxer auf Rache; mehr als einmal hatte sie nicht an ihn gedacht und vor dem Pool gestanden, den Rücken der Veranda zugekehrt, bis ein lebendiges Geschoss gegen ihre Schulterblätter prallte und sie ins Wasser schleuderte. Danach verzog er sich blitzschnell, mit seinem Schwanzstummel wedelnd und über das ganze Gesicht lachend. Selbst Richard schaffte es nicht mehr, ihm diese Attacken abzugewöhnen, aber Emmo war ein kluger Hund und achtete darauf, dass auch Wasser im Becken war, wenn er zum großen Sprung ansetzte.

»Emmo! Wenn du wüsstest, wie sehr ich dich vermisst habe!«

»Er dich auch. Komm, so viel Überraschung ist einen Sherry wert.«

»Ist Richard da?«

»Nein, er treibt sich auf dem Golfplatz herum, und weil er ein altmodischer Mensch ist, weigert er sich, ein Handy mitzunehmen. Immer noch Sherry muy seco?«

»Immer noch, Vera.«

Der alten Freundin musste Karin ihre Geschichte ausführlich erzählen und Vera nickte zustimmend. Von Wolfgang Tepper hatte sie nie viel gehalten, das aber erst ausgesprochen, als die Ehe bereits in die Brüche gegangen war. Ob sie Karins Entscheidung, Hals über Kopf mit einem anderen Mann auszureißen, wirklich billigte, ließ sie sich nicht anmerken, sie war eine so kluge wie taktvolle Frau, die weder predigte noch tadelte, erst recht nicht vorschnell verurteilte.

»Nein, wo Wolfgang heute steckt, wissen wir auch nicht«, bedauerte sie. »Es gab noch einen unschönen Auftritt, drei oder vier Tage, nachdem er deinen Brief gefunden hatte. Da erschien er hier, ziemlich betrunken, und warf uns vor, wir hätten dich aufgehetzt, wir seien schuld an dem Bruch, wir hätten jede Versöhnung hintertrieben, nun ja, du kennst ihn ja. Seine Fähigkeit, anderen die Verantwortung für sein Scheitern zuzuschieben, hatte unter seinem Alkoholpegel nicht gelitten.«

»Und danach?«

»Von ihm direkt haben wir nichts mehr gehört. Aber Richard traf dann zwei oder drei Monate später einen Nachbarn und der erzählte ihm, dass Wolfgang das Haus verkauft habe und weggezogen sei. Ohne sich von seinen Nachbarn zu verabschieden.«

»Das sieht ihm ähnlich.«

»Ja, es hat uns nicht – verwundert.« Vera konnte unnachahmlich sticheln und Karin lachte leise. Emmo lag zu ihren Füßen und knurrte milde, wenn sie mit dem Streicheln aufhörte.

»Du weißt, dass Wolfgang damals in geschäftlichen Schwierigkeiten steckte?«

»Das ist die Untertreibung des Tages, liebe Karin.«

Es hätte sie nicht überraschen dürfen, Vera erfuhr immer alles, was sich in der Nachbarschaft und in ihrem Bekanntenkreis abspielte. Das Angenehme – oder auch Irreführende – war, dass sie nicht immer zu erkennen gab, was sie wusste.

»Ja, entschuldige. Wolfgang war pleite, nachdem er sich verspekuliert hatte, und der Staatsanwalt interessierte sich für ihn.«

»Das war schon damals kein Geheimnis.«

»Von seinen Geschäften habe ich nie etwas verstanden. Oder begriffen.«

»Das glaube ich dir sofort. Bei seiner Art von Geschäften empfahl es sich, die Zahl der Mitwisser klein zu halten.« Das kam sehr trocken heraus und Karin musterte ihre alte Freundin unschlüssig. Bei aller Freundlichkeit verfocht Vera sehr feste Grundsätze von Anstand und Moral, und wer die verletzte, verspielte ihre Freundschaft. Wie Wolfgang, den sogar der Staatsanwalt verdächtigt hatte, einen gigantischen Betrug inszeniert zu haben.

»Warst du schon auf dem Einwohnermeldeamt?« Vera wollte das Thema wechseln und Karin ging erleichtert darauf ein.

»Nein, ich bin erst gestern gelandet und heute gleich zu unserem alten Haus gelaufen.«

»Die Nachbarn haben also auch keine Ahnung, wo Wolfgang abgeblieben ist«, sagte Vera lebhaft. »So, und nun will ich mehr über Martin Carlsson hören.«

Zwei Stunden später brach Karin auf, Emmo fiepte jämmerlich. Richard war noch nicht zurückgekommen, deshalb musste sie ihre Hoteladresse hinterlassen und zahlreiche Eide schwören, dass sie nicht wieder spurlos untertauchen würde.

In der S-Bahn starrte sie aus dem Fenster, ohne etwas zu sehen. Vera und Richard hatten ihr damals angeboten, zu ihnen zu ziehen, bis die Scheidung ausgesprochen war. Das Angebot hatte Karin geholfen, sich zu entschließen, weil sie sich darauf verlassen durfte, im schlimmsten Fall ein Dach über dem Kopf zu haben und nicht allein zu bleiben. Doch Martin hatte nicht viele Worte aufwenden müssen, um sie zur Flucht zu überreden. Ein Schnitt sollte es werden und dazu gehörte ein anderer Platz als dieser saubere, ruhige Taunus-Ort, in dem sie alles an Wolfgang und ihre eigenen Fehler erinnerte.

Abends rief Richard im Hotel an: »Wie Vera schon sagte, ein Wunder, und zwar eines der netteren Art. Du hockst doch nicht etwa den ganzen Abend auf deinem Zimmer?«

»Nein, du Unverbesserlicher«, log sie. »Noch zwei Minuten, um das Gesicht anzustreichen, dann wartet eine alte Freundin zum Essen auf mich.«

»Wehe, du kommst nicht bald noch mal vorbei. Der arme Emmo schnüffelt im ganzen Haus nach dir.«

»Bald, Richard, ich hab's Vera doch versprochen.« Das Wochenende brauchte sie noch für sich, doch das wollte sie den alten Freunden nicht erklären.

Eine Stunde musste sie warten, bis das schüchterne Mädchen hereinkam: »Frau Tepper? Herr Dr. Schütz lässt bitten.«

Alle Notare, mit denen sie bis jetzt zu tun gehabt hatte, waren würdevolle ältere Herren gewesen, um deren ergraute Häupter die Aura des Gesetzes glänzte. Schütz war entweder viel zu jung für ein Notariat oder hatte sich unverschämt gut gehalten, tief gebräunt, mit rabenschwarzen Haaren und dunklen, lebhaften Augen. Er erhob sich nicht, sondern schnellte hoch, als hasste er seinen würdevollen Ledersessel, auf dem er nicht herumzappeln durfte.

»Schütz. Guten Tag, Frau Tepper, was kann ich für Sie tun?«

»Mir fünf Minuten Zeit geben, um eine verrückte Geschichte anzuhören.«

»Verrückte Geschichten sind gut, davon lebe ich«, erwiderte er fröhlich.

»Ich heiße Karin Tepper und war verheiratet mit einem Wolfgang Tepper, bin es vielleicht noch, ich weiß es nicht.«

»Das ist in der Tat ungewöhnlich«, gab der Notar zu und zwinkerte.

»Ich habe nämlich vor sieben Jahren meinen Mann verlassen, nein, ich bin ausgerissen, um es deutlich zu sagen, und mit einem anderen Mann in die Vereinigten Staaten gezogen. Seit diesem Tag habe ich von meinem gesetzlichen Ehemann nie wieder etwas gehört.«

Schütz rieb sich die Hände, er schien ein seltsam unernster Mensch zu sein.

»Nun will ich ihn finden und bin deshalb zu unserem alten Haus gefahren. In dem er nicht mehr wohnt, das Haus ist verkauft worden, vor vier Jahren an ein Ehepaar Alberts und Sie haben den Verkauf beurkundet oder wie man das nennt.« Sie brach ab, weil Schütz eine unbeschreibliche Grimasse schnitt, bevor er mit beiden Händen in seinen Haaren wühlte, als habe er zu viel davon und wolle ihr eine Strähne schenken. »Ist etwas?«

»Mich laust der Affe!«

In letzter Sekunde schluckte sie den Einwand herunter, das tue er schon selbst. »Das darf doch nicht ...« Er drückte auf eine Taste der Sprechanlage: »Eva? Bitte sofort die Akte Tepper, Wolfgang ... Nein, in der Treuhänderabteilung ... Danke.«

Als er sich Karin wieder zuwandte, sah er eine Spur ernsthafter aus: »Gedulden Sie sich bitte eine Minute? Ich glaube, ich warte bereits seit sieben Jahren auf Sie.«

»Wie meinen Sie das?«, fragte sie verwirrt.

»Gleich, Eva ist sehr – da ist sie ja schon.« Das junge Mädchen lächelte und reichte ihm hastig eine Akte, die er sofort aufschlug, ein kaum hörbares »Danke« murmelnd. Wer für ihn arbeitete, musste sich seinem Tempo anpassen.

»Tatsächlich – Sie heißen Karin Tepper, nicht wahr?«

»Ja, ja.«

»Können Sie sich irgendwie ausweisen – Pass, Personalausweis, Geburts- oder Heiratsurkunde?«

»Ich habe alles dabei«, stotterte Karin betäubt.

»Umso besser. Dann werden Sie diesen Raum sehr viel reicher verlassen, als Sie ihn betreten haben.«

»Ich verstehe nicht ...«

»Entschuldigung, der Reihe nach – und setzen Sie sich besser fest hin!«

Vor sieben Jahren war Wolfgang Tepper hier erschienen, um eine Vermögensfrage mit dem Notar zu bereden. Seine Ehefrau Karin hatte ihn Knall auf Fall verlassen und war seitdem nicht mehr erreichbar. Ihren Entschluss, ihn nie wieder zu sehen, hatte sie in einem handschriftlichen Brief niedergelegt, den er eines Abends in der leeren Küche gefunden hatte. An die leere Kaffeekanne gelehnt, wie sich das so gehörte.

Sie nickte atemlos.

In diesem Schreiben hieß es wörtlich: »Mach mit dem Haus und den Möbeln, was du willst.«

»Das stimmt«, warf sie eilig ein und Schütz lachte: »Kennen Sie diese Handschrift?«

Dabei hielt er ihr die Akte hin und sie schnappte nach Luft: »Das ist doch mein Brief …«

»Genau. Ihr Mann wollte das Haus verkaufen – er brauchte Geld, nicht wahr?«

»Ja, er war mit seiner Firma in Schwierigkeiten geraten …«

»Es bestand der Verdacht eines betrügerischen Konkurses«, berichtigte Schütz, und obwohl er dabei schmunzelte, erreichte die Heiterkeit seine Augen nicht.

Sie seufzte: »Ja. Für einige Zeit hatte der Staatsanwalt sogar mich in Verdacht, da mitgemacht zu haben, aber ich wusste wirklich nichts von den Geschäften meines Mannes.«

»So hat Ihr Mann es auch dargestellt. Jedenfalls eilte es ihm mit dem Verkauf und von mir wollte er wissen, ob diese Passage in dem Brief eine Blanko-Einverständniserklärung sei und wie er es mit Ihrem Anteil halten müsse. Sie waren nämlich im Grundbuch als hälftige Eigentümerin eingetragen.«

»Und?«

»Er hat verkauft und ich habe für Ihren Anteil ein Treuhandkonto eingerichtet.«

»Wie bitte?«

»Für Ihren Anteil, Frau Tepper. Er wollte alles Geld einstreichen, aber da haben ich und das Gericht nicht mitgespielt. So, und wenn Sie mir nun beweisen, dass Sie wirklich Karin Tepper, die Ehefrau des Wolfgang Tepper sind, können Sie bald über eine gute halbe Million Mark verfügen.«

Abends saß sie an der Hotelbar und kniff sich ab und zu in den Arm, um sich zu vergewissern, dass sie nicht träumte. Nicht einmal in ihren größten Fantasien hatte sie sich ausgemalt, sie werde noch Geld für das Haus bekommen, sie hatte es in dem Moment abgeschrieben, vergessen, als sie mit Martin in das Flugzeug gestiegen war. Sie brauchte kein Geld, Martin hatte ihr alles vererbt, was er besaß, und das war nicht wenig. Außerdem hatte die Lebensversicherung nach seinem Absturz gezahlt und sie hatte nicht geahnt, dass die Police auf eine halbe Million Dollar lautete. Dazu jetzt mehr als 500.000 Mark, es war nicht zu glauben. Sie kicherte albern und nippte an ihrem Drink. Unvorstellbar. Ein Märchen. Hinter ihr schmalzte der junge Pianist, sie drehte sich um und warf ihm eine Kusshand zu.

Doch in einem Punkt hatte der Besuch bei diesem Unernsten mit einer Enttäuschung geendet. Schütz hatte keine Ahnung, wo sich Wolfgang zurzeit aufhielt. Während des Verkaufs hatte Wolfgang in Frankfurt gewohnt, in der Odenwaldstraße. Dorthin schickte ihm Schütz auch die Benachrichtigung des Grundbuchamtes, doch dieser Umschlag kam mit dem Vermerk *Adressat unbekannt verzogen* zurück. Zwei Wochen lang hatte Schütz alles versucht, Einwohnermeldeamt, Post, Bank, Vermieter, aber ohne Erfolg; niemand konnte ihm mitteilen, wohin Wolfgang gezogen war. Zum Schluss hatte es den Notar so geärgert, dass er sogar eine Privatdetektei beauftragte, aber auch die konnte den Aufenthaltsort nicht ausfindig machen. Wolfgang Tepper hatte sich in Luft aufgelöst, nachdem die Überweisung des alten Herrn, der das Haus erworben hatte, auf dem Konto eingegangen war und er über seine Hälfte verfügte. Schon dreißig Monate später gab der neue Eigentümer das Haus auf, weil der alte Herr nach einem schweren Sturz ein Pflegefall geworden war. Über Schütz verkaufte er das Haus an das junge Ehepaar Alberts.

Musste sie Wolfgang eigentlich aufstöbern? Gab es nicht auch eine Möglichkeit, sich ohne ihn scheiden zu lassen?

»Ich nehme noch einen«, sagte sie zu dem Barkeeper, der schon eine ganze Weile überlegte, warum eine so attraktive Frau allein in einer wenig belebten Hotelbar saß.

»Gerne.«

Was wollte sie denn von ihrem Mann hören? Dass er ihr verziehen hatte? – Als ob sie darauf überhaupt Wert legte! Wie es ihm ergangen war? Wenn er nun vor der Justiz abgetaucht war, die sich damals so intensiv für seine Geschäfte interessiert hatte? War das überhaupt schon verjährt?

»Ihr Drink.«

»Vielen Dank. Fragen Sie doch bitte den Klavierspieler, ob er auch etwas trinken möchte.«

»Selbstverständlich, gnädige Frau.« Sein geschultes Gesicht verriet kein Erstaunen; sie hatte doch nicht etwa Gefallen an diesem Tasten-Schlaffi gefunden?

Gut, also ohne Wolfgang. Und nun? Diese Drinks schmeckten nach Obst, aber enthielten wohl mehr Alkohol, als man ihnen ansah. Was fing sie jetzt mit ihrem Leben an?

»Hei, Karin, tut mir Leid, dass ich mich verspätet habe, aber die City war wieder einmal dicht.«

Gerd hatte sie fast schon vergessen, sie zuckte schuldbewusst zusammen und hielt still, als er sie umarmte und küsste.

»Du bist es tatsächlich. Und schöner denn je!«

»Du siehst auch nicht schlecht aus«, antwortete sie hastig. Daran hätte sie denken sollen, Gerd Arkenthin war schon immer ein berüchtigter Schürzenjäger gewesen und hatte auch vor der Frau seines angeblich besten Freundes Wolfgang nicht Halt gemacht. Ihn abzuweisen hatte sie viel Mühe gekostet, doch jedes Nein schien ihn nur noch mehr anzufeuern.

»Danke für das Kompliment«, erwiderte er eitel und schnipste nach der Bedienung. »Wo hast du dich bloß all die Jahre über versteckt?«

Es half nichts, sie musste ihre Geschichte wiederholen, aber irgendetwas warnte sie, ihre finanziellen Verhältnisse ehrlich zu schildern oder das Geld aus dem Hausverkauf zu erwähnen. Der Pianist wünschte einen Gin Tonic, was Gerd erbost zur Kenntnis nahm, sie genehmigte sich noch einen dieser wundervollen fruchtigen Drinks und hätte fast gelacht, als sie zum ersten Mal seine Hand von ihren Beinen entfernen musste. Sehr gekränkt gehorchte er und sie erkannte in seiner Schmollmiene plötzlich Wolfgang wieder, der es auch nicht vertragen hatte, zurückgewiesen zu werden, und ein Nein nicht hinnehmen konnte. Es ernüchterte sie wie eine kalte Dusche und deshalb rückte sie mit ihrem Hocker ein Stück zur Seite.

»Gerd, ich muss Wolfgang finden«, erklärte sie so ernsthaft, dass selbst er begriff – an ihm hatte sie kein Interesse.

»Da bist du bei mir an der falschen Adresse«, knurrte er.

»Wieso denn das? Ich denke – ich habe immer gedacht, du bist sein bester Freund?«

»Das war ich vielleicht einmal.«

»Was heißt das im Klartext?«

»Wir haben uns – Moment mal – vor sieben Jahren das letzte Mal getroffen. Richtig, du warst schon abgehauen und er hatte sich eine kleine Wohnung in Frankfurt gemietet.«

»In der Odenwaldstraße.«

»Stimmt! Woher weißt du das?«

»Ich sagte doch, ich suche ihn.« Den Teufel würde sie tun, den Notar Dr. Schütz ins Gespräch zu bringen.

»Ah, richtig, ja, so.« Machte der Alkohol hellsichtig oder bildete sie sich nur ein, dass Gerd jetzt scharf überlegte, wie weit sie sich mit Lügen und Erfindungen abspeisen ließ? »Damals stand Wolfgang ziemlich unter Druck, finanziell, meine ich.«

»Ich weiß, ich bin damals auch vom Staatsanwalt vorgeladen worden.«

»Wirklich? – Also, von seinen Geschäften hat er mir nie viel erzählt.« Woher nahm sie nur die Gewissheit, dass dieser Satz schamlos gelogen war? »Wolfgang brauchte Geld, ganz dringend, und hat Gott und die Welt angebettelt. Ich konnte ihm nur eine Kleinigkeit leihen, so flüssig war ich zu der Zeit auch nicht.«

Das warst du nie, berichtigte Karin bei sich. Wieso war ihr früher nie aufgefallen, dass der schöne Gerd Arkenthin nur ein Blender und Schnorrer war? »Na ja, und eines Tages brauchte ich meine Mäuse zurück, ziemlich dringend sogar, aber da war er aus der Wohnung verschwunden. Ohne Nachsendeadresse«, setzte er giftig hinzu und musterte sie von der Seite.

»Wie hoch waren eigentlich seine Schulden?«, nuschelte sie harmlos und drehte sich nach dem Pianisten um, der gerade den

Flügel zuklappte und ihr fröhlich zuwinkte. Was sie genauso freudig zurückgab.

»Was hast du bloß mit dem blöden Kerl?«

»Nichts, er hat nur so schön gespielt. Also: Wie viel?«

»Ich schätze, um die vier Millionen.«

»Donnerwetter!«, sagte sie ehrlich beeindruckt.

»Das waren seine privaten Schulden. Ich möchte nicht wissen, wie viel seine Anlegerkunden verloren haben.«

»Um die zwanzig«, versetzte sie heiter. »Das weiß ich vom Staatsanwalt, der Wolfgang anklagen wollte. Wegen betrügerischen Konkurses, Betrug, Unterschlagung und noch so einer Sache, Verstoß gegen das Kreditgesetz oder so ähnlich.«

»Bist du deswegen abgehauen?«

»Nicht nur, lieber Gerd.« Sein Gesicht hellte sich auf, seine Hand bewegte sich schon wieder und sie drohte ihm mit dem Zeigefinger: »Das Berühren der Figuren mit den Pfoten ist verboten. Nein, nicht nur deswegen. Ich hatte ihn satt, bis oben hin, und dann bin ich einem richtigen Mann begegnet.«

»Diesem Carlsson.«

»Ja, Martin. Du darfst mir glauben, wenn ich eine Anschrift von Wolfgang hätte, würde ich alles schriftlich erledigen.«

Daran hatte Arkenthin zu kauen, geistesabwesend bestellte er noch einen Whisky und spielte mit seinem Feuerzeug, während er sichtlich grübelte. Endlich murmelte er: »Der teure Wolfgang hatte eine Menge Leute angepumpt, bevor er das Weite suchte.«

»Das kann ich mir gut vorstellen.«

»Und einige sind immer noch nicht bereit, ihr Geld abzuschreiben.«

»Auch das verstehe ich.«

»Deswegen glaube ich nicht, dass man ihn so leicht aufstöbern kann.«

»Denkbar«, stimmte sie so aufgekratzt zu, dass er sie misstrauisch von der Seite anschielte. »Aber versuchen möchte ich es, das verstehst du doch?«

»Vielleicht«, brummte er vor sich hin. Ach nein, das lief alles nicht so, wie er sich das vorgestellt hatte, und am meisten amüsierte sie, dass man in seinem Gesicht lesen konnte wie in einem aufgeschlagenen Buch. Der gute Gerd hatte geglaubt, sie entweder ins Bett zerren zu können oder sein Geld zurückzubekommen, und wahrscheinlich hatte er auf beides spekuliert. Diesen Zahn würde sie ihm ziehen, und zwar ohne Betäubung, deshalb rutschte sie von ihrem Hocker: »Es war nett, dich einmal wieder zu sehen, aber jetzt muss ich gehen. Gute Nacht, Gerd, und danke für die Einladung.«

Bevor er protestieren konnte, hatte sie schon den Ausgang erreicht.

III.

Das Zimmer war klein und nüchtern möbliert, ein Schreibtisch, zwei Stühle für Besucher, die Wände mit Aktenschränken zugestellt. Auf dem Fensterbrett kümmerten mehrere Kakteen und ihr schoss der Gedanke durch den Kopf, dass andere Pflanzen wahrscheinlich längst verdurstet wären. Denn der große Mann mit dem schmalen, scharfen Gesicht und der Adlernase sah nicht so aus, als verschwendete er einen Gedanken an so etwas Überflüssiges wie Blumen.

»Sie erinnern sich nicht mehr an mich?«

»Nein. Müsste ich denn, Frau –« er schaute auf ihre Visitenkarte, die er säuberlich genau auf die Mitte der grünen Schreibunterlage platziert hatte – »Frau Tepper?«

»Es ist lange her, jetzt sieben Jahre, da habe ich auch vor Ihnen gesessen, allerdings in einem anderen Gebäude und in einem anderen Zimmer.«

Oberstaatsanwalt Dr. Driesch lächelte höflich und wünschte sich, sie möge endlich zur Sache kommen. Hübsch war sie ja, sogar attraktiv, aber schöne Frauen beeindruckten ihn schon lange nicht mehr, zumindest nicht, wenn er ihnen im Gebäude der Staatsanwaltschaft begegnete und noch nicht wusste, wen er vor sich hatte, eine Zeugin, eine Geschädigte oder eine Beschuldigte.

»Sie hatten damals ein Ermittlungsverfahren gegen meinen

Ehemann, Wolfgang Tepper, eingeleitet. Verdacht auf Konkursbetrug und noch ein paar andere Delikte.«

»Tepper, Wolfgang«, wiederholte er nachdenklich. In seinem Hinterkopf bimmelte ein winziges Glöckchen.

»Und eine Zeit lang hatten Sie mich verdächtigt, ich sei an den Geschäften meines Mannes beteiligt gewesen.«

»Es dämmert, aber im Moment noch zu schwach.«

»Eines Tages haben Sie mir dann erklärt, es bestünde kein Verdacht mehr gegen mich. Am nächsten Tag habe ich meinen Mann verlassen, übrigens ohne Aussprache, für ihn kam es wie der Blitz aus heiterem Himmel, und bin mit einem anderen Mann nach Amerika gezogen.«

»Ist Ihr Mann denn angeklagt und verurteilt worden?« Verflixt, woran erinnerte ihn dieser Name Tepper bloß?

»Das weiß ich eben nicht. Ich bin aus dem Haus gegangen und habe seitdem mit meinem Mann nie wieder gesprochen oder etwas von ihm gehört.« Sie verzog den Mund. »Ich weiß nicht einmal, ob ich noch mit ihm verheiratet bin.«

»Das kann unter Umständen fatal werden«, stimmte er zu und sie schmunzelte über seinen trockenen Humor.

»So, und nun habe ich alles versucht, Wolfgang – meinen Mann – aufzustöbern. Bank, Einwohnermeldeamt, Rechtsanwalt, Nachbarn, seine Freunde, seine frühere Mitarbeiterin. Nichts, nichts und nochmals nichts.«

»Deshalb sind Sie zu mir gekommen?«

»Ja, Sie sind sozusagen meine letzte Hoffnung.«

Allmählich fand er Gefallen an der verrückten Geschichte. »So weit sollte man es nicht kommen lassen, dass ein Staatsanwalt die letzte Hoffnung darstellt.«

»Ach, enttäuschen Sie mich nicht. Ist mein Mann denn nun angeklagt und verurteilt worden? – Halt, halt, schauen Sie mich nicht so grimmig an. Denn dann muss er doch in einem Gefängnis gewesen sein und bei der Entlassung eine Anschrift angegeben haben.«

»Theoretisch korrekt, Frau Tepper. Aber praktisch kann ich Ihnen keine Auskunft geben.«

»Können Sie nicht oder dürfen Sie nicht?«

»Über das Zweite denke ich nach, wenn das Erste nicht mehr zutrifft.« Er griente und legte den Kopf schräg, weil sie die komplizierte Antwort erst einmal auseinander sortieren musste, und als sie dann entrüstet schnaufte, lachte er unterdrückt: »Frau Tepper, ich muss einfach in die Akten steigen. Tut mir Leid, aber auch Staatsanwälte vergessen.«

»Und sieben Jahre sind eine lange Zeit«, ärgerte sie ihn fröhlich. »Darf ich morgen wiederkommen?«

»Rufen Sie besser vorher an, morgen ist eine lange Verhandlung terminiert.« Aus einer Schublade holte er eine Karte und reichte sie ihr über den Tisch. »Ich will sehen, was ich für Sie tun kann.«

»Vielen Dank, Herr Dr. Driesch. Bis morgen dann.«

Der Duft ihres Parfüms hing noch eine Weile in der Luft. Er schnupperte, mit den Gedanken weit weg. Der Name Tepper hatte etwas wachgerufen, und wenn er sich auf sein Gefühl verließ, war das nicht angenehm gewesen. Eher ärgerlich … Ach was, es würde ihm ja doch keine Ruhe lassen.

Er steckte den Kopf in das Sekretariatszimmer: »Frau Schilde, tut mir Leid, Sie müssen sofort ins Archiv. Tepper, Wolfgang, ein Ermittlungsverfahren vor etwa sieben Jahren wegen betrügerischen Konkurses oder Betruges. Ach so, und auch seine Frau, Tepper, Karin.«

»Mach ich, aber zuerst müssen diese Briefe raus.«

»Natürlich«, willigte er rasch ein. Mit einer gereizten Hildegard Schilde legte er sich nicht gerne an und objektiv betrachtet wurde sie von ihm und seinem Kollegen überlastet. Es kniff an allen Ecken und Kanten, die Arbeit nahm zu, das Personal wurde abgebaut.

Kurz vor Dienstschluss knallte ihm die Sekretärin zwei Hängemappen auf den Schreibtisch: »Ich gehe jetzt.«

»Danke, und einen schönen Abend noch.«

Tepper, Wolfgang, tatsächlich betrügerischer Konkurs, Betrug, Unterschlagung und Urkundenfälschung in wenigstens zehn Fällen. Eine Investment- und Anlage-Beratungsfirma –

verflucht, er hatte doch Recht gehabt. Eine Buchführung nach Art der sumerischen Keilschrifttäfelchen. Ganze Bestände der Korrespondenz vernichtet, als die Staatsanwaltschaft die Geschäftsräume durchsuchte, na klar, der Kerl hatte einen Tipp bekommen oder geahnt, dass mehrere enttäuschte Kunden ihn angezeigt hatten. Gesamtschaden um die 18,6 Millionen, der Betrug sprang einem förmlich entgegen, aber es fehlten die Beweise, die schriftlichen Unterlagen. Und Tepper hatte gestrampelt wie der Frosch, der in den Milchkrug gefallen war. Einer der leider nicht seltenen Fälle, in denen man alles wusste und kaum etwas beweisen konnte. Darüber hatte Driesch sich aufgeregt, das tat er auch heute noch, sieben Jahre klüger und zynischer, aber dass ihm dieser Fall im Gedächtnis ... Da steckte das Blatt. Die Anweisung des leitenden Oberstaatsanwaltes, das Ermittlungsverfahren einzustellen. Er hatte remonstriert, Donnerwetter, damals pflegte er noch einen saugroben Ton, der aber auch nichts genutzt hatte, zweite Anweisung und der beiläufige Hinweis auf eine mögliche Änderung der Geschäftsverteilung. Driesch grunzte. Der Leitende gehörte zur Gattung der arroganten Besserwisser und hatte von oben herab genäselt: »Den kriegen Sie ja doch nicht, verschwenden Sie nicht wertvolle Zeit an eine aussichtslose Sache.« Was sachlich vielleicht nicht einmal falsch war, aber der Ton bestimmte nun mal die Musik und der hässliche Gedanke, dieser Tepper habe irgendwo einen Gönner, der eine schützende Hand über ihn hielt, hatte ihn noch viele Wochen gequält, nachdem er der Anweisung gefolgt war. Tepper, Karin – nein, von ihrer Unschuld hatte er sich selbst überzeugt.

Am nächsten Tag nieselte es, das Zimmerchen war kühl und Karin hauchte auf ihre kalten Finger.

»Das Ermittlungsverfahren gegen Ihren Mann ist eingestellt worden«, erklärte Driesch nüchtern und beobachtete die Frau scharf. Die Auskunft schien sie zu erstaunen, aber vielleicht schauspielerte sie auch nur überzeugend.

»Das ist ja – dann wissen Sie also nicht, wo Wolfgang – mein Mann – jetzt steckt?«

»Nein, Frau Tepper, die Justiz hat kein Interesse mehr an Ihrem Mann.«

»Was soll ich denn jetzt tun?«, fragte sie hilflos und Driesch zuckte die Achseln: »Haben Sie einmal an einen Privatdetektiv gedacht?«

»Da war ich schon, bei Altmann & Müller, aber die haben abgewinkt. Keine Chance, meinen sie.«

»Das spricht für ihre Seriosität«, versetzte er burschikos. »Tja, das wär's dann wohl, Frau Tepper.«

Für Feiern hatte Norbert Driesch nicht viel übrig, erst recht nicht, wenn sie in der deprimierend hässlichen Kantine der Staatsanwaltschaft stattfanden. Aber vor der Verabschiedung seines Kollegen Samtleben konnte er sich nicht drücken und deshalb handelte er mit sich selbst einen Kompromiss aus: Er würde sich erst nach den feierlichen Reden dort blicken lassen; dann war zwar das kalte Buffet bis auf klägliche Reste geplündert, aber darauf verzichtete er ohnehin gern. Vielleicht ergab sich die Gelegenheit, ein paar private Sätze mit Samtleben zu wechseln, den er wegen seiner ruhigen, bedächtigen Art mehr als die meisten anderen Kollegen schätzte. Bei ganz viel Glück traf er auch die Neue … Er klemmte die Mundwinkel ein.

Die Reihen hatten sich tatsächlich schon gelichtet, aus Erfahrung erkannte Driesch, dass sich bereits die harten Kerne bildeten, die bis kurz vor Mitternacht durchhalten würden, entweder hier oder in einer Kneipe neben dem Landgericht. Es roch durchdringend nach Wein und Bier, unter der Decke schwebte der blaue Baldachin aus Zigaretten- und Pfeifenrauch und aus einer Gruppe erscholl ein Lachen, wie es nur deftige Männerwitze auslösten. In der entferntesten Ecke hielt der leitende Oberstaatsanwalt Hof und Driesch schnitt eine Grimasse. Der Leitende hieß Hommel, der Spitzname Hammel ergab sich also unvermeidlich und wie ein Leithammel benahm er sich gelegentlich auch. Zu Beginn seiner Laufbahn war Hommel schnell befördert worden, alle prophezeiten ihm eine blendende Karriere, aber aus unerfindlichen oder gut geheim gehaltenen Gründen erlitt sie einen Knick. Seitdem kompensierte Hommel seine

Frustrationen durch peinliche Anbiederung oder ebenso unverständliche Feindseligkeit. Driesch ging ihm aus dem Weg, zwischen ihnen herrschte eine Art brüchiger Waffenstillstand, den keiner von ihnen testen oder durch mehr als unvermeidliche Kontakte belasten wollte.

»Ich habe Sie schon vermisst«, tadelte Samtleben neben ihm vergnügt und Driesch lachte ihm zu: »Sie kennen doch meine klaustrophobischen Anwandlungen.«

»Es war wirklich unerträglich eng.«

»Wie alles in diesem Hause.«

Den Doppelsinn hatte Samtleben natürlich verstanden und deshalb gestand er verschwörerisch: »Ich bin eine gespaltene Persönlichkeit ...«

»Ah ja?«

»Doch, doch. Einerseits leugne ich nicht, dass ich den Betrieb vermissen werde, aber auf der anderen Seite übt der Gedanke, mit all dem nichts mehr zu tun zu haben, einen gewaltigen Reiz aus.«

»Sie waren klug genug, sich rechtzeitig ein Hobby zuzulegen.«

Vor drei Jahren hatte Samtleben seinen ersten Aufsatz über die Entwicklung der niederen Gerichtsbarkeit im Erzbistum Trier veröffentlicht, der von der historischen wie der juristischen Zunft sehr wohlwollend aufgenommen worden war, und Driesch wusste, dass der Kollege jetzt jede freie Stunde in Archiven und Bibliotheken verbrachte.

»Ach, Hobby, Herr Driesch. Das alte Geschäft auf der Basis der Freiwilligkeit.«

»Aber immerhin ohne einen Leithammel im Nacken.«

»Dafür allerdings danke ich aus ganzem Herzen.«

»Ich wünsche Ihnen viel Glück, viel Zeit und viel Gesundheit. Dass ich Sie nicht gern davonziehen sehe, wissen Sie ja.«

Samtleben kniff ihm ein Auge zu; sie gaben sich nicht die Hand, dazu verstanden sie sich zu gut. Außerdem war beiden klar, dass Samtleben noch mehr als einmal hier zu Besuch erscheinen würde, er zählte zu den glücklichen Menschen, die ohne Groll und Kränkung aus ihrem Beruf schieden.

Eine Viertelstunde schlich Driesch durch den Saal, redete ein paar Sätze mit einigen Kolleginnen und Kollegen, hielt sich aber bei keiner Gruppe länger auf, weil er in einer Ecke die neue Kollegin Brigitte Damerow entdeckt hatte. In großen Kurven pirschte er sich an sie heran und zweimal begegneten sich zufällig, aber viel versprechend ihre Blicke.

»Sieh da, Herr Kollege Driesch.«

Als die joviale Stimme hinter ihm ertönte, verfluchte Driesch seine Unaufmerksamkeit. Auch der Leithammel hatte sich in Bewegung gesetzt und kreuzte nun seinen Weg. Nach einem Blick in das leicht gerötete Gesicht stand fest, dass Hommel die Phase der Leutseligkeit erreicht hatte.

»Wir haben Sie schon vermisst.«

Du verdammter Lügner, dachte Driesch erbost. Laut erklärte er möglichst ausdruckslos: »Ich wurde von einer Frau aufgehalten.«

»Das ist doch eine angenehme Belästigung.«

»Nicht unbedingt, Herr Hommel. Eine Frau Tepper, Karin Tepper.«

»Sagt mir nichts, der Name.«

»Vor sieben Jahren habe ich gegen ihren Ehemann Wolfgang ermittelt. Betrügerischer Konkurs, Betrug, Urkundenfälschung.«

Hommel runzelte die Stirn, auch bei ihm schien ein Glöckchen anzuschlagen.

»Der Kerl, der rechtzeitig alle Unterlagen beseitigt hatte.«

Jetzt zog Hommel die Augenbrauen zusammen, aber Driesch strahlte in schönster Harmlosigkeit: »Sie haben mich damals angewiesen, die Ermittlungen einzustellen.«

»Hab ich das?«

Darauf nickte Driesch nur, gespannt, wie sich Hommel aus der Affäre ziehen würde, doch der Leitende verschwendete keinen Gedanken daran, dass ein Untergebener ihm wegen einer Entscheidung grollen könnte, sondern erkundigte sich neugierig: »Und was wollte seine Frau – wie hieß sie noch?«

»Tepper, Karin Tepper.«

»Ah ja! Und was wollte sie von Ihnen?«

»Sie war nach Amerika entschwunden, noch bevor das Verfahren eingestellt wurde. Nun hat sie's wieder in die Heimat verschlagen und ich soll ihr helfen, den Ehemann zu finden.«

»Nach sieben Jahren?«, meckerte Hommel.

»Die Liebe geht seltsame Wege«, erwiderte Driesch spöttisch und der Leitende klatschte in die Hände: »Sie sagen es, Kollege Driesch, so ist es.«

Damit entfernte er sich, um eine andere Gruppe mit seiner Gegenwart zu belästigen, und Driesch blies viel Luft ab. Je länger er mit Hommel zu tun hatte, desto unsympathischer wurde ihm der Mann, was, so stand zu befürchten, auf Gegenseitigkeit beruhte. Nun ja, alles zu seiner Zeit, er zuckte die Schultern, als müsse er den Leitenden abschütteln, und steuerte energisch die Gruppe um die neue Kollegin an.

Brigitte Damerow betrachtete Driesch offen und ein wenig herausfordernd, wie er fand. Ihre Mundwinkel zuckten.

»Der letzte Mohikaner«, moserte sie ihn an.

»Vorsicht, keine vorwitzigen Urteile. Der Hammel hat mich eben mit ›Herr Kollege‹ angeredet.«

Die beiden jüngeren Staatsanwälte staunten und vergaßen einen Moment, was sie zusammengeführt hatte; Brigitte Damerow riss dagegen die dunkelbraunen Augen weit auf: »Und was hat das zu bedeuten? Lob, Tadel, Strafversetzung oder vorzeitige Beförderung?«

»Das kommt ganz darauf an. Wenn er schlechte Laune hat, heißt es, er beginnt einen Rückzug. Wenn er gute Laune hat, will er damit ausdrücken: Vergessen Sie nicht, ich bin Ihr Vorgesetzter.«

»Das verstehe ich nicht!«, räumte sie ein und die beiden Kollegen amüsierten sich. »Hier geht's ja – merkwürdig zu.«

»Streng dienstlich, Frau Kollegin.«

»Frau – das ist ja ätzend – Sagen Sie mal, haben Sie jetzt gute oder schlechte Laune?«

»Tja, eigentlich schlechte, aber bei Ihrem Anblick wird sie von Sekunde zu Sekunde besser.« Driesch wusste, dass er alberte, was so gar nicht zu ihm passte, die beiden anderen Männer warfen sich bereits Blicke zu und zerkauten ein wissendes Lächeln, aber er schaffte es einfach nicht, sich in Brigitte Damerows Gegenwart normal zu geben. Zumal sie gern zu lachen schien und mit ihren feuerroten Löckchen und unzähligen Sommersprossen ganz bestimmt kein Kind von Traurigkeit war. Er hatte sich in ihre dunklen Kulleraugen verguckt, die sie prachtvoll rollen konnte. Was sie jetzt wieder tat, ein schneller Blick streifte seinen Ehering, bevor sie ihm ihr leeres Glas hinstreckte: »Mit trockenem Hals höre ich ausgesprochen schlecht.«

IV.

In der Nacht war es abgekühlt, die Sonne kämpfte sich durch einen dichten Wolkenschleier und wärmte noch nicht. Zu dieser frühen Morgenstunde hatten Hommel und Reincke den Golfplatz praktisch für sich allein, zweihundert Meter vor ihnen marschierte ein Unentwegter, der alle fünfzig Schritt gymnastische Übungen einlegte, Kniebeugen und Armkreisen oder Luftsprünge wie ein Hampelmann.

»Was ist los mit dir? Seit wann kriegt man dich an einem normalen Arbeitstag so früh aus den Federn?«

Hommel drehte ärgerlich den Kopf, aber Reincke ordnete ungerührt die Schläger in seinem Wägelchen, wobei er leise vor sich hin pfiff.

»Mit mir ist gar nichts los«, sagte der leitende Staatsanwalt endlich verkniffen. Ihm war kalt, er hasste das Frühaufstehen und Lust zu einer Runde verspürte er überhaupt nicht. »Ich wollte dir einen Gefallen tun.«

»Dann im Voraus besten Dank.«

»Kannst du dich noch an diesen Tepper erinnern?«

»Tepper?«, wiederholte Reincke ausdruckslos und richtete sich auf.

»Wolfgang Tepper. Vor sieben Jahren.«

»Doch, ja, schwach.« Er runzelte die Stirn.

»Du wolltest ihn unbedingt haben.«

Reincke nickte zögernd: »Das war der Mann mit der französischen Mutter und dem deutsch-englischen Vater?«

»Genau der.«

»Was ist mit ihm?« Reincke schien mehr aus Höflichkeit denn Interesse zu fragen.

Hommel verschluckte eine böse Bemerkung. Zwanzig Schritte schwieg er beleidigt, passte sich aber unwillkürlich dem Tempo an, das Reincke vorlegte.

»Teppers Frau ist abgehauen, noch bevor ich die Einstellung – angeordnet hatte. Auf deinen Wunsch hin, Fuchs«, setzte er aufgebracht hinzu.

»Ja, ich erinnere mich, er war verheiratet«, sagte Reincke ungerührt. »Mit einer sehr Hübschen.«

»Nach sieben Jahren ist sie jetzt aus Amerika zurückgekommen und sucht nun ihren Mann.«

»Wirklich? Woher weißt du das?«

»Sie hat den Kollegen aufgesucht, der damals die Ermittlungen eingeleitet hatte, und wollte von ihm eine Adresse ihres Mannes haben.«

»Weiß sie denn nicht, wo ihr Mann steckt?«

»Offenbar nicht. Angeblich hatten sie seit ihrer – Flucht nach Amerika überhaupt keinen Kontakt mehr.«

»Ungewöhnlich«, murmelte Reincke nach einer Pause und stellte sein Wägelchen ab. »Wer schlägt zuerst?«

»Was ist eigentlich aus diesem Tepper geworden?«

»Woher soll ich das wissen? Ich habe ihn weitervermittelt und aus den Augen verloren.«

Hommel betrachtete seinen Kollegen scharf, aber Reincke erwiderte seinen Blick offen.

»Ich muss mir also keine Sorgen machen?«

»Aber nein! Warum denn?«

Nach neun Löchern kehrten sie in stillschweigendem Übereinkommen um, Hommel fror immer noch, die Bewegung half einfach nicht, ihn aufzuwärmen, und Reincke musste sich zusammenreißen, um keine Ungeduld zu zeigen. Während des Studiums hatten sie sich kennen gelernt und angefreundet, zusammen in der Uni-Mannschaft Degen gefochten, in Klausuren vereint gemogelt und zwei Semester lang auch eine Bude geteilt. Der bessere Jurist war ohne Zweifel Eckehard Hommel, aber Peter Reincke besaß mehr Fantasie und Unternehmungsgeist. Für Hommel stand das Berufsziel immer fest, Staatsanwalt oder Richter; der Gedanke, als Anwalt ohne festes Einkommen zu praktizieren, hatte ihn regelrecht gelähmt. Ohne große Lust hatte Reincke noch das zweite Staatsexamen absolviert und vorübergehend mit dem Gedanken geliebäugelt, zur Polizei zu gehen, doch zu dieser Zeit las er eine Anzeige: Das Landeskriminalamt stellte Volljuristen ein. Mehr aus Jux bewarb er sich und wurde angenommen, die Tätigkeit gefiel ihm sogar, wenigstens zu Beginn, bis seine alte Unruhe, verbunden mit seiner Unfähigkeit, irgendetwas so tierisch ernst zu nehmen, wie man das von ihm erwartete, wieder durchbrach. Zugleich stellte er fest, dass er tatsächlich in einer Behörde arbeitete, es gab Vorschriften, Dienstwege, Vorgesetzte, und das alles ertrug er immer schwerer. Seine Beliebtheit sank dramatisch, schließlich fasste er sich ein Herz und marschierte zu seinem Chef: »Ich möchte raus aus dem Amt, praktisch arbeiten, am Schreibtisch ersticke ich.«

Nach einer langen Bedenkpause nölte sein Chef: »Die Todesstrafe ist abgeschafft.«

»Wie bitte?«

»Die Verbrecher, die Sie jagen möchten, lachen sich bei Ihrem Anblick tot.«

»Heißen Dank!«

»Nicht so hitzig. Können Sie sich ernsthaft vorstellen, dass Sie acht Stunden am Tag, sieben Tage die Woche, sechs Monate lang eine Hütte im Wald beobachten, in der sich möglicherweise ein Gesuchter mit einem anderen trifft?«

»Nein«, fauchte Reincke, »aber so blöd wäre ich auch nicht, für so was gibt's technische Geräte. Und Kollegen von der Schutzpolizei.«

»Die erste Idee ist gut, die zweite schlecht.« Wenn sein Chef still in sich hineinlachte, wackelte sein beachtlicher Bauch. »Aber es gibt eine Koordinierungsstelle im Haus, die solche Kooperationen mit den anderen Ämtern, mit den Brüdern aus Wiesbaden und mit der örtlichen Polizei regelt. Regeln sollte, denn daran hapert's bis jetzt. Ich gebe Ihnen eine Chance, warum, weiß ich selbst nicht, und versetze Sie probeweise in die Abteilung XIII.«

»Dreizehn ist eine richtige Glückszahl!«

»Ach, da sind nur Verrückte beschäftigt, Herr Reincke, bei denen kann eine Dreizehn auch nicht mehr schaden.«

»Ihr Wohlwollen beschämt mich!«

»Empfinden Sie das so? – Dann hab ich was falsch gemacht. Also, wie ist's?«

Reincke überlegte gründlich, aus seinem Chef wurde er noch nicht schlau. Der Alte soff, dass man ihn gelegentlich in seinen Dienstwagen tragen musste, und tätschelte bei jeder Gelegenheit liebevoll seinen Bauch: »Essen und trinken hält die Seele zusammen und treibt den Leib auseinander.« Sein Repertoire an ordinären Sprüchen genoss legendären Ruhm, er kümmerte sich scheinbar um nichts und erfuhr doch immer alles, was im Amt ablief. Streit schlichtete er nicht gerne, sondern ging mit einer so jähzornigen Wut gegen beide Kontrahenten vor, dass die meisten ihre Differenzen lieber gütlich beilegten. Für Politiker und Juristen hatte er nichts übrig, fleißige Mitarbeiter waren ihm unheimlich, dafür verstand er sich prächtig mit den faulen Genies.

»Ich kann's ja mal versuchen.«

Nach zwanzig Dienstjahren arbeitete Reincke immer noch in der Abteilung XIII, mittlerweile als Abteilungsleiter. Eine Beförderung zum Vizepräsidenten hatte er ausgeschlagen, zwei Versetzungen abgewehrt. Vom ersten Tag an hatte er den Euphemismus ›Koordinierungsstelle‹ durchschaut und eisern über seine neue Tätigkeit geschwiegen. Sie stimmten tatsächlich ab, mit den anderen Landeskriminalämtern, dem Bundeskriminalamt, mit Verfassungsschutz, Staatsschutz, Zoll, Militärischem Abschirmdienst und Bundesnachrichtendienst, das auch, aber die meisten Aktionen gingen über ›Abstimmung‹ weit hinaus, darüber führten sie keine Akten. Sie betrachteten es jedes Mal als Niederlage, wenn die Abteilung XIII in der Öffentlichkeit genannt oder in den Zeitungen erwähnt wurde. Noch heute wunderte sich Reincke darüber, dass der dicke Alte ihn trotz seiner Jugend und offenkundigen Unzufriedenheit in diese Abteilung vermittelt hatte, und mehr noch, dass er genau die Aufgabe gefunden hatte, die ihm gefiel.

Tepper, Wolfgang. Was war aus dem Kerl eigentlich geworden?

Roland Pertz blieb am Telefon sehr kühl: »Tut mir Leid, keine Ahnung, wo sich der Mann aufhält.«

»Du hast ihn damals – erbeten.«

»Richtig. Auf Wunsch des Verfassungsschutzes. Was die mit Tepper angestellt haben ... Du kennst doch die Regel, je weniger man weiß, desto mehr kann man abstreiten.«

Mit einem äußerst unguten Gefühl beendete Reincke das Gespräch. Pertz verschwieg alles, manchmal sogar, dass der BND, dem er als Abteilungsleiter diente, gezielte Aktionen durchführte. Natürlich mauerte Pertz und das hieß höchstwahrscheinlich, dass etwas schief gelaufen war, Pertz aber Einzelheiten entweder nicht kannte oder nicht preisgeben wollte. Nein, entschied Reincke, gegen Überraschungen sicherte sich der vorsichtige Mensch ab. Diese Karin Tepper konnte Lärm schlagen und deshalb galt es, sie aufzustöbern und dann im Auge zu behalten.

Er drückte auf eine Taste des Telefons: »Heinrich und Opitz sollen sich so schnell wie möglich bei mir melden.«

»Geht in Ordnung.«

Montag, 11. September

Kriminalrat Karl Simon schüttelte energisch den Kopf: »Nix! Ich will den Fall endlich vom Tisch haben.«

Seine beiden Besucher schwiegen. Wenn Simon einen bestimmten Ton anschlug und die Augenbrauen zusammenzog, war mit ihm nicht mehr zu diskutieren.

Kriminalhauptkommissar Ulf Grembowski schmollte und schaute gekränkt an seinem Vorgesetzten vorbei. Ziemlich genau zwölf Monate hatte er sich die Zähne an diesem Fall ausgebissen und war, wie er eingestehen musste, nicht einen Schritt weitergekommen. An seinem Fleiß und seiner Tüchtigkeit hatte es nicht gelegen. Zwar sah Grem, wie er im Präsidium allgemein genannt wurde, eher nach einem Preisringer aus, der lieber seine Muskeln als seinen Grips einsetzte, aber selbst Simon, der ihn nicht sonderlich schätzte, musste nach der Lektüre der umfangreichen Akte einräumen, dass Grems Mannschaft alles Menschenmögliche unternommen hatte. Nur eben ohne jeden Erfolg und der hämische Kommentar in der Samstagsausgabe des *Tageblatts* hatte dann wohl das Fass überlaufen lassen.

»Was meinen Sie, Herr Rogge?«

Jens Rogge seufzte. Grems Verbitterung begriff er sehr gut und der Gedanke, Simons Entscheidung werde sein ohnehin gespanntes Verhältnis zum Leiter der Abteilung Vermisste noch weiter verschlechtern, behagte ihm überhaupt nicht. Wenn es nach ihm ginge, würde die Akte ›Inge Weber‹ geschlossen. Einmal musste sie ja ihr Gedächtnis wiederfinden und bis dahin sollten sich alle gedulden.

»Große Hoffnungen mache ich mir nicht«, erwiderte er endlich und Simon lächelte schmal.

Wort für Wort hätte er die Überlegungen des hageren, grauhaarigen Mannes niederschreiben können, aber gerade deswegen schlug er nicht vor, sondern drohte mit einem dienstlichen Befehl. Sollte Grem sich quer legen oder Rogge Knüppel zwischen die Beine werfen, würde er mit dem Riesen Schlitten fahren. Erstens beabsichtigte er das schon lange und zweitens schadete es diesem ganzen Sauhaufen nicht, wenn wieder einmal verdeutlicht wurde, wer hier im Präsidium das Sagen hatte.

»Große Hoffnungen müssen nicht sein«, versetzte er deshalb ungerührt, »eine kleine reicht mir vorerst.«

Nach einer Weile zuckte Rogge die Achseln. Mit Simon kam er gut aus, aber deswegen kannte er den Rat auch besser als Grem, der vor unterdrückter Wut schwitzte und die Fäuste ballte, statt angestrengt zu überlegen, was sein Abteilungsleiter im Schilde führte.

»Okay, ich sehe, wir haben uns verstanden. Kollege Grem

gibt also den Fall offiziell an den Kollegen Rogge ab. Ich informiere die Staatsanwaltschaft und die Pressestelle.«

»Muss das sein?«, knurrte Grem.

»Keine Nachricht an die Presse, aber die nächsten Anfragen laufen über das Erste. Alles klar?«

Wie von der Feder geschnellt sprang Grem hoch und stürzte zur Tür. Rogge wollte noch etwas sagen, aber Simon winkte ärgerlich ab. Mit einem gemurmelten »Wiederseh'n« verließ Grem das Zimmer.

Auf der Treppe gingen sie nebeneinander, Grem atmete schwer.

»Ich hab mich nicht danach gedrängt, Grem«, sagte Rogge ruhig.

»Dieser Scheißkerl hat was gegen mich, das ist alles, und du machst sein Spiel mit.«

»Er kann mich anweisen, das weißt du genau.«

»Was erwartet der Blödian eigentlich?«

»Woher soll ich das wissen? Ich kenn den Fall nicht.«

»Vom Tisch haben! Wenn ich so was schon höre! Der große Herr Rat schnippt mit den Fingern, prompt schlägt sie die Augen auf und flüstert: ›Ich bin die gute Lotto-Fee.‹«

»Wenn sie die nächsten sechs Richtigen ausplaudert …«

Grems Zimmer war ein hoher, tiefer und entsetzlich schmaler Schlauch, so, als habe der Architekt sich verrechnet und während des Baus mit einem Mal festgestellt, dass zwischen zwei Zimmerwänden noch eine Lücke geblieben war. Aus purer Not hatte er ein Fenster in die Außenwand gebrochen, das die gesamte Breite des Zimmerchens einnahm. Hinter Grems Rücken munkelten die Kollegen, die ihm nicht wohl wollten, er habe sich den Raum bewusst ausgewählt, weil er jeden Morgen beide Arme gegen die Zimmerwände stemme und versuche, sie auseinander zu schieben. Erst wenn ihm das gelungen sei, würde er umziehen, aber vorher noch mit seinem Dick- und Quadratschädel die Mauern einrennen.

»Setz dich!«, brummte Grem und warf sich in seinen Rollensessel, den er sofort nach hinten kippte.

Abgerissene Tapete und bröckelnder Putz zeugten von seiner

Lieblingsposition. Rogge musste sich regelrecht auf den Besucherstuhl schlängeln, weil der mit der Lehne ebenfalls an die Wand stieß. Trotz des geklappten Oberlichts stank es bestialisch nach dem Knaster, den Grem in einer uralten Pfeife rauchte.

»Hier sind die Akten.«

»Danke, ja.« Ein beachtlicher Stoß, Rogge schob ihn zur Seite und erkundigte sich sachlich: »Diese ›XY … ungelöst‹-Sendung hat nichts gebracht?«

»Überhaupt nichts!«, grollte Grem, dem noch heute der Kamm schwoll, wenn ihn die Kollegen als »unseren Fernsehstar« hänselten.

»Eigentlich merkwürdig.«

»Das darfst du singen, flöten und deklamieren. Ein Juwelier hat sich gemeldet und behauptet, die Schließe der Halskette scheine ihm ein französisches Fabrikat zu sein, aber damit sind wir auch nicht weitergekommen.«

»Die Unterwäsche könnte auch aus Frankreich stammen.«

»Richtig, aber Frankreich ist groß und Simon hat nicht erlaubt, dass einer von uns eine Dienstreise nach Frankreich macht.«

»Und wie steht's mit ihrer Amnesie?«

»Unverändert. Aber du musst dich mal mit diesen Idiotenärzten unterhalten. Die überschütten dich mit einem Schwall komplizierter Fremdwörter, eiern herum, sondern ellenlange Sermone ab, und wenn du sie zwingst, sich verständlich auszudrücken, kriechen sie ganz kleinlaut unter den Teppich: Nischt, nischt, nischt. Keine Ahnung, wann die Dame geruhen könnte, ihre Erinnerung wiederzufinden. Keine Ahnung, warum und wie sie ihr Gedächtnis verloren hat.«

Nicht ganz so grob, aber in der Sache unverändert hatte es Grem in den Montagskonferenzen vorgetragen, zu denen sich die Leiter aller Abteilungen und Dezernate am Wochenanfang zwischen acht und neun Uhr trafen. Als Simon heute Morgen zum Schluss die Kollegen Grembowski und Rogge zu sich bat, war ein Raunen durch den Versammlungssaal gegangen. Alle Anwesenden hatten am Wochenende das *Tageblatt* gelesen.

»Was macht sie jetzt eigentlich?«

»Steht alles in den Akten«, sagte Grem, aber weil Rogge nur den Kopf schräg legte, räusperte Grem sich ausgiebig. »Sie arbeitet in einer Bäckerei, als Aushilfsverkäuferin. Seit sechs Monaten hat sie einen Freund und der heißt – halt dich fest! – Achim Schönborn.«

»Ach nee!«, kommentierte Rogge gedehnt, was Grem zu beruhigen schien: »Ja, genau der.«

»Lebt sie bei ihm da draußen in seiner Villa?«

»Nein, sie hat immer noch ihre eigene Wohnung. Aber sie verbringt manche Nacht und fast jedes Wochenende in Steinfurth.«

»Was Ernstes zwischen den beiden, Grem?«

»Ich hab schon den Eindruck.« Plötzlich hatte er wieder zu seinem normalen Ton gefunden. »Sie machen übrigens kein Geheimnis daraus. Mit Schönborn hab ich ein paar Mal gesprochen. Er möchte natürlich auch gern erfahren, wen er sich da ins Bett geholt hat. Dafür wäre er auch bereit zu löhnen, Sachverständige und Gutachten und Psychiater und Privatdetektive und Belohnungen. Er hat's ja!«, fügte er bitter hinzu.

»Und sie? Wie benimmt sie sich?«

Bevor Grem antwortete, griff er in eine Schublade und holte den gefürchteten Stinkkocher hervor; Rogge hielt sich die Nase zu, was Grem aber nicht beeindruckte.

»Wahrscheinlich ganz normal, Jens. Das Schwierige ist – ich kann mir einfach nicht vorstellen, wie es ist, wenn man nicht mal mehr weiß, wie man heißt, wann und wo man geboren wurde.«

Jetzt gestattete sich Rogge ein Schmunzeln, das Grem mit einem finsteren Blick quittierte. Eine Simulantin – als solche hatte er sie anfangs behandelt, grob, unhöflich, an der Grenze zur unerlaubten Einschüchterung, bis die Ärzte dazwischenfunkten und die Presse informierten. Daraufhin hatte Grem einen offiziellen Verweis bekommen, der jetzt seine Personalakte verunzierte, den Fall aber noch behalten, weil Simon vor den Angriffen in den Zeitungen nicht kuschen wollte. Was Grem wahrscheinlich schon vergessen hatte. Oder verdrängt, sein Sündenregister hatte eine beachtliche Länge und Dankbarkeit gehörte ohnehin nicht zu seinen Stärken.

»Was ist denn dein Eindruck? Will sie ihr Gedächtnis wiederfinden?«

»Ach, ich denk schon!« Dies einzugestehen fiel Grem schwer, Rogge nickte nachdenklich. Viele Menschen verschwanden, wurden eines Tages aufgestöbert und behaupteten, sie hätten vorübergehend ihr Gedächtnis verloren. In neun von zehn Fällen logen sie, wollten etwas vertuschen, vor der Polizei, den Eltern, dem Ehepartner. Natürlich gab es Fälle, in denen wirklich eine Amnesie zutraf, nach Schädelverletzungen etwa bei einem Verkehrs- oder Arbeitsunfall oder bei Schlägereien. Aber dann konnten die Knochenklempner Beweise vorlegen, Röntgenbilder, Computertomographien oder auch EEGs, die der misstrauische Grem mittlerweile akzeptierte. In anderen Fällen ließ er sich von Blutanalysen überzeugen; Junkies dröhnten sich mit allen möglichen Drogen zu, bis der Film riss, für einige Zeit oder – seltener – auch für immer. Aber eine Frau, die nicht die geringste Verletzung oder hirnorganische Veränderung aufwies? – Nein, nicht mit ihm, nicht mit Grem dem Groben.

»Na dann, vielen Dank, ich halte dich auf dem Laufenden.«

In seinem Zimmer lehnte Rogge lange am Fenster und schaute träumend in den Innenhof hinunter, den eine riesige Kastanie fast vollständig beschirmte. Jedes Jahr begann im Herbst ein Krieg zwischen den Kollegen, die das Privileg genossen, im Innenhof parken zu dürfen, und der obersten Etage des Präsidiums, weil einige fallende Kastanien winzige Dellen in die bunten Bleche schlugen. Bis jetzt hatten sich die Baumfreunde durchgesetzt, aber immer nur mit knapper Mehrheit.

Rogge schätzte das altmodische Präsidium, das in den zwanziger Jahren erbaut worden war, ein vierstöckiger Bau rund um einen großen, fast quadratischen Innenhof, aus dunkelbraunen Klinkern, mit doppelten Holzfenstern und einem ordentlichen Ziegeldach mit zahlreichen Gauben. Vor einem Jahrzehnt war das Dachgeschoss ausgebaut worden, was vorübergehend Platz geschaffen hatte, aber bestimmte Abteilungen, vor allem die Kriminaltechnik, hatten in einen Neubau umziehen müssen. In den Räumen über den beiden Durchfahrten in den Längsseiten beschwerten sich die Kollegen im Winter, sie bekämen kalte Füße; das war bewusst doppeldeutig gemeint, aber die Klagen hatten nachgelassen, weil an einen weiteren Neubau wegen der allgemeinen Finanznot nicht zu denken war und selbst die größten Meckerer langsam einsahen, dass sie solch breite Flure, bequeme Treppen und zahlreiche Nebenräume in einem funktionalen Hochhaus nicht erwarten durften.

Leise seufzend drehte Rogge sich um. Das schöne Wetter verlockte zum Träumen. Im Mai war er wieder zum Dienst angetreten, nach acht Wochen Krankenhaus und sechs Wochen Rehaklinik, die Schusswunde war verheilt, er spürte sie nur noch, wenn er den linken Arm überanstrengt hatte. Doch die Müdigkeit überwältigte ihn immer wieder, sie steckte nicht in Knochen und Muskeln, sondern in seinem Kopf. Immer häufiger ertappte er sich dabei, dass er neben sich trat und ratlos-neugierig den großen, hageren Mann mit dem faltigen Gesicht und eisengrauen Haaren betrachtete, der manchmal nur wie ein Automat funktionierte, präzise zwar und zuverlässig, aber ohne Anteilnahme, als sei ihm der Beruf so fremd geworden wie die Umgebung. Rogge hatte zu viel gesehen und erlebt, um noch tolerant zu sein, und sein Mitleid sparte er sich für die wenigen Fälle auf, in denen es angebracht war. Als Erster hatte Simon Rogges Probleme bemerkt. Dem stets auf Distanz bedachten und schweigsamen Rat entging wenig, doch weil er sich nichts anmerken ließ, unterschätzten viele seine Scharfsichtigkeit.

»Noch nicht wieder da, Herr Rogge?«

»Nein. Es gibt Tage, da laufe ich wie ein Fremder durchs Haus und begleite mich.«

In den sechs Wochen Rehakur hatte Rogge viel gegrübelt. Dass ihn die meisten Kollegen nicht leiden mochten, dass er als schwieriger Einzelgänger galt, um den man besser einen Bogen schlug, wusste er schon lange. Dass er seinen Beruf trotz aller Schattenseiten liebte, würden ihm die meisten Kollegen nicht glauben. Während er mechanisch den Anweisungen der Krankengymnasten folgte, überlegte er, ob er wirklich noch an seinem Posten hing oder nur die Langeweile der vorzeitigen Pensionierung fürchtete. Seine drei Kinder hatten das Haus verlassen und standen auf eigenen Füßen, führten ihr eigenes Leben in anderen Städten und nahmen sich selten die Zeit, den Vater zu besuchen. Rogges Frau war vor fünf Jahren gestorben; und als ihm das Haus zu groß geworden war, hatte er es zu einem sehr guten Preis verkauft und das Geld gut angelegt. Er hatte in einem anonymen Hochhaus eine kleine Wohnung gemietet, in der er sich gelegentlich wie eingesperrt fühlte. Seitdem gab Rogge sein Gehalt nicht mehr aus und rührte die Zinsen nicht an. Redselig war er nie gewesen, nun wurde er wortkarg. Klar, Simon wollte diesen unangenehmen Fall endlich abschließen, aber wahrscheinlich rieb sich der Rat gleichzeitig die Hände, weil er gleich mehrere Fliegen mit einer Klappe erschlagen hatte: Grem einen Dämpfer verpasst und für Rogge etwas gefunden, das der allein recherchieren, bei dem er sich seine Zeit selbst einteilen konnte.

Nun denn! Rogge schlug die Akte auf.

Die unbekannte Frau, die jetzt unter dem Namen Inge Weber geführt wurde, war am 15. September des vorigen Jahres auf dem Autobahnparkplatz Feltenwiese gefunden worden, knapp 25 Kilometer östlich der Stadt. Grem hatte eine Kopie aus dem Straßenatlas beigefügt: Der Parkplatz lag südlich der Autobahn, an der von Ost nach West führenden Seite. Gegen 23.55 Uhr hatte der in Frankfurt lebende Vertreter Arno Jödel auf dem Platz angehalten, weil er unbedingt pinkeln musste.

Rogge blätterte, bis er das Protokoll fand: Jödel erinnerte sich, dass zu dieser Zeit ungewöhnlich wenig Verkehr herrschte. Drei, wenn nicht vier Minuten hatte er weder Rücklichter vor sich noch Scheinwerfer im Innenspiegel gesehen, bevor er auf den Parkplatz einbog. Allerdings glaubte er auch wahrgenommen zu haben, dass gut zweihundert Meter vor ihm ein wahrscheinlich großer, dunkler Wagen auf der Einfädelspur beschleunigte, während er auf der Abbiegespur bremste. Zum Autotyp konnte er keine Angaben machen, natürlich auch nicht über das Kennzeichen.

Jödel hatte sich auf die erste Parkfläche gestellt und war dann in den Wald gestürmt, der bis an den Platz reichte. Nach seiner

Aussage war der dunkle Rastplatz zu diesem Zeitpunkt völlig verlassen gewesen. Nachdem er sein Geschäft erledigt hatte, ging er langsam zu seinem Auto zurück. Erst als er auf die Ausfahrt zurollte, bemerkte er die Frau. Sie saß regungslos auf einer Bank und im Scheinwerferlicht erkannte er, dass sie nur einen BH und ein Höschen trug; später fiel ihm auch auf, dass sie barfuß war. Die fehlende Kleidung und ihre Regungslosigkeit alarmierten ihn; er war schon an ihr vorbei, als er bremste und nach kurzem Zögern zurücksetzte.

»Warum, Herr Jödel?«

»Ich weiß nicht. Sie sah so hilflos aus. Ich dachte, es wäre ihr etwas passiert. Oder jemand hätte sie belästigt.«

Das Wort ›belästigt‹ korrigierte er später freiwillig in ›vergewaltigt‹. Und danach habe der Täter sie hier ausgesetzt oder aus dem Auto geworfen. Vorsichtshalber rangierte er so weit zurück, dass er sie im Scheinwerferlicht wieder deutlich sehen konnte. Als er ausstieg und sich ihr näherte, rührte sie sich nicht, sagte auch kein Wort, so als habe sie ihn gar nicht wahrgenommen. Auch als er sie ansprach, reagierte sie nicht, sondern starrte weiter geradeaus vor sich hin.

»Als ob sie stumm und blind und gelähmt wäre.«

Er versuchte es noch einmal, wieder keine Reaktion.

»Wie im – Schock.« Medizinisch war dieses Wort unkorrekt, aber der verdutzte Jödel konnte ihr Verhalten nicht anders beschreiben. »Starr und völlig weggetreten.«

Ihm war klar gewesen, dass er jetzt nicht einfach wegfahren und die Frau ihrem Schicksal überlassen konnte. Aber seine Aufforderung, in sein Auto zu steigen, schien sie gar nicht zu erreichen, also hatte er es endlich riskiert und sie am Oberarm angefasst, um sie von der Bank hochzuziehen. Zu seiner großen Verblüffung folgte sie sofort, ohne Widerstand, immer noch wortlos, mit der unverändert maskenhaften Miene. Jetzt war ihm aufgefallen, dass sie keine Schuhe trug.

»Sie gehorchte wie eine – eine – Marionette. Ohne eigenen Willen.«

Jödel räumte ein, dass er ins Schwitzen geriet. Helfen wollte er, aber so etwas hatte er noch nie erlebt und die Furcht, in eine

Falle gelockt zu werden, wuchs von Sekunde zu Sekunde. Außerdem hatte er, wie er offen zugab, auch Angst vor der Reaktion der Frau: halbnackt, um Mitternacht auf einem einsamen Parkplatz – wenn sie nun später behauptete, er hätte sie belästigt – von solchen Fällen hatte er schon gelesen, und gerade weil er als Vertreter viel unterwegs war, nahm er grundsätzlich keine Anhalterinnen mit. Das hatte er erstens seiner Frau versprochen und zweitens kannte er einen Kollegen, der bei strömendem Regen eine junge Frau aufgelesen hatte, die am Ziel seelenruhig ausstieg und sofort zum nächsten Revier marschierte, wo sie ihn wegen sexueller Belästigung anzeigte. Mit perfekter Personenbeschreibung und vollständigem Kennzeichen. Das alles war ihm durch den Kopf geschossen, während er sie zu seinem Wagen führte.

»Ich musste sie regelrecht auf den Beifahrersitz drücken.«

Was sie ohne Widerstand mit sich geschehen ließ; als er einstieg, saß sie kerzengerade, die Hände flach auf den Oberschenkeln, den Kopf nach vorn gerichtet.

»Ich hab ihr gesagt, sie müsse sich anschnallen, aber das hat sie nicht gehört. Oder nicht verstanden.«

Was sollte er tun? Schließlich hatte Jödel an ihr vorbei nach dem Gurt gegriffen, selbst dabei bewegte sie sich keinen Millimeter, auch nicht, als er sie aus Versehen streifte. »Mir ist richtig unwohl geworden«, gestand er und seine Zähne klapperten noch in der Erinnerung. »Das war doch nicht normal.«

Rogge legte einen Merkstreifen auf die Protokollseite und blätterte schnell weiter: keine Einvernahme durch einen Sachverständigen. Wahrscheinlich hatte Jödel mehr als einmal bedauert, sich um die Frau gekümmert zu haben, die Protokolle mussten ihn mindestens zwei Tage gekostet haben. Von den sonstigen Scherereien ganz zu schweigen

Bei der zweiten Einvernahme hatte schon Grem die Fragen gestellt und Jödel gelöchert: Wie viel Zeit war zwischen seinem Einbiegen auf den Parkplatz und der Abfahrt verstrichen? Hatten in dieser Frist andere Autos auf dem Platz angehalten? Hatte er einen Menschen bemerkt? Ein Auto, dessen Fahrer sich merkwürdig verhielt?

Rogge schmunzelte mitfühlend; den armen Jödel konnte er sich gut vorstellen, vor ihm ein drohend-unfreundlicher Grem, daneben neugierige Beamte. Doch Jödel war fest geblieben: ziemlich genau um 23.55 Uhr angehalten. Fünf, höchstens sechs Minuten später wieder abgefahren. Während dieser Zeit hatte kein anderer Wagen den Parkplatz angesteuert; er hatte niemanden bemerkt, ihm war nichts aufgefallen. Ja, in der Zeit waren einige Wagen auf der Autobahn vorbeigefahren. Nein, auf der Fahrt bis in die Stadt war ihm niemand gefolgt, er glaubte sich daran zu erinnern, dass er mehrfach überholt worden war, aber konnte sich nicht daran erinnern, dass ein bestimmtes Auto ihm über eine längere Strecke gefolgt sei.

Acht oder neun Minuten nach der Abfahrt hatte sie plötzlich zu sprechen begonnen: »Wer sind Sie?«

Vor Schreck hätte er beinahe das Lenkrad verrissen. Sie hatte den Kopf zu ihm gedreht und betrachtete ihn, als sähe sie ihn zum ersten Mal, nicht ängstlich oder entsetzt, sondern völlig verwirrt, erstaunt, als sei sie aus einem tiefen Schlaf aufgewacht und wisse nun überhaupt nicht, wo sie sich befinde.

»Ich heiße Arno Jödel«, antwortete er hastig.

Darauf blinzelte sie; seine Worte hatte sie gehört, auch verstanden, dessen war sich Jödel sicher, aber damit war für sie die Situation nicht erklärt.

»Und wer sind Sie?«, hatte er gefragt.

»Wer ich …« Danach war sie verstummt und hatte wieder unbeweglich nach vorn geschaut. Die maskenhafte Starre war gewichen, jetzt sah sie völlig hilflos aus. Nach dreißig Sekunden sagte sie mit dünner Stimme: »Das weiß ich nicht.«

Jödel zweifelte, wie er zu Protokoll gab, keinen Moment daran, dass sie die Wahrheit sagte. Sie wusste nicht, wer sie war, er verstand zwar nicht, wie einem Menschen das passieren konnte, aber er war überzeugt, dass sie nicht log. Damit stand für ihn fest, was er tun musste.

»Ich bringe Sie zur Polizei«, erklärte er fest und nach einer Weile echote sie unsicher: »Zur Polizei, ja.«

Auch bei mehrmaligem Nachfassen beharrte Jödel darauf, dass sie danach keine Fragen mehr gestellt habe. Zwar sei sie jetzt voll bei Bewusstsein gewesen – oder aufgewacht, wie er es umschrieb –, aber sie wollte weder wissen, wo er sie aufgelesen hatte, noch, was mit ihrer Kleidung geschehen war.

Um 0.16 Uhr am 16. September erschien Jödel mit ihr im Autobahnpolizeiposten Terborn Nord.

Rogge lehnte sich zurück und gähnte. Ob Simon wirklich hoffte, mit diesen kümmerlichen Anhaltspunkten ließe sich der Fall jetzt noch, ziemlich genau zwölf Monate später, aufklären? Oder hatte Simon ihm nur eine Möglichkeit bieten wollen, sich für einige Zeit aus dem Routinebetrieb des Ersten Kommissariats zurückzuziehen, allein und unbeobachtet zu recherchieren, ohne ständig die heimlichen Blicke der Kollegen zu spüren, die sich besorgt oder auch hämisch fragten, ob Rogge es schaffte, sich wieder in die Mannschaft einzugliedern, ob er noch einmal über den Berg käme.

Mit der Schusswunde hatte er im Grunde sogar Glück gehabt. »Neun Millimeter Stahlmantel, mein Bester, die reinste Zimmerartillerie. Glatt rein, glatt durch, glatt raus.« Leinbusch verfügte über jenen speziellen Humor, den nur Ärzte im langjährigen Dienst bei der Polizei erwarben, und auch Rogge hatte sich ein Grienen abgezwungen. »Gute Handwerker hier, Jens, die Schulter wird nicht steif bleiben, aber deine Karriere als Gewichtheber ist hiermit beendet.«

»Ich hatte schon auf Marathonlauf umgestellt. Was ist mit dem Jungen?«

»Vor zwei Tagen Exitus.« Sein Mitleid sparte sich Leinbusch für die unschuldigen Opfer auf. Eine Rumänenbande, fünf Männer, wenn man Jugendliche zwischen sechzehn und zweiundzwanzig überhaupt schon so bezeichnen durfte. Der Bruch in das Warenlager war hervorragend ausbaldowert, aber der Zufall machte ihnen einen Strich durch die Rechnung. Der Nachtwächter hatte einen Freund mitgebracht und deswegen missglückte der Überfall. Wächter und Freund konnten noch schießen, ein Einbrecher wurde tödlich getroffen, einer schwer verletzt, die drei anderen Täter verschanzten sich in den Büros. Rogge wollte weiteres Blutvergießen vermeiden. Der MEK-Einsatzleiter hatte ihn gewarnt: »Die sind schon tot, entweder legen wir sie hier um oder die Auftraggeber zu Hause, weil sie den Bruch verpatzt haben. In diesem Geschäft duldet man keine Zeugen.«

»Ich versuch's trotzdem.«

»Mensch, Herr Rogge, die haben nichts mehr zu verlieren, die haben mit dem Leben abgeschlossen, was immer Sie denen versprechen.«

»Sorgen Sie bitte dafür, dass endlich der Dolmetscher kommt.«

Der Bullige hatte Recht behalten. Nach sechs Stunden waren zwei endlich mit erhobenen Händen herausgekommen, als plötzlich der dritte, jüngste an ihnen vorbeistürmte, direkt auf Rogge zu, die Pistole im Anschlag, das Gesicht zu einer Fratze aus Hass, Wut und Todesangst verzerrt, den Mund zu einem lautlosen Schrei aufgerissen. Zweimal konnte er noch schießen, bevor er unter dem Feuer der MEK-Leute zusammenbrach, und seine zweite Kugel durchschlug Rogges linke Schulter.

Verheilt war die Wunde wohl, aber manchmal zuckte ein stechender Schmerz durch seinen Arm und die linke Seite, der ihm die Tränen in die Augen trieb, und dahinter tauchte das Gesicht des Schützen auf, verzweifelt, hilflos, hoffnungslos, wie eine überscharfe Momentaufnahme. *Auf Killen dressiert,* hatten die Zeitungen geschrieben, vielleicht stimmte es sogar, aber den Dresseur hatten sie nicht ermittelt. Die beiden Überlebenden schwiegen immer noch eisern; sie hatten nicht einmal ihre Namen preisgegeben. Sickert, der im Landeskriminalamt die Einsätze gegen die Balkanbanden organisierte, hatte Rogge im Krankenhaus besucht: »Die werden auch keinen Ton sagen, Herr Rogge. Lieber lebenslänglich in einem deutschen Knast als nach Rumänien abgeschoben zu werden.«

»Womit müssten sie dort rechnen?«

»Wenn sie bis dahin keine Silbe ausgeplaudert haben – eine schnelle Kugel. Wenn sie auch nur einen Namen genannt haben – tja …« Er hob beide Hände. »Es gibt sehr unangenehme Methoden, diese Erde zu verlassen. Und an die Familienmitglieder möchte ich gar nicht denken.«

»Vermuten Sie das oder wissen Sie das?«

Sickert hatte unbehaglich gelächelt: »Ich weiß es, Herr Rogge. Aber ich werde Ihnen nicht verraten, woher.« Nach einer Pause hatte er widerwillig hinzugefügt: »Um Ihr Wohlwollen restlos zu verscherzen, will ich Ihnen gestehen, dass ich über Ihre Verletzung nicht unglücklich bin. Die MEK-Kollegen haben in Nothilfe geballert, das akzeptiert die Öffentlichkeit. Andernfalls würde es heißen, wir duldeten schießwütige Killer in unseren Reihen und so gefährlich und so brutal seien diese Banden doch gar nicht, das sei nur die Propaganda rechter Hardliner in der Polizei.«

»Und in der Politik«, hatte Rogge spöttisch ergänzt. »Ihre Fähigkeit, Trost zu spenden, überwältigt mich.«

»Dann hat sich mein Besuch ja gelohnt«, gab Sickert gemütlich zurück. »Übrigens schöne Grüße und gute Besserung auch von Peter Reincke.«

Nachdem Jödel geschildert hatte, wo und wie er die Frau aufgelesen hatte, informierte die Autobahnpolizei sofort die Kollegen in der Stadt. So heiße Kartoffeln schob man am besten gleich einen Teller weiter, zollte Rogge in Gedanken Beifall. Immerhin war die Routine angelaufen und – was immer man Grem vorwerfen konnte – er hatte nichts übersehen und nichts versäumt. Beim ersten Tageslicht hatten zwei Züge Bereitschaftspolizei das Gelände rings um den Parkplatz Feltenwiese abgesucht. Ohne Ergebnis, keine Spur von der fehlenden Oberbekleidung und den Schuhen der Frau. Und leider auch keine Spur von einer Handtasche mit Ausweispapieren.

Auch die ärztliche Untersuchung hatte ihnen nicht weitergeholfen. Die Frau war nicht vergewaltigt worden, es gab keine Anzeichen eines Notzucht-Versuchs, überhaupt keine Wunde oder Verletzung, die ihre Amnesie erklären konnte, nicht einmal Hämatome, die auf eine körperliche Auseinandersetzung hindeuten würden. Unter ihren Fingernägeln keine Hautpartikel, wie sie bei Abwehrreaktionen typisch waren. Eine Blutuntersuchung ergab eine Alkoholkonzentration von 0,6 Promille für den Zeitpunkt 1.00 Uhr am 16. September, aber sie konnte nicht sagen, wann und wo sie zuletzt etwas getrunken hatte. Auch nicht, ob und wann sie die Beruhigungspillen geschluckt hatte; die ermittelte Diazepam-Konzentration legte die Vermutung nahe, dass sie etwa 0,75 Milligramm sechs Stunden vor der Blutprobe eingenommen hatte. Ob und wie weit die Kombination von Alkohol und Valium die Amnesie ausgelöst haben konnte, blieb reine Spekulation, solange nichts über die Mengen und Umstände zu erfahren war. Ansonsten war die Frau organisch völlig gesund, Seh- und Hörstärke normal, ihre Zähne in einem beneidenswert guten Zustand.

Fingerabdrücke – nirgendwo registriert.

Der Abgleich der Vermisstenanzeigen mit den Merkmalen der Unbekannten füllte eine eigene Nebenakte. In zwei Fällen hatte Grem eine Gegenüberstellung arrangiert, beide Male negativ. Niemand schien die Frau zu vermissen.

Die zweite Nebenakte überflog Rogge nur. Wenn man alle gelehrten Spekulationen und unverständlichen Fachausdrücke wegließ, musste auch die Weißkittelriege bestätigen, was die Unbekannte plastisch so formuliert hatte: »Ich bin aufgewacht und saß neben einem netten Mann im Auto. Was früher war, ist ein graues Loch voller Nebel.« Grems Vermutung, sie sei eine hervorragende Simulantin, wollte kein Psychiater unterstützen, im Gegenteil, alle unterstrichen, dass sie ernsthaft mitarbeitete, um ihre wahre Identität herauszufinden. Doch selbst Hypnose führte keinen Schritt weiter und irgendwann im März musste Inge Weber, wie sie in den amtlichen Unterlagen jetzt genannt wurde – jeder Mensch brauchte einen Namen –, eine Krise durchlebt haben. An der Fixierung auf die vergeblichen Bemühungen, ihre Vergangenheit zu rekonstruieren, drohte sie zu verzweifeln. Scheinbar aus heiterem Himmel erklärte sie dem Psychologen, der Mensch sei nicht dazu geschaffen, immer den Kopf nach hinten zu drehen, sie wolle jetzt nach vorne schauen, irgendwas unternehmen, tun, arbeiten.

Als Grem davon erfuhr, blühte er auf: Das war's, sie hatte Angst, man werde ihr auf die Schliche kommen; jetzt noch einmal kräftig durch den Fleischwolf gedreht und er konnte diesen verdammten Fall abschließen. Die Sachverständigen waren anderer Meinung oder, wie Rogge stirnrunzelnd las, verschiedener Meinungen mit annähernd demselben Ergebnis.

Ihren Versuch, die Identitätskrise aus eigener Kraft zu meistern, konnten sie nicht missbilligen, allerdings auch nicht uneingeschränkt gutheißen. Wie auch immer, seit April ging sie nur noch unregelmäßig zu einem Psychologen, der sich Grems pausenlose Anrufe zum Schluss verbeten hatte: Nein, sie simuliere nicht, das graue Loch existiere immer noch und der Herr Kriminalhauptkommissar möge sich gefälligst gedulden und sich in Zukunft aller beleidigenden Äußerungen enthalten.

Diese Abfuhr – Durchschlag: an den Polizeipräsidenten – hatte Grem keine Ruhe gelassen und deswegen enthielt die dünne Beiakte Sprengstoff: Grem hatte Inge Weber überwachen lassen. Ohne den Betreuer zu informieren den das Vormundschaftsgericht bestellt hatte, und gegen die Anweisung Simons. Doch die Mühe hatte nicht gelohnt. Inge Weber war in eine kleine Wohnung in einem scheußlichen Hochhaus eingezogen, in der Wilhelmstraße, und arbeitete als Halbtagsverkäuferin in der Bäckerei und Konditorei Krone, Semmerstraße 144. Diesen Job hatte ihr der Betreuer besorgt. Inge Weber lief sehr viel zu Fuß, schien sich ausgesprochen gern zu bewegen, besuchte Symphoniekonzerte und Museen. Die Nachbarn und Kolleginnen schilderten sie als offen, energisch, humorvoll und zuverlässig; aus ihrer ungewöhnlichen Lage machte sie kein Geheimnis: »Guten Tag, ich werde Inge Weber genannt, meinen wahren Namen weiß ich nicht, weil ich mein Gedächtnis verloren habe, aber Sie müssen sich nicht fürchten, ich bin nicht verrückt.«

Selbst Grem hatte zähneknirschend einsehen müssen, dass sie nichts verheimlichte. Nicht einmal die Tatsache, dass sie in der Bäckerei einen Mann kennen gelernt hatte, Achim Schönborn, mit dem sie seit Mai ein Verhältnis hatte.

Rogge trommelte einen Marsch auf den Schreibtisch. Der liebe Grem forderte mit seiner Art viele Menschen zu unerwarteten Reaktionen heraus!

In der letzten Nebenakte war der Papierkrieg um die Sendung ›XY … ungelöst‹ vom März abgeheftet. In seiner Begründung hatte Grem offen zugegeben, dass er eine positive Personenidentifizierung nicht mehr erhoffe sie war jetzt sechs Monate ›verschwunden‹, hätte also längst vermisst werden müssen, wo immer und mit wem immer sie früher gelebt hatte. Aber da war die Unterwäsche, ein sehr teures, nicht weit verbreitetes Produkt, und da gab es die drei Schmuckstücke, die sie getragen hatte, als sie mit Arno Jödel bei der Polizei erschien: eine flache goldene Armbanduhr, eine doppelreihige Kette echter Perlen und einer Schließe mit zwei Diamanten und ein goldenes Armband, besetzt mit Smaragden. Zumindest die Schließe der Perlenkette und das Armband waren Einzelanfertigungen. Wenn sie die rechtmäßige Eigentümerin dieser Stücke war, konnte sie vor dem ›grauen Loch‹ keine arme Frau gewesen sein.

Das Ergebnis schenkte Rogge sich: nichts. Abgesehen davon, dass Grem seitdem in der Kantine häufiger angemosert wurde, wann er denn regelmäßig als Moderator im Fernsehen zu bewundern sei.

Und nun wollte Simon den Fall vom Tisch haben! Mit diesen Anhaltspunkten. Nachdem Rogge beträchtliche Löcher in die Luft gestarrt hatte, raffte er sich auf und rief ihren Polizeipsychiater an, im Hausjargon ›Bullentröster‹ genannt.

Das Glück lächelte ihm, Sedelmann hob sofort ab: »Herr Rogge! Was kann ich für Sie tun?«

»Sie kennen den Fall Inge Weber?«

»Grems Waterloo? Ja, aus den Akten.«

»Dann müssten Sie mir eine Frage beantworten können. Die Frau saß in BH und Slip auf einer Bank. Ohne Schuhe. Es hatte zwar noch etwa zwanzig Grad Celsius, aber nach einiger Zeit muss sie doch zu frieren begonnen haben.«

»Richtig.«

»Hätte sie dann nicht aufwachen müssen?«

»Vorsicht, Herr Rogge. Ich ahne, worauf Sie hinauswollen. Es spricht viel dafür, dass die Kälte das Aufwachen ausgelöst hat, also die Reaktion, die sie in dem Auto dann erlebte. Aber an dem grauen Loch hätte das nichts geändert – aller Wahrscheinlichkeit nach nicht.«

Bloß nicht festlegen, dachte Rogge resigniert. »Gut. Nach der Aussage dieses Jödels, die wir alle für korrekt halten, ist sie aber erst in seinem Auto aufgewacht. Kann ich daraus den

Schluss ziehen, dass sie noch nicht sehr lange auf dieser Parkplatzbank gesessen hatte, als Jödel sie auflas?«

»Ich weiß, dass meine Vorbehalte Sie ärgern, aber trotzdem: möglich, ja.«

»Wie lange hat sie da gehockt? Fünf Minuten? Zehn Minuten? Eine Stunde?«

»Tut mir Leid, auf das Eis lasse ich mich nicht locken.«

»Und warum nicht?«

»Herr Rogge, Sie gehen doch auch davon aus, dass sie irgendetwas erlebt hat, etwas Schreckliches, Ungewöhnliches, Fürchterliches, jedenfalls so schlimm für sie, dass ihr Verstand darauf mit Verweigerung reagiert hat. Mal laienhaft: Im Unterbewusstsein kann sie die Kälte gespürt haben, aber dieser Reiz muss nicht so groß gewesen sein, dass er die Blockade, die Hürde vor dem Bewusstsein, überwunden hat.«

»Schade.«

»Ja, tut mir Leid. Die Neuigkeit ist natürlich im Haus längst rum. Viel Glück, Herr Rogge.«

»Danke, das kann ich gebrauchen.«

Nach der Fernsehsendung hatte sich tatsächlich ein Autofahrer gemeldet, der am 15. September auf dem Parkplatz Feltenwiese gehalten hatte. Auf die Minute konnte oder wollte er sich nicht festlegen, gegen 23.20 Uhr war er eingebogen und ausgestiegen: Kniebeugen, Arme schwingen, etwas Hüpfen, ein paar Schritte hin- und herlaufen, eine Zigarette rauchen – Abfahrt gegen 23.35 Uhr. Auch zu der Zeit hatte kein Auto auf dem Parkplatz gestanden, dessen war er sich »ziemlich sicher«, also leider nicht hundertprozentig. Nein, er hatte keinen Menschen gesehen und eine Frau in Unterwäsche – nein, die wäre ihm doch bestimmt aufgefallen. Na schön. Laut Auskunft der Autobahnpolizei wurde die Feltenwiese selten angesteuert. Es gab keine Toiletten dort, kein Telefon, übrigens auch keine Beleuchtung, nur drei roh gezimmerte Holztische mit Bänken aus halben Baumstämmen; ein Fahrer würde sich gerade nachts überlegen, ob er nicht noch die vierzehn Kilometer bis zur Autobahnraststätte dranhängen sollte. Auch Jödel war nur abgebogen, weil er »unbedingt musste«.

Also mal angenommen: Der Zeuge hatte sich nicht geirrt, war um 23.35 Uhr wieder abgefahren. Zweite Annahme: In dem großen, dunklen Wagen, den Jödel um 23.55 Uhr beobachtet hatte, als der auf die rechte Spur zog, hatte vorher Inge Weber gesessen. Also konnte, was immer sich am 15. September abgespielt hatte, höchstens zwanzig Minuten gedauert haben.

Bevor er sich erneut über Simon aufregte, klingelte das Telefon: »Rogge, weißt du, wie spät es ist?«

»Sei gegrüßt, schöne Dörte«, sagte er ergeben.

»Von wegen gegrüßt! Wir waren zum Essen verabredet, vor einer Viertelstunde wolltest du mich abholen und jetzt nimmst du die Beine in die Hand, ich warte bei Renzler auf dich.«

Sie hatte bei Renzler einen der seltenen Zweiertische belegt und blitzte ihn finster an. Dörte von Sandau, ein Jahrzehnt jünger als Rogge, von Beruf Staatsanwältin, geschieden, seit einiger Zeit Rogges Nachbarin eine Etage tiefer, wartete nicht gerne, wie sie ihm mehr als einmal erklärt hatte. Obwohl er sonst nicht gerade begriffsstutzig war, hatte er lange gebraucht, bis er diese Sätze auf sich bezog.

»Lass dir was Überzeugendes einfallen!«, drohte sie und er schmunzelte.

Von dem Fall Inge Weber hatte sie gehört. »Und was will Simon von dir?«

»Dass ich herausfinde, wer sie ist.«

»Wieso du? Was hat die Mörderei mit Gedächtnisverlust zu tun?«

»Das musst du Simon fragen.« Rogge seufzte, weil sie die Stirn runzelte. »Ich glaube, er will mir einen Gefallen tun und mich aus dem Routinebetrieb rausziehen.«

»Verheizen.«

»Nein, das denke ich nicht, er weiß zu genau, wie verfahren die ganze Kiste ist.«

Dörtes skeptischem Blick hielt er stand. Sein Vertrauen in Simons Anständigkeit teilte sie nicht uneingeschränkt, sie war mit dem alten Fuchs mehr als einmal dienstlich zusammengerasselt, aber wenn Jens meinte, Karl Simon sei ein echter

Freund, so wollte sie nicht widersprechen. Im vergangenen Dezember war sie seine Nachbarin geworden, ganz und gar nicht freiwillig, wie sie immer wieder betonte. Kurz zuvor hatten die Banken und die Gläubiger sich auf die Summe geeinigt, die sie zurückzahlen musste, nachdem der Ehemann haarscharf an einem Verfahren wegen Konkursbetrugs vorbeigeschlittert war. Da sie in ›Zuverlustgemeinschaft‹ gelebt hatten, wie sie wütete, blieb ihr nichts anderes übrig, als die große Wohnung in einer alten Villa am Stadtpark aufzugeben und sich etwas Billigeres zu suchen. Rogge hatte von ihren Nöten gehört, und als er erfuhr, dass eine der Zweizimmerwohnungen in seinem Hochhaus frei werden sollte, informierte er sie. Notgedrungen griff sie zu, der Göttergatte Felix hatte sich seinen finanziellen Verpflichtungen durch Abtauchen entzogen, was die Gläubiger empörte, sie hingegen erleichterte, weil es kein Konto mehr gab, auf das sie den gerichtlich verfügten Unterhaltsausgleich überweisen musste. »Für den Scheißkerl auch noch löhnen? – Mit unserer Gesetzgebung stimmt was nicht.« Für einen lockeren Spruch war Dörte jederzeit gut, was den Umgang mit ihr angenehm erfreulich machte, ihre Karriere aber gewaltig hemmte. Und dann war sie die einzige Frau gewesen, die regelmäßig zu ihm ins Krankenhaus kam, meist in Eile, mit einer Unsentimentalität, die sogar die Schwestern erschreckte, immer voller Neuigkeiten und vor Optimismus platzend. »Ich mag Männer, die schwächer sind als ich«, erklärte sie fröhlich, aber als Rogge seinen linken Arm wieder gebrauchen konnte, das Argument also nicht mehr zutraf, meinte sie spöttisch, nun habe sie sich an ihn gewöhnt und er als Kriminalbeamter wisse ja, über welche Macht eine zornige Staatsanwältin verfüge.

»So, die Akten rufen nach mir.«

»Und ich werde eine schöne Bäckerin besuchen.«

»Pass auf, dass sie dich nicht mit Mehl einstäubt, und bring mir eine frische Baguette mit.«

»Zu Befehl!«

Die Semperstraße lag in einem Viertel, das vor der Erfindung der Betonplatten entstanden war, und die Bäckerei Krone befand sich in einem kleinen Einkaufszentrum. Es roch nach frischem Brot und warmem Gebäck, die drei Frauen hinter der Theke hatten gut zu tun, Rogge musste sich in eine kleine Schlange einreihen.

Inge Weber erkannte er nach den Bildern aus der Akte sofort. Zweite Hälfte dreißig, hundertfünfundsiebzig Zentimeter groß, knapp über sechzig Kilo, bestimmte Dinge registrierte er automatisch. Dunkelblonde lockige Haare, kurz geschnitten. Grüne Augen, hohe Wangenknochen, Stupsnase, breiter, voller Mund; ein schmales, ungewöhnliches Gesicht, das auffiel, das man nicht so leicht vergaß. Sie bewegte sich schnell und zielstrebig, Energie schien sie im Übermaß zu besitzen, aber sie lachte auch gerne und für jede Kundin hatte sie einen freundlichen Satz parat.

Langsam rückte er vor. Jetzt konnte er auch die Worte verstehen, die sie mit den Kundinnen wechselte. Sie biederte sich nicht an, dazu schien sie zu intelligent, und sie achtete bei aller verbindlichen Freundlichkeit doch auf Distanz. Das graue Loch hatte ihr Selbstbewusstsein erstaunlicherweise nicht beschädigt, dachte Rogge flüchtig, und nach der kurzen Zeit, die er sie beobachten konnte, war er sicher, dass sie früher privat und auch beruflich, was immer sie getan hatte, beliebt und erfolgreich gewesen war.

»Ja, bitte?«

»Ich hätte gerne eine frische Baguette und ein Pfund geschnittenes Graubrot.«

»Ja.« Als die Sachen auf der Glasplatte lagen, zückte er seinen Ausweis. »Außerdem möchte ich Sie gern sprechen, Frau Weber.«

Sie hob die Augenbrauen, las seinen Ausweis und stöhnte leise: »In einer Stunde habe ich frei. Können Sie so lange warten?«

»Kein Problem. Ich hole Sie ab, ja?«

»Bis dann, Herr Rogge.«

Mit etwas schlechtem Gewissen schlenderte er zu einem Geschäft auf der anderen Straßenseite. Kaufhäuser hasste er, die vielen Menschen, das Gewusel und die schlechte Luft stimmten ihn reizbar, aber neue Hemden brauchte er, daran führte kein

Weg mehr vorbei; die Sandausche Freifrau drängte ihn, entweder zuzunehmen oder neue Anzüge zu kaufen. Im Krankenhaus und in dieser Folterwerkstatt von Reha hatte er fast fünfzehn Kilo verloren und darüber hinaus auch den Appetit. Schon vor dieser Schießerei war er mager gewesen, jetzt durfte er sich mit Fug und Recht als ›hager‹ bezeichnen und Jacken und Hosen saßen großzügig, um nicht zu sagen: Sie schlotterten. Also neue Hemden und vielleicht ein, zwei Krawatten.

Das kurze Kleid stand Inge Weber gut, er lächelte anerkennend, was ihr nicht entging. Lange Beine, schmale Hüften, ein schöner Busen; im letzten Moment verbot er sich, ihre Maße zu schätzen und in seinem Gedächtnis zu speichern.

Während sie ihm die Hand gab, zerkaute sie ein Lächeln. »Wir kennen uns noch nicht.«

»Nein. Kollege Grembowski hat den Fall heute abgegeben.«

»Den Fall?«, spottete sie und schwang sich die Tragetasche über die Schulter. »Meinen Fall?«

Die Sonne tat des Guten fast zu viel, Inge Weber setzte eine sehr dunkle Sonnenbrille auf, was Rogge bedauerte, ihre lebhaften Augen verrieten viel.

»Sie sind eine Art Herausforderung für uns, Frau Weber.«

»Das hat Ihr Kollege immer anders, etwas gröber formuliert.«

»Kollege Grem neigt zu einer gewissen Direktheit«, stimmte er zu und lachte leise.

»Das ist sehr diplomatisch ausgedrückt, Herr Rogge. Darf ich fragen, was Sie im Präsidium machen?«

»Ich bin Leiter des Ersten Kommissariats.«

»Des Ersten – das ist doch die Mordkommission?«

»So heißen wir in den Krimis. Aber präzise definiert sind wir zuständig für Taten gegen Leib und Leben und die persönliche Freiheit.«

»Das heißt konkret was?«

»Wenn Sie zum Beispiel gewaltsam, gegen Ihren Willen, zu diesem Parkplatz gebracht worden wären, fiele das in meine Zuständigkeit.«

»So ist das!« Sie holte tief Luft: »Herr Rogge, ich wollte eigentlich zu meinem Gymnastikklub.«

»Mein Auto steht da drüben.«

»Nein, danke, ich brauche Bewegung und frische Luft. Hätten Sie was dagegen, mich dorthin zu begleiten? Es sind nur etwa zwanzig Minuten.«

»Gerne. Ich hocke sowieso zu viel am Schreibtisch.«

Leider verbarg die Sonnenbrille ihre Augen, sie drehte kurz den Kopf zu ihm und Rogge vermutete, dass sie ihn halb erstaunt, halb amüsiert betrachtete.

»Na denn.« Sie schlug ein beachtliches Tempo ein. Nach einer Weile gestand Inge Weber unvermittelt: »Mit diesem Herrn Grembowski bin ich nicht ausgekommen.«

»Ja, ich kann's mir gut vorstellen, Grem hält Sie nämlich für eine Simulantin.«

»Und Sie? – Glauben Sie auch, ich spiele Theater?«

»Nein«, erwiderte er friedfertig.

»Gott sei Dank«, murmelte sie. »Aber Sie sind doch nicht vorbeigekommen, um mir das zu sagen?«

»Nein, ich wollte Sie einmal sehen, mir ein Bild von Ihnen machen.«

Das schien sie zu erheitern, aber sie antwortete nicht.

Mehrere Minuten liefen sie schweigend, sie bog in den Reschenpark ab und erkundigte sich ernsthaft: »Gehe ich zu schnell?«

»Nein, noch kann ich mithalten.«

»Dieses Stehen – ich hab hinterher das Gefühl, meine Beine sind doppelt so dick.«

»Können Sie sich zwischendurch nicht mal setzen?«

»Doch, natürlich, aber heute war wieder ein Betrieb, man ist gar nicht dazu gekommen.«

»Ja. Frau Weber, eine Frage hätte ich allerdings: Als Sie in Jödels Auto aufgewacht sind – wie haben Sie das alles betrachtet, das Auto, die Autobahn, dann die Polizei? Ist Ihnen das fremd vorgekommen? Oder vertraut?«

»Darauf sind die Psychiater auch herumgeritten. Nein. Ich war natürlich erstaunt und verwirrt, eine ganze Zeit auch ängstlich, aber nicht wegen der Gegenstände oder Personen, sondern wegen meiner Situation.«

»Sie sprechen ein völlig akzent- und dialektfreies Hochdeutsch.«

»Alle vermuten – oder gehen davon aus, dass ich auch vor meinem grauen Loch in Deutschland gelebt habe.«

Er nickte zufrieden. Auch Grem hatte in seiner persönlichen Beurteilung ihre schnelle Auffassungsgabe und Intelligenz hervorgehoben. Aber weil Grem sich in den Gedanken verrannt hatte, sie täusche den Gedächtnisverlust vor, war er nie auf die logische Alternative verfallen: Entweder schwieg Inge Weber über ihre Vergangenheit, weil ihr Gedächtnis tatsächlich blockiert war – oder sie schwieg, weil sie etwas zu verbergen hatte; in beiden Fällen durfte er von ihr keine Informationen erhoffen.

Der Reschenpark war nicht groß, zweihundert Meter lang, um die fünfzig breit, ein grüner Fleck in dem dicht bebauten Viertel. Am Ausgang Collinistraße hielt Inge Weber sich links, jetzt schlenderte sie sehr viel langsamer.

»Was werden Sie tun, Herr Rogge?«

»Das weiß ich noch nicht«, wich er aus. »Mit Leuten reden.«

»Verhaften Sie diese Psychiater!«

»Warum denn das?«

»Weil die mich wahnsinnig machen. Reden geschwollen daher, stehlen meine Zeit und produzieren nur warme Luft.«

»Vorsicht, Frau Weber, wenn das ein Haftgrund wäre, gäbe es viel Platz in der Stadt.«

»Nix dagegen!« Sie lachte fröhlich, blieb stehen und nahm die Brille ab. »Ich bin da. Es hat mich gefreut, Sie kennen zu lernen, Herr Rogge.«

»Ebenfalls, Frau Weber. Und viel Spaß bei der Gymnastik.«

Auf dem Rückweg zu seinem Auto setzte Rogge sich für eine Zigarettenlänge auf eine Bank im Park. Wenn Inge Weber heuchelte, hatte er es mit einer beachtlichen Gegnerin zu tun. Und dieser Spaziergang hatte nicht nur seiner Gesundheit genutzt, sondern ihm auch einen Anhaltspunkt gegeben: Sie war kräftig und energisch, keine Frau, die man rein durch Einschüchterung dazu bekam, ein Kleid und die Schuhe auszuziehen, brav in einem Auto sitzen zu bleiben und sich dann widerstandslos auf einem Parkplatz abladen zu lassen wie ein überflüssiges Möbelstück. Schön, vor der Mündung einer Pistole reduzierte sich jeder Mut, aber neben der körperlichen Kraft, eine Gegenwehr zu versuchen, verfügte sie auch über das nötige Temperament, um viel zu riskieren.

Auf der Rückfahrt ins Präsidium musste Rogge vor einer Ampel einmal hart auf die Bremse steigen, weil er das Umspringen auf Gelb verdöst hatte. Hinter ihm kreischten Reifen, instinktiv sah er in den Rückspiegel, es hatte gerade noch gereicht, aber zwischen beide Stoßstangen passte wahrscheinlich nur noch ein Blatt Papier. Entschuldigend hob er eine Hand, doch der Fahrer senkte rasch den Kopf, als wolle er verbergen, was er von dem Trottel vor ihm wirklich dachte.

»Blödmann!«, grummelte Rogge verärgert. Einer dieser unerträglich schönen Sonnenbrillentypen.

Den Rest der Strecke fuhr Rogge vorsichtiger, schaute häufiger in den Rückspiegel, aber er begann sich erst zu wundern, als er vom zweiten Ring in die Einbahnstraße abgebogen war und dieser Schönling immer noch hinter ihm hing. Wollte der was von ihm? Doch als er auf den Parkplatz des Präsidiums steuerte, gab der Knabe Gas und röhrte ganz knapp hinter seinem Heck vorbei. Es gab schon seltsame Geschöpfe auf Gottes weiter Welt!

Von den zehn Planstellen des Ersten Kommissariats waren drei nicht besetzt. Kollege Schubert lag nach einem Autounfall immer noch in der Klinik, der Trümmerbruch wollte einfach nicht verheilen. Nach der Versetzung der Kollegin Ackermann musste ihre Stelle im Zuge der Sparmaßnahmen sechs Monate frei bleiben. Für den Kollegen Henrich, der zu einem Lehrgang abgestellt war, gab es erst recht keinen Ersatz. Früher hatten zwei Frauen die Sekretariatsarbeiten im Dienstzimmer erledigt; seit dort der Computer Einzug gehalten hatte, war eine Stelle gestrichen worden. Es klemmte an allen Ecken und Kanten und die Schutzpolizei verlangte lautstark, mehr als bisher bei der Kripo zu sparen. Das immer schon wenig harmonische Verhältnis hatte einen bösen Knacks bekommen, nachdem das *Tageblatt* Anfang des Jahres ein von der Schutzpolizeiführung ausgearbeitetes Organisationskonzept veröffentlicht hatte. Danach sollten das Präsidium drastisch verkleinert und auf allen Revieren selbstständige Kriminalwachen eingerichtet werden. *Uniform macht dumm* und *Machtgeile Imperialisten* hatte der ›Bund der Kriminalbeamten‹ in seinem BdK-Verbandsorgan zurückgekeilt, was genau den falschen Auftakt für eine, wie Rogge fand, längst überfällige Reformdiskussion abgab. Im Moment wurde geschimpft, wann immer sich eine Gelegenheit dazu bot. Unmittelbar vor den Personalratswahlen hatte der BdK in einer Öffentlichkeitsaktion die ob der ›steigenden Kriminalität verunsicherten Bürger‹ aufgefordert, Möbel und technisches Gerät für die völlig unzureichend ausgestattete und deshalb so erfolglose Schutzpolizei zu spenden; die Erfinder der Aktion rieben sich die Hände, es flossen tatsächlich Spenden, und die Schutzpolizeiführung, die zähneknirschend diese Wohltaten in Empfang nehmen musste, überlegte krampfhaft, wie sie diese Gemeinheit heimzahlen konnte. Seit einiger Zeit kursierten Memoranden und Unterschriftenlisten aller möglichen Gruppen im Präsidium und Rogge wollte nicht darauf wetten, dass seine Leute seine dienstliche Anweisung befolgten, sich aus diesem Zank herauszuhalten und keine Stellung zu beziehen. Natürlich war dieser Befehl längst im ganzen Haus bekannt und einte wahrscheinlich die Zerstrittenen wenigstens in einem Punkt, nämlich in ihrer Abneigung gegen den Leiter des Ersten K., der sich bis jetzt geweigert hatte, seine Meinung kundzutun. Grem gehörte zu den lautstarken Verteidigern der Kripo und reagierte wie der Stier auf das rote Tuch, wenn er nur die Wörter ›Gewerkschaft der Polizei‹ hörte. Und er verfocht mit Grem'scher Sturheit die These, dass jeder gegen ihn sei, der sich nicht explizit für ihn aussprach.

Oberkommissar Hans Kirchbauer hatte alle zu der üblichen Abendbesprechung zusammengerufen. Obwohl Rogge sich hundertprozentig auf ihn verlassen konnte, war Rogge mit seinem Vertreter, der überall seine Ohren aufsperrte, das Gras wachsen hörte und jede Intrige im Voraus witterte, nie recht warm geworden. Das behinderte sie nicht im täglichen Geschäft, führte aber dazu, dass sie privaten Kontakt mieden.

Der Einzige, der diese Spannung nicht zu spüren schien, war Hauptmeister Kilian Haindl, ein schwarzlockiger Energie- und Temperamentsbolzen und umtriebiger Hansdampf in allen Gassen. Kili, wie er allgemein genannt wurde, hatte das große Los gezogen, bei einem steinreichen Onkel mietfrei in einem großzügigen Apartment zu wohnen und die gar nicht so alten Autos seines Onkels, wie er spottete, ›auftragen‹ zu können. Geldsorgen kannte er folglich nicht, notfalls half der liebe Onkel aus, der immer noch hoffte, Kili würde eines Tages sein Geschäft übernehmen. So konzentrierte sich der Herzensbrecher in erster Linie auf Frauen, dann auf seine Computer und zum Schluss auf seinen Beruf. Rogge schätzte Kilis Intelligenz und Fantasie, bemängelte aber dessen Bereitschaft, fünf auch einmal gerade sein zu lassen.

Wie immer hatte es Kili geschafft, sich neben die Kollegin Petra Steiniger zu drängen, die ihn mit permanenter Missachtung strafte und seine täglichen Annäherungsversuche hoheitsvoll abprallen ließ, weshalb Kili sie gerne Petra Peiniger nannte. Dann allerdings startete die große Obermeisterin sofort unter die Decke. Sie war wirklich eine schöne Frau, was Kili automatisch herausforderte, und besaß einen dicken Kopf, was Kili einfach nicht wahrhaben wollte.

Dagegen gab die schüchterne Erika Scholz zu erkennen, dass sie für Kili viel übrig hatte, sehr zum Ärger ihres Kollegen Peter Dingeldey, der sich vergeblich um Erika bemühte. Obermeister Dingeldey kultivierte im Übermaß, was Kili Haindl abging, Gründlichkeit und eine schwerblütige Langsamkeit, die den Umgang mit ihm nicht eben erleichterten.

Kommissar Achim Born war der scharfe Hund des Ersten, klein, drahtig und ungeduldig. Mit ›Bello Born‹ arbeitete niemand gern zusammen, weil Born verlangte, dass sich alles nach ihm richtete. Bei Kili zog er damit regelmäßig den Kürzeren, mit Dingeldey brachte er nicht die nötige Geduld auf und sein bevorzugter Partner Schubert, den ein gesundes Phlegma vor allen Aufregungen schützte, ›faulenzte‹ im Krankenhaus, wie Born regelmäßig schimpfte. Permanenter Krieg herrschte zwischen Born und Hertha Wassmuth, ihrer Dienstzimmerkommandantin, die in dreißig Jahren so viele Kommissare hatte kommen und gehen sehen, dass der Grauhaarigen niemand mehr imponierte, geschweige denn Furcht einjagte. Tüchtig und zuverlässig war sie, das erkannten alle an, und Rogge schmunzelte oft bei dem Gedanken, sie habe von allen Kollegen am besten gelernt, sich durch Bärbeißigkeit unnütze Arbeit vom Halse zu halten. Anerkanntermaßen kochte sie den besten Kommissariatskaffee des Präsidiums und ihre Technik, für die Kaffeekasse zu sammeln, streifte oft den Tatbestand der Nötigung.

Die laufenden Fälle waren schnell besprochen, man konnte über Kirchbauer denken, was man wollte, sein Geschäft verstand er und Rogge saß deshalb schweigend auf der Fensterbank und hörte nur mit halbem Ohr zu, bis Kili ihn direkt anflachste: »Im Hause schleicht das Gerücht umher, du würdest den Leibwächter für eine schöne Frau spielen.«

»Simon hat mir diese Inge Weber aufs Auge gedrückt.«

»Ach nee! Will er Grem eins überbraten?«

»Möglich.«

»Was ist denn mit der Weber wirklich los? Simuliert sie?«

»Nein, das glaube ich nicht.« Dabei schüttelte Rogge unmerklich den Kopf, damit Kili seine nächste Frage verschluckte, die ihm auf der Zunge lag. »Ich habe auch schon eine Idee und werde in den nächsten Tagen was nachprüfen.«

»Das hört sich an, als würdest du dich ausklinken.«

»Ja, das habe ich vor. Im Augenblick braucht ihr mich nicht und für den Fall, dass es eng wird, hinterlasse ich bei Hertha, wo ihr mich finden könnt.«

Kili wollte noch etwas sagen, aber Rogge blinzelte ihm zu und sein Adlatus kapierte, drehte sich zu Petra um und schmeichelte: »Was meinst du – haben wir auch eine Idee, die wir mal überprüfen müssen?«

Dingeldey knurrte, Erika Scholz seufzte und Petra kicherte: »Sicher, Kili, du könntest mein Auto waschen.«

»Das ist keine Idee, das ist eine Schnapsidee.«

»Du weißt doch, dass ich nur Wein trinke.«

»Wein trinken und Wasser predigen!« Kili schüttelte empört den Kopf, von Borns finsterer Miene nicht die Spur beeindruckt. Eines Tages würden die beiden gewaltig zusammenrasseln, Kili hielt Bello für einen aufgeblasenen Westentaschendiktator und Born hasste die Unabhängigkeit eines Mannes, der auf jede Hierarchie pfiff.

»Okay, das war's dann, einen schönen Abend noch.« Wie immer hatte Kirchbauer genau zum richtigen Zeitpunkt eingegriffen, aber Rogge überlegte auf dem Weg in sein Zimmer, warum ihm diese Fähigkeit seines Stellvertreters so unsympathisch war.

Simon saß noch an seinem Schreibtisch: »Klar, kommen Sie hoch.«

Das Gespräch verlief nicht so, wie Rogge sich das vorgestellt hatte, Simon weigerte sich, seine Entscheidung anders oder ausführlicher zu begründen als heute Vormittag.

»Ich will den Fall vom Tisch haben.«

»Streng genommen ist es nicht einmal ein Fall, Herr Simon«, belehrte der Hauptkommissar seinen Vorgesetzten geduldig. »Es fehlt ein hinreichender Verdacht, um überhaupt eine Ermittlung aufzunehmen.«

»So kann man das sehen«, stimmte Simon mit unbewegtem Gesicht zu. Als Pokerspieler müsste er reich werden.

»Hat es mit Miriam Schönborn zu tun?«

»Nein.« Simon bestritt es so ruhig, dass Rogge ihn zweifelnd anschaute. »Ich weiß, dass wir uns damals nicht mit Ruhm bekleckert haben, und diesen Staatsanwalt Jagenow könnte ich heute noch erwürgen.«

»Ich habe heute mit Inge Weber gesprochen, aber den Namen Miriam Schönborn nicht erwähnt.«

»Völlig richtig, Herr Rogge. Mein Wort darauf, dass ich Schönborn nicht behelligen will. Miriam war eine schöne Frau, ein seltenes Talent, aber ich habe mir von vielen Leuten, die sie privat kannten, immer wieder versichern lassen, dass sie in ihrem Haus sterben wollte. Allein, ohne Zeugen, nicht in einem Krankenhaus. Und Schönborn hat von Anfang an zugegeben, dass er sich das Morphium illegal besorgt hat.«

»Sie war schön, begabt und reich, Herr Simon.«

»Auch solche Menschen erkranken an Krebs.«

Im Grunde stimmte Rogge Simon ja zu. Miriam Andersen hatte eine kometenhafte Karriere hinter sich, als sie Schönborn kennen lernte. Eine Altistin, der alle Kritiker vorhergesagt hatten, sie werde den Sprung an die Scala oder die Met mit Leichtigkeit schaffen. Dann heiratete sie diesen windigen Immobilienmakler, der so schnell viel Geld gescheffelt hatte, dass sich der Verdacht unsauberer Geschäfte einfach aufdrängte. Von einem Tag auf den anderen verzichtete Miriam Schönborn auf die Bühne, um nur noch Hausfrau zu sein, und sechs Monate nach der Hochzeit verließ sie die Villa in Steinfurth nicht mehr. Keine Erklärung, keine Begründung, nichts; die Zeitungen überschlugen sich. Ein Jahr später schlief sie auf ihrem Lieblingsplatz im Garten ein, einem Rondell mit einem kleinen Springbrunnen, das ringsum von dichten Ligusterhecken umgeben war. Erst nach ihrem Tod wurde bekannt, dass sie unheilbar krebskrank gewesen war, die letzten Monate hatte sie nur mit Morphium überstanden, das Schönborn bei Dealern besorgt hatte. Aus ihrem elterlichen Erbe hinterließ sie Schönborn mehr als sechs Millionen Mark, und als das große Gemunkel anhob, nur dank dieses Geldes sei Schönborn am Bankrott vorbeigeschlittert, leitete Staatsanwalt Jagenow ein Ermittlungsverfahren ein.

»Aber seltsam ist es schon«, fand Rogge nachdenklich.

»Wie meinen Sie das?«

»Schönborns erste Frau war reich und todkrank und jetzt unterhält er eine Beziehung zu einer Frau, die nicht weiß, wer sie ist.«

»Sie mögen Schönborn nicht?«

»Nein. Einen sachlichen Grund habe ich allerdings nicht, reine Antipathie.«

»Dank derer Sie nun rätseln, ob Schönborn entdeckt hat, wer sie ist, und darüber hinaus weiß, dass sie viel Geld besitzt.«

Rogge hatte seinen Verdacht nicht verbergen wollen, lächelte aber anerkennend, dass Simon ihn so schnell durchschaut hatte.

»Wir senden wieder einmal auf derselben Wellenlänge, Herr Rogge.«

»Doch Sie haben Ihren Text verschlüsselt.«

»Nein.« Simon reagierte gelassen. »Mir will einfach nicht in den Kopf, dass in Deutschland eine Frau ein Jahr lang nicht vermisst wird. Und der heimliche Macho in mir fügt hinzu: eine Frau, die immer und überall die Aufmerksamkeit der Männer erregt haben muss.«

Rogge brummte zustimmend. Was Simon ausgesprochen hatte, war völlig richtig, doch zugleich ein Ablenkungsmanöver.

»Ich schaue mir morgen diesen Rastplatz mal an.«

Simon zuckte mit den Schultern. Einzelheiten wollte er nicht hören, Hauptsache, Rogge unternahm etwas. Aus einem Grund, den er immer noch nicht ausgesprochen hatte und auch nicht preisgeben würde, dachte Simon nicht daran, sich mit der Diagnose Gedächtnisverlust zufrieden zu geben.

»Deine Baguette.«

»Donnerwetter, ich hätte gewettet, dass du sie vergessen hast. Komm rein!« In ihren bequemen Schlamperhosen und dem weißen Russenkittel sah die Staatsanwältin sehr viel jünger aus als in den Kleidern, die sie bei Verhandlungen unter der Robe tragen musste.

»Es riecht gut.«

»Hast du Hunger?«

»Nein, danke, aber ein Bier würde ich gerne schnorren. Ich hab nichts mehr im Haus.«

»Gell, die Vorräte haben früher auch länger gehalten, was?«

Sie saßen abends oft in ihrer Küche. Ihr Wohnzimmer glich meist einem Schlachtfeld, weil sie die Angewohnheit hatte, ihre Akten auf allen waagerechten Flächen, ob hoch oder niedrig, auszubreiten, und laut aufschrie, wenn Rogge auf dem Sofa Platz schaffen wollte: »Ich find nichts mehr wieder.« An den beengten Raum hatte sie sich immer noch nicht gewöhnt, schimpfte über die »Hundehütte« oder die »Schlafküche« und verfluchte den Ehemann, dem sie den Hals umdrehen würde, sobald derselbe in Reichweite geriet. Wenn Dörte lostobte, musste man sie gewähren lassen, das nahm Rogge geduldig hin, weil er durchschaut hatte, dass sie sich mächtig einschränkte und notgedrungen mit jeder Mark geizte.

»Na, hast du Simon zum Reden gebracht?«

»Nein. Er will nicht.«

»Für solche Fälle gibt's Beugehaft.«

»Besorg mir einen Richter und ich beantrage sie.«

Über ihre Kochkünste schmunzelte er oft. Die Gerichtskantine erfreute sich zwar eines besseren Rufes, war aber tatsächlich keinen Deut anders als die im Präsidium, und dass die Staatsanwältin dort nur in Notfällen aß, verstand er gut. Aber warum sie sich abends von ihrem prächtigen Gewürzbord immer wieder in Versuchung führen ließ und harmlose Spiegeleier mit Oregano und Kümmelpulver ungenießbar machte, hatte er lange Zeit nicht begriffen. »Da fehlte der Pfiff«, jammerte sie, trübsinnig auf das widerlich schmeckende Produkt ihrer Würzkünste starrend. An diesen fehlenden Pfiff hatte er lange geglaubt, bis ihm einmal auffiel, mit welch fröhlicher Miene sie den Teller über dem Abfalleimer leer kratzte. Die Folge ihrer Kochversuche war nämlich, dass sie wenig aß und abnahm, und das wiederum konnte sie nach dem Kummerspeck, den sie sich während der Auseinandersetzungen mit den Gläubigern und der Trennung von ihrem Teuren angefuttert hatte, gut vertragen. Doch Rogge kannte sie mittlerweile gut genug, um zu wissen, dass sie ihm an die Kehle springen würde, sollte er seinen Verdacht äußern. Die Kränkung saß tief und ihr Kampf um die alte Figur gehörte zu dem selbst verordneten Programm, die Vergangenheit abzuschütteln. Was dagegen völlig wiederhergestellt schien, war ihre freche Klappe.

»Also machst du dich wirklich dran?«

»Im Schongang, Dörte.« Das Bier stimmte ihn ausgesprochen friedlich.

»Ich drücke dir die Daumen und setze dich vor die Tür.«

»Stimmt. Der Fall Gillbrecht.«

»Ich hab ein sauschlechtes Gefühl. Drei der Vergewaltigungen werde ich ihm wohl anhängen können, aber der Mord an der kleinen Elvira ...«

»Genetische Fingerabdrücke werden heute von allen Gerichten akzeptiert.«

»Sicher. Aber dass die in dem verdammten Labor keine Ordnung halten können. Ackerknecht hat mich überfallen und herumgetönt, dass er erstens von der Schlamperei gehört hat und zweitens den Beweis antreten will, dass die zum Schluss untersuchte Spermaprobe zweifellos von einem Mann, aber eben nicht von seinem Mandanten stammt.«

»Kannst du darauf nicht einfach verzichten?«

»Wie denn? Wenn ich's rechtzeitig erfahren hätte, sicher, dann wär's vielleicht auch ohne gegangen, aber als die Labormäuse endlich beichteten, hatte die Kammer die Klage schon angenommen.«

Und ausgerechnet Bello Born hatte die Ermittlungen geführt. Sexualstraftäter hasste er wie persönliche Feinde. Wenn Gillbrecht mit dem Mord durchkommen sollte, würde Born ausrasten. Hoffentlich nicht schon vor Gericht. Rogge hatte ihm unter vier Augen die Meinung gegeigt, weil er sich nicht darum gekümmert hatte, dass mit dem Spermaabstrich nichts schief ging, zumal zu dem Zeitpunkt bereits bekannt war, dass Ackerknecht die Verteidigung übernommen hatte. Und Ackerknecht, zwei Meter groß und drei Zentner schwer, beherrschte alle Tricks; wenn sein Name fiel, schrillten bei Kripo und Staatsanwalt die Alarmglocken.

»Toi, toi, toi«, wünschte er und sie warf ihm eine Kusshand zu, die jeden anderen Mann von ihrer ungetrübten Zuneigung zu ihm überzeugt hätte. Rogge wusste es besser und machte sich keine falschen Hoffnungen.

V.

Ihre Besprechungen fanden immer am frühen Abend statt, wenn die meisten Angestellten nach Hause gegangen waren und sie den dritten Stock für sich allein hatten. Das kleine Konferenzzimmer lag günstig, zwischen einer Aktenkammer und Ralf Weinerts Arbeitsraum. Das einzige Fenster ging zum Hof hinaus und auf der anderen Seite des Platzes erhob sich eine fensterlose Wand, die zu einer Lagerhalle gehörte. Ein scheußlicher Anblick, aber die beste Garantie, dass sie von dort nicht abgehört wurden, und die Techniker kontrollierten das kleine Konferenzzimmer vor jeder Sitzung auf Wanzen.

»Jockel Pertz hat mich angerufen«, begann Dieter Ellwein nüchtern. »Die Ehefrau dieses Tepper ist wieder in Deutschland und sucht ihren Mann. Möglicherweise, um endlich die Scheidung einzuleiten. Sie hat sich bei dem Staatsanwalt erkundigt, der seinerzeit das Verfahren auf Anweisung eingestellt hat. Sein Vorgesetzter hat sich mit Reincke in Verbindung gesetzt, der hat Pertz alarmiert.«

»Auch das noch!«, brummte Arno Gönter.

»Kann sie uns gefährlich werden?« Der rundliche Weinert sah zwar aus, als bringe nichts und niemand ihn aus der Ruhe, er neigte aber zu nervöser Hast und Ängstlichkeit.

»Kaum«, erwiderte Ellwein fest.

»Ehrlich gesagt verstehe ich nicht, warum wir den Kerl nicht endgültig abschreiben.« Arno Gönter schaute Dieter Ellwein finster an. »Er nutzt uns doch nichts mehr.«

»Nein, nein«, widersprach Weinert. »Selbst wenn er sich verbrannt hat – wir müssen herauskriegen, ob und was er verraten hat.«

»Das wird er uns gerade auf die Nase binden«, knurrte Gönter. »Und was kann er schon auspacken? Wir haben doch diesen ganzen Zirkus nur veranstaltet, damit er immer schön abgeschirmt blieb.«

»Und was ist mit der Frau?«, warf Ellwein ein.

»Das hat Pertz am Wochenende geregelt.« Weinert kniff sich in die Nasenwurzel und presste die Lider zu. »Obwohl – ich glaub nicht mehr an die Ködertheorie.«

»Abwarten. Auf einen oder zwei Monate kommt es jetzt auch nicht mehr an.« Ellwein hütete sich, den Chef herauszukehren, pro forma waren sie nämlich gleichberechtigt und jeder besaß ein Vetorecht. Gleichwohl hatte es sich im Lauf der Jahre ergeben, dass er und der Bundesnachrichtendienst bestimmten und den Takt angaben, was den robusten Arno Gönter vom Zollkriminalinstitut nicht störte, aber den empfindlichen Weinert immer wieder kränkte. Wie immer sie diese Affäre über die Bühne brachten, eine Lehre war schon jetzt zu ziehen: Nie wieder ein Führungstrio. Als der erste Zweifel an Teppers Zuverlässigkeit auftauchte, hätte einer sofort entscheiden und befehlen müssen, statt dass sie wertvolle Zeit mit Diskussionen, Vertagungen und faulen Kompromissen vergeudeten. Nun klammerten sie sich an Strohhalme.

Gönter vom Zollkriminalamt schmunzelte behäbig. Zu dieser Aktion Tepper war er abkommandiert worden, er hatte sich nicht danach gedrängt, aber auch nicht gewehrt, weil er neugierig war, diesen geheimnisvollen Apparat einmal kennen zu lernen. Zu Anfang hatte ihn die Geheimniskrämerei beeindruckt, aber nach fünf Jahren zweifelte er an ihrem Sinn und überlegte immer häufiger, ob sie nicht eine Ersatzhandlung darstellte. Wenn seine Kollegen jemanden erwischten, hielten sie etwas in der Hand, Papiere oder Akten oder auch Waren, doch seine beiden Mitstreiter mussten sich mit vagen Andeutungen begnügen, Gerede, Gerüchten. Sobald Gönters Behörde zulangte, trat sie offen auf, Weinerts Verfassungsschutz hatte keine Exekutivrechte, dasselbe hatte für Ellweins Bundesnachrichtendienst im Inland gegolten; Ellwein und Weinert mussten deshalb im Schatten bleiben, sich ihre eigene Realität schaffen, was nicht nur den Blickwinkel, sondern auch die Wahrnehmung der Wirklichkeit beeinflusste.

Weinert ahnte, was Kollege Gönter dachte, und manchmal beneidete er ihn um seine Handlungsmöglichkeiten. Das mündete meistens in hilflosem Zorn, dass sie auf die Hilfe anderer angewiesen blieben, diese mit Informationen fütterten, selbst aber nie den Ruhm kassierten. Was für ein Blödsinn! Und Ellweins schlecht kaschierte Überheblichkeit ertrug er von Mal zu Mal schwerer.

»Was Neues von unseren Freunden?«, erkundigte sich Ellwein jovial und Ralf Weinert schnaufte: »Nein. Da herrscht nach wie vor absolute Funkstille.«

»Nun denn. Ich würde vorschlagen, wir machen bis Ende des Jahres weiter. Widerspruch?«

»Das Konto ist gesperrt?«

»Nein, aber wir haben zwei Vertrauenspersonen zusätzlich eingesetzt. Wenn er versucht, Geld abzuheben, wird es hinausgezögert, bis wir uns dranhängen.«

»Einverstanden«, knurrte Gönter und stemmte sich hoch. Und dafür hatte er einen schönen Abend geopfert! Seit einiger Zeit plagte ihn der Verdacht, dass Weinert sie aushorchte und nicht mehr alle Karten offen auf den Tisch legte. Genau davor hatten ihn seine Chefs gewarnt, als er sich gut gelaunt abmeldete.

»Was bleibt uns anderes übrig?«, maulte Weinert.

»Prima. Dann hoffen wir, dass Pertz was erreicht hat.«

Sie verließen das Bürogebäude im Abstand von dreißig Minuten. Möglichst nicht zusammen gesehen zu werden zählte zu den einfachen Vorsichtsregeln.

Dienstag, 12. September

Auf der linken Seite des Rastplatzes stand nur ein Lastzug; der Fahrer schlief tief. Auf der rechten Seite, für Pkw reserviert, knatterte gerade ein überladener Kleinwagen heran. Rogge stellte sich ganz ans Ende. Viel los war hier wirklich nicht, der Platz bot auch wenig, was zu einer längeren Rast einlud. Drei Tische mit Bänken aus halben Baumstämmen und drei Papierkörbe. Auf der Autobahn herrschte vormittags um neun Uhr Hochbetrieb, der vielleicht dreißig Meter tiefe Streifen aus verkrüppeltem Nadelholz zwischen Straße und Parkplatz versperrte zwar die Sicht, dämpfte aber den Lärm nicht.

Die Autobahn schnitt hier den Nordhang eines Hügels. Auf der anderen Seite, hinter dem West-Ost-Fahrstreifen, stieg das Gelände an, dicht bestanden mit Nadelbäumen. Mehr als einmal hatte Rogge versucht, sich die Unterschiede zwischen Fichten und Kiefern zu merken, es gab da eine Eselsbrücke mit *Fi*ngern wie *Fi*chte, aber die konnte er sich einfach nicht merken. Auf seiner Seite setzte sich der Wald fort; der Karte hatte Rogge entnommen, dass der Hang sich noch mehrere hundert Meter bis ins Stockbachtal erstreckte. Er lief ein paar Schritte weiter, Richtung Ausfahrt, und blieb vor einem Forstwirtschaftsweg mit tief ausgefahrenen Radspuren stehen. Neugierig spazierte Rogge den Weg entlang, der nach zwanzig Metern nach rechts abbog, sodass er eine ganze Strecke parallel zum Parkplatzstreifen verlief. Die hohen, weit auseinander stehenden Bäume erlaubten ungehinderte Sicht auf den Laster. Dann führte der Weg nach links, jetzt entfernte er sich von dem Parkplatz. Nach vielleicht hundertfünfzig Metern hörte der Nadelwald auf, sein Saum war mit niedrigen, undurchsichtigen Büschen bewachsen. Dahinter lag die Feltenwiese, eine riesige Fläche mit leichter Neigung; der Wirtschaftsweg verlief quer den Hang hinab und schien unten in eine asphaltierte Straße zu münden. Die Autobahn war an dieser Stelle immer noch zu hören, aber nunmehr schwach, wie ein stetes, nicht sehr angenehmes Rauschen.

So genau wusste Rogge gar nicht, wonach er Ausschau hielt. Immerhin schien es möglich, dass der Wagen, in dem Inge Weber gesessen hatte, gar nicht über die Autobahn auf den Parkplatz gekommen war; wer sich in der Gegend auskannte, konnte unten im Tal durchs Dorf fahren, bis zu der schmalen, ausgebauten Straße, dann den Wirtschaftsweg hochsteuern bis auf den Parkplatz und sich von dort auf die Autobahn einfädeln. Eine Auffahrt, die nicht im Autoatlas verzeichnet und bestimmt nicht im Sinne der Erfinder war; aber Rogge wusste, dass an vielen Stellen die langen Strecken zu den regulären Autobahnauffahrten abgekürzt wurden.

Von dem Dorf unter ihm sah Rogge nur die Dächer und den Kirchturm. Jenseits des Baches, auf dem Gegenhang, glänzte halbrechts in der Sonne ein weißes Gebäude, die Schrift auf dem Dach konnte er auf diese Entfernung nicht entziffern.

Nach den tiefen Spurrillen zu schließen wurde der Wirtschaftsweg recht häufig genutzt. Rogge sah sich um und stutzte. In dem Gras vor dem Buschsaum entdeckte er Reifenspuren, links und rechts, und als er sich bückte, fand er die gleichen Spuren auf der Wiese, alle von dem Weg abzweigend. Einen Moment grinste er. Die Lösung eines alten und immer noch akuten Problems: Wo war man mit seiner Freundin ungestört? Ein Auto besaß heute fast jeder, aber mit sturmfreien Buden sah es schlechter aus.

Er schlenderte nach rechts, den Blick auf den Boden gerichtet. Und ob hier Autos geparkt hatten! Der Buschsaum war nicht planvoll gepflanzt worden, sondern wild entstanden, es gab Buchten und Nischen, zwischen einigen Büschen sogar kleine Labyrinthe mit unverkennbaren Hinweisen, geknickten Ästen, abgerissenen Blättern, an einer Stelle glänzten Öltropfen. Und dann entdeckte Rogge eindeutige Zeugnisse, bräunlich angelaufene Tempotücher und gebrauchte Kondome. Bonbonpapier, Kippen, zwei zerknüllte Zigarettenschachteln, leere Bierdosen. Vergnügt spazierte er zurück. Vorsorgliche Gemüter hatten sogar große Steine aus den Spuren beseitigt und die Löcher mit Erde aufgefüllt, was ja wohl bedeutete, dass hier häufiger Verkehr im doppelten Sinne des Wortes stattfand. Jenseits des Wirtschaftsweges das gleiche Bild, in Gedanken klopfte Rogge sich auf die Schulter und zelebrierte mit Winnetou Blutsbrüderschaft, während er am Rand der Büsche entlangschlich und den Boden links und rechts musterte.

Von der Feltenwiese stand nichts in Grems Akten. Der 15. September des Vorjahres war ungewöhnlich warm gewesen, in der Nacht war es für die Jahreszeit zu wenig abgekühlt. Ein Wetter für Liebespärchen?

Zur Kontrolle ging Rogge den Wirtschaftsweg noch einmal Richtung Parkplatz zurück. Unmittelbar hinter den Büschen entdeckte er auf dem braunen Teppich aus trockenen Nadeln eine schwach ausgefahrene Spur zwischen den Stämmen, nach zwanzig Metern schlug sie eine Kurve nach rechts und endete hinter einem prächtigen und übermannshohen Ilex. Wenn hier ein Auto parkte, konnte es vom Wirtschaftsweg aus nicht gesehen werden, es sei denn anhand von eingeschalteten Scheinwerfern und Rücklichtern. Und eine Wendespur, entstanden beim Rückwärts-vorwärts-Rangieren. Donnerwetter! Als normaler Spaziergänger, der sich nach langer Fahrt nur die Beine vertreten wollte, hätte Rogge auf diese Einzelheiten auch nicht geachtet.

Ein wunderschöner Vormittag zum Spazierengehen! Warm und sonnig, der wolkenlose Himmel zeigte ein seidiges Blau. Bis ins Tal brauchte Rogge auf dem Wirtschaftsweg eine gute Viertelstunde. Der mündete tatsächlich in eine asphaltierte Straße, die nach hundert Metern auf die Hauptstraße stieß, unmittelbar vor dem Ortseingangsschild Stockau, Kreis Herlingen. Zur Autobahn ging es nach links, der nächste Ort musste Dreschbach sein, wenn Rogge die Karte richtig im Kopf hatte.

Das Dorf schlug Rogge aufs Gemüt. Obwohl ihn der Lärm, die Enge und die Hetze in der Stadt manchmal bis zur Weißglut erregten, würde er an dieser menschenleeren Stille ersticken. Zwölf Höfe links und rechts der Straße, ein kleiner Platz mit Kirche, Kneipe und Supermarkt. Gleich daneben ein windschiefer Fachwerkbau, dazu ein scheußliches mehrstöckiges Mietshaus, das vom Einsturz bedroht schien. Das Regendach an der Bushaltestelle hing zerbeult und schräg auf seinen Stützen. Am anderen Ende des Ortes kehrte Rogge um, ein Hund näherte sich ohne sonderliches Interesse und begutachtete ihn aus der Entfernung, bellte und wedelte aber nicht. Von hier aus konnte Rogge die Buchstaben auf dem großen weißen Gebäude lesen: *Meierei Stockbachtal.* Bis jetzt hatte er nur eine Seitenstraße entdeckt, die nach rechts zu einer Brücke über den Bach führte. An ihr lagen die wenigen Neubauten, Ein- und Zweifamilienhäuser, manche Gebäude noch unverputzt, als habe das Geld dazu nicht mehr gelangt. Oder die Zeit des Häuslebauers. ›Hauptstraße‹ und ›Brückenstraße‹, Fantasie wurde nicht verschwendet.

Wenn es ein soziales Leben gab, spielte es sich auf dem kleinen Platz ab. Die Kneipe hatte noch nicht geöffnet, Rogge amüsierte sich über den Namen ›Zum Bären‹. Mittagstisch ab 12 Uhr. Links an dem frisch renovierten Klinkerhaus vorbei führte ein Weg nach hinten, in eine Art Garten; er blieb vor dem niedrigen Zaun stehen und staunte ein wenig über den modernen einstöckigen Bau: *Gästehaus.* Ein Bärenzwinger, witzelte er erheitert. Wer mochte sich hier wohl einmieten?

Das Kirchlein war verschlossen, Rogge spazierte über den kleinen Friedhof, auf dem hohe, breitkronige Buchen wuchsen.

Im Schatten ihres Laubes herrschte eine kühle Ruhe. Der Supermarkt verdiente seinen Namen; offenbar wurde hier alles feilgeboten, was der Mensch brauchte, von Zeitungen über Briefmarken, Gummistiefel und Batterien bis hin zu Ersatzreifen.

Eine ältere Frau verließ den Laden, sie schleppte ein schweres Netz und warf Rogge einen misstrauischen Blick zu. Seinen höflichen Gruß erwiderte sie nicht.

Keine Polizeistation; das nächste Revier lag in Herlingen und auch die Notrufsäule neben dem Wartehäuschen war nicht mehr fest verankert.

Die Tür des Bären wurde geöffnet, eine junge Frau brachte ein neues Schild heraus und hängte es neben dem Eingang auf. *Heute: Jägerschnitzel mit gemischtem Salat und Pommes frites für 8,00 DM.* Als die Frau sich umdrehte, lachte sie Rogge zu und er winkte zurück. Wer's drall liebte, musste seine Freude an ihr haben, mittelgroß, enge weiße Bluse und enger, kurzer schwarzer Rock, sie zeigte, was sie hatte, und auch am Lippenstift hatte sie nicht gespart.

Ein ganz hübsches Gesicht, dachte Rogge und schaute ihr nach. Aufgeweckt – nein, ausgeschlafen. Diese brünetten Afro-Löckchen gefielen ihm allerdings gar nicht. Hier tanzt der Bär! Über die Unterschiede zwischen dem Land und der Stadt staunte er immer wieder.

Jetzt muhten irgendwo Kühe, der Polizist kratzte sich den Kopf und überlegte, was Bauern im September eigentlich taten. Ernten? Umpflügen? Säen? Ziemlich erschreckend, wie wenig man über die wichtigen Alltagsdinge wusste. Auf dem Marsch über die Feltenwiese zurück wurde ihm warm. Der Lastzug war weggefahren, dafür rüstete sich eine Familie aus Norddeutschland zum Picknick, die Kinder tobten schreiend durch den Wald und achteten nicht auf die Rufe der besorgten Mutter.

Nach fünf Kilometern tauchte das Schild für die Abfahrt Dreschbach/Bellhorner Berge auf und Rogge ordnete sich rechts ein. ›Berge‹ war eine hübsche Übertreibung, er kannte diese hügelige Gegend, weil er sich am Wochenende gelegentlich hierher verirrte, rund um den Bellhorner Stausee konnte man stundenlang durch Wald laufen und auf dem Wasser war immer etwas los. Fast hätte er die Abzweigung nach Stockau verpasst und dann zockelte er eine ganze Weile hinter einem hochbeladenen Heuwagen her, der Traktor röhrte aus Leibeskräften und Rogge schaltete in den zweiten Gang zurück. Einmal sah er eine Gruppe von Männern, die von niedrigen Bäumen Obst pflückten und wie Artisten auf ihren Leitern herumturnten. In Stockau parkten jetzt Autos auf dem kleinen Platz, Rogge hielt nicht an und auf der Strecke nach Herlingen freute er sich an dem Stockbach, der auf der rechten Seite unter ihm in vielen Kurven plätscherte, eingerahmt von Weiden, Büschen und einem mit rostbrauner Erde belegten Wanderweg. Ab und zu zweigten schmale Wege ab, bessere oder eher schlechtere Einfahrten, die zu Gehöften am Hang oder einzeln stehenden Häusern führten.

Herlingen mochte an die fünftausend Einwohner haben, ein typisches Kleinstädtchen, das wohl nur wegen seiner zentralen Lage Sitz der Kreisbehörden geworden war. Polizeirevier und Post teilten sich am Markt einen Altbau, dessen Proportionen und Rokoko-Fassade den Ehrgeiz eines früheren Adeligen verrieten.

Oberkommissar Wibbeke bekam den Mund nicht zu: »Herr Rogge! Was verschlägt Sie in unser Nest?«

»Die dienstliche Höflichkeit!« Er lachte und winkte unauffällig mit dem Kopf Richtung Hinterzimmer.

Wibbeke schaltete sofort: »Das ist einen Kaffee wert, was meinen Sie?«

»Sie retten einen Verdurstenden.«

Der Kaffee stellte sich als um Klassen besser heraus als die Einrichtung des Büros und Wibbeke, dem Rogges schneller Rundblick nicht entgangen war, zuckte die Achseln: »Stramme Haltung ersetzt festes Mobiliar.«

»Und nicht besetzte Planstellen.«

»Na klar.« Der Oberkommissar griente schräg, überall war es das gleiche Elend.

»Also, Herr Wibbeke, ich möchte halb dienstlich, halb privat vermelden, dass ich mich in der nächsten Zeit hier herumtreiben werde, hauptsächlich in Stockau.«

»Aus einem bestimmten Grund?«

»Inge Weber. Mein Abteilungsleiter Simon hat mich mit dem Fall beglückt.«

»Heilig's Blechle! Mag er Sie nicht leiden?«

»Nein, eigentlich haben wir uns ganz gut zusammengerauft. Aber Kollege Grembowski ist keinen Schritt weitergekommen.«

»Ich verstehe. Und warum gerade Stockau?«

Rogge seufzte leise. Der Henker mochte wissen, ob und wann er auf Wibbekes Hilfe angewiesen war, und außerdem hielt er nichts davon, Kollegen einfach etwas an den Kopf zu knallen und jede Erklärung zu verweigern.

»Sie kennen den Fall?«

»Natürlich. Bis Weihnachten war das hier das große Kneipengespräch.« Dabei strahlte der Oberkommissar. »Und dann dieses ›XY … ungelöst‹ – zum ersten Mal in seiner Geschichte wurde Stockau im Fernsehen erwähnt. Davon zehrt man hier lange.«

»Haben Sie gezielt nach der Frau gefragt?«

»Nein, von Tür zu Tür sind wir nicht gegangen. Aber der *Stockerbote* hat die beiden Bilder dreimal gebracht, jedes Mal schön groß und an prominenter Stelle. Wenn jemand die Frau kennen sollte, hatte er Gelegenheit, sich zu melden.«

»Damit sind wir beim Thema. Ich habe sie mir angesehen, Herr Wibbeke, so eine Frau lässt sich nicht einfach das Kleid wegnehmen.«

»Plus Handtasche, Schuhe und Strümpfe«, ergänzte Wibbeke ernsthaft und klemmte die Mundwinkel ein.

»Plus Handtasche und Schuhe, sicher. Strümpfe – ich weiß nicht, es war ein sehr warmer Tag.«

»Sie vermuten also, sie hat das Kleid freiwillig ausgezogen?«

»Mit irgendeiner Theorie muss ich ja anfangen. Deshalb habe ich mir den Parkplatz angesehen, und auch die Feltenwiese.«

Weil Wibbeke eine Grimasse schnitt, hob Rogge die Hand: »Sie wissen, was da an schönen Abenden und in lauen Nächten abläuft?«

»Klar, da wird gerammelt, was das Zeug hält.«

»Wenn die Frau nun mit einem Mann verabredet war, zu eben diesem Zweck?«

Nach einer Bedenkpause schüttelte der Oberkommissar den Kopf: »Ich weiß nicht, Herr Rogge. Eine Frau, die für mehrere tausend Mark Schmuck trägt – ob die sich wirklich für Freiluft-Auto-Sex interessiert?«

»Sie meinen, sie hätte ein Motel vorgezogen?«

»Ja, zum Beispiel diesen schauerlichen Schuppen oben am Bellhorner See oder das Gästehaus des Bären.«

»Daran habe ich auch schon gedacht. Was, wenn der Mann es nicht wagen konnte, in das Motel oder in den Bären zu gehen?«

»Weil man ihn oder sie erkannt hätte?«

Rogge schmunzelte nur und Wibbeke kratzte sich verlegen den Kopf. Auf diese Idee war er noch nicht gekommen.

»Bis heute Morgen war ich auch fest davon überzeugt, die Frau hätte in einem Wagen gesessen, der über die Autobahn zu dem Parkplatz gekommen ist. Bis ich mir die Fahrspuren auf der Feltenwiese und im Wald näher angesehen habe.«

»O je, da haben Sie was am Wickel.« Wibbeke stöhnte, das Thema war ihm unangenehm. »Wie oft haben wir da schon eingegriffen und Strafzettel verteilt. Und das Forstamt bekniet, endlich eine Sperre einzubauen. Aber alles für die Katz. Wer sich auskennt, benutzt den Wirtschaftsweg und den Parkplatz als wilde Autobahnauffahrt.«

»Na fein. Unterstellen wir mal, die Frau war mit jemandem verabredet, der hier Bescheid weiß. Sie fahren über die Feltenwiese zum Waldrand, es kommt zum Streit, vielleicht, weil sie mehr als das Kleid nicht ausziehen will, er gibt Gas, entfernt sich Richtung Autobahn und sie dackelt zum Parkplatz, weil sie ja irgendwie wegkommen muss, sich aber nicht ins Dorf traut.«

»Glauben Sie denn, dass diese Inge Weber simuliert?«

»Ich würde meine Hand weder für ein Nein noch für ein Ja ins Feuer legen.«

Was Wibbeke wirklich von Rogges Theorie hielt, ließ er nicht erkennen, sondern rührte lange in seiner Tasse. Rogge betrachtete ihn ausdruckslos, bis Wibbeke unwillig Luft holte: »Einen Versuch scheint es wert.«

»Ja. Deshalb werde ich mich im Bären einquartieren, unter meinem Namen auftreten und allen Stockauern umgehend auf die Nase binden, warum ich im Dorf herumlungere.«

»Sie wollen also Staub aufwirbeln.«

»Oder jemanden nervös machen, ja. Und wenn ich völlig danebenliege – nun, dann habe ich zwei Wochen ausgespannt und den regionalen Tourismus angekurbelt.«

»Mir ist zu Ohren gekommen, dass Sie ein großer Fußgänger vor dem Herrn sind.«

Rogge lachte. Zwar hatte er Wibbeke nicht überzeugt, damit hatte er auch gar nicht gerechnet, aber der Oberkommissar würde mitspielen.

»Am besten besorgen Sie sich drüben in der Buchhandlung Steffen eine Wanderkarte.«

»Danke für den Tipp. Warum heißt dieser Hang Feltenwiese?«

»Felten, Hermann Felten war mal der größte Bauer hier im Tal, vor dem Krieg war das. Ein grober Klotz und stur wie ein Felsen. Aus der Schulzeit hatte er einen Intimfeind, den Sohn eines Landarbeiters, der auf keinen grünen Zweig kam. Dieser Ohlig biederte sich bei den Nazis an und wurde endlich Kreisbauernführer. Worauf Felten einen saugroben Brief an den Gauleiter schrieb, eine Partei, in der Ohlig was geworden sei, könne ja nur aus Dummköpfen und/oder Verbrechern bestehen.«

»Oha!«

»Es wurde mehr als ›Oha‹, Herr Rogge. Zwischen Felten und Ohlig brach der Krieg schon vor 1939 aus und irgendwann 1941 oder 1942 wurde Felten abgeholt.«

»Was ist aus ihm geworden?«

»Auf der Flucht erschossen. Offiziell. Was in Wahrheit geschehen ist ...«

»Und Ohlig?«

»Den hat's 1947 erwischt. Mit einer Hacke erschlagen, der Täter ist nie gefunden worden. Der Feltensohn war zwar in Verdacht geraten, hatte aber ein mehr oder minder stichfestes Alibi. Anfang der fünfziger Jahre hat er verkauft und ist weggezogen. Seitdem heißt dieser Hang die Feltenwiese.«

Dorfgeschichten; Rogge sah Wibbeke nachdenklich an. Alte Rechnungen, nie abgeschlossen, nie als erledigt verbucht.

»Eine Frage noch: Im Bären bedient eine junge Frau, ich hab sie heute Vormittag zufällig vor dem Gasthaus gesehen.«

»Gertrud Leiwen.« Wibbeke schnalzte mit der Zunge. »Ein ziemlicher Feger. Sie liebt Trinkgelder, fesche Männer und wilde Spritztouren. Aber ein ordentliches Mädchen.«

»Dann bin ich ja genau der richtige Gast.« Der Kripomann stand auf. »Ab und zu schaue ich vorbei, Herr Wibbeke.«

»Viel Erfolg. Eine kleine Warnung noch: Der Bär ist das Stammlokal von ein paar jungen Männern, die zu viel Kraft und zu wenig Grips haben. Und kein Mensch kommt hier auf die Idee, wegen einer Rauferei mit blutigen Nasen und ausgeschlagenen Zähnen die Polizei zu holen.«

»Danke, ich werde aufpassen.«

In dem Buchladen bediente ihn ein junges blasses Mädchen, das vor Nervosität zappelte, der lange Pferdeschwanz pendelte pausenlos. Aber sie fand auf Anhieb die gewünschte Wanderkarte und piepste zum Abschied aufgeregt: »Hoffentlich hält sich das Wetter.«

Auf dem Markt wurden die Stände abgeräumt, zwei Männer mit rot-weißen Armbinden fegten im Zeitlupentempo Papier, Gemüse- und Obstabfälle zusammen. Man hielt ein letztes Schwätzchen, hier schien jeder jeden zu kennen. Was für Stockau wohl noch mehr zutraf.

Hertha Wassmuth schluckte zweimal trocken: »Wo, Chef?«

»Das Gasthaus heißt ›Zum Bären‹, in Stockau. Ich lass mein Handy an, für alle Fälle, und Kili schärfen Sie ein, dass ich ihn dort erst sehen will, wenn ich ihn gerufen habe.«

Als leidgeprüfte Vorzimmerchefin hatte Hertha die kurze Erschütterung schon überwunden.

»Und wenn sich Simon meldet, sagen Sie ihm nur, ich sei auf seinen Wunsch hin im Urlaub unterwegs.«

»Was im Klartext heißt, er soll nicht erfahren, wo Sie sich herumtreiben.«

»So ist es.« Dabei zwinkerte Rogge und Hertha schnaufte genussvoll. Der Moment, in dem sie Kriminalrat Simon und Bello Born jede Auskunft darüber, wo der Chef steckte, mit Rogges Segen verweigern durfte, würde ihr ein innerer Parteitag werden.

Nachdem Rogge zu Hause einen großen Koffer gepackt hatte, einschließlich aller Bücher, die er schon immer hatte lesen wollen, fuhr er zur Staatsanwaltschaft. Die Freifrau Dörte begrüßte ihn mit einem verkniffenen Lächeln, das er richtig interpretierte: »Ackerknecht hat also zugeschlagen?«

»Hat er.«

»Aber da du nicht in Tränen aufgelöst bist, vermute ich mal – nicht con brio, sondern moderato.«

»Genau so, und ich kann dir flüstern, das beunruhigt mich mehr, als wenn er die ganz große Show abgezogen hätte.«

»Was wäre, wenn er von der Schuld seines Mandanten überzeugt ist und deshalb alles unterlässt, was den Mörder seiner gerechten Strafe entziehen könnte?«

»Daran habe ich auch schon gedacht«, gestand sie. »Aber ich kann ihn ja schlecht danach fragen – oder?«

»Nein, aber du kannst dieses Gutachten ganz klein spielen und abwarten, ob und wie er sich darauf stürzt.«

»Viel anderes bleibt mir auch nicht übrig.« Sie nahm die Schultern zurück und streckte trotzig das Kinn in die Höhe.

»Du bist die schönste und gefährlichste Staatsanwältin, die ich kenne«, applaudierte Rogge. »Schrecklich schade, dass ich in einen dienstlichen Urlaub fahren muss.«

»Auch am Wochenende?«

»Mal sehen! Ich melde mich, tschüss.«

Der Bär brummte noch nicht, aber rekelte sich schon. Der große Gastraum war L-förmig angelegt und im Brauerei-Einheitsstil möbliert: Tische mit heller Lindenholzplatte, stabile Stühle mit Schaumstoff-Sitzpolstern und an den Wänden die übliche Kollektion von Ziertellern, Pokalen, Wimpeln und schauerlichen Landschaft-mit-Tier-Ölschinken. Von dem Windfang mit einem altmodischen dichten Filzvorhang trat man direkt an den Tresen, hinter dem ein Riese stand, eine Hand aufgestemmt. Sein Gesicht war so kugelrund wie sein Bauch, er rollte seine Schweinsäuglein, denen wahrscheinlich nichts entging, und fuhr sich mit der anderen Hand immer wieder über die glänzende Glatze. Bei der Verteilung von Sympathie hatte ihn die Vererbung entschieden benachteiligt und Rogge schoss durch den Kopf, dass der Knabe sich wohl das Motto eines römischen Cäsaren zu Eigen gemacht hatte: Die Gäste mögen mich hassen, solange sie mich nur fürchten. Immerhin sah der Wirt so aus, als würde er mit jedem Raufbold spielend fertig. An der Theke saßen zwei alte Männer und stierten in leere Gläser, im Gastraum, der sich links nach hinten erstreckte, grölte eine unsichtbare, aber hörbar angeheiterte Männerrunde.

»Guten Tag«, grüßte Rogge höflich. »Ich hätte gerne ein Zimmer mit Bad.«

»Zimmer mit Bad.« Der Riese grunzte erfreut, ein Logiergast schien sich in dieser Jahreszeit nicht häufig in den Bären zu verirren.

»Vorerst für eine Woche.«

»Eine Woche.« Der Wirt fuhr mit der Hand zum Kopf, überlegte es sich anders und massierte sein Kinn. »Gut, eine Woche.«

»Und was kostet das?«

»Mit Frühstück fünfzig Mark pro Nacht. Eine Woche – dreihundertzwanzig.«

»Fein.«

»Gertrud!«, röhrte der Wirt los. »Gast für Zimmer eins.«

Wie der Blitz kam die Gerufene um die Ecke gefegt, setzte das volle Tablett mit leeren Gläsern so schwungvoll ab, dass es über die Metallplatte schabte und genau vor dem Wirt stehen blieb. »Zehn und zehn.«

Mit einem Tempo, das Rogge schwindelig machte, tippte sie die Bestellung in die Kasse ein, langte gleichzeitig nach einem Brett mit acht Schlüsseln und strahlte Rogge an: »Würden Sie bitte mitkommen?«

Als sie das Zimmer aufschloss, atmete er heimlich erleichtert auf. Er hatte mit Schlimmerem gerechnet, doch der Raum war groß, hell, sauber und praktisch eingerichtet, sogar mit Fernseher und Telefon, Einbauschränken und einem kleinen Tisch, an dem er schreiben konnte.

»Gefällt es Ihnen?«

»Ja, sehr schön, vielen Dank.«

»Ich bringe noch die Handtücher. Frühstück gibt's von sieben bis zehn, vorne im Lokal.«

»Prima. Wie steht's mit Abendessen?«

»Was Kleines können Sie jederzeit vorne bestellen. Und wenn Sie eine Amtsleitung haben wollen, bitte eine Null vorwählen. Ich wünsche Ihnen einen schönen Aufenthalt.«

Damit wollte sie losstarten, er musste sie zurückrufen, um ihr das Fünfmarkstück in die Hand zu drücken.

»Vielen Dank!« Sie hatte eine sehr direkte Art, ihm in die Augen zu schauen, nicht dreist, aber eine Spur aufdringlich – nein, vereinnahmend.

Zwei Minuten später war sie wieder da und werkelte wie der Wirbelwind im Bad, Rogge sah ihr lächelnd zu und bedankte sich: »Wir sehen uns nachher.«

Nachdem sie davongeschossen war, öffnete er das Fenster. Bis auf zwei Hühner, die empört losgackerten, war kein Geräusch zu hören, weder von der Autobahn oder der Dorfstraße noch von vorn aus der Gaststube. Fast zu ruhig für seinen Geschmack; er schüttelte über sich selbst den Kopf und begann auszupacken.

Gegen 19 Uhr brummte der Bär aus tiefster Kehle; Gertrud rotierte wie ein Kreisel, der dicke Wirt schaute immer noch griesgrämig drein, aber arbeitete nur scheinbar langsam, die beiden waren ein gut aufeinander eingespieltes Team. Bier und Schnaps flossen in Strömen, die Durchreiche zur Küche wurde rhythmisch geöffnet und geschlossen. Mehr durch Zufall hatte Rogge einen Tisch in der Ecke des L bekommen und bald festgestellt, dass er für seine Zwecke den besten Platz besetzt hatte. Die Gaststube war durch unsichtbare Striche in drei Abteilungen aufgeteilt. Am Tresen und rechts davon, an zwei Tischen mit Holzbänken entlang der Wand, tobten sich die jungen

Männer lautstark und durstig aus. In seiner Abteilung herrschte etwas mehr Ruhe und deutlich weniger Durst, und in dem langen Strich des L saßen die Älteren, zum Teil mit Frauen und Kindern, und unterhielten sich. In den seltenen Momenten, in denen sie nicht laufen musste, lehnte sich Gertrud an die Ecke des Tresen, Rogge genau schräg gegenüber, sodass sie alle Tische überschauen konnte. Ab und zu begegneten sich ihre Blicke, dann strahlte sie ihn fröhlich an, als sei er bereits ein Freund und Stammgast. Den meisten Krach veranstalteten die vier jungen Männer rechts von ihm, und wenn die so dumm waren, wie ihre lauten und ordinären Sprüche andeuteten, gnade Gott ihren Kindern. Das große Wort führte ein ungewöhnlich langer und kräftiger Kerl mit einem hässlichen Gesicht, er sah aus wie ein brutaler Schläger. Einmal verschwand er hinter der Tür zu den Toiletten und Rogge bemerkte, dass er leicht hinkte. Sofort sank an dem Tisch die Lautstärke. Als er zurückkam, stieß er beinahe mit Gertrud zusammen, sie standen einen Moment zusammen, Rogge konnte nur ihr Gesicht im Profil sehen und hatte das Gefühl, dass Gertrud sehr zornig auf eine Bemerkung des Langen reagierte. Er versuchte, ihr einen Arm um die Taille zu legen, aber mit einer schnellen Tänzelbewegung entzog sie sich ihm und die drei Kumpane – die gespannt zugeschaut hatten – verspotteten den Hinkenden wegen seines Misserfolgs.

Nach dem zweiten Bier zahlte Rogge; das Essen hatte mehr durch Quantität als Qualität überzeugt, aber mit dem Trinkgeld knauserte er nicht und Gertrud beäugte ihn fast wohlwollend, während sie ihm eine gute Nacht und angenehme Träume wünschte. Rogge schob schon den Stuhl zurück, als eine junge Frau Anfang zwanzig den Bären betrat, von dem Quartett mit ausgelassenem Hallo begrüßt. Sie zögerte, drehte den Kopf zur Tür, eine andere junge Frau kam herein und das anzüglich-fröhliche Gelächter der jungen Männer brach wie auf Befehl ab. Die zweite Frau warf den Kopf in den Nacken und sagte etwas zu der ersten, die heftig nickte; zusammen gingen sie an Rogge vorbei in den hinteren Teil der Gaststube. Das Quartett starrte ihnen nach und Rogge, der sie unauffällig beobachtete, staunte über die halb verächtlichen, halb lüsternen Mienen. Mit der ersten Frau hätten sie sich gern zusammengesetzt, gegen die zweite hatten die drei etwas, doch am meisten wunderte ihn, dass der Große, der sich auf seinem Stuhl ganz herumgedreht hatte, um den beiden Frauen nachzuschauen, für einen Moment Spannung und Sorge erkennen ließ. Zwischen der so demonstrativ Geschnittenen und dem Großen, Hinkenden, knisterte etwas und dem Langen gefiel es gar nicht, dass diese junge Frau hier im Bären aufgekreuzt war.

Mittwoch, 13. September

Beim Frühstück stellte Rogge fest, dass außer ihm nur noch ein mittelalterliches Ehepaar im Bären wohnte. Er hatte tief geschlafen und war durch den Wecker aufgewacht, den er aus lauter Gewohnheit gestellt hatte.

Gertrud war nicht zu sehen, stattdessen brachte ihm eine Frau das Frühstück, bei deren Anblick er unwillkürlich den Atem anhielt. Lange und glatte schwarze Haare, schwarze Augen, ein schmales, etwas blasses, aber wunderschönes Gesicht. Sie trug schwarze Samthosen und ein enges weißes T-Shirt, mit ihrer Figur hätte sie sofort auf jedem Laufsteg anfangen können. Was hatte eine solche Schönheit in dieses Nest verschlagen?

»Guten Morgen«, grüßte sie mit gesenkten Augen. »Ich hoffe, Sie haben die erste Nacht gut geschlafen.«

»Ja, danke, hervorragend«, stotterte Rogge. Kein Zweifel, die Wirtin. Mit diesem groben Klotz verheiratet?

Die Mengen hätten für einen Schwerstarbeiter ausgereicht und der Kaffee erinnerte an Hertha Wassmuth, schwarz, etwas bitter und stark.

Als die Wirtin bemerkte, dass er fertig war, brachte sie ihm den Meldeblock: »Würden Sie sich bitte noch eintragen?« Auch jetzt sah sie ihn nicht an.

»Natürlich.«

Er füllte den Zettel korrekt aus; nach seinem Beruf wurde nicht gefragt.

Das Geld für die Wanderkarte hatte sich gelohnt. Fünf Stunden lief Rogge durch Wälder und Wiesen auf die Bellhorner Berge zu, machte ab und zu Rast und beschimpfte seine Muskeln und Gelenke, die gefälligst zur Kenntnis nehmen sollten, dass sie bei einem 55-jährigen Kriminalhauptkommissar noch nicht zu protestieren hätten. Zehn Jahre sollten sie Vater Staat und seinem Beamten noch dienen, dann könnte man über Ruhestand reden. Als endlich der Stausee zwischen den Hügeln vor ihm auftauchte, schalt sich Rogge einen Narren, dass er sich für den ersten Tag gleich einen solchen Gewaltmarsch vorgenommen hatte. Aber das Laufen hatte ihm gut getan, seine Lungen schienen wie durchgepustet, die Sonne strahlte wieder aus einem wolkenlosen Himmel, und wenn es stimmte, dass man einmal täglich seinen Kreislauf bis zum Schwitzen belasten sollte, dann hatte er das mit dem Aufstieg zum Uferweg geleistet.

Hier oben wehte ein schwaches Lüftchen, gerade genug, um die Segel flappen zu lassen, die Boote glitten majestätisch langsam über den See und einige Abgehärtete schwammen tatsächlich. Die Mehrheit sonnte sich aber auf den Uferwiesen, was Rogge sehr vernünftig erschien. Die allwissende Wanderkarte enthielt auch einen Busstreckenplan und auf der Rückfahrt kämpfte er mit dem Schlaf. Den holte er in seinem Zimmer nach.

An diesem Abend war der Bär nur schwach besucht. Gertrud empfahl ihm ein Essen, das ihn wenig begeisterte – gebratene Fleischwurst mit Gurken-Kartoffel-Salat, doch sein Magen knurrte so laut, dass sein Geschmack gar nicht erst konsultiert wurde. Das lautstarke Quartett ließ sich nicht blicken. Gegen neun Uhr schaute ein junger Mann herein, der seine langen braunen Haare zu einem Zopf zusammengebunden hatte. Am Tresen bestellte er ein Bier und zu Rogges Verwunderung verzogen Gertrud und der Bezopfte sich in eine Ecke; sie tuschelten aufgeregt, bis der Wirt, dem der junge Gast nicht zu gefallen schien, seine Kellnerin unfreundlich in die Küche scheuchte. Der junge Mann stellte sein halb volles Glas empört ab und verließ grußlos den Bären. Kein Zweifel, er hatte etwas von Gertrud gewollt, sie sträubte sich. Während ihres Dialogs waren sie Rogge wie große Kinder vorgekommen, spontan und direkt, ohne jede Berechnung.

VI.

Nach der Pause ging Gellmann nicht mehr in den Saal zurück. Zuerst Haydn, dann Mozart und jetzt noch Brahms – nein, es gab eine Grenze auch für das, was man ihm im Verfassungsschutz dienstlich zumuten durfte. Die jungen Frauen an der Garderobe schauten ihn missbilligend an, er hob kläglich die Hände und suchte sich eine Bank außer Sichtweite. Konnte sie sich nicht für Techno interessieren? Oder für Rap? Oder seinetwegen für altertümlichen Rock? Ausgerechnet Klassik; außerdem hatte er sich in einen dunklen Anzug quälen müssen, Hemd und Krawatte, Lederschnürschuhe, wie verkleidet kam er sich vor. Und die weißhaarige Gewitterziege neben ihm hatte ihm dauernd zugezischt, er solle endlich ruhig sitzen. Dann lieber hier herumhängen und wieder einmal die Zeit totschlagen; seinen Job hatte er sich interessanter vorgestellt, aber irgendwie schien er dazu verurteilt, ewig hinter langweiligen Leuten herzuschleichen oder auf sie zu warten. Und nichts passierte. Hübsch war sie ja, aber auch ziemlich hochnäsig; und wahrscheinlich fade; für Frauen, die freiwillig Symphoniekonzerte besuchten, konnte er sich beim besten Willen nicht erwärmen.

Die Garderobenfrauen lachten. Wahrscheinlich über ihn, doch selbst das wurmte ihn nicht. Alles leichter zu ertragen als Brahms. Nur Wagner war noch schlimmer, er hatte sich dienstlich einmal *Die Meistersinger* anhören müssen und sich danach geschworen, nie wieder eine Oper zu besuchen, weder dienstlich noch privat.

Als die ersten Besucher zur Garderobe hasteten, verbarg er sich strategisch günstig hinter einer Säule fünf Stufen höher. Sie trug ein hochgeschlossenes hellblaues Kleid – da war sie ja schon. An ihrer Ausgabe hatte sich eine besonders lange Schlange gebildet, deswegen trat sie wohl ein paar Schritte zurück und geriet aus seinem Sichtfeld. Du blöde Gans, schimpfte er lautlos und stieg vorsichtig zwei Stufen hinunter, um sich über das Geländer beugen zu können.

Was ihn alarmierte, konnte er sich im ersten Moment nicht erklären. Irgendetwas hatte sich so bewegt, dass es seinen Verdacht erregte – dann klickte es. Drüben, auf der anderen Treppe jenseits des Vorraumes, war eine junge Frau hinter einer Säule hervorgeglitten und schien auf einen Punkt unterhalb seines Standortes zu starren, zuckte aber sofort wieder zurück und verschwand wieder hinter der Säule. So als wollte sie nicht gesehen werden. Eine große Schwarzhaarige, in einem engen Kleid mit einem auffälligen Tigermuster. Sie war ihm schon vor dem Saal aufgefallen, arg aufgedonnert und in einem Ausmaß geschminkt, dass sie besser in eine Nachtbar als in ein Symphoniekonzert passte. Er blieb stehen und hielt den Kopf gesenkt. So wie Gellmann sich langweilte, war er bereit, alles als verdächtig zu betrachten, wenn es nur etwas Ablenkung versprach. Dann sprang drüben ein junger, eleganter Bursche die Treppe hoch, einen hellgelben Mantel über dem Arm, verschwand mit dem Mantel hinter der Säule und erschien ohne Mantel wieder.

Die Blaue, die Gellmann beschatten sollte, erhielt ihre weiße Leinenjacke und marschierte auf den Ausgang zu. Prompt tauchte drüben die Schwarzhaarige auf, im gelben Mantel, und sauste in einem beachtlichen Tempo die Treppe herunter, drängte sich durch die Gäste, sodass sie nur zehn Meter hinter der Blauen die Schwingtür erreichte. Automatisch hatte sich Gellmann in Bewegung gesetzt, das interessierte ihn nun doch und die Blaue musste er ohnehin im Auge behalten. Bildete er sich nun etwas ein oder verfolgte die Gelbe tatsächlich seine Blaue? Im Abstand von fünf Metern stellten sich beide Frauen an der Bushaltestelle auf. Und stiegen gemeinsam in die Linie 44 ein. Der Bus wurde voll, beide Frauen hatten noch einen Sitzplatz ergattert, Gellmann blieb gegenüber der Mitteltür stehen und schaute wie geistesabwesend die Passagiere an, seine Blaue und die Gelbe. Nach vier Stationen konnte er sich setzen und in der Wilhelmstraße verließen die Blaue und er den Bus. Wenn sie jetzt ... Richtig, sie hielt sich rechts und ging schnell auf ein Hochhaus zu, Nummer 37, dort wohnte sie, Gellmann überquerte langsam die Straße und bummelte nach links, drehte sich vorsichtig nach ihr um.

Direkt ins Haus, damit war sein Auftrag erfüllt. Fünf Minuten gab er sich noch, sie erschien nicht wieder, alles in Ordnung, deshalb schlenderte er zur Bushaltestelle zurück. Fünfzehn Minuten musste er warten, er rauchte ungeduldig, bis der Bus endlich kam.

Als Gellmann einstieg, hätte er sich fast verraten: Auf ihrem alten Platz saß die Gelbe und warf ihm einen gleichgültigen Blick zu. Das gab's doch nicht! Wer kutschierte denn spätabends zum Vergnügen mit einem Bus bis zur Endhaltestelle und wieder zurück?

Bis zum Lannerplatz grübelte er über ihr seltsames Verhalten nach. Ihre Beschreibung hatte er längst in seinem Kopf gespeichert und normalerweise würde er sie jetzt laufen lassen oder an der nächsten Telefonzelle oder – wenn es nicht auffiel – per Handy Hilfe holen. Aber heute war kein normaler Abend, die Krawatte drückte und würgte, in den ungewohnten Schuhen wuchsen Hühneraugen, Haydn und Mozart plus Brahms hatten ihn auf neunundneunzig getrieben.

Auf dem Lannerplatz ließ Gellmann ihr einen gehörigen Vorsprung. Die Gelbe marschierte zielstrebig auf eine Bar zu, der Namenszug *Zur lustigen Witwe* blinkte in diskretem Grün und Gellmann sinnierte einen Moment, wo er diesen Begriff schon einmal gehört hatte. Nein, sie wollte doch nicht in die Bar, im letzten Moment bog sie ab und tauchte in der dunklen Meltzergasse unter. Jetzt beschleunigte er, war aber vorsichtig genug, nicht direkt in den schwarzen Gang zu stürmen, sondern erst einmal den Kopf um die Ecke zu stecken. Ja, da lief sie, hatte fast das Ende erreicht, vor dem Licht vom Neumarkt gut zu erkennen.

Angst schien sie nicht zu haben, dachte Gellmann anerkennend, dieser finstere Schlauch zwischen den hohen Häusern konnte das Fürchten lehren ...

Für den Bruchteil einer Sekunde ahnte er noch die Gestalt, die auf ihn zuschnellte, dann explodierte sein Kopf.

Unter Gellmanns Schädeldach dröhnten schwere Schmiedehämmer, vor seiner Nasenspitze flirrten Sterne und er krümmte sich, um der Übelkeit zu entgehen. Als er mit einer Hand umhertastete, fühlte er raue, bucklige Steine – er lag auf dem Boden. In einer Einfahrt. Zwischen zwei fensterlosen Mauern. Jemand hatte ihn niedergeschlagen – die Gelbe, er war ihr in eine dunkle Gasse gefolgt ... Über Gellmanns linkem Ohr brannte es wie Feuer, mit den Fingerspitzen berührte er die Schwellung und jaulte vor Schmerzen auf.

Zwei Minuten später schaffte er es, aufzustehen und einen Fuß vor den anderen zu setzen, taumelnd wie ein Betrunkener. Nach Atem ringend lehnte Gellmann sich an eine Wand und verschnaufte, bis diese üble Schaukelbewegung aufgehört hatte. Erst danach kam er auf die Idee, in seinen Taschen nachzusehen. Es fehlte nichts, soweit er feststellen konnte. Als er sich umzog, hatte er Ausweise und Papiere in seinem Anorak zurückgelassen.

Gellmann war kein Held und auch kein Dummkopf. Während er Richtung Pension schlich, ordnete er seine wirren Gedanken zu einer unerfreulichen Alternative. Entweder war er in eine Falle gelaufen, die Gelbe hatte ihn erkannt und in die Gasse gelockt, wo ein Komplize ihn abfing. Wenn er das dem Chef beichtete, riskierte er einen wüsten Rüffel wegen seiner Unvorsichtigkeit und Eigenmächtigkeit. Falls der Überfall nichts mit der Gelben zu tun hatte, musste er Weinert erklären, was ihn um diese Zeit in die Meltzergasse geführt hatte.

In beiden Fällen bekam er Ärger und deshalb beschloss Gellmann, überhaupt nichts zu melden.

Die Frau in Gelb hatte sich schon ausgezogen, als der elegant gekleidete Mann die Zimmertür aufschloss. Sein Blick war wie immer starr, als besäße er Glasaugen, und wenn sie ehrlich war – sie fürchtete sich vor ihm, obwohl sie mit ihm schlief.

»Nichts«, sagte der Mann und warf seine Jacke auf den Boden.

»Keine Papiere? Ausweise?«

Unter seinem Blick überlief sie eine Gänsehaut.

War die dumme Kuh taub? Er hatte doch gesagt: Nichts. Und nichts war nichts. Seine Hose glitt zu Boden und sie sah, dass er wie jeden Abend eine gewaltige Erektion hatte.

Als sie in der Nacht aufwachte, wagte sie nicht, sich zu rühren. Neben ihr atmete er ganz flach, als lauerte er im Halbschlaf auf das geringste Geräusch, um sofort wie eine ausgehungerte Schlange zuzustoßen. Keine Papiere, aber sie zweifelte schon lange nicht mehr, dass die anderen sie entdeckt hatten. Warum griffen sie nicht zu? Was planten sie? Auf was hatte sie sich da eingelassen? Wenn es dunkel, kalt und still wurde, fraß die Angst sie von innen auf. Sie hatte mehr als einmal andere Opfer gejagt, aber war noch nie gejagt worden. Nun erst begriff sie, was ›Angst im Nacken‹ bedeutete.

Donnerstag, 14. September

Trotz der zehn Stunden Schlaf zwickten die Waden und die steifen Gelenke knackten. Nach dem Frühstück spazierte Rogge deshalb gen Osten, bog in die Brückenstraße ab und stieß auf den Weg, der am Stockbach entlangführte. Die Wanderwege waren gut markiert, ein rühriger Fremdenverkehrsverein hatte für Bänke und Hinweistafeln gesorgt und der ursprünglich vollständig eingefasste, kanalisierte Bach war an vielen Stellen schon wieder von seinem Betonkorsett befreit, bildete Kurven und kleine Seitenarme, an denen Weiden wuchsen.

Bis Herlingen brauchte der Hauptkommissar zwei Stunden, die Steifheit war gewichen, dafür spannte seine Gesichtshaut. Urlaub hatte er in diesem Jahr noch nicht gehabt, das Reha-Sanatorium zählte nicht, etwas Sonne schadete nicht. In Herlingen war heute kein Markt, Rogge schlenderte über den leeren Platz, der an zwei Seiten mit Arkaden umgeben war, bewunderte Fassaden, studierte Schaufenster und prallte mit einer jungen Frau zusammen, die aus einem Geschäft raste.

»Entschuldigung …« – »Keine Ursache.« – »Herr Rogge!« Gertruds Miene wechselte von Zerknirschung zu echter Freude. »Wie geht es Ihnen?«

»Danke, gut, Frau …?«

»Leiwen. Aber sagen Sie ruhig Gertrud, das tun alle.«

»Wenn Sie erlauben …«

»Tue ich!« Sie schien sich ehrlich über das Treffen zu freuen. »Wollen Sie einkaufen?«

»Brauchen tu ich nichts«, erwiderte er seufzend.

»Kenn ich, auf dem Rückflug platzt der Koffer und zu Hause schmeiße ich die Hälfte der teuren Souvenirs weg.«

»Aber wann komme ich schon mal dazu, einen Ladenbummel zu machen.«

»Was machen Sie denn, beruflich, meine ich?«

»Ich bin Kriminalbeamter«, antwortete er sehr beiläufig, gespannt, wie sie reagieren würde.

Der Schuss traf ins Schwarze: »Waaas?«, staunte sie. »So wie im Fernsehen?«

»Wir müssen mehr am Schreibtisch arbeiten«, wehrte er ab.

»Das ist ja 'nen Ding!« Sie hatte sich noch nicht erholt. »Die Männer hier aus dem Revier kenn ich ja, aber mit einem richtigen Kriminaler hab ich noch nie gesprochen.«

»Normalerweise beißen wir nicht.«

»So sehen Sie auch gar nicht aus«, lachte sie aus vollem Hals.

Nein, Gertrud war weder beunruhigt noch hatte sie Angst, und wie er sie einschätzte, würde sie die Neuigkeit sofort verbreiten. Deshalb riskierte er es: »Aber Sie können einem neugierigen Bullen eine Frage beantworten.«

»Wenn ich kann …«

»Diese dunkelhaarige Schönheit mit den schwarzen Augen, die morgens bedient …«

»Das ist die Chefin.« Unwillkürlich hatte Gertrud die Stimme gesenkt, und weil er ungläubig die Stirn runzelte, rückte sie ein Stück näher und flüsterte: »Man soll's gar nicht glauben, dass die den Olli geheiratet hat.«

»Olli ist der Wirt?«

»Der Chef, ja. Und ob das so gut geht mit den beiden … Na

ja, wie man sich bettet, so liegt man, nicht wahr? Und jetzt muss ich weiter. Tschüss.«

Amüsiert sah ihr Rogge nach, Gertrud hatte irgendwann verlernt, langsam zu gehen, sie stürmte davon, als würde sie sonst vor Energie platzen. Doch sie kam nicht weit, ein Mann mit weiten, flatternden Hosen und einem unförmigen knielangen Umhang überquerte den Marktplatz und kreuzte ihren Kurs. Gertrud blieb stehen, der Mann redete sie an und Gertrud antwortete. Leider war sie schon zu weit weg, dass Rogge ihr Gesicht erkennen konnte, er kaute auf seinen Lippen, Gertruds Haltung verriet mehr Unbehagen als Höflichkeit. Als der Mann eine Hand nach ihr ausstreckte, wich sie zurück, rief noch etwas und raste davon. Der Mann kehrte Rogge den Rücken zu, blieb noch einen Moment stehen und schaute Gertrud nach, schlurfte dann sehr viel langsamer weiter und verschwand in einem Durchgang. Nein, kein Mann, das war eine Frau, nach den Bewegungen zu urteilen. Mit der Sympathie war das so eine Sache, dachte Rogge, wenn der eine zu viel und der andere gar keine aufbrachte.

Auf dem Rückweg machte Rogge einen kleinen Abstecher in den Stockauer Supermarkt. An einer Kasse saß die junge Frau, die von dem Quartett mit so anzüglich-beifälligem Gelächter begrüßt worden war, als sie den Bären betrat.

Bis neunzehn Uhr war keiner aus dem Quartett im Bären erschienen. Rogge überlegte, dass er eigentlich noch keine Lust hatte, sich schon auf sein Zimmer zu verziehen. Ein weiterer kleiner Spaziergang schien angesagt und deshalb holte er sich aus seinem Zimmer den Feldstecher und bummelte über die Feltenwiese den Hang Richtung Autobahnparkplatz hoch. Für Mitte September war es einfach zu warm und im Tal staute sich die Hitze regelrecht. Außer ihm schien kein Mensch unterwegs. Als er den Buschsaum erreichte, hörte er wieder deutlich die Autobahn und empfand sie nach der Stille unten als störend lärmig.

Rogge wusste selbst nicht, was er hier wollte oder erwartete. Natürlich war es ein idealer Ort, um eine Frau loszuwerden, aus welchen Gründen auch immer, aber warum hatte Inge Weber sich das ohne Gegenwehr gefallen lassen? Wann hatte sich das graue Loch aufgetan? Nachdem sie aus dem Auto geschoben, geschubst, gezerrt, gestoßen worden war? Oder war ihr Gedächtnisverlust der Grund dafür gewesen, dass sich der Fahrer dieser Frau entledigt hatte?

Rogge saß auf einer der unbequemen Bänke des Parkplatzes, rauchte und sinnierte. Nach einer halben Stunde kehrte er um.

Vor der Einmündung des Wirtschaftsweges in die asphaltierte Straße beobachtete er ein Pärchen, das die Straße entlangging und miteinander zu streiten schien. Den jungen Mann erkannte er sofort an seinem Nackenzopf wieder, auch die junge Frau kam ihm bekannt vor, aber erst als sie zufällig den Kopf in seine Richtung drehte, schaltete er: Das war die junge Frau, die am Dienstag nach ihrer Begleiterin den Bären betreten und von dem Kraftmeier-Quartett so hämisch begrüßt worden war. Die beiden bemerkten den Kommissar nicht, ganz in ihre Auseinandersetzung vertieft, und Rogge blieb stehen, bis sie außer Sicht waren.

Im Bären hockte sich Rogge auf seinen alten Platz und Gertrud brauste sofort heran: »Na, noch Durst, Herr Rogge?«

»Aber immer.«

Olli, der Wirt, gähnte. Er hatte seine Lieblingshaltung eingenommen, eine Hand auf den Tresen gestützt, mit der anderen ewig beschäftigt, sich über den Kopf zu streichen, und dabei studierte er eine Zeitung. Rogge hatte er nur einen flüchtigen Blick gegönnt, sein Vorrat an Freundlichkeit schien limitiert.

»So, Ihr Bier.«

»Danke, Gertrud.«

Sie hatte Lust auf ein Schwätzchen und blieb stehen. »Wie war der Abendspaziergang?«

»Angenehm. Ich bin über die Wiese zum Parkplatz hochgelaufen.«

Sie nickte.

»Von der Wiese aus kommt man ja direkt zur Autobahn«, heuchelte er und wieder nickte sie rasch: »Ja, der Parkplatz heißt Feltenwiese, wie die Wiese.«

»Wenn ich heimfahre, spare ich mir den Umweg über Dreschbach.«

»Das tun einige«, stimmte sie nervös zu und sah sich nach dem Wirt um, den es vor Gähnen zu zerreißen schien. »Dann mal zum Wohl.«

Mit ausdrucksloser Miene sah Rogge Gertrud nach. Man absolvierte nicht fünfundzwanzig Jahre Dienst bei der Kripo, ohne zu merken, wann ein Zeuge mit sich rang, ob er lieber schweigen oder reden sollte. Drängeln nutzte dann gar nichts, da half nur Geduld und davon besaß er mehr als genug, auch für Gertrud.

Zwei Männer brachen auf, als Rogge sein erstes Glas geleert hatte. Selbst der Wirt quälte sich ein unverständliches Brummen ab und Gertrud rief fröhlich: »Gute Nacht, Herr Doktor. Gute Nacht, Herr Wilhelms.«

Kurz danach zahlten auch zwei andere Gäste, offenbar ein Ehepaar, das so aussah, als gehöre es nicht zu den Dorfbewohnern. Rogge zögerte, und als Gertrud in seine Nähe kam, fragte er halblaut: »Wollen Sie schließen?«

»Nein, nein, bleiben Sie ruhig. Noch ein Bier?«

»Ich möchte nicht, dass Sie nur meinetwegen …«

»Aber nein.« Zum Tresen rief sie: »Noch ein Bier.«

Olli rülpste, schüttelte den Kopf und faltete die Zeitung zusammen; kaum war Olli verschwunden, erschien die schwarzhaarige Schönheit und nahm seine Stelle ein, sie brachte immer noch das Kunststück fertig, keinen Menschen direkt anzusehen. Gertrud störte es nicht, Rogge gewann sogar den Eindruck, dass sich die beiden Frauen gut verstanden, und die Gäste riefen nur halblaut: »Hei, Angi« oder »'n Abend«.

Erst jetzt bemerkte Rogge den Großen, der rechts an der Wand saß, offenbar auf den Stammplätzen der jungen Dorfwilden. Zwar drehte der sofort den Kopf zur Seite, aber Rogge hatte den gehässigen Ausdruck mitbekommen, und danach beobachtete er unauffällig, wie der Hinkende Gertrud mit den Blicken verschlang und jedes Mal, wenn sie zu ihm an den Tisch kam, vergeblich versuchte, sie in ein Gespräch zu verwickeln. So nett sie war, es steckte doch ein kleines Biest in ihr, denn sobald sie ihn kurz und schnippisch abgefertigt hatte, tänzelte sie hüftschwenkend davon. Du meine Güte, da zappelte einer aber gewaltig an einem Haken. Die Wut, die der Große nicht verbergen konnte, wenn er ihr nachblickte, alarmierte Rogge.

Gut eine Stunde später erschien Olli und löste seine Frau wieder ab. Sie wollte noch etwas sagen oder fragen, aber er winkte so herrisch ab, dass sie furchtsam von ihm abließ und verschwand. Olli goss sich einen fünffachen Schnaps ein, den er in einem Zug kippte. Den anschließenden Durst löschte er mit so viel Bier, dass Rogge der Nachruf auf viele Wirte einfiel: ›Er war sein bester Kunde.‹ Auch Gertrud zeigte sich besorgt, aber noch zapfte Olli wie ein Automat. Wenn er so weitersoff, musste er in zwei Stunden umkippen wie ein nasser Sack.

Der letzte Rogge bekannte Gast kam kurz nach zehn, die junge, stark angemalte Frau aus dem Supermarkt. Der Hinkende verzog das Gesicht zu einer verächtlichen Grimasse, was ihr nicht entging, sie blieb stehen, stützte beide Hände auf den Tisch und beugte sich vor, um ihm etwas zuzuflüstern. Eine Liebeserklärung war es sicherlich nicht. Denn als sie sich aufrichtete und zum Tresen ging, glühte ihr Gesicht vor Zorn hochrot. Olli beachtete sie nicht und der Hinkende schnitt eine Fratze, als plagten ihn Zahnschmerzen.

Mit einem flüchtigen Winken verschwand der Wirt durch die Tür, die zur Küche und den Privaträumen führte, Gertrud füllte das Glas auf, schaltete im hinteren Teil das Licht aus und kam dann so langsam auf Rogge zu, dass er ein leises Lächeln nicht unterdrücken konnte. Gertrud die Eilige hatte etwas auf dem Herzen und deshalb fragte er sie freundlich: »Wollen Sie sich einen Moment zu mir setzen?«

»Darf ich? – Ja, gerne.«

Ihre Verlegenheit war jetzt mit Händen zu greifen. »Sie möchten mir etwas sagen, nicht wahr?«

»Woher wissen Sie das?«

»Es ist mein Beruf, Gertrud.«

»Ja, sicher … weil Sie mir in Herlingen …« Sie verhaspelte sich, schluckte und nahm allen Mut zusammen: »Sind Sie – sind Sie – wegen Monika hier?«

»Wegen Monika? – Nein, ich kenne keine Monika.«

Er sah, wie sie sich entspannte und anzulehnen wagte. Offensichtlich war ihr ein Stein vom Herzen gefallen.

»Wer ist denn diese Monika?«

»Eine Freundin«, erwiderte sie schnell.

»Wohnt sie hier in Stockau?«

»Ja. Sie ist Arzthelferin.«

»Ach, und dann war dieser Doktor, der eben gegangen ist, der Arzt?«

»Fuhrmann heißt er, ja.«

»Wollen Sie mir erzählen, was mit Monika los ist?«

Obwohl Rogge ganz neutral gefragt hat, schaute sie ihn unruhig an. Noch hatte sie sich nicht entschieden. Er bot ihr eine Zigarette an, die sie ungeschickt nahm, gab ihr Feuer und wappnete sich mit Geduld.

»Es hat – es hat – mit der Feltenwiese zu tun.«

Wenn Kili sich über Rogge geärgert hatte, was häufig geschah, giftete er herum, der Chef müsse Weltmeister im Angeln werden; niemand könne so lange so regungslos sitzen wie Rogge, bis der misstrauischste Fisch auf den Köder beiße. Während Kili solche Sottisen verbreitete, zappelte er vor Ungeduld und Rogge konterte gelegentlich gemütlich, auch Kilis Technik sei nicht zu verachten; er mache jeden Verdächtigen so nervös, dass der nur gestehe, um von Kilis Gegenwart befreit zu werden.

Auch Gertrud konnte Rogges Schweigen nicht länger ertragen, sie holte schließlich tief Luft: »Monika ist – man hat – sie ist belästigt – man hat sie vergewaltigt.«

»Ja«, sagte er neutral. »Weiß man, wer's getan hat?«

»Nein«, antwortete sie hastig und Rogge ließ sich nicht anmerken, dass er ihre Lüge durchschaut hatte.

»Und wo ist das passiert?«

»Auf der Feltenwiese.«

Rogge lächelte insgeheim. Ein Kriminalbeamter, der sich in Stockau einquartierte, wo abends die Straßen hochgeklappt wurden, und dann zur Feltenwiese spazierte. Kein Wunder, dass sie kombiniert hatte.

»Da oben passiert viel«, fuhr sie plötzlich fort, als wollte sie von dem Namen Monika ablenken.

»Wie meinen Sie das?«

»Da prügeln sich Männer. Und manchmal parken da ganz komische Kerle. Aus dem Dorf geht abends keiner gern da rauf.«

»Ja, ich verstehe.«

»Aber Sie dürfen Monika nicht sagen, dass ich Ihnen das verraten habe, das mit – mit ...«

»Nein, keine Sorge, Gertrud.«

»Sie will nämlich nicht ...« Die Röte schoss ihr ins Gesicht, als sie abbrach.

»Versprochen ist versprochen.«

»Danke!«, flüsterte sie erleichtert. Wahrscheinlich hatte Gertrud Erfahrung mit Männern, doch ihr Äußeres und ihr lebhaftes Auftreten täuschten über ihre Naivität hinweg, erwachsen war sie noch nicht.

Unwillkürlich fragte Rogge: »Wie alt sind Sie, Gertrud?«

»Zweiundzwanzig.«

»Ein Jahr jünger als meine Tochter«, zwinkerte er ihr zu und damit verblüffte er sie so sehr, dass sie die Feltenwiese vergaß.

VII.

Von der Weser her wehte es scheußlich kalt herauf, obwohl keine Wolke am hellblauen Himmel zu sehen war. Die vier Männer auf dem Kai drängten sich enger zusammen, um den Wind abzuwehren, der durch ihre zu dünnen Mäntel blies. Die beiden großen waren unzweifelhaft Brüder, bei flüchtigem Hinschauen konnte man sie glatt verwechseln. Der einzige Uniformierte hob das Sprechfunkgerät an den Mund: »Alles auf Position?«

»Alles klar!«, schnarrte es zurück.

Der kleine Frachter glitt im Zeitlupentempo auf die Mauer zu. Breite Rostbahnen an der Seite und ein notdürftig festgelaschter Baum zeugten davon, dass die *Kolotai* ihre beste Zeit hinter sich hatte und die Reederei an Reparatur und Unterhalt sparte. An der Reling lehnten mehrere Männer, andere liefen nach achtern und zum Bug, um die Leinen klarzumachen. Hinter dem Schlepper quirlte es jetzt gewaltig auf, die Trosse spannte sich und die *Kolotai* wurde noch langsamer.

Gönter saß auf dem anderen Ufer in einem Auto und beobachtete das Anlegemanöver im Fernglas. Ein Seelenverkäufer, dachte er traurig. Es war schon arg, was da unter der russischen Flagge herumschipperte, manchmal nur durch Farbe und Hoffnung zusammengehalten. Jede Wette, dass so ziemlich jede Sicherheitseinrichtung marode war, aber er hatte durchgesetzt, dass niemand an Bord ging, um zu kontrollieren.

Die vier Männer warteten immer noch, traten manchmal von einem Fuß auf den anderen, um sich aufzuwärmen. Kreutzer hatte jetzt auch ein Glas an den Augen und grunzte zufrieden vor sich hin: »Deckladung. Hinter der ersten Luke, wie gemeldet.«

Die Leinen flogen, das Schiff kam zur Ruhe, die Gangway wurde ausgeschwenkt. Hinter dem Heck bewegte sich ein Gittergerüst, der Kran rollte schon heran. Zwei Männer bogen um die Ecke eines Schuppens und marschierten zügig auf die Gangway zu, als wollten sie unbedingt die Ersten sein, die an Bord gingen. Die Brüder drehten sich ein wenig, einer hielt eine Videokamera in der Hand, die er auf der Schulter des anderen abstützte, der ihm zugleich Deckung bot. Die beiden Eiligen achteten nicht auf die Vierergruppe. An Deck erschien ein Trumm von Mann, zwei Meter groß und fast genauso breit, mit einem riesigen Vollbart, der dringend nach Kamm und Schere verlangte. Er winkte den an Bord Kommenden zu, schüttelte dem vorderen begeistert die Hand, als wolle er ihm den Arm ausreißen, und umarmte ihn dann. Den zweiten Mann begrüßte er weniger stürmisch. Danach verschwanden die drei Männer.

»Also dann!«

Die vier Männer setzten sich in Bewegung; auf dem anderen Ufer legte Gönter das Glas zur Seite und ließ den Motor an. Jetzt dauerte es noch knapp eine Stunde, bis die Formalitäten erledigt waren und die ersten Ladungsstücke an Land gehievt wurden. Frühestens am Nachmittag würden der Ladungskontrolleur und die Zöllner die Kisten öffnen können; sie wussten, wo sie suchen mussten, und hatten sich heute Morgen noch einmal die Dias angesehen, um sich alle Einzelteile einzuprägen. Achttausend Verzögerungszünder für Granaten aus alten sowjetischen Beständen, vielleicht zerlegt und als technisches Material deklariert; eigentlich unverständlich, warum Eschenbach sie hier in Bremerhaven zwischenlagern wollte. Es sei denn, die Zünder wurden umgerüstet – dazu würden die Federn und Teleskopstifte passen, die er aus Tschechien bezogen hatte.

Ungeduldig wartete Gönter in seinem Hotelzimmer, bis Kreutzer anrief und im vereinbarten Code meldete: »Wir sind auf Öl gestoßen.«

»Dann bohrt mal schön vorsichtig weiter«, empfahl Gönter heiter. Es traf sich gut, jetzt erreichte er ohne Hast noch die letzte Maschine nach Köln. Eschenbach würde sich nicht herausreden können, damit hatten sie ein Glied aus der Kette herausgesprengt, und mit den Zündern konnten sie ihn legal wegen der in Rotterdam aufgespürten Chemikalien, mit denen sich Sprengsätze herstellen ließen, unter Druck setzen. Hoffentlich! Denn seit ihre Quelle versiegt war, fehlten ihnen Tipps und der Gegner lernte dazu. Wer telefonierte oder faxte noch, seit es Internet und E-Mail gab? Weinert würde fluchen, wenn er erfuhr, dass Zoll und BND eng zusammenarbeiteten und den Verfassungsschutz von dieser Aktion ausschlossen. Selbst vom Mailen machten die Burschen immer weniger Gebrauch, sie verließen sich auf mündliche Absprachen, weil sich alle aus diesem oder über diesen Verein kannten. Vorgestern hatten sie in Frankfurt am Flughafen einen Kurier aus Athen gefasst, der in seinem Koffer 500.000 Dollar transportiert und ihnen allen Ernstes versichert hatte, er wüsste nicht, für wen das Geld bestimmt sei; sein Auftrag lautete, mit dem Koffer so langsam, dass man ihn verfolgen konnte, in ein x-beliebiges Hotel zu gehen, dort zwischen 18 und 22 Uhr sein Zimmer nicht zu betreten und mit einem anderen Koffer am nächsten Morgen abzureisen. Es klang abenteuerlich, aber leider sehr wahrscheinlich.

Die kleine Turbo-Prop-Maschine schaukelte und tanzte. Viele Jahre war Gönter selbst geflogen, seine CPL war noch gültig, aber im Amt sah man es nicht gerne, wenn er sich an den Knüppel setzte. Wenn er in der Kabine hockte, flog er mit dem Arsch mit, Turbulenzen störten ihn nicht, sein Magen hatte sich daran gewöhnt; Jets mit ihren Reisehöhen über dem Wetter lagen ihm zu ruhig in der Luft.

Also würden sie ihr Computersystem mit ein paar neuen Einzelheiten füttern können. Die *Kolotai* gehörte der ›Baltic Eastern Transports‹ und an der russischen Reederei waren Harald Lanckenbroick und Klaus Ochtenhoff beteiligt, die sie von anderen krummen Geschäften schon kannten, aber leider noch nie vor Gericht hatten überführen können. Darauf – und nur darauf – kam es an.

Dass Ellwein gerne internationale Ringe, sozusagen Mafia im Frack, aufdecken würde, verstand Gönter zwar, aber in Wahrheit interessierte es ihn nicht. Darüber sollten sich seine Vorgesetzten den Kopf zerbrechen, er brauchte handfeste Tipps und Hinweise auf illegale Importe und Exporte. Handfeste, brauchbare und vor allem richtige Tipps. Was nutzte ihm Agentengeschwätz, der Irak habe sich mit Indonesien zusammengetan, um über Singapur elektronisches Material aus Japan zu beziehen? Sobald die Ware in Deutschland zwischenlandete, wurde sie lohnend. Nur dann!

Offiziell war er zwar zur loyalen Kooperation mit den Diensten vergattert worden, aber bei den monatlichen Berichten, die er im Amt abstattete, registrierte er seit Jahresanfang spürbare Zurückhaltung. Und mit Weinert, der hinter jedem Baum einen Verfassungsschädling witterte, kam er inzwischen überhaupt nicht mehr klar. Das grenzte doch mittlerweile an Paranoia! Diesen Eschenbach in aller Öffentlichkeit als Waffenschieber vorgeführt, mit Hilfe der Presse und des Fernsehens und der äußerst hilfreichen Kollegen von der Steuerfahndung, bewirkte mehr Abschreckung als komplizierte Überwachungen, deren Ergebnisse sich in Nebel auflösten. Deshalb hatte Gönter auch verschwiegen, dass Eschenbach einen obskuren politischen Studienkreis finanzierte. Denn Weinerts Tölpel kriegten es in ihrem Übereifer fertig, daraufhin einen so schönen Fang wie heute zu vermasseln, weil sie das Wild vergrämten.

In seiner Wohnung fand Gönter ein Fax mit zwei Wörtern vor: *Weinert kocht.* Kein Absender.

Gönter faxte an Ellwein zurück. *Nicht zu viel Salz in die Suppe.*

Freitag, 15. September

Angi – also Angela oder Angelika, die Wirtin – war noch bleicher als an den Tagen zuvor. Ihre Hände zitterten, sie hatte wenig oder schlecht geschlafen. Nach der kurzen Szene, in der Olli seine Frau gestern Abend verscheucht hatte wie ein lästiges Insekt, glaubte Rogge Gertruds Andeutung unbesehen, dass die Ehe nicht funktionierte, und überlegte müßig, warum diese Frau einen solchen Rüpel geheiratet hatte.

Zwar schien die Sonne unverändert, aber es war kühler geworden und am Nachmittag zogen Wolken auf. Schloss Falkenberg enttäuschte ihn, die zehn Mark Eintritt fand Rogge ausgesprochen happig und die Führerin mit Nickelbrille und schmalen Lippen leierte ihren Sermon herunter, als hasse sie alle Touristen und speziell Schlossbesichtiger. Mit dem Bus fuhr er nach Herlingen und ging ins Revier.

Wibbeke bot wieder Kaffee an: »Sie sehen besser aus, Herr Kollege.«

Dass er sich auch besser fühlte, wollte Rogge nicht zugeben. »Herr Wibbeke, erzählen Sie mir etwas über den Wirt und die Wirtin des Bären?«

»Ach du meine Güte.« Der Oberkommissar raufte sich die Haare. »Da sind Sie gleich über das große Drama des Dorfes gestolpert.«

»Tja, wofür hat man eine Spürnase.«

»Ja, ja. Also. Angelikas Eltern gehörte der Bär. An sich ein nettes Ehepaar, ordentlich, zuverlässig, fleißig, aber irgendwie keine Wirte. Ich hab mich da auch nie wohl gefühlt und heute glaube ich auch zu wissen, warum, die beiden Vogts schämten sich ihres Berufs.«

»Weil sie was Besseres sein wollten?«

»Nein, nein, sie waren nicht hochmütig, aber irgendwie immer auf Abwehr. Und dann so schrecklich bemüht, das nicht merken zu lassen: Gefällt es Ihnen, geht es Ihnen gut, was können wir für Sie tun – also, es passte einfach nicht zu einer Dorfkneipe.«

»Und Tochter Angelika sollte auf keinen Fall Wirtin werden.«

»Genau so. Na ja, der Mensch denkt, der Trieb lenkt, die schöne Angi wurde schwanger.«

»Sagen Sie bloß, von diesem Bierfass Olli.«

»Ach was, doch nicht von dem. Den Vater – also: den Erzeuger – hat Angi eisern verschwiegen. Aber nun war was unterwegs, die Schande, so galt das noch auf dem Dorf, war kaum noch aufzuhalten, und der alte Vogt verheiratete sein einziges Kind mit Anton Lohse.«

»Genannt Olli.«

»Ein ziemlicher Tunichtgut. Aber was soll ich Ihnen sagen: Mit dem Bären geht's seitdem aufwärts. Olli verkörpert alles, was ein Wirt nicht sein soll, er ist mürrisch und unfreundlich und grob, aber der Laden läuft, und ich denke mir, der alte Vogt hat Ollis Wirtsqualitäten erkannt.«

»Was ist aus dem Kind geworden?«

»Tot. Überfahren vor – ich glaube, vier Jahren.« Wibbeke fluchte leise und sehr unfein. »Fahrerflucht.«

»Wie hat es Angi aufgenommen?«

»Sie schweigt seitdem. Und Olli ist richtig aufgeblüht, seit ihm der Bastard nicht mehr jeden Tag über die Füße stolpert.«

Rogge nickte und spielte mit seiner Zigarette, bevor er seufzend über die Hürde sprang: »Herr Kollege, ich wohne im Bären. In einem kleinen Gästehausanbau im Garten, acht Zimmer und alle modern eingerichtet, mit Telefon, Fernseher, Bad. Wie hat Olli das finanziert? Doch nicht mit dem Ertrag aus dem Bären.«

»Wahrscheinlich nicht. Ich vermute mal, mit Angis Mitgift. Den Vogts gehörte ziemlich viel Land, das sie verpachtet hatten, und das hat Olli Stück für Stück verkauft. Der Bär ist übrigens nicht immer so leer wie jetzt, im Hochsommer gibt's im Stockbachtal einen bescheidenen Tourismus.«

»Das hat so viel gebracht?«

Nach einer Weile schaltete Wibbeke und lachte gutmütig: »Vergessen Sie die Quote nicht.«

»Welche Quote?«

»Die Milchquote. Offiziell betrieb der alte Vogt einen Milchwirtschaftshof mit hundert Stück Großvieh. Im Sinne des Gesetzes war er Bauer und Eigentümer. Und für die Quote soll der alte Lehnert eine Unsumme gelöhnt haben, wie man munkelt, aber die Bauern geben sich dumm und sind gerissen, die wissen ganz genau, wann sie schweigen müssen.« Über seine Grimasse musste Rogge laut lachen. »Übrigens auch vor der Polizei und dem Finanzamt.«

»Olli und Angie haben keine Kinder?«

»Nein ... Herr Rogge, Ihren mitleidigen Blick sparen Sie sich lieber auf. Angi könnte gehen, wenn sie wollte, so viel Angst vor dem Gerede der Leute und der Schwäche seiner Tochter hatte der alte Vogt nun auch nicht. Es gibt einen Ehevertrag, der Bär gehört ihr und Olli ist nur Angestellter seiner Frau.«

»Was Sie so alles wissen«, stichelte Rogge und Wibbeke schmunzelte: »Viel Wissen ersetzt die halbe Arbeit.«

»Haben Sie eigentlich mal im Bellhorner Motel nach Inge Weber recherchiert?«

»Ich nicht und so viel ich weiß, Grem auch nicht. Aber ich glaube, die wären zu mir gekommen, wenn diese Frau dort Gast gewesen wäre.«

»Warum sollten die das tun, Herr Kollege?«

»Weil die beiden Eigentümer wissen, dass wir einen Blick auf sie und ihre Gäste haben. Wenn da Volljährige ihre Nächte miteinander verbringen, geht uns das nichts an, aber manche Schläferinnen sehen etwas sehr jung aus, und den Skandal möchte sich das Motel nicht leisten, dass wir da eines Nachts laut klopfen und brüllen: ›Ziehen Sie sich etwas über und halten Sie Ihre Personalausweise bereit!‹«

»Fahren Sie bitte einmal hin und erkundigen Sie sich offiziell? Ich möchte mich da nicht blicken lassen.«

»Geht in Ordnung, Herr Rogge.«

Vor dem Revier gab Rogge seinem inneren Schweinehund einen Tritt und marschierte den Weg zurück nach Stockau am Bach entlang. Simon würde schäumen, wenn er hörte, wie sein Erster Hauptkommissar den Fall anging, mit langen Wanderungen und Schlossbesichtigungen, doch wenn Simon ihm diese Urlaubsmasche verbieten wollte, musste er mit der vollen Wahrheit herausrücken.

Wibbeke würde im Motel nichts erreichen, aber es war gut, wenn möglichst weit gestreut wurde, dass die Kripo den Fall Inge Weber nicht ad acta gelegt hatte.

Vor Stockau wurde Rogge von einem Fahrradfahrer überholt, der mächtig strampelte; Rogge hatte sich bei dem Klingeln ziemlich erschrocken. Der Knabe zischte in einem Affentempo an ihm vorbei, sein Haarschopf wehte regelrecht hinter ihm her. Ein alter Bekannter!

In Stockau begegnete Rogge ihm wieder, diesmal schob er manierlich sein Rad und redete eifrig auf eine junge Frau ein, die kannte Rogge auch, sie war von dem Quartett mit offener Missachtung begrüßt worden. Beide waren so in ihr Gespräch vertieft, dass sie ihn gar nicht beachteten; Rogge musterte die beiden unauffällig. Er war etwa 1,75 Meter groß, wog um die siebzig Kilo, braune Haare, schmales Gesicht. Sie hatte ein herzförmiges, puppenhaftes Gesicht, brünette, halblange Haare, 165 Zentimeter, um die sechzig Kilo. Braune Augen, wie Rogge feststellte, als sie ihn flüchtig ansah. Rein äußerlich passten sie gut zusammen.

Wibbeke hatte Rogge daran erinnert, dass Kühe kein Wochenende kannten, der Bauer also jeden Tag zum Melken recht früh aufstehen musste, und deswegen stockte er einen Augenblick, als er die Gaststube betrat. So voll hatte er den Bären noch nicht erlebt, Gertrud stellte neue Rekorde auf und die Wirtin half beim Servieren aus. Rechts, auf den Junggesellen-Radaubrüder-Bänken, hatte sich das Quartett niedergelassen und schien fest entschlossen, Gertrud zur Verzweiflung zu bringen. Olli zapfte und spülte pausenlos und stützte sich ausnahmsweise nicht mit einer Hand ab. Unter der Decke bildete sich bereits der schmutzig blaue Baldachin aus Zigaretten- und Pfeifenrauch. Bald würde es heiß und stickig werden, Rogge schauderte und zwang sich zu einem Lächeln, als Gertrud ihm eine Kusshand zuwarf. Und wieder erhaschte er einen hasserfüllten Blick des Hinkenden, der ihn, wahrscheinlich vom Bier beflügelt, sekundenlang böse anglühte.

Rogge bestellte Heringsstip nach Art des Hauses und befolgte die Regel, dass Fisch schwimmen müsse, aber der immer noch zunehmende Lärm und die schlechte Luft gingen ihm schwer auf den Geist. Verstimmt brach er bald auf und atmete vor der Tür tief durch.

Danach wusste er selbst nicht, warum er wieder zur Feltenwiese hinaufbummelte, vielleicht, weil er den Weg kannte und seine Lungen lüften wollte. Alle, die ihm vorwarfen, er rauche zu viel, begriffen nicht, dass Raucher besonderen Wert auf frische Luft legten. Der Halbmond wurde von Wolken bedeckt, es war unangenehm dunkel und Rogge trat vorsichtig auf, um nicht in einem der Löcher umzuknicken.

Das Auto entdeckte Rogge nur durch Zufall, weil plötzlich seitlich ein roter Punkt aufleuchtete. Irritiert blieb er stehen, der Punkt wurde dunkler, verschwand aber nicht, und dann schaltete Rogge: Da hatte sich jemand eine Zigarette angezündet. Der dunkle Streifen vor ihm musste schon der Buschsaum sein, das Auto parkte keine zwanzig Meter neben dem Wirtschaftsweg. Unschlüssig zupfte Rogge an seinem Ohrläppchen, es sah ganz so aus, als vergnüge sich da ein Pärchen, und Voyeurismus verabscheute er. Doch die Entscheidung wurde ihm abgenommen, im Auto leuchtete die Innenlampe auf, weil eine Tür geöffnet worden war, und fast hätte der Hauptkommissar vor Überraschung gepfiffen. Die junge Frau, die da ausstieg, war nackt, bückte sich nach hinten zur Rückbank und holte ein Bündel heraus, das sie auf die Motorhaube legte. Ihre Kleidung, im Stehen zog es sich bequemer an.

Rogge klemmte die Mundwinkel ein und schlich noch etwas weiter in den Schatten der Büsche. Striptease paradox bekam er nicht alle Tage geboten. Jetzt stieg auch der Mann aus. Er schien wesentlich älter zu sein und holte seine Brieftasche hervor, ging um den Wagen herum und gab ihr etwas, das sie in den Ausschnitt stopfte. Nun ja, eindeutiger ging's nicht. Der Mann versuchte, die Frau zu umarmen, was sie mit einer obszönen Geste abwehrte, daraufhin ließ er sie rasch stehen und flüchtete hinter das Steuer. Der Motor sprang an, die Scheinwerfer leuchteten auf und Rogge klopfte sich innerlich auf die Schulter: Die jetzt angestrahlte junge Frau kannte er, die Kassiererin aus dem Supermarkt. Das Auto wendete, im letzten Moment duckte der Hauptkommissar sich vor dem Licht, der Kegel wanderte weiter und Rogge richtete sich schnell auf, um das Kennzeichen zu lesen. Landkreis Neuenburg. Knapp vierzig Kilometer über die Autobahn. Liebe und Triebe überwanden auch lange Strecken.

Als sich seine Augen wieder auf die Dunkelheit eingestellt hatten, sah er gerade noch, dass die Frau dem Auto Richtung Parkplatz folgte, also nicht ins Dorf hinunterlief. Was hatte das nun wieder zu bedeuten?

Rogge ließ ihr zwei Minuten Vorsprung, bevor er in bester Indianermanier hinter ihr herpirschte. Unter den Bäumen konnte er nichts sehen und die Autobahn übertönte ihre Schrittgeräusche. In der letzten Kurve vor dem Parkplatz blieb er stehen, überlegte und tastete sich dann nach links zwischen den Stämmen durch. Es war finster, dazu knackten pausenlos trockene Zweige unter seinen Schuhen, zum ersten Mal dankte er für den Lärm der Autos, es rauschte gleichförmig. Die Menschheit eilte freitags heim ins Wochenende und endlich erkannte Rogge auch zwischen den Stämmen und dem Krüppelgehölz die vorbeigleitenden Lichtpunkte.

Aber wo war die Frau abgeblieben?

Fast hätte Rogge sich zu weit vorgewagt und huschte erschrocken zurück hinter einen Baum. Sie saß allein auf einer der Bänke und rauchte, das Glutpünktchen hatte ihn gerade noch rechtzeitig gewarnt. Was zum Teufel trieb sie hier um diese Zeit? Wartete sie auf jemanden? Die beiden Abstellstreifen waren leer.

Nach einer halben Stunde kniffen seine Waden, er konnte nicht mehr still stehen. Die Frau hatte sich noch nicht gerührt und die Frage, warum er sich hier wie ein Sittenstrolch versteckte und lauerte, beschäftigte ihn immer mehr, während die Rechtfertigung, eben hier habe vor einem Jahr auch Inge Weber regungslos gesessen, allmählich fadenscheinig erschien. Fünf Minuten noch, schwor Rogge sich, und nach zwei Minuten wurde er erlöst. Ein Auto rollte mit hoher Geschwindigkeit auf den Parkplatz und bremste, dass die Reifen quietschten; der Fahrer sprang heraus, die Frau war aufgestanden, ging ihm entgegen, und als sie sich begrüßten, zweifelte Rogge keinen Moment, dass die beiden sich kannten. Sie setzte sich auf den Beifahrersitz, der Mann warf sich auf den Fahrersitz und dann bekam Rogge den Mund nicht mehr zu: Kurz vor der Ausfahrt bog der Wagen mit Frankfurter Kennzeichen in den Wirtschaftsweg ab; an dem zittrigen Scheinwerferlicht konnte Rogge verfolgen, dass er bis zum Buschsaum weiterschaukelte, dort erloschen die Lichter.

Prima, Jens, du kannst bei der Sitte anfangen!, lobte er sich sarkastisch. Was die beiden trieben, konnte er sich ausmalen. Die moralische Seite entrüstete ihn nicht, allenfalls gab ihm die Sorglosigkeit zu denken, mit der die junge Frau zu Werke ging. Und natürlich die Frage, wie oft sie hier oben ihren Nebenjob ausübte. Auf dem Rückweg verzichtete er darauf, den Wagen zu finden.

Im Bären brannte noch Licht, nach kurzem Zögern trat Rogge noch einmal ein und stellte verblüfft fest, dass die meisten Gästen bereits gegangen und viele Lampen schon ausgeknipst waren. Ein kluger Kopf hatte Fenster geöffnet, der schlimmste Mief war abgezogen. Rechts, auf der Krakeeler-Bank, saßen noch drei junge Männer; zwei beschimpften sich, drohten mit den Fäusten und lallten gewaltig herum, viel zu betrunken für eine ordentliche Prügelei, bei jeder heftigen Bewegung schwankten sie, dass sie von der Bank zu stürzen drohten. Dabei waren sie so mit sich beschäftigt, dass sie den dritten gar nicht beachteten, der Hinkende brütete über einem fast leeren Bierglas und stieß nur ab und zu einen seiner Kumpel in den Rücken, wenn der so weit nach hinten kippte, dass er den Hinkenden berührte. Am Tresen hingen zwei alte Männer, die leise miteinander redeten. Gertrud hatte sich zu einem jungen Paar gesetzt, das Rogge auf den ersten Blick wieder erkannte, der junge Mann mit dem Zopf und die junge Frau, die von dem Quartett so geschnitten worden war; beiden war er auch heute Nachmittag begegnet.

»Hei, Herr Rogge!« Gertrud winkte ihm so energisch zu, dass er zu ihrem Tisch hingehen musste; der Hinkende hob schwerfällig den Kopf und stierte ihn an, sagte aber nichts.

»Wollen Sie sich nicht zu uns setzen?«

»Gerne«, antwortete er gleichmütig; eigentlich wäre er lieber wieder gegangen.

»Das ist Herr Rogge. Das ist meine Freundin Monika.« Ein schneller, bittender Blick streifte ihn und er nickte rasch, versprochen war nicht vergessen. »Monikas Freund, Johann Thelen.«

»Guten Abend.«

Der junge Mann brummte etwas Unverständliches, seine verkniffene Miene signalisierte, dass er über Rogges Anwesenheit alles andere als erfreut war. Dagegen musterte Monika ihn unsicher und Rogge ahnte, dass Gertrud seinen Beruf ausgeplaudert hatte.

»Was trinken Sie? Noch ein Bier?«

»Gerne. Ein großes bitte.«

»Ist schon in Arbeit.« Sie sprintete davon und Monika lächelte ihn etwas verkrampft an. Offenkundig hatte sie Angst vor ihm, diese Reaktion kannte Rogge nur zu gut. Bevor er etwas sagen konnte, brüllte der Hinkende: »Noch ein Bier.«

Gertrud ließ sich nicht beeindrucken, auch die beiden Männer am Tresen reagierten nicht und Rogge murmelte, scheinbar besorgt: »Der hat den Kanal eigentlich schon voll.«

»Benno?«, schnappte der junge Mann. »Der hört erst auf, wenn ihm das Bier aus den Ohren tröpfelt.«

»Benno? Und wie weiter?«

»Brockes.« Nach kurzem Zögern setzte der junge Mann hinzu: »Benno der Kotzbrocken.«

»Jo!«, mahnte Monika.

»Ist doch wahr.«

Thelen zuckte die Achseln. Rogge ließ absichtlich eine halbe Minute verstreichen, bevor er gleichmütig fortfuhr: »Es muss auch solche Typen geben.«

Monika griff nach Thelens Hand, der sie zuerst zurückziehen wollte, dann aber tief Luft holte, weil er sich unter Rogges forschendem Blick zu einer Art Erklärung genötigt fühlte: »Benno und seine so genannten Freunde machen uns das Leben schwer, wo sie nur können.«

»Warum denn das?«

»Ich wohne auf dem Scherkenhof.«

»Tut mir Leid, das sagt mir nichts.«

»Ein Ökohof.« An der Art, wie Thelen die beiden Wörter herausstieß, war leicht zu erkennen, dass der junge Mann Kritik oder Spott erwartete und deshalb wie ein Igel in Verteidigungsstellung gegangen war.

Den Gefallen würde Rogge ihm nicht tun.

»Seit wann hat der Bauer umgestellt?«

»Seit vier Jahren.« Rogges Frage hatte Thelen verblüfft und Rogge meinte gutmütig: »Dann haben Sie ja das Schlimmste hinter sich.«

Auch Monika staunte ihn an. Aus den Augenwinkeln verfolgte Rogge, wie Gertrud dem Hinkenden das Glas hinknallte, als würde sie es ihm am liebsten an den Kopf schmeißen.

»Verstehen Sie was von ökologischer Landwirtschaft?«

»Nein. Wenigstens nicht viel. Eine Bekannte hat Landwirtschaft studiert und einen Hof im Münsterland übernommen, den sie umgestellt hat. Von ihr weiß ich etwas über die Schwierigkeiten.«

Thelen entspannte sich, auch Monika atmete auf, und als Gertrud sich wieder zu ihnen setzte, schaute sie erleichtert von einem zum anderen.

»Zum Wohl.« Er trank langsam, die drei jungen Leute hatten nicht zufällig zusammengesessen, das war ihm klar, und nun musste Rogge noch herausfinden, warum Gertrud ihn an den Tisch eingeladen hatte.

»Nee, über den Berg sind wir noch nicht«, sagte Thelen plötzlich. »Aber es sieht so aus, als würden wir es schaffen.«

»Wir?«

»Wir sind eine Kommune.« Wieder zeigte Thelen diese aggressive Abwehr, als wolle er sich im Voraus jede hämische oder kritische Bemerkung verbitten. Doch Rogge hatte ihm mindestens dreißig Lebensjahre und fünfundzwanzig Berufsjahre bei der Kripo voraus, komplizierte Gesprächspartner beeindruckten ihn nicht.

»Ja, so was kenne ich.« Er lächelte flüchtig. »Irgendwann wird sich die EU überlegen müssen, ob der bäuerliche Familienbetrieb neben den Agrarfabriken wirklich das A und O ist.«

Irgendwie schien Thelen enttäuscht, dass er auf Verständnis stieß. Auf Rogge machte er den Eindruck eines anständigen, aber ziemlich unreifen jungen Mannes, dem zum stoßfesten Selbstvertrauen noch viel fehlte.

»Sind Sie Landwirt?«

»Nein, gelernter Elektriker.«

»Aha. Und Sie, Frau …«

»Ziegler.«

»Leben Sie auch auf dem Hof?«

»Nein, ich bin Arzthelferin.« Ein merkwürdiger Stolz klang durch. Sie stand auf eigenen Füßen und das schien sie bei aller Liebe auch von ihrem Freund zu erwarten, der den versteckten Vorwurf sofort parierte: »Moni, noch drei Jahre, dann haben wir's gepackt.«

»Hoffentlich!«, versetzte sie spitz. Gertrud hüstelte nervös und ihr zu Gefallen meinte Rogge bedächtig: »Warum nicht? Meine Bekannte hat sich auch durchgebissen, allerdings war und blieb das größte Problem für sie die Direktvermarktung.«

»Für uns auch«, gab Thelen zu, vielleicht nur erleichtert, dass er einen uralten Streit mit seiner Freundin in Gegenwart eines Fremden nicht aufwärmen musste.

»Mein Eindruck ist, dass die Ökologen eine Menge vom Anbau verstehen, zu lang aber zu stolz waren – oder zu große Individualisten –, um eine ertragreiche Vermarktungsorganisation aufzubauen. Haben Sie denn einen festen Großabnehmer?«

»Einen. Ein Golfhotel.« Thelen verzog das Gesicht und Rogge erlaubte sich zum ersten Mal etwas Spott: »Wissen Sie, es gibt den schönen Spruch: ›Wenn du sie nicht unterkriegen kannst, verbünde dich mit ihnen.‹«

Darauf seufzte Thelen schwer und Gertrud kicherte: »Jo will den Bären beliefern, weigert sich aber, einmal eine Preiskalkulation für unsere Speisekarte zu machen. Wir müssen schließlich auch leben.«

»Olli schwimmt doch auf Bier.«

»Klar, mit dem Essen kämen wir nicht über die Runden.«

»Ihr müsstet ja nicht sofort alles umstellen …« Auch dieser Streit schien nicht neu zu sein, Gertrud wehrte sich gelassen und nach einiger Zeit tauschte Rogge einen amüsierten Blick mit Monika. Sie tat zwar so, als langweile sie dieser Disput, aber den Stolz auf ihren Freund konnte sie nicht verhehlen. Ihre Nervosität hatte sich gelegt und Rogge würde sich hüten, von sich aus das Thema Vergewaltigung anzuschneiden.

»Wenn Sie gestatten, würde ich Sie alle zu einer Runde einladen. Gertrud, Sie auch.«

Gertrud, so stellte sich heraus, mochte keinen Alkohol, die beiden anderen nahmen wie er noch ein Bier, und als Gertrud zum Tresen lief, wachten alle Durstigen auf und bestellten Nachschub.

Zu Rogges Verblüffung nutzte Thelen die Gelegenheit, ihn direkt zu fragen: »Gertrud hat uns erzählt, dass Sie bei der Kripo sind.«

»Ja.«

»Sind Sie eigentlich dienstlich hier?«

»Halb und halb.« Antworten musste er und lügen wollte er nicht. »Sie lesen doch Zeitung?«

»Na klar.«

Vor dem nächsten Satz wurde Rogge unterbrochen, eine junge Frau betrat den Bären und Rogge hielt unwillkürlich die Luft an. Die Verkäuferin aus dem Supermarkt, die er oben auf der Feltenwiese bei ihrem ›Nebenerwerb‹ beobachtet hatte. Auch Thelen und Monika Ziegler ließen sich ablenken und schauten zu ihr hin; sie warf den Kopf in den Nacken und setzte sich zu dem Hinkenden, zu Benno Brockes, der aus seinem Bierdunst auftauchte und sie abschätzig musterte.

»Wer ist denn das?«, fragte Rogge leise und Monika Ziegler antwortete ebenfalls unterdrückt: »Sie heißt Andrea Wirksen.«

»Sie arbeitet hier im Supermarkt, nicht wahr?«

»Ja.«

Benno runzelte die Stirn, während Andrea sich an ihn drängte und ihm etwas zuflüsterte. Die beiden Betrunkenen neben dem Paar hatten das Interesse an Andrea Wirksen schon wieder verloren und vertieften sich erneut in ihren sinn- und ziellosen Streit.

»Was trinkst du, Andrea?«, rief Gertrud, mit dem Zapfen beschäftigt.

»Auch ein Bier.«

Rogge hätte das Paar gern weiter beobachtet, Andrea schien ziemlich gereizt auf Benno einzureden oder ihm Vorwürfe zu machen, der Riese verzog verächtlich den Mund; was er hörte, gefiel ihm nicht, doch sie schien entschlossen, sich nicht unterbrechen zu lassen. Ob sie gerade erzählte, was sie oben auf der Feltenwiese getrieben hatte? Leider räusperte sich in dem Moment Thelen, der für Andrea Wirksen so wenig Sympathie und Interesse aufbrachte wie für Benno Brockes, und Rogge musste sich notgedrungen wieder ihm zuwenden.

»Wo war ich …? – Ach ja. Dann können Sie sich sicher an die Frau erinnern, die man auf dem Parkplatz gefunden hat.«

»Die ihr Gedächtnis verloren hatte?«

»Genau die. Wir wissen immer noch nicht, wer sie ist.«

»Und deswegen sind Sie hier?«

Scheinbar widerwillig nickte Rogge. »Warum ist sie gerade hier, auf diesem gottverlassenen Parkplatz, aus dem Auto gestoßen worden?«

Thelen spitzte überrascht die Lippen und Rogge blickte wie zufällig zu Monika Ziegler, die blass geworden war und sich erleichtert zu Gertrud umdrehte, die ein volles Tablett absetzte: »So, die letzte Runde, einverstanden?«

»Ich hab morgen frei«, sagte Thelen verwirrt.

»Müssen Sie nicht melken?«, erkundigte sich Rogge.

Thelen schüttelte stolz den Kopf: »Wir haben kein Milchvieh mehr. Nur noch Fleischrinder, in Robusthaltung.«

»Na, denn mal Prost.« Als sie die Gläser abstellten, kicherte Thelen unvermittelt: »So gottverlassen ist der Parkplatz gar nicht.«

»Wie meinen Sie das?«

»Sind Sie mal da oben gewesen?«

»Natürlich.«

»Man kann von dem Parkplatz aus in den Wald fahren und da laufen merkwürdige Dinge ab. Manchmal wenigstens.«

»Ja?« Ein höfliches Desinteresse, Thelen reagierte gekränkt, die guten alten Verhörtricks funktionierten doch immer wieder.

»Vor allem, wenn es dunkel ist«, beteuerte er.

»Liebe findet überall statt«, kommentierte Rogge trocken, doch damit forderte er Thelen endgültig heraus: »Keine Liebe, Herr Rogge. Ganz andere Dinge.«

»Da bin ich aber gespannt.«

»Freunde von mir haben zweimal einen Lieferwagen gesehen, der in dem Wald parkte. Und dann kam über die Wiese ein anderer Wagen, zwei Männer luden etwas um und der Lieferwagen fuhr wieder auf die Autobahn.«

»Nachts? Im Dunkeln?«, zweifelte Rogge höflich und Thelen nickte eifrig, als müsse er den Skeptiker überzeugen.

»Glauben Sie, das hat was zu bedeuten?«

»Sie nicht? Im Dunkeln ein- und ausladen?«

Mit der Antwort ließ sich Rogge Zeit: »Ich weiß nicht. Vielleicht. Aber eigentlich glaube ich eher an ein harmloses Treffen. In meinem Beruf erlebt man Dinge, die glaubt einem kein Mensch, die kann man gar nicht erfinden.«

Thelen wollte etwas einwenden, aber Monika legte ihm eine Hand auf den Arm.

»Ich will Ihnen mal eine Geschichte erzählen, die ich selbst erlebt habe. Eine Frau kommt auf ein Revier und meldet ihren Mann als vermisst ...« Mit der Geschichte von dem Zwillingsbruder hatte er schon mehrere Runden unterhalten, sie war auch mehr als kurios und unwahrscheinlich, erklärbar nur durch die Tage des Zusammenbruchs 1945. Eine Frau brachte auf der Flucht eineiige Zwillinge zur Welt, die neugeborenen Jungen wurden getrennt, als sich der Treck vor den nachrückenden russischen Truppen zerstreute und in alle Richtungen zerstob. Die Kinder wurden gerettet, von der Mutter gab es keine Spur und die Zwillinge wuchsen in Heimen und bei Pflegefamilien auf, ohne voneinander zu wissen. Dann verließ der eine Zwilling seine Frau, sie meldete ihn auf dem Revier als vermisst und begegnete auf dem Weg zurück in ihre Wohnung dem anderen Zwilling …

Am meisten amüsierte sich Gertrud, sie besaß, wie Rogge argwöhnte, einen winzigen Hang zum Sadismus, gerade groß genug, um Gefallen an Katastrophen, Pannen und Verwicklungen zu finden. Thelen lauschte scheinbar ungerührt und Monika litt mit. Drei Personen, drei Temperamente. Die beiden Alten am Tresen schienen sich alles gesagt zu haben und dösten stumm über ihren leeren Gläsern. Auf der Bank der jungen Wilden war den Streithähnen die Kraft ausgegangen, einer hatte schon den Kopf auf den Tisch gelegt und schlief, der andere gähnte, dass es ihn schier zerriss. Benno Brockes flüsterte mit Andrea Wirksen, die ihm fast auf dem Schoß saß, und griff ihr dabei ungeniert an den Busen; sie wehrte ihn nicht ab. Plötzlich roch und schmeckte alles schal. Kneipenschluss.

»Eine verrückte Geschichte«, urteilte Thelen und wollte nicht zugeben, dass sie ihn beeindruckt hatte. Monika wischte sich verstohlen zwei Tränen weg und Gertrud holte tief Luft: »Was es nicht alles gibt …«

»Vor allem gibt es kein Bier mehr«, jammerte Rogge theatralisch und zwinkerte ihr zu. »Ich verziehe mich.«

Als Rogge aufstand, rückte Andrea ein Stück zur Seite, was Brockes mit einem drohenden Grunzen quittierte; seine Augen waren jetzt rot unterlaufen und der tückische Blick, mit dem er Rogge und Gertrud bedachte, verhieß nichts Gutes.

»Soll ich Ihnen helfen …?«

Die Bedienung hatte sein halblautes Angebot richtig verstanden: »Keine Angst, mit Benno werd ich fertig.«

»Dann wünsche ich Ihnen allen eine gute Nacht.«

Gertrud klatschte in die Hände, die beiden alten Knaben schossen auf ihren Hockern regelrecht in die Höhe: »Schluss für heute.«

Rogge saß noch am offenen Fenster und rauchte eine letzte Zigarette, als es leise an seiner Zimmertür klopfte. Verwundert, aber auch beunruhigt stand er auf.

»Herr Rogge?« Trotz des Flüsterns erkannte er Gertrud.

»Moment.« Was sollte das denn?

Doch sie schien gar nicht daran zu denken, dass er sie missverstehen könnte, sondern legte erleichtert los: »Gut, dass Sie noch nicht schlafen.«

»Wollen Sie hereinkommen?«

»Gerne.« Gertrud huschte ins Zimmer und wirbelte herum: »Ich wollte mich bei Ihnen bedanken.«

»Wofür denn das?«

»Dass sie die – die Sache mit Monika nicht erwähnt haben.«

Ihm ging ein Licht auf: »Thelen weiß nicht, dass Monika …?«

»Nein. Er darf es auch nie erfahren. Sonst rastet er aus.«

»Ich werde schweigen!«, versprach er großzügig und sofort verwandelte sich der gespannte Zug in ihrem Gesicht.

»Ich hab Blut und Wasser geschwitzt«, bekannte Gertrud. »Das hätte ich Ihnen vorher sagen müssen.«

»Es ist ja alles gut gegangen und jetzt weiß ich Bescheid.«

»Fein.«

»Sagen Sie mal, Gertrud, wenn Sie schon hier sind: Diese Andrea Wirksen, die da mit dem Brockes rumgeknutscht hat – wer ist das?«

»Andrea?« Sie runzelte die Stirn, ihr Blick wurde finster. »Die treibt's mit allen.«

»Auch mit Benno Brockes?«

»Das war mal, Benno will jetzt nichts mehr von ihr wissen.«

»Und sie? Hat sie was für Benno übrig?«

»Ja, scheint so«, entgegnete Gertrud so zaghaft, dass er aufhorchte. »Manchmal hängen sie wie die Kletten zusammen und dann wieder kracht's, dass man fürchtet, er schlägt sie tot.« Dabei strich sie unwillkürlich mit beiden Händen über ihren Busen und Körpersignale verstand er besser als sie.

»Der Benno ist hinter Ihnen her, was?«

»Klar«, erwiderte sie, wieder unbefangen. »Benno ist hinter

jeder Frau her, und wenn er sie herumgekriegt hat, wirft er sie auf den Müll.«

»Was macht er beruflich?«

»Fahrer bei der Molkerei. So öde wie der ganze Kerl.« Bis jetzt hatte sie spontan geantwortet, aber weil ihm das leise Zögern vor ihren letzten Worten nicht entgangen war, verkniff er sich alle weiteren Fragen.

»Wegen Monika müssen Sie sich wirklich keine Sorgen machen.«

»Danke. Schlafen Sie gut.« Auch nach einem langen, schweren Tag konnte Gertrud nicht langsam gehen, sondern sie stürmte aus seinem Zimmer.

VIII.

»Darf ich vorstellen? – Dieter und Dorothee Wenzel. Gunter von Neumühl.« – »Sehr erfreut.« – »Angenehm.« – »Dieter und Doro haben unser Haus neu eingerichtet.« – »Mein Kompliment.«

Christa Steinberg, die Dame des Hauses, strahlte vor Begeisterung. Schon jetzt stand fest, dass die Party ein großer Erfolg werden würde, an die hundert Gäste, die sich glänzend amüsierten, waren der Einladung gefolgt. Sogar die Presse war gekommen, zwei Stadtverordnete gaben sich die Ehre, der Oberbürgermeister hatte einen riesigen Blumenstrauß geschickt und sich wegen dringender Amtsgeschäfte entschuldigt, Oberstleutnant von Neumühl strich zwar noch wie ein gereizter Tiger durch die Räume, aber seine Stimmung würde sich bessern, sobald Marga eingetroffen war.

Wenzel trennte sich von seiner Frau und steuerte eine Gruppe älterer Damen an, die offenkundig eifrig über die Veränderungen in der Villa Steinberg ratschten. Der Auftrag hatte ihn viel Schweiß gekostet, Christa Steinberg liebte es protzig, sodass er viel Zeit und Diplomatie hatte aufwenden müssen, um sie zu seinen Vorstellungen zu bekehren. In ein hypermodernes Haus mit viel Glas und Holz passten nun mal keine grüngoldenen Tapeten mit Zierkordeln, auf die sie sich so gefreut hatte. Kein falsches Biedermeier. Während er die Hausfrau bearbeitete, hatte Dorothee den Hausherrn bei guter Laune gehalten, was, wie sie klagte, ihrer Leber schwer geschadet hatte; denn Emil Steinberg beherzigte den dummen Spruch, den er einmal von einem Balten gehört hatte: »Von den leichten Tischweinen ist mir der Cognac noch der liebste.«

Weinert hatte den Wenzels eine klare Weisung erteilt: »Ihr lasst euch nicht auf politische Diskussionen ein. Wenn's losgeht, sondert ihr ein paar markige Sprüche ab, die Gewerkschaften sind der Untergang Deutschlands, warum sollen Menschen, die sich nicht einmal selbst ernähren können, auch noch wählen dürfen, aber danach haltet ihr die Klappe, verstanden?«

Dieter und Dorothee hatten eifrig genickt. Für ihr ›Einrichtungsstudio D & D‹ fanden sie Auftraggeber eher bei Arbeitgebern denn Arbeitnehmern. Den Teufel würden sie tun, sich den mühsam errungenen Zutritt zu potenziellen Kundenkreisen durch dezidierte politische Äußerungen zu verschütten.

»Steinberg ist ein Reaktionär, aber viel zu gewitzt, um aktiv zu werden. Den dürft ihr vergessen, okay?«

»Kapiert.«

Ob die Wenzels wirklich kapiert hatten, warum er sie einsetzte? Mit großen Bauchschmerzen übrigens, er traute beiden nicht. Dieter war ein Schönling, charmant und gewissenlos, gerissen, aber nicht intelligent, vor hundert Jahren hätte er als Gigolo wohl ein bequemes Leben geführt. Aus Doro wurde Weinert nicht recht schlau, sie hatte ein hübsches Gesicht mit verhangenen Augen und eine biegsame Figur, die sie gern in engen Kleidern vorführte; das Repertoire unverbindlicher Smalltalk-Sprüche beherrschte sie mit einer Geläufigkeit, die Weinert an eine Prostituierte für gehobene Ansprüche erinnerte. Vor Jahren hatten sie sich dem Verfassungsschutz angedient und seitdem magere, aber korrekte Informationen geliefert, doch Weinert hätte nie und nimmer bei einer so großen Sache auf die Wenzels zurückgegriffen, wenn ihm ein anderes Paar zur Verfügung gestanden hätte. Sein Misstrauen ging so weit, dass er sie sogar über die Zielperson täuschte: »Achtet auf den

Oberstleutnant von Neumühl. Aber Vorsicht, der Knabe wittert Neugierige zehn Meilen gegen den Wind.«

Doro Wenzel plauderte mit einem Weißhaarigen, der Millimeter um Millimeter näher rückte, was sie nicht zu bemerken schien, und verzückt auf ihr enges Oberteil mit dem weiten Ausschnitt schielte. Dieser Oberstleutnant könnte sie auch außerdienstlich interessieren, aber leider war vor zehn Minuten eine junge Frau hereingetrampelt, auf die er mit der Heftigkeit einer Kavallerie-Attacke losgegangen war. Rein äußerlich passten sie gut zusammen, beide groß und mager, und wenn er wirklich so gerne ritt, wie ihr Christa Steinberg anvertraut hatte, musste ihn das Pferdegesicht der strubbeligen Brünetten entzücken. Heimlich seufzte Doro und glitt ihrerseits näher an den alten Lüstling heran. Das war ein erprobter Trick; denn jetzt musste er sich entscheiden, wie weit er die Annäherung treiben wollte, und sie hatte richtig kalkuliert, er wurde nervös, stammelte etwas von alten Freunden und entfernte sich hastig.

Dieter Wenzel erreichte endlich unauffällig die Gruppe um den Hausherrn. Steinbergs Nase glänzte schon rötlich, er hatte sie mit einer halben Flasche Cognac begossen und den Zustand erreicht, alle Welt zu lieben, ausgenommen jene Mitmenschen, die ihm seinen geschäftlichen Erfolg nicht gönnten. Wenn er glücklich schwieg, war Steinberg zu ertragen.

»Nein, davon habe ich auch einmal geträumt, Herr Nehrling. Aber wie sieht es denn in Wirklichkeit aus? Sie fangen klein in einem Ortsverein an, müssen Kassierer und Schriftführer spielen, die Parteisporen verdienen, bis Sie sich zur Wahl des Ortsvereinsvorsitzenden stellen dürfen. Dann ackern Sie wieder mehrere Jahre, bis Sie den Kreisvorsitz erreicht haben. Wohlgemerkt, mit viel Glück, denn nebenbei verdienen Sie als anständiger Mensch Ihre Brötchen, während die Pfiffigeren, die schon in der Schule mit ihrer Parteikarriere begonnen haben, die Funktionärsposten besetzen und über viel Zeit verfügen, sich bei den Parteifreunden lieb Kind zu machen.«

»Gut, das alles bestreite ich nicht, aber Sie geben doch zu, dass wir Unternehmer uns engagieren müssen. Sonst sitzen in den Parlamenten nur noch Berufspolitiker, die keine Ahnung von der Wirtschaft haben und unsere Sorgen und Nöte gar nicht kennen.«

»Engagieren? – Ja, natürlich. Aber müssen es die Parteien sein?«

»An denen führt nun mal kein Weg vorbei, Herr Schönborn«, warf ein kleiner Brillenträger ein.

»Das eben bezweifele ich mittlerweile. Es gibt Verbände, Vereine, Presse und Organisationen. Man muss nicht unbedingt die Parteileiter erklimmen, um oben erschöpft festzustellen, dass der Misthaufen noch höher ist.«

Das beifällige Gelächter ließ Wenzel aufhorchen. Auch Nehrling stimmte ein.

»Wissen Sie, was ich manchmal denke?« Schönborn schaute in die erheiterte Runde. »Diese Flut von Gesetzen und Vorschriften, Regelungen und Ausnahmebestimmungen, alle am grünen Tisch entworfen, signalisieren Angst. Angst unserer Staatsdiener vor der Freiheit, vor individueller Tüchtigkeit. Diesen Sesselhockern fehlt es an Initiative, Selbstbewusstsein, Vertrauen in das, was sie ständig predigen, deshalb wollen sie möglichst alles kontrollieren. Ängstliche Demokraten – ist das nicht ein Widerspruch in sich?«

Wenzel lächelte zustimmend. Auf sein Gedächtnis war Verlass, er konnte ganze Unterhaltungen wörtlich wiederholen, und was dieser Schönborn da äußerte, würde Weinert interessieren.

»Manchmal erlaube ich mir den ketzerischen Gedanken, dass wir bald die Demokratie vor denen schützen müssen, die sich zu ihren Gralshütern aufgeschwungen haben.«

»Oho!« – »Hört, hört!« – »Sie lassen aber auch nichts aus!« Lautes Lachen, aber auch leiser Protest, Schönborn blinzelte siegesgewiss in die Runde. Seine unbändige Lust am Provozieren war allgemein bekannt, aber Schönborn registrierte auch zwei, drei forschende Blicke. Steinberg winkte aufgekratzt einer der hübschen jungen Damen, die sich mit vollen Tabletts durch die Reihen seiner Gäste schoben.

»Und das, meine Herren, nicht nur in Deutschland, sondern im ganzen demokratischen Europa! Nicht der Euro wird regieren, sondern Paraneuroa.« Schönborns harter Ton wurde durch sein charmantes Grinsen abgemildert.

Dieses zweibeinige Pferd!, dachte Doro erbost. Nicht die geringste Hoffnung, den Oberstleutnant in ein Gespräch zu verwickeln; er marschierte draußen im Garten auf und ab, diese Marga an seiner Seite und das Ganze im militärischen Gleichschritt. Es fehlte nur noch, dass sie die Hacken zusammenschlugen, wenn sie kehrtmachten!

»Sie passen gut zusammen, nicht wahr?«

Doro fuhr herum, sie hatte die Frau nicht kommen hören, die sich neben sie gestellt hatte und stillvergnügt das Paar betrachtete. »Er reitet und sie züchtet Pferde.«

»Wirklich?« Wenn Doro schon mit ihm nicht reden konnte, sollte sie wenigstens Informationen sammeln.

»O ja. Mit viel Erfolg übrigens.«

»Es sieht aber nicht so aus, als unterhielten sie sich ausschließlich über Pferde.«

»Gut möglich. Georg – der Oberstleutnant weiß sehr genau, dass es auch hübsche zweibeinige Geschöpfe gibt.«

»Die sich freilich nicht züchten lassen.«

»Nein. Wenigstens nicht gegen ihren Willen. Ich heiße übrigens Inge Weber.«

»Angenehm, Dorothee Wenzel.«

»Dorothee Wenzel ... Ach, Sie sind D & D?«

»Ein Teil davon.«

»Mein Kompliment. Die Steinbergs können stolz auf ihr Haus sein.«

»Vielen Dank.« Eine Frau, die nicht viel aus sich machte, urteilte Dorothee geringschätzig. Aber ganz nett. Und eine gute Tarnung dafür, dass sie weiterhin in den Garten schauen und das Paar beobachten konnte, das äußerst lebhaft diskutierte.

Weinert las den Bericht zwei Tage später und hatte die Blätter schon vor Wut zusammengeknüllt, als er sich besann, sie glättete und in die Akte heftete. Was Dieter Wenzel über Achim Schönborn rapportierte, war längst bekannt, und diese dumme Gans von Doro hatte überhaupt nicht geschnallt, mit wem sie da ins Gespräch gekommen war. Stattdessen kaum kaschierte Anspielungen auf Georg von Neumühl und Marga; er musste den offensiven Offizier einmal anrufen und ihn warnen, dass man ihm eine Beziehung zu Margarete von Wengern andichtete. Einem Kollegen vom MAD half er gerne und ganz und gar nicht uneigennützig.

Also ein Schuss in den Ofen! Und den musste er zum Teil auf sein eigenes Konto verbuchen, weil er Informationen zurückgehalten hatte.

Samstag, 16. September

Die schwarze Schönheit brachte Rogge den Kaffee und sah ihn zum ersten Mal offen an. »Guten Morgen, Herr Rogge.«

»Guten Morgen, Frau Lohse.«

Seine private Neugier hielt sich in Grenzen, aber Rogge hätte doch gern einmal Mäuschen gespielt, um zu hören, wie die Eheleute miteinander umgingen. Die Moralvorstellungen auf einem Dorf mochten noch fester, rigider sein als in der Stadt, aber er konnte sich einfach nicht vorstellen, dass eine Frau ihres Kalibers sich mit einem widerlichen Grobian wie Olli verheiraten ließ, nur weil sie ein Kind erwartete. Vor hundert Jahren – vielleicht, doch nicht heute. Ob Gertrud ihm dieses Rätsel erklären konnte?

Der Motor hustete und protestierte, nach so langer Ruhezeit wollte er erst nicht anspringen, Rogge trat der Schweiß auf die Stirn. Er fuhr nicht über die Feltenwiese, sondern benutzte brav die reguläre Autobahnauffahrt Dreschbach/Bellhorner Berge.

Die Freifrau bestaunte ihn wie den Mann vom Mond: »Dich gibt's noch?«

»In voller Größe und Schönheit. Ich wollte nur meinen Glückwunsch abladen.«

»Für das Urteil gegen Gillbrecht? Dann komm mal rein.«

Im Wohnzimmer umkreiste sie ihn und lobte: »Das trifft sich gut. Du hast zu- und ich hab abgenommen.«

»Was?«

»He? Bist du blind für die schlanke Schönheit, die vor dir steht?«

»Ich will nicht bestreiten, nicht einmal anzweifeln, dass du abgenommen hast, aber ich soll zugenommen haben?«

»Und ob. Es steht dir gut!«

»Dir auch. Aber ansonsten spinnst du wie immer.«

»Nix. Dieser Rock hat zwölf traurige Monate im Kleiderschrank verbracht, weil ich den Nähten und dem Reißverschluss nicht mehr trauen konnte, und nun sieh selbst!«

»Er sitzt so, dass man ihn gerne beseitigen möchte«, antwortete er listig, aber sie schwenkte den ausgestreckten Zeigefinger vor seiner Nase hin und her: »Erstens kommst du zu spät, ich habe eine Verabredung, und zweitens mag ich keine anzüglichen Komplimente.«

Rogge durfte den Verweis nicht schweigend wegstecken: »Alle Menschen werden prüder.«

»Dichtete Schiller und übersah auf der Korrekturfahne den Druckfehler.«

Dass Rogge es vier Tage im Stockauer Bären ausgehalten hatte, beeindruckte Dörte, aber bei der Begründung für seinen Recherchenurlaub schüttelte sie zweifelnd den Kopf: »Das ist verdammt weit hergeholt, lieber Jens.«

»Kein Widerspruch. Aber alles andere hat Grem wirklich gründlich untersucht. Bis eben auf diesen Punkt: Kann es Zeugen auf dem Parkplatz gegeben haben?«

»Und du hoffst ...«

»Hoffen ist der richtige Ausdruck.« Jetzt schwenkte Rogge seinen Zeigefinger vor ihrer Nase: »Alles verrate ich nicht, Frau Staatsanwältin.«

»Aber hoffentlich, wie lange du da noch rumhängen willst.«

»Erst mal die nächste Woche noch. Wenn das Wetter so schön bleibt.«

Die Unterredung mit Simon verlief nicht so erfolgreich, wie Rogge sich das vorgestellt hatte. Der Kriminalrat musterte ihn kühl und hörte wortlos zu; dass Rogge sich ›einfach so‹ für eine Woche verabschiedet hatte, wurmte ihn.

»Sie haben mir den Fall aufgedrängt.«

Nach einer Weile zuckte Simon mit den Schultern.

»Ich decke auch nicht immer alle Karten gleich auf, aber mich stört, dass Sie nicht einmal zugeben wollen, dass Sie noch Karten in der Hinterhand haben.«

»Das vermuten Sie nur«, berichtigte Simon höflich.

Darauf antwortete Rogge nicht und für drei lange Minuten trat ein unbehagliches Schweigen ein. Beide beherrschten sie die Kunst, den Mund zu halten und sich nicht nervös machen zu lassen. Im Präsidium war Simon immer äußerst korrekt gekleidet, Anzug, einfarbiges Hemd und dezente Krawatte; mit Sakko und Hose fiel er schon auf. Nun hatte Rogge an der Tür geblinzelt: Den Kriminalrat in Kordhosen und Sweatshirt hatte er sich in seinen kühnsten Träumen nicht ausgemalt. Auch nicht, dass sein Chef einem Hobby frönte. Aber Simon hatte ihn ohne jede Erklärung in den Keller des Reihenhauses geführt, wo eine riesige Modelleisenbahn aufgebaut war, an der er gerade bastelte. Die Platte für den großen Rangierbahnhof füllte fast einen ganzen Raum und aus diesem Raum liefen Schienen in die Nachbarkeller, auf schmalen Brettern montiert, die mit Winkeleisen an den Wänden befestigt waren. Das Ganze wurde digital gesteuert, Simon hatte an einer Platine gearbeitet und mit einem leisen Seufzer den Lötkolben ausgeschaltet, auf den er immer wieder sehnsüchtig schielte, während Rogge seine Geschichte vortrug und seinen Wunsch äußerte: »Das ist nicht mehr unser Bezirk und Sie müssten klären, wer den Einsatz übernimmt.«

Die Eisenbahn imponierte Rogge. In der Anlage mussten einige zehntausend Mark stecken.

»Also gut«, urteilte Simon schließlich knapp. »Wenn Sie meinen, es sei einen Versuch wert ...«

»Ich möchte noch die nächste Woche im Bären bleiben. Auf der Feltenwiese werde ich mich nicht mehr blicken lassen, die Amateurprostituierten interessieren nicht.«

»Aber ihre Freier ...«

»Nur so weit, wie man sie befragen könnte.«

»Schön. Sie vermuten Hehlerei?«

»Wenn dieser Junge von dem Ökohof nicht übertrieben hat – ja. Aber auch das raubt mir nicht den Schlaf.«

»Mit anderen Worten – Sie glauben, dass diese Inge Weber nicht zufällig auf diesem Parkplatz gestrandet ist?«

»Glauben wäre zu viel gesagt. Aber ich akzeptiere Grems These von der zufälligen ›Strandung‹ nicht mehr ohne Vorbehalt.«

»Eine solche Formulierung würde Ihre Staatsanwältin begeistern«, kommentierte Simon trocken. »Aber nach meiner Aktenkenntnis scheint Inge Weber nicht in das Schema einer Gelegenheitsnutte zu passen.«

»Nein, das unterstelle ich auch nicht. Aber was, wenn sie Zeugin einer Straftat geworden ist?«

»Sicher, möglich ist fast alles. Aber die Amnesie ist damit noch immer nicht erklärt.«

»Ich bin noch keine Woche dran, Herr Simon.«

Der Einwand vergrätzte den Kriminalrat, weil er nicht widersprechen konnte. »Na schön, ich will sehen, was ich tun kann.«

»Gut, danke, bis zum nächsten Wochenende.«

Oben begegnete Rogge Frau Simon, die ihm erfreut die Hand entgegenstreckte: »Ein seltener Gast. Wie geht es Ihnen?«

»Danke, gut, Frau Simon.« Unwillkürlich lächelte er, sie war eine fröhliche Frau mit viel Humor, die wahrscheinlich verhindert hatte, dass aus ihrem ernsten Ehemann ein mürrischer Muffel wurde.

Die Villa in Steinfurth hatte Rogge schon bei seinem ersten Besuch voller Neid betrachtet. Der Bauherr hatte es großzügig geliebt, aber offenbar mit Hilfe eines guten Architekten vermieden, dass der Bau großkotzig ausfiel. Inzwischen verbarg sich das Haus hinter dichten Sträuchern und hohen Bäumen; unten auf der Straße, am Tor, das mit einer Fernsehkamera gesichert war, erkannte man nur die Auffahrt und die Doppelgarage. Um den riesigen Garten zogen sich hohe Mauern und Zäune, und Rogge hatte Grems zynischer Interpretation zugestimmt: Ein Mann wie Schönborn musste sich vor seinen zahlreichen Feinden schützen, die er aufs Kreuz gelegt hatte. Oder betrogen, wie immer wieder gemunkelt wurde, aber gerichtsfeste Beweise dafür waren nie gefunden worden. Für Schönborns Ehrlichkeit und Integrität wollte sich keiner verbürgen, aber die hässlichen Gerüchte hatten sich nie bis zu einem konkreten Verdacht, geschweige denn zu einem Ermittlungsverfahren verdichtet.

Rogge klingelte und schaute zur Kamera hoch. Nach dreißig Sekunden fragte eine Männerstimme: »Ja, bitte?«

»Guten Tag, mein Name ist Rogge, Kriminalpolizei. Ich möchte gerne mit Frau Weber sprechen.«

Nach einer halben Minute knackte der Lautsprecher wieder: »Kommen Sie.«

Zwei Riegel schnurrten mechanisch zur Seite und Rogge stieß das Tor auf. Das hellgrau gestrichene Haus mit den weiß lackierten tiefen Fenstern lag höher als die Straße und er erinnerte sich von seinen früheren Besuchen, dass der Garten auf der Rückseite des Hauses den ganzen Südhang der kleinen Erhebung einnahm. Achim Schönborn stand in der Tür und lächelte spöttisch: »Wir haben Sie schon früher erwartet.«

»Guten Tag«, erwiderte Rogge nur.

Schönborn war Mitte vierzig, ein mittelgroßer, kräftiger, sportlicher Typ mit einem kantig hässlichen Gesicht, das viel Härte, aber auch Charme zeigen konnte. Wenn Schönborn wollte, brachte er seine männlichen Gesprächspartner mit arroganter Überheblichkeit in null Komma nichts auf die Palme und wickelte Frauen regelrecht um den Finger. Rogge war sich nie klar geworden, was an Schönborn echt und was Schauspielerei war. Als Gegner durfte man Schönborn nicht unterschätzen, er wusste sich zu wehren und warnte selbst, dass er nachtragend sei. Wer sich von ihm einschüchtern ließ, hatte schon verloren.

»Inge muss jeden Moment kommen.«

»Ich würde auch gern mit Ihnen sprechen.«

»Das überrascht mich nicht.«

Das Wohnzimmer war ein Traum aus Weiß und Goldgelb. Vier Fenstertüren gingen auf die Veranda, und als Rogge beim ersten Mal sein Erstaunen über die Größe des Raumes und die spärliche Möblierung nicht verbergen konnte, hatte Schönborn seltsam scheu erklärt: »Miriam bekam keine Luft.« Damals hatte Rogge ihn sofort verstanden. Diesen Drang, sich zu bewegen und doch in einem geschützten Areal zu bleiben, keinem anderen Menschen zu begegnen, verspürte er selbst oft genug. Schönborns kurzer Satz hatte Rogges Antipathie nicht gemindert, aber den Verdacht gegen den Ehemann abgeschwächt.

Jetzt lag ein großer Teppich auf dem Parkett und Rogge murmelte: »Viel verändert hat sich nicht.«

»Nein«, stimmte Schönborn zu und deutete auf einen Tisch. »Trinken Sie einen Kaffee mit mir?«

»Gerne.«

»Was wollten Sie mich fragen?«

»Sie sind ein reicher Mann.«

»Behauptet das Finanzamt.«

»Würden Sie mir verraten, was Sie unternommen haben, um Inge Webers Identität festzustellen?«

Schönborn sah ihn ausdruckslos an: »Habe ich etwas unternommen?«

»So wie ich Sie einschätze – ja.«

»Was hätte ich unternehmen können oder sollen?«

»Zum Beispiel eine große Belohnung für sachdienliche Hinweise aussetzen. Oder eine ganze Kompanie von Privatdetektiven engagieren.«

»An beides habe ich gedacht«, bejahte Schönborn und hockte sich auf eine Sessellehne. »Aber ich habe es nicht getan.«

»Und warum nicht, Herr Schönborn?«

»Sie kennen doch Rolf Kramer, den Privatdetektiv?«

»Ja.«

»Kramer hat einige Aufträge für mich erledigt und natürlich wollte ich ihn auf Inges Identität ansetzen. Er hat sich ihre Geschichte angehört, etwas herumgehorcht und dann den Auftrag abgelehnt. Mit der Begründung, dass ich nur viel Geld für eine aussichtslose Sache ausgeben würde.«

»Für einen Einzelkämpfer wie Kramer ist es in der Tat aussichtslos.«

»Natürlich habe ich nichts hinter Inges Rücken eingefädelt. Sie war bereit, mit Kramer zu reden, hat es auch getan, aber sie wollte nicht, dass eine Hundertschaft von mehr oder weniger seriösen Detektiven hinter ihr herschnüffelt.«

»Ja. Und die Belohnung?«

»Die hat Ihr Kollege Grembowski verhindert.«

»Das verstehe ich nicht.«

»Als ich Grem wegen einer Belohnung ansprach, sprang er unter die Decke. Das verbitte er sich, er habe keine Lust, hinter den Märchen der Spinner und Geldgierigen und berufsmäßigen Halbidioten herzurecherchieren.«

»Die Gefahr besteht wirklich.«

»Das bezweifele ich auch nicht. Trotzdem hätte ich die Belohnung ausgesetzt, aber Inge hat mich gebremst.« Schönborns Blick wurde hart. »Die Menschen sind verschieden, Herr Rogge, mich schüchtert ein Grembowski nicht ein, aber Inge hatte zum Schluss richtig Angst vor ihm.«

Was Rogge sich nur zu gut vorstellen konnte. ›Angst‹ war sicherlich nicht der richtige Ausdruck, sie hatte auf ihn nicht den Eindruck gemacht, als fürchte sie andere Menschen, erst recht nicht mit dem Geld und dem Einfluss eines Achim Schönborn im Rücken. Aber Grem hatte nie lernen wollen, dass er mit seiner Art die Menschen verschreckte, zumindest dazu veranlasste, nicht freiwillig mit ihm zusammenzuarbeiten.

»Kollege Grembowski hat den Fall abgegeben.«

»Ich weiß.« Schönborn schnitt eine Grimasse. »Inge hat's mir erzählt und daraufhin habe ich ihr gebeichtet, dass und wie wir uns kennen gelernt haben.«

»Das wäre meine nächste Frage gewesen.«

Schönborn runzelte die Stirn, zuckte aber schließlich die Achseln: »Ich habe nie bestritten, dass ich das Morphium illegal beschafft habe. Es ist nämlich nicht schön, einer Frau, die man liebt, nach so kurzer Ehe nur noch ein halbwegs friedliches Sterben ermöglichen zu können.« Weil er danach die Lippen zusammenpresste, schwieg Rogge. Wenn Inge Weber erfahren hatte, unter welchen Umständen Miriam Schönborn gestorben war, und trotzdem bei ihm blieb, hatte Rogge diese Entscheidung nicht zu kritisieren. Und für Schönborns Geschäfte trug Inge Weber keine Verantwortung.

»Da kommt sie«, murmelte Schönborn und stand auf. Rogge hatte das Geräusch des Schlüssels schon gehört.

»Oh – Hallo, Herr Rogge.«

»Guten Tag, Frau Weber.« Er war ebenfalls aufgestanden und sie gab ihm die Hand, etwas neugierig und eine Spur besorgt, dann küsste sie Schönborn flüchtig, der sich wieder auf der Sessellehne niederließ.

»Gibt's was Neues?«

»Nein. Leider nicht.«

»Sie sind doch nicht extra vorbeigekommen, um mir das zu sagen.«

»Das nicht. Ich würde gern ein kleines Experiment mit Ihnen anstellen.« Über ihre süßsaure Miene musste er lachen. »Nichts Schlimmes. Ich nenne Ihnen jetzt ein paar Namen und Sie sagen mir, ob einer der Namen irgendeine Erinnerung auslöst.«

»Also haben Sie doch etwas herausgefunden.«

»Nein. Ich stöbere noch herum.«

»Versuchen können wir's, nicht wahr, Achim?«

Energisch drehte sie sich zu ihm um und Schönborn blinzelte wie ein ertappter Sünder. Dass sie ihn auf diese Weise nach seiner Meinung fragte, gefiel ihm nur mäßig, aber vor einer Antwort konnte er sich nicht drücken: »Klar, warum nicht.«

»Also dann, Herr Rogge.«

»Angelika Vogt. Monika Ziegler. Andrea Wirksen. Gertrud Leiwen. Johann Thelen. Benno Brockes. Anton Lohse. Olli.« Bei jedem Namen hatte sie nur den Kopf geschüttelt, doch bei dem Namen Olli kicherte sie: »Olli kenne ich.«

»Und wer ist das?«

»Seinen richtigen Namen weiß ich nicht. Olli kommt jeden Tag vorbei und holt sich altes Brot und altes Gebäck. Ein Stadtstreicher. Olli liebt Mürbeteilchen mit Vanillecreme und Kirschen. Manchmal kann er sie sogar kaufen, aber meistens bittet er sehr höflich darum, dass man ihm eins schenkt.«

Auch Schönborn schmunzelte, aber weniger über Olli als über ihre Lebhaftigkeit.

»Nur Vanille mit Kirschen. Andere Teilchen lehnt er sehr höflich, aber entschieden ab.«

»Wenn man das Beste nicht kriegen kann, verschmäht man oft das Gute.«

»Das muss ich Olli beim nächsten Mal verklickern. Er benimmt sich, als sei er ein gebildeter Mann, und sein Hund sitzt sehr brav draußen vor der Tür und wartet.«

»Den Olli meinte ich leider nicht. Bei den anderen Namen regt sich nichts?«

»Gar nichts.«

»Schade.« Rogge sah Inge Weber nachdenklich an. »Dann muss ich weiter herumsuchen.«

»Das heißt, mein Fall wird immer noch nicht abgeschlossen?«

»Nein.« Weil ein Schatten über ihr Gesicht flog, hielt Rogge inne. »Ist etwas, Frau Weber?«

»Warum lassen Sie mich eigentlich überwachen?«

»Wie bitte?«, gab Rogge erstaunt zurück. »Überwachen?«

»Sie haben doch Männer abgestellt, die mich bewachen oder beschatten sollen – oder wie immer man das nennt.«

»Nein. Wie kommen Sie denn darauf?«

»Weil mir heute wieder so einer nachgefahren ist.«

»Das verstehe ich nicht.«

Sie starrte ihn an und ballte zornig die Fäuste. »Ich komme direkt vom Geschäft. Mit dem Fahrrad. Und die ganze Zeit ist ein Mann hinter mir hergeradelt. Bis hier vors Haus.«

»Das muss ein Zufall sein.«

»Von wegen Zufall! Erst einmal habe ich den Mann schon früher bemerkt, wie er hinter mir herschlich. Dann ist uns heute außerdem wieder ein Auto gefolgt, das parkt unten neben der Einfahrt. Nix Zufall, Herr Rogge.«

Besorgt trat er einen Schritt vor: »Frau Weber, ich habe keine Überwachung angeordnet.«

»Wer denn dann?«

Unwillkürlich blickte er zu Schönborn, der sofort schaltete: »Ich auch nicht, Herr Rogge. Kein Leibwächter, kein Privatdetektiv. Inge hat mich schon danach gefragt.«

Wollte Inge Weber ihn auf den Arm nehmen? – Nein, so viel Verstellung traute er ihr nicht zu und warum sollte Schönborn jetzt lügen? Da stimmte doch was nicht.

»Ich werde mir das Auto und diesen Fahrradfahrer einmal ansehen.«

»Tun Sie das! Und schicken Sie beide zum Teufel!« Sie fauchte vor Erregung, sehr zu Schönborns Unbehagen.

»Wenn ich die Auffahrt runtergehe, sehen mich die beiden. Gibt es eine andere Möglichkeit, das Grundstück zu verlassen?«

»Das Törchen neben dem Gerätehaus«, schlug Inge Weber vor und Schönborn rieb sich das Kinn: »Ja, wenn wir bei Dembuschs – Moment, ich muss mal telefonieren.«

Schönborn ging rasch aus dem Zimmer und Inge Weber betrachtete Rogge, als wolle sie ihm noch nicht trauen. Sie besaß Temperament, auch ein gerüttelt Maß an Aggressivität, und wenn sie zornig geworden war, dachte sie nicht daran, aus lauter Höflichkeit mit ihrer Meinung hinter dem Berg zu halten. Rogges prüfendem Blick hielt sie ohne Verlegenheit stand. Jeans, Sweatshirt, Sandalen mit hohem Absatz: eine ganz normale junge, selbstbewusste Frau, der nicht anzusehen war, dass ihr die Vergangenheit fehlte.

»Was schauen Sie mich so an? Gefalle ich Ihnen nicht?«

»Doch, Sie gefallen mir schon«, besänftigte Rogge. »Aber Sie bereiten mir auch Kummer.«

»Ich hab Sie nicht gebeten, mir zu helfen.«

»Nein, das hat mein Vorgesetzter angeordnet und der will Ihnen nicht helfen, sondern endlich eine Akte schließen.«

»Also bin ich nur ein Aktenzeichen für Sie?«

»Für mich nicht, für den Apparat, in dem ich arbeite – ja.«

»Sehr tröstlich«, knurrte Inge, aber ihr Zorn verrauchte.

Schönborn kam zurück. »Ich hab mit unseren Nachbarn telefoniert. Wir könnten über deren Grundstück auf die Straße gelangen. Ein Haus weiter.«

»Okay, dann machen wir das mal.«

Zu dritt verließen sie das Haus über die Veranda und marschierten quer durch den Garten, der immer noch gepflegt aussah, aber in den Jahren seit Miriams Tod düsterer, dichter geworden war; Rogge erhaschte einen verhangenen Blick, Schönborn hing ähnlichen Gedanken nach. Direkt am Zaun, von der Villa aus nicht zu sehen, stand ein Häuschen für die

Gartengeräte und am Tor zum Nachbargrundstück wartete bereits eine rothaarige Frau, die ihre Neugier nur schwer zügeln konnte.

»Christine Dembusch, unsere Nachbarin«, stellte Schönborn vor und sie schüttelte Rogge begeistert die Hand. Ein richtiger Kommissar, wie aus dem Fernsehen.

»Ich gehe mit. – Nein, du schließt hinter uns ab und gehst ins Haus zurück! Und da bleibst du auch!« Mit diesem Schönborn hatte Rogge früher zu tun gehabt, höflich, fast besorgt im Ton, aber eisenhart, und Inge Weber fügte sich.

»Tschüss, Herr Rogge.«

»Tschüss, und ein schönes Wochenende.«

Das Dembusch-Haus lag wie Schönborns Villa auf der Kuppe der kleinen Höhe und die Auffahrt mündete etwa achtzig Meter entfernt. Auf der Straßenseite wuchsen alte Bäume, die Sichtschutz boten. Wenn der Radfahrer nicht längst das Weite gesucht hatte …

Schweigend stürmten sie durch das Haus. Als Rogge sich bei Christine Dembusch bedankte, hüstelte sie: »Keine Ursache, für Inge tun wir doch alles …«

Während die Männer zur Einfahrt hinunterliefen – das ferngesteuerte Tor glitt schon zur Seite –, warnte Rogge: »Das ist meine Aufgabe, Herr Schönborn.«

»Nein. Nur zu Hälfte. Niemand belästigt meine Partnerin.«

Langsam bogen sie von der Einfahrt in die Straße ein und bummelten wie zwei alte Bekannte auf den Eingang von Schönborns Villa zu. Vor der Einfahrt parkte tatsächlich ein Wagen, in dem ein Mann hinter dem Steuer saß, doch ein Fahrradfahrer war breit und breit nicht zu erkennen.

»Was will der Kerl da?«, knurrte Schönborn.

»Vielleicht holt er nur jemanden ab«, versetzte Rogge trocken.

Ein dunkelroter Opel, Kennzeichen GG–KL 2521. Ob der Fahrer gewohnheitsmäßig alle zwanzig Sekunden in den Rückspiegel schaute?

»Und was machen wir jetzt?«, drängte Schönborn.

»Gar nichts, wir spazieren gemeinsam an dem Wagen vorbei

und kehren nach hundert Metern um. Dann verabschieden Sie sich.«

»Zu gerne würde ich ...«

»Nein! Es ist nicht verboten, in seinem Auto zu sitzen und zu warten. Oder ist hier Halteverbot ausgeschildert?«, setzte Rogge nach einer Pause hinzu.

»Nein«, brummte Schönborn.

Wenn kein harmloser Fahrer, dann ein Anfänger, der die Zwanzig-Sekunden-Regel nicht beachtete. Rogge hatte die Figur hinter dem Steuer scharf im Auge behalten und registrierte, dass der Unbekannte zusammenfuhr, als er sie endlich bemerkte.

»Nicht hinschauen!«, befahl Rogge Schönborn. Wie zwei gute Nachbarn schlenderten sie an dem dunkelroten Wagen vorbei, der sichtlich einige Jahre auf dem Buckel hatte.

Noch immer kein Fahrradfahrer zu sehen.

»So, jetzt kehren wir um.«

Damit hatte der Fahrer nicht gerechnet, viel zu spät und viel zu hastig bückte er sich und tauchte mit einem Buch oder einer Karte in der Hand wieder auf. Schönborn fluchte, er hatte das Manöver richtig beurteilt.

»Keine Dummheiten, Sie schließen Ihr Tor auf.«

Äußerst widerstrebend gehorchte Schönborn, verabschiedete sich und wandte sich dann der Schließanlage zu.

Als er den Motor des Tores summen hörte, ging Rogge auf die Fahrertür des Wagens zu. Der Mann ließ die Karte sinken und beäugte ihn misstrauisch. Ende zwanzig, dunkle, scharfe Augen, lange dunkle Haare. Er war auf der Hut.

Rogge blieb neben der Tür stehen und widerwillig kurbelte der Fahrer die Scheibe herunter: »Ja?«

»Guten Tag, mein Name ist Rogge, Kriminalpolizei. Würden Sie sich bitte ausweisen?«

»Was?« Dem Jüngling fiel der Unterkiefer herunter.

»Ja. Würden Sie bitte aussteigen und mir Ihren Ausweis oder Führerschein zeigen?«

»Wie komme ich denn ...« Er verstummte, als ihm Rogge seinen Dienstausweis unter die Nase hielt, doch danach reagierte er nicht richtig. Ein normaler Mensch hätte protestiert oder verwirrt gehorcht, aber in seinen Augen zuckte es, während er mit der rechten Hand zu hastig nach unten langte, Rogge ahnte eine Zehntelsekunde vorher, was der junge Mann plante, und duckte sich, sah die Pistole noch schemenhaft, während er sich über die Schulter nach hinten abrollte, um außer Reichweite zu gelangen; der Schmerz zuckte durch seinen Körper, als er mit der linken Schulter gegen die scharfe Kante des hinteren Radausschnitts stieß. Eine Sekunde flimmerte es vor seinen Augen, doch zu seinem Glück dachte der Bewaffnete mehr an Flucht als an Heldentaten, Rogge konnte sich gerade noch zur Seite wälzen, als der Motor ansprang, und den Rest der Szene verfolgte er wie ein gelähmter Zuschauer.

Wie vom Himmel gefallen hetzte ein zweiter Mann auf den startbereiten Opel zu; aus Schönborns Ausfahrt preschte ein Schatten hervor, erreichte den Laufenden, aber der hatte im letzten Moment die Gefahr gewittert und sich einen festen Stand verschafft; Schönborn stürzte sich auf den Mann und konnte dem Tritt nicht mehr ausweichen, der ihn zu Boden schleuderte; sein Gegner verschwendete keinen weiteren Blick an ihn, die Beifahrertür wurde von innen geöffnet und der Mann warf sich in den schon losfahrenden Wagen, der mit aufheulendem Motor davonschoss.

Ausgerechnet die linke Schulter. Während Rogge sich aufrappelte, musste er die Zähne zusammenbeißen. Auch Schönborn hatte Mühe, auf die Beine zu kommen, sie hinkten wie zwei schlachtennarbige Krieger aufeinander zu.

»Was war das?«, presste Schönborn heraus.

»Keine Ahnung«, krächzte Rogge. »Jedenfalls haben sie uns prima abgeschüttelt.«

»Wenn ich den Kerl erwische ...!«

»Haben Sie gesehen, woher der zweite kam?«

»Nein. Leider nicht.«

Bewegung half gegen Schmerzen, sie suchten zehn Minuten lang die Straße und alle Einfahrten ab, fanden aber kein Fahrrad. Ob so ein Klapprad in den Kofferraum passte? Oder war der Radfahrer längst abgezogen und der dritte Mann hatte einen anderen Beobachtungsposten bezogen?

»Was machen wir jetzt?«, stöhnte Schönborn. Er hatte Schmerzen und umklammerte mit beiden Händen seinen Oberschenkel.

»Nichts. Sie gehen ins Haus und erzählen Frau Weber am besten gar nichts. Ich lasse nach den Kerlen fahnden.«

»Nichts erzählen? Aber die sind doch hinter Inge ...«

»Keine unnütze Panik! Vielleicht beschatten die Ihre Freundin, okay, aber denkbar ist auch, dass sie hier etwas ausbaldowert haben ... Doch, Herr Schönborn, hier wohnen keine ganz armen Leute. Warnen Sie Ihre Nachbarn, sie sollen ein Auge auf Unbekannte haben, die sich hier herumdrücken, das hilft Ihnen und Ihrer Partnerin.«

Einen weniger angeschlagenen Schönborn hätte er nicht wegschicken können, das war Rogge klar, aber zu seiner Erleichterung gehorchte Schönborn und humpelte in die Einfahrt.

Das Handy lag in Stockau, sein privater Wagen hatte kein Funksprechgerät, also fuhr Rogge ins Präsidium. Allmählich breitete sich die Wut auf Simon in seinem Körper aus und vertrieb den Schmerz; die Reaktion des Fahrers hatte Rogge viel mehr erschrocken, als er Schönborn eingestanden hatte. An Einbrecher glaubte er nicht, die stellten sich selten so dämlich an, das war ihm nur auf die Schnelle eingefallen, um Schönborn abzulenken. Jetzt musste Simon endlich mit der Sprache herausrücken!

Der Hauptmeister an der Pforte grinste: »Sind Sie unters Auto geraten, Herr Rogge?«

»Wie kommen Sie ... Oh, verdammt.« Das war Rogge noch nicht aufgefallen, Hose und Jacke voller Flecken und beide Teile zerrissen, großartig, das hatte ihm noch gefehlt.

»Kann ich Ihnen helfen?«

»Danke, nein, ich hatte nur einen kleinen Zusammenstoß.« Er zwinkerte dem Hauptmeister zu und grollte heimlich, diese Geschichte würde natürlich die Runde machen. KHK Rogge prügelte sich! Am dienstfreien Wochenende! Auf der Treppe tröstete er sich mit dem schönen Spruch: Ist der Ruf erst ruiniert, lebt man völlig ungeniert.

Simon war nicht zu Hause, wie seine Frau bedauerte: »Kann ich etwas ausrichten?«

»Nein, vielen Dank, ich lege ihm einen Bericht auf den Schreibtisch.«

»Fein, ein schönes Wochenende noch, Herr Rogge.«

Das erhoffte er sich kaum, nachdem er den Computer angeworfen und sich in das Kfz-Kennzeichen-Register eingeloggt hatte: GG–KL 2521. *Nicht vergeben.*

Großartig. Mühsam tippte sich Rogge durch die Menüs, verirrte sich ein paar Mal und landete mehr zufällig im Bestand Groß-Gerau: KL 2521 war vor acht Monaten abgemeldet worden. Der Opel trug also keine Dublette, sondern eine Nummer, die im Moment amtlich nicht zugeteilt war.

Zufall? An dem hinteren Kennzeichen war ihm nichts aufgefallen, TÜV-Plakette und Siegel, scheinbar alles ganz normal.

Rogge stellte sich ans Fenster und starrte auf die Kastanie. Am Montag war ihm ein Wagen gefolgt, nachdem er Inge Weber zu ihrer Gymnastik begleitet und anschließend sein Auto geholt hatte, das nahe der Bäckerei stand. Auch nur ein Zufall? Und wenn es keine Zufälle waren – was wusste Simon? Welche Einzelheiten verheimlichte der Rat?

Nein, nicht mit ihm! Er würde keinen Bericht für Simon schreiben! Vertrauen war immer noch eine Zweibahnstraße.

Entschlossen schaltete Rogge seinen Computer aus und lauschte danach auf die ungewöhnliche Stille im Haus. Seit seiner Krankenhauszeit überkam ihn manchmal das Gefühl, nicht mehr dazuzugehören. Dagegen half nur, etwas zu unternehmen, bevor ihn der Trübsinn überwältigte.

Er legte Hertha Wassmuth einen Zettel auf den Tisch: *Bleibe noch eine Woche weg!*, und fuhr nach Hause, um sich umzuziehen.

Auf dem Weg zur Autobahn bog Rogge ab und hielt vor dem Friedhof. Er ging nicht oft zum Grab, weil er sich jedes Mal mit einem Vorwurf herumplagte. Ihre Ehe war zum Schluss ohne Höhen und Tiefen verlaufen, gleichförmig, für seine Frau vielleicht sogar langweilig, und er grübelte, ob er ihr nicht früher hätte gestehen sollen, was ihm erst nach ihrem Tod aufgefallen war: dass er sie brauchte. Leicht hatte sie es nie gehabt, je älter er wurde, desto weniger konnte er abends seine Fälle an der Garderobe aufhängen wie seinen Mantel. Seine Frau hatte lange mit sich gerungen, bis sie seine wachsende Verschlossenheit nicht mehr auf sich bezog, die Ursache nicht in ihrer Person, in ihrem Zusammenleben suchte. Ob sich deshalb die Kinder so selten bei ihm meldeten?

»Auf dem Friedhof raucht man nicht!«, quäkte eine alte gebückte Frau neben ihm, ihre Knopfaugen glitzerten vor Abscheu und Rogge fröstelte. »Sie haben ganz Recht, es stört die Toten mehr als die Lebenden.«

Im Bären war weniger Betrieb, als Rogge vermutet hatte; Olli zapfte in seiner gewohnten Stellung und warf ihm nur einen gelangweilten Blick zu. Von den jungen Leuten ließ sich keiner sehen und Gertrud wusste auch, warum: »Die sind alle zur Disko nach Herlingen.«

»Und Sie?«

Halb enttäuscht, halb wütend winkte sie mit dem Kopf Richtung Tresen: »Olli behauptet, er findet für Samstagabend keine Aushilfe.«

»Das tut mir Leid für Sie.«

»Lässt sich halt nicht ändern!«, schickte sie sich tapfer drein. In einer Disko würde sie mit ihrer Ausdauer und nicht zu bremsenden Energie Furore machen.

Keine Minute später durfte sie unter Beweis stellen, was sie leisten konnte. Eine Wandergruppe, an die vierzig Männlein und Weiblein, fiel ausgehungert und halb verdurstet in den Bären ein; Olli kratzte sich den Kopf und verzichtete auf seine Handstütze; nach einer Viertelstunde tauchte seine Frau auf und half Gertrud beim Auftragen.

Die gute Laune der Fußfreudigen hob sich mit dem Bierverbrauch, der Lärm belästigte Rogge und deshalb verdrückte er sich.

Sonntag, 17. September

Die Wirtin sah müde aus und Rogge erkundigte sich, wie lange es denn gestern noch gegangen sei.

»Um Mitternacht kam endlich der Bus, da haben wir sie vor die Tür gesetzt. Einige haben aber hier übernachtet«, gestand sie.

»Au weia. Eine Frage hätte ich: Wie kommt man zum Scherkenhof?«

»Ganz einfach. Sie gehen die Brückenstraße hinunter und dann auf dem Weg immer geradeaus. Zu Fuß ist es allerdings eine gute Stunde.«

»Also ein schöner Spaziergang.«

Sie lächelte ihm zu, bevor sie ging. Ihre Vorliebe für hautenge Hosen und Oberteile irritierte Rogge. Wenn ihre melancholische Blässe nicht gewesen wäre, hätte man leicht auf falsche Gedanken kommen können.

Die Brückenstraße endete ziemlich abrupt vor einem Haufen Sand und Kies, seitlich führte tatsächlich ein Weg quer durch das Tal auf die Höhe zu. Der Himmel hatte sich bewölkt, Rogge schritt kräftig aus, weil die vereinzelten Windstöße kalt durch seinen dünnen Anorak bliesen. Auf beiden Hängen des schmalen Tals wuchsen Obstbäume mit niedrigen, breiten Kronen. Er marschierte an einer Herde Rinder mit schwarzem, fast samtigem Fell vorbei, die einschläfernd regelmäßig wiederkäuten und ihn mit friedlicher Neugier beäugten. Beete mit Gemüse, ein Kartoffelacker. Maisfelder, zum Teil schon abgeerntet. Dann zwei riesige Grasflächen, mit einem dünnen Maschendraht abgedeckt, auf denen sich Hunderte von braunen Hühnern tummelten. An einer Stelle war der winzige Bach zu einem flachen Becken aufgestaut, zwei gepflasterte Wege führten ins Wasser hinunter und zum ersten Mal in seinem Leben konnte Rogge Schweine bewundern, die freiwillig badeten. Es sah zu komisch aus.

Neben ihm hielt eine Radfahrerin an und grüßte freundlich: »Guten Tag.«

»Guten Tag.« Rogge deutete vergnügt auf die Schweine: »Man soll es nicht glauben.«

»Oh, da irren Sie, Schweine sind ausgesprochen reinliche Tiere, Sie müssen ihnen nur genügend Auslauf geben.«

»Gehören Sie auch zum Scherkenhof?«

»Ja. Wollen Sie auch dort hin?«

»Einer der Mitbewohner war so leichtsinnig, mich einzuladen. Johann Thelen.«

Sie grinste anerkennend: »Jo rührt überall die Werbetrommel. Ich heiße übrigens Marlies Ackeren.«

»Freut mich. Jens Rogge.«

Den Rest der Strecke schob sie ihr Rad. Er schätzte die Frau auf Ende zwanzig, sie hatte ein offenes, energisches Gesicht und schien gern zu lachen. Ohne Nachfrage erfuhr er, dass sie seit zwei Jahren auf dem Hof lebte, zuständig für die Buchführung und als Aushilfe im Laden tätig war, der heute freilich geschlossen hatte. Über ökologischen Landbau sprach sie sehr gelassen, es war eine Chance, solange man direkt vermarkten konnte und Kunden fand, die bereit waren, etwas mehr für die Produkte zu zahlen. Mit den Erträgen haperte es noch, wie sie freimütig erläuterte, und bis für jede Fläche die optimale Fruchtfolge gefunden war, würden noch ein paar Jahre mühevoller Experimente vergehen. Zudem hatte Bauer Scherken den lehmigen Boden mit seinen schweren Traktoren stark verdichtet, sie mühten sich noch ab, die Böden aufzulockern und eine stabile Bodenfauna aufzubauen.

»Wie ist der Bauer eigentlich auf die Idee gekommen umzustellen?«, forschte Rogge neugierig und Marlies Ackeren schnalzte deftig mit der Zunge: »Er hat einen Brunnen, einen Hausbrunnen. Der wird vom Gesundheitsamt des Kreises regelmäßig geprüft und beim letzten Mal hatten sie ihm verboten, sein eigenes Wasser zu trinken. Wegen zu hoher Nitratbelastung. Das hat ihm einen Stoß versetzt.«

»Verständlich«, murmelte er.

Schon in Sichtweise des Hofes lehnte Marlies Ackeren ihr Rad an einen Baum und führte ihn in die Felder. »Ich enthülle Ihnen jetzt unser größtes Geheimnis«, wisperte sie listig. »Das hier.«

Verständnislos schaute er sich um. Eine Art Hecke, ziemlich wild und verfilzt. Am Fuße der Sträucher und Büsche waren Steine aufgehäuft, wie ein kleiner Wall, dicht bewachsen mit allem möglichen Unkraut.

»Das hier?«

»Ja, genau.« Rogges hilfloses Gesicht bereitete ihr diebische Freude. »Unser Heimangebot für Insekten, Vögel und Nager. Garantiert nicht gespritzt, also giftfrei.«

»Und wozu das?«

»Damit sich hier wieder Tiere ansiedeln, die Bauer Scherken vorher systematisch ausgerottet hat. Tiere, die Schädlinge fressen, Schlupfwespen zum Beispiel.« Die junge Frau lief weiter und Rogge kam kaum mit. Nach dreihundert Metern blieb sie vor einer Gruppe von Bäumen stehen. »Sehen Sie? Wir lassen das morsche Holz einfach liegen und diesen abgestorbenen Baum fällen wir nicht. Ahnen Sie, warum?«

»Damit sich bestimmte Vögel Bruthöhlen hacken können.«

»Genau. Und dann für andere räumen. Was meinen Sie, wie Schleiereulen unter den Mäusen wüten. Noch Kraft in den Beinen?«

»Aber immer.«

Es machte ihr sichtlich Spaß, einen Zuhörer zu haben. Sie stapften quer über eine Wiese, die aussah, als habe hier eine Panzerkompanie exerziert, und sie bestätigte: »Unsere Schweine. Im nächsten Monat säen wir eine Mischung aus Gras, Klee, Luzerne und Wildgerste aus.«

Dann mussten sie stehen bleiben, weil der Boden vor ihnen feucht und sumpfig wurde. Der kleine Bach hatte Tümpel und Pfützen gebildet, an deren Ränder Weiden und Erlen sprossen, und aus den Steinen und Brettern, mit denen der Bach früher eingefasst war, »reguliert«, wie sie klagte, war eine Art Staumauer gebaut worden.

»Setzen Sie Fische aus?«

»Nein. Zumindest nicht in den ersten Jahren.« Sie runzelte missbilligend die Stirn. »Sie sind ein echter Städter.«

»Wie meinen Sie das?«

»Sie wollen überall eingreifen, nachhelfen, etwas beschleunigen. Zur Ökologie gehört auch Geduld, die Natur weiß schon, was sie will.«

»Wenn man sich Geduld leisten kann«, grunzte Rogge.

»Da liegt der Hund begraben.« Marlies Ackeren seufzte tief. »Über Jahre weniger Erträge und mehr Handarbeit, wer kann das bezahlen bei diesem verrückten EU-Landwirtschaftssystem? Und dabei haben wir noch Glück, der andere Bauer im Tal hat aufgegeben und wir haben dessen Flächen dazupachten können. Wenn Sie zu aller Arbeit auch noch unter Nachbarn leiden, die dauernd meckern ...«

»Wie hat es Sie denn auf den Hof verschlagen?«

»Ich habe Gartenbau gelernt und nie genug gespart, um einen eigenen Betrieb aufzuziehen.«

»Und wie steht's mit dem Hofbrunnen? Dürfen Sie ihn jetzt benutzen?«

»Nein, der Nitratgehalt sinkt zwar, ist aber immer noch zu hoch. Außerdem haben wir Athrazin entdeckt.«

Auf dem Hof hatte man sie schon bemerkt, Johann Thelen schielte Rogge beunruhigt an, offenbar kannte er das Temperament seiner Marlies, aber Rogge beruhigte ihn: »Ich habe eine Menge gelernt.«

»Das war der Zweck der Übung.« Sie praktizierte einen beachtlichen Händedruck und ließ nicht sofort wieder los: »Wir laden Sie zum Essen ein, allerdings müssen Sie dann in der Küche aushelfen.«

»Helfen will ich gerne, aber das Mittagessen habe ich mir abgewöhnt.«

Ihr prüfender Blick auf seine Taille war Gold wert. »Schlank ist gesund, aber Sie sind zu mager.«

»Das wirft mir mein Arzt auch vor.«

»Es gibt doch noch vernünftige Mediziner.« Lachend verzog sie sich.

Auf dem Hof herrschte Feiertagsruhe und Thelen führte Rogge in den Blumengarten: »Marlies will unbedingt Unterglaskulturen aufbauen.« Sein Ton verriet einerseits Skepsis, andererseits Resignation; Rogge begriff, dass man bei einem Disput gegen Marlies nur schwer gewinnen konnte. Blumen entdeckte er nur wenige, das meiste Grünzeug waren Küchenkräuter, die sie in wachsender Menge absetzten. »Aber die blühen auch schön!«, verteidigte Thelen halbherzig Marlies praktischen Sinn.

Die Sitzecke wurde durch eine halbrunde Wand aus unbehauenen Stämmchen gegen den Wind geschützt, hier ließ es sich aushalten. Weil Rogge Thelens Unruhe spürte, begann er vorsichtig: »Ich brauche Ihre Hilfe.«

»Ja? Wobei denn?«

»Erzählen Sie mir etwas über Benno Brockes und Andrea Wirksen.«

Bis Thelen sich warmgeredet hatte, verstrich eine ganze Weile und Rogge ließ ihm Zeit, musterte das Bauernhaus, an dem renoviert und umgebaut wurde, die Ställe und die Silos, drängte nicht und schien manchmal vor sich hin zu träumen.

Also Benno. Ursprünglich sollte Benno den Familienhof übernehmen, aber dann verunglückte er mit dem Trecker und das Bein heilte nicht mehr richtig zusammen. Seitdem fuhr er einen Milchtransporter für die Molkerei. Trotz seiner Behinderung ein Schläger, gefürchtet wegen seiner Kräfte und seiner Brutalität. Rücksichtslos und verlogen. Wenn man ihm fünf Mark lieh, kam er nach einem Monat und drohte, gib mir sofort den Zehner zurück, den ich dir geborgt habe. Im Streit hatte er seinen Vater halb tot geprügelt und war vom Hof geflogen, seitdem hauste er in einer alten Schäferhütte. Allein, obwohl er immer wieder Mädchen aufgabelte, die es aber nicht lange mit ihm aushielten. Wer Benno kannte, schlug einen großen Bogen um ihn.

»Bis auf diese Andrea«, warf Rogge ein.

»Die ist doch kein Stück besser! Die Betten, durch die sie sich noch nicht gedrückt hat, kann man an einer Hand abzählen. Geil und geldgierig. Wer mit einem Hunderter wedelt, kann alles von ihr haben.«

Rogge zweifelte nicht an den Worten, wunderte sich aber über den gehässigen Tonfall. Ob Thelen auch seine Erfahrungen mit Andrea gemacht hatte?

Benno und Andrea schliefen manchmal miteinander, daraus machten beide kein Geheimnis, aber nach Thelens Eindruck legte sie mehr Wert auf Benno als er auf sie. Sie rannte hinter ihm her, er wehrte sie ab, ein komisches Paar, wirklich.

»Wie der Wirt und die Wirtin im Bären«, stimmte Rogge scheinbar gelangweilt zu und Thelen ging in die Falle.

Olli und die schöne Angi, ja, das war was. Wie die wohl zusammengefunden hatten?! Und warum Angi nicht fortlief?! Thelen lachte unsicher, weil er merkte, dass er etwas zu viel von seinen Gedanken verraten hatte. Der Bauer, der ihnen den Scherkenhof überlassen hatte, hatte Angi schon als Mädchen gekannt und schwärmte noch heute von ihr. An jedem Finger zappelten zehn Verehrer, was Angi genau wusste und genoss.

»Und was hat Sie auf den Scherkenhof verschlagen?« Rogge musste das Thema wechseln, bevor Thelen misstrauisch wurde.

»Mein Meister hatte sich zur Ruhe gesetzt … und bei anderen hat's mir nicht gefallen«, schloss Thelen lahm.

Das war eine klassische halbe Wahrheit, dachte Rogge. Nicht gelogen und das Wichtigste verschwiegen. »Na, dann werde ich mich mal wieder auf die Beine machen.«

Thelen schien erleichtert.

Auf dem Rückweg traf Rogge Monika Ziegler, die ihn verlegen begrüßte. »Ich glaube, er wartet schon sehnsüchtig auf Sie«, sagte Rogge ernsthaft und sie lachte. »Bis bald mal!«

Warum hatte sie die Vergewaltigung nicht angezeigt? Fürchtete sie das Getuschel? Oder den Prozess? Oder hatte sie den Mann erkannt und wagte nicht, etwas gegen ihn zu unternehmen?

Rogge drehte sich nach ihr um und ärgerte sich über ihre krumme Haltung. Den Kopf eingezogen, die Schultern nach vorne hängend, als habe sie kein Recht, aufrecht zu gehen und aller Welt ins Gesicht zu sehen.

Darüber dachte er auch nach, als er abends, mit schmerzenden Füßen und juckenden Waden, sein Abendessen bestellte. »Wo wohnt Ihre Freundin eigentlich?«

»Monika? – Bei ihren Eltern. In der Brückenstraße.«

»Ah ja.«

Nun war Gertrud anders gestrickt als Monika Ziegler, neugierig beugte sie sich vor: »Warum fragen Sie?«

»Ach, ich war heute auf dem Scherkenhof und auf dem Rückweg ist sie mir begegnet.«

Wie ein alter Kumpel zwinkerte sie ihm zu: »So, so. Monikas Vater ist Lehrer und seine Tochter mit einem verkrachten Elektriker – o je.«

Er lachte und bei dem Geräusch richtete sich auf der Bank rechts neben dem Eingang Benno Brockes auf. Er musste schon eine Menge getankt haben, es fiel ihm nicht ganz leicht, Rogge zu fixieren. Seinen Hass verbarg er nicht.

Unangenehm berührt drehte Rogge seinen Stuhl zur Seite. Was hatte er dem ungehobelten Klotz getan? Eine halbe Stunde später stellte sich Brockes mühsam auf die Beine, winkte dem Wirt schwerfällig zu und taumelte aus dem Bären.

Gertrud brachte Rogge das zweite Bier und flüsterte empört: »Gut, dass der Kerl gegangen ist. Wissen Sie, was der sich erlaubt hat? – Hat mir Vorwürfe wegen meines Ausschnitts gemacht.«

Der wies auch bei wohlwollender Beurteilung eine gewisse Großzügigkeit auf, die sie sich leisten konnte. Sie blies viel Luft ab: »Soll er sich doch seine Andrea vornehmen.«

»Gertrud!«, mahnte Rogge, nicht wirklich schockiert.

»Ist doch wahr!«

Im ruhigen Teil der Gaststube hatten der Arzt und sein Begleiter Platz genommen, sie unterhielten sich mit langen, beiden sichtlich peinlichen Pausen. Am Tresen tranken die zwei Alten wieder ihr Bier und schienen in ihre alte Diskussion vertieft; Olli schlief gleich im Stehen ein. Rogge war zu müde aufzustehen; kurz vor der Brückenstraße hatte er sich zu einem anderen Weg entschlossen und war bis nach Karlsau gewandert. Die Karte hatte nicht gelogen, Rogge hatte nur übersehen, dass der Bus am Sonntag nicht fuhr, und hatte den ganzen Weg wieder zurücklaufen müssen. Jetzt protestierte selbst sein Kreuz. Am Ende des dritten Glases entschloss er sich. Noch ein Schluck Bier und er würde die wenigen Meter zum Gästehaus nicht mehr bewältigen.

Draußen war es ungewohnt dunkel, Rogge atmete tief durch und stakste wie ein Storch zur Tür.

Der Schuss krachte so laut, dass es ihm die Ohren verstopfte und das Gehirn blockierte. Welcher Idiot – Rogge wollte sich umdrehen, verlor dabei das Gleichgewicht und plumpste wie ein nasser Sack auf den Boden. Wahrscheinlich keinen Moment zu früh, ein zweiter Schuss dröhnte, der Hauptkommissar presste sich an den Boden, jetzt wieder hellwach, und rührte sich nicht. Das hatte ihm gegolten.

Doch nun hörte er nichts mehr. Keine Schritte, kein weiterer Schuss, kein Knirschen von Sand oder Steinchen. Absolute Stille. In der Gaststube schien keiner etwas vernommen zu haben, niemand kam herausgestürzt oder rief.

Millimeterweise hob Rogge den Kopf. Nichts. Rechts, einen Meter entfernt, wuchs ein dichter Strauch neben dem Weg. Wenn er den erreichte … – Schneckengleich schob er sich voran, ängstlich bemüht, den Körper nicht weiter als unbedingt nötig anzuheben. Aus dem Küchenfenster des Bären fiel etwas Licht in den Garten, aber hier war es eigentlich zu dunkel für einen Schützen … und an einen Restlichtverstärker hinter dem Zielfernrohr wollte Rogge nicht denken … geschafft.

Nach zwei Minuten beruhigte sich sein Atem. Jetzt hörte er auch das leise Klappern von Tellern aus der Küche. Wer immer auf ihn geballert hatte, gab sich mit den beiden Schüssen zufrieden. Oder er dachte, er habe getroffen, weil Rogge fast zeitgleich mit dem zweiten Schuss hingestürzt war. Nein, Vorsicht war immer noch der bessere Teil der Tapferkeit, den Eingang würde er nicht benutzen. Auf Knien und Ellbogen kroch Rogge bis zur Hausecke und richtete sich erst in ihrem Schutz auf. Bevor er zum Essen gegangen war, hatte er das Fenster zum Lüften seines Zimmers geöffnet, und wer zum Teufel wollte ihm vorschreiben, wie er sein bezahltes Zimmer betrat?

Trotzdem zog er die Vorhänge vor, bevor er das Licht anknipste.

Wenigstens hatten Hose und Jacke den zweiten Sturz des Wochenendes heil überstanden. Feuchte Erde, die würde trocknen, das konnte er morgen früh ausbürsten. Danach betrachtete er mit zusammengebissenen Zähnen das Telefon. Sollte er Hilfe holen …?

Rogge wälzte sich lange schlaflos in seinem Bett und dämmerte gerade hinüber, als ihn ein Geräusch hochriss. Merkwürdig gedämpft und doch ganz in der Nähe. Auf dem Flur? Vor seiner Tür?

Mit angehaltenem Atem horchte er, aber es wiederholte sich nicht, und als er endlich auszuatmen wagte, wusste er, dass er hellwach war und an Einschlafen nicht denken durfte, bis er eine Erklärung für das Geräusch gefunden hatte. Leise zog er sich Hose und Pullover über, schaltete das Licht aus, drehte im Zeitlupentempo den Schlüssel und zog die Zimmertür auf. Der Flur lag im Dunkeln, er trat hinaus und witterte. Wenn die Augen versagten, half manchmal die Nase oder ein siebter Sinn, einen versteckten Menschen zu ahnen. Doch ohne Erfolg, Rogge wollte sich schon wieder umwenden, als ihm ein schwacher Lichtstreifen auffiel, direkt über dem Boden, am Ende des Flures auf seiner Seite. Neue Gäste? Dann war das schwache Rauschen das Wasser, das in einer Dusche lief?

Verdammt, es würde ihm ja doch keine Ruhe lassen! Wütend auf sich selbst schlich Rogge in sein Zimmer zurück, tastete sich zum Fenster und stieg in den Garten hinaus. Ja, im letzten Zimmer brannte Licht, offenbar waren die Vorhänge vorgezogen, aber jetzt wollte er es wissen. Hauptkommissar Jens Rogge als Voyeur! Doch besser ausgelacht als noch einmal angeschossen!

Als hätte er es bestellt! Zwischen den beiden Vorhanghälften klaffte ein winziger Spalt, durch den er einen Ausschnitt des Zimmers beobachten konnte, das Fußende des Bettes. Dann bewegte sich das Laken und plötzlich stand ein nackter Mann im Zimmer, der sich abtrocknete. Rogge starrte ihn an wie ein Weltwunder, den Knaben hatte er noch nie gesehen. Wieder bewegte sich das Bettlaken, die Frau richtete sich auf und rutschte im Bett auf den Knien zum Fußende, um den Mann zu umarmen, der schon in seine Unterhose gestiegen war. Die nackte Schönheit kannte er, Frau Wirtin hatte also einen Liebhaber. Was Rogge ihr einerseits gönnte, ihn andererseits wegen ihrer Unvorsichtigkeit verwunderte. Oder konnte sie sicher sein, dass Olli sie hier nicht überraschte? Und wenn ja, warum?

Unbemerkt erreichte Rogge wieder sein Zimmer und lag im Dunkeln noch wach, bis er verstohlene Schritte und das vorsichtige Knacken der Haustür hörte. Danach schlief er schnell ein.

Montag, 18. September

Angi bediente ihn mit unverändert melancholischer Miene, seinen Blick meidend, und Rogge hütete sich, auf den Vorfall anzuspielen. Der Mann war etwas älter gewesen als sie, ein eher schmächtiges Hemd, auf jeden Fall das totale Gegenteil von Olli.

Wibbeke rollte das Metallkügelchen ratlos hin und her: »Was ist denn das, Herr Rogge?«

»Eine Kugel.« Im Tageslicht hatte Rogge die Einschlagstelle im Putz neben der Tür zum Gästehaus entdeckt und das Klümpchen vorsichtig herausgepult. Wahrscheinlich viel zu deformiert, um noch Züge zu erkennen, aber ihn interessierte in erster Linie, ob die Kugel aus einer Handfeuerwaffe oder einem Gewehr stammte. Ein Gewehrschütze musste sich nicht auf dem Gelände des Bären aufgehalten haben, Rogge hatte die beiden Männer vor Schönborns Villa nicht vergessen, dafür sorgte schon seine brennende Schulter. Dass sie geflohen waren, hatte wenig zu bedeuten, schließlich hatte er seinen Wagen seelenruhig vor Schönborns Haus geparkt. So ganz einfach wurde es einem Normalbürger nicht gemacht, an Hand des Kennzeichens einen Halter zu ermitteln, aber unmöglich war es für niemanden, selbst an einem Wochenende nicht.

»Und was soll ich damit?«

»An die KTU schicken. Ohne meinen Namen zu erwähnen.« Rogge schmunzelte, aber Wibbeke teilte seine Heiterkeit nicht.

»Sie verschweigen mir doch etwas!«

»Ja, tue ich. Aber ich gebe mein großes, mittleres und kleines

Ehrenwort, dass ich alles beichte, wenn der Fall abgeschlossen ist.« Was, wie Rogge mit etwas schlechtem Gewissen dachte, noch lange dauern konnte.

Der Oberkommissar musterte ihn misstrauisch, resignierte aber schließlich: »Na schön, mir wird schon was einfallen.«

»Vielen Dank. Und wenn Sie den Kollegen etwas Dampf machen könnten …«

Heute sündigte Rogge und besorgte sich in der Touristinformation einen Busfahrschein für eine Rundtour durch das so genannte Vorland. Erstens hatte er schlecht geschlafen, zweitens behinderte ihn seine Schulter und drittens musste er ja heute Nachmittag noch die Strecke von Herlingen nach Stockau zurücklaufen. Man kann alles auch übertreiben, pflichtete er seiner Entscheidung Beifall und war eingeschlafen, bevor der Bus das Ortsausgangsschild passierte.

Die Besichtigungsfahrt wurde so schlimm, wie er sich das ausgemalt hatte, einige Fahrgäste schleppten irre Mengen von Bier mit, das sie während der Fahrt systematisch und lautstark vernichteten. Die Kirchen und Klöster interessierten sie weniger, sie wachten aus ihrem Tran nur auf, als ihr Führer einen Fehler beging und erwähnte, dass die Klosterbrüder früher einen weithin gerühmten Bitterschnaps gebrannt hätten. Dass es den nicht zu probieren gab, beschäftigte die enttäuschten Saufköppe noch eine ganze Stunde.

Rogge bemitleidete den Führer, der sich aber nicht aus der Ruhe bringen ließ und seine Erklärungen immer schneller und lustloser herunterspulte. Er schien Kummer gewohnt. Das überteuerte Essen schenkte Rogge sich und bummelte an dem Bach entlang, immer noch unschlüssig, ob er morgen abreisen oder verlängern sollte.

Olli fischte mit dem Zimmerschlüssel einen Zettel aus dem Fach, den Rogge sofort auffaltete. »Ein Herr Simon wartet auf Rückruf.«

»Ach nee!« Rogge grummelte und Olli taxierte ihn aus verhangenen Augen.

»Meine Frau hat mir ausgerichtet, Sie wollten mir was auf den Schreibtisch legen.« Simon klang verschnupft.

»Ich hab's mir anders überlegt.«

»Was soll das heißen?«

»Warum soll ich Ihnen Informationen geben, wenn Sie Ihre zurückhalten?«

»Ich halte nichts zurück.«

»Da bin ich anderer Meinung.«

»Das Grundgesetz garantiert die Meinungsfreiheit.«

»Eben.«

»Trotzdem irren Sie. Ich weiß nichts Konkretes, habe nur ein dummes Gefühl, mehr nicht.«

»Ich bleibe noch bis Ende der Woche.«

»Meinetwegen«, grollte Simon, bevor er grußlos auflegte, und Rogge schwankte einen Moment, ob er nicht zu weit gegangen war.

Gertrud freute sich, ihn zu sehen, und brachte ein Bier, bevor er sich richtig gesetzt hatte. »Den Tag gut verbracht?«

»Ach, es geht. In einem Reisebus mit einem Haufen angesoffener und grölender Faulpelze.«

Kritisch sah sie sich um: »Na, dafür wird's hier heute umso ruhiger.«

Sie behielt Recht, Olli wankte um zehn Uhr aus der Gaststube, weil nichts mehr zu tun war, und sie setzte sich zu Rogge. Er war jetzt der einzige Gast und bot ihr an, sofort zu zahlen, damit sie schließen konnte.

»Eine halbe Stunde warten wir noch.«

»Von Benno und seiner Bande hat sich heute keiner sehen lassen.«

»Nee, die haben im Moment andere Sorgen.« Sie kicherte schadenfroh. »In der Disko hat's am Samstag gewaltig Zoff gegeben. Eine Schlägerei, die Bullen – äh, die Polizei ist angerauscht und hat mächtig zugelangt.«

»Meine Kollegen können sich auch eine nettere Samstagabend-Beschäftigung vorstellen.«

»Und ob! Einige von Bennos Brüdern werden kräftig löhnen müssen.«

»Warum war Benno nicht in der Disko?«

»Richterliches Hausverbot seit Monaten.« Sie nickte nachdrücklich.

»Und Andrea Wirksen? Geht die in die Disko?«

»Wenn sie einen Dummen findet, der für sie blecht – klar.«

Warum Rogge sich so plötzlich entschloss, wusste er selbst nicht: »Gertrud, wer ist der Liebhaber der Chefin?«

Sie tat nur so, als sei sie schockiert, und als Rogge spielerisch eine Faust unter ihr Kinn stupste, hob sie beide Hände: »Okay, okay. Ziegler heißt er. Der Lehrer.«

»Monikas Vater?« Damit hatte sie Rogge verblüfft.

»Ja. Monika darf nichts davon wissen, ach Gott, das gäbe ein Drama.«

»Aber Sie wissen's doch auch.«

»Weil die Chefin zu dämlich ist, die Bettlaken richtig im Wäschesack zu verstauen. Und das Zimmer sieht morgens immer aus! Sie haben gestern wieder rumgetobt.«

»Ja.«

»Olli stört das nicht, der hat kein Interesse mehr an seiner Frau. Aber Monikas Mutter – o je, halten Sie bloß den Mund.«

»Versprochen.«

Düster starrte Gertrud auf ihre gefalteten Hände, die Fingerknöchel leuchteten weiß von dem Druck. »Manchmal widert mich der ganze Laden ziemlich an. Die saufen und lügen und huren herum und immer muss ich so tun, als wäre ich zu dämlich, bis drei zu zählen. Lange halte ich das nicht mehr aus.«

Eine Gertrud mit einem moralischen Kater war sehr ungewohnt, Rogge betrachtete sie schweigend. Warum suchte sie sich nicht eine andere Stelle? So tüchtig, wie sie war, musste sie doch überall etwas finden.

Sie spürte seinen prüfenden Blick: »Heute bin ich nicht die große Nummer, wie?«

»Nein, aber sympathisch wie immer.«

»Damit ist der Tag ja gerettet.« Es sollte burschikos klingen, aber es verunglückte total, sie merkte es und seufzte: »Dann machen wir mal Schluss für heute.«

IX.

Bokholt und Mähl hatten das Schießpulver nicht erfunden, das war Weinert von Anfang an klar gewesen, aber so dämlich stellten sich nicht einmal Amateure an. Parkten direkt vor der Villa und ließen sich von Schönborn und einem Kriminalbeamten überrumpeln. Dann kriegten sie natürlich das große Hosenflattern, fuchtelten mit Ballermännern herum und flohen wie die Hasen vor dem Hund. In einem Auto mit einem tauben Kennzeichen, das sich nur ein Dienst beschaffen konnte. Wenn der zweite Mann wirklich von der Kripo gewesen war, hatte er sich die Autonummer gemerkt. Und im Bestand recherchiert ... Immerhin war diesen Vollidioten aufgefallen, dass sich Schönborn und der Kripomensch abgesprochen hatten. Was eine zusätzliche Komplikation bedeutete: Schönborn würde also von dem tauben Kennzeichen erfahren. Zumindest mussten sie davon ausgehen. Und damit war ihre wichtigste Spur erledigt, verschüttet, verboten, verbrannt. Rückzug auf der ganzen Linie! Großartig! Warum nur lief in diesem verfluchten Fall alles schief?

Nach fünf Minuten stemmte Weinert sich hoch. Es nutzte ja nichts, er musste beichten, welchen Bock der Verfassungsschutz geschossen hatte. Hoffentlich war Reincke einigermaßen gut gelaunt.

Dienstag, 19. September

»Ich würde gerne noch bis Freitag bleiben«, sagte Rogge leise, als Angi den Kaffee abstellte.

»Ich freue mich, dass es Ihnen bei uns gefällt«, antwortete sie herzlich. »Das Zimmer ist frei.«

Die Bewölkung hatte sich verzogen, aber die Sonne wärmte nicht mehr so wie in der Vorwoche. Rogge verließ sich wieder einmal auf seine Wanderkarte. Allein zu laufen störte ihn nicht, er ordnete dabei seine Gedanken und fühlte sich frei, wenn er auf niemanden Rücksicht nehmen und keine Fragen beantworten musste.

Bis jetzt hatte er sich nicht mit Ruhm bekleckert. Dank Gertrud hatte Rogge zwar viel erfahren, und bevor er abreiste, musste er noch herausfinden, warum sie so schnell Vertrauen zu ihm gefasst hatte. Aber seine Anwesenheit hatte niemanden wirklich aufgescheucht, obwohl er sicher war, dass Gertrud eifrig im Dorf verbreitet hatte, welchen Beruf er ausübte.

Auf der anderen Seite – die beiden Männer vor Schönborns Villa. Mit einem gefälschten Autokennzeichen und bewaffnet. Und die beiden Schüsse. Irgendeinem Menschen war er schmerzhaft auf die Füße getreten, aber Rogge hatte keine Ahnung, wem und wann. Zuletzt Simons Geheimniskrämerei. Also wohl doch kein Fall einfacher Amnesie. Schönborn würde nach der Samstagepisode schon dafür sorgen, dass Inge Weber geschützt wurde, um die Sicherheit der Dunkelblonden musste Rogge sich nicht den Kopf zerbrechen. Wenn – und das stand leider gar nicht fest – die beiden geflüchteten Knaben wirklich an der Person Inge Weber interessiert waren und nicht doch einen Bruch ausspioniert hatten.

Über Mittag stand Rogge in einer Schmiede und schaute zu, wie zwei Reitpferde beschlagen wurden. In der Volksschule hatten sie ein Lesebuch benutzt, in dem der Schmied noch schmiedete, der Müller mahlte und der Bauer hinter seinen Rössern fröhlich pfeifend schritt. Du meine Güte, wo war das alles geblieben! Die sentimentale Anwandlung gestand er auch dem jungen Meister, der ihn auslachte: »Es kommt alles wieder. Ich hab gut zu tun, wenn Sie Richtung Weltersmühle laufen, sehen Sie gleich zwei Reiterhöfe. Und drüben in Sickenbach wird ein Golfhotel gebaut.«

In Sickenbach kam Rogge mit einer alten Frau ins Gespräch, die im Heimatmuseum Spitzen klöppelte. »Nein, leben könnte ich davon nicht, aber die Rente bessert's schon auf!« Bei den Preisen der ausgestellten Stücke schluckte Rogge trocken.

Der Rückweg führte ihn durch die Halterer Berge, hier wurde Wein angebaut und er kaufte sich für zwei Mark ein Faltblatt für den Weinlehrpfad. Dass der Tourismus eine Industrie war, wusste er, aber womit man den Besuchern Geld aus der Tasche zu ziehen vermochte, erregte seine widerwillige Bewunderung.

Im Bären war nichts los. Gertrud hatte ihr Stimmungstief überwunden und brauste im gewohnten Tempo zwischen Tischen und Tresen hin und her. Olli stützte sich mit einer Hand ab, strich sich über den Kopf und war mit den Gedanken weit weg. Die Krakeeler-Bank blieb leer. Doch gegen halb zehn kam Andrea Wirksen in die Gaststube und setzte sich an einen Tisch, Rogge konnte sie im Profil mühelos beobachten.

Sie bestellte ein Bier und einen Klaren und schüttelte sich, nachdem sie den Schnaps gekippt hatte, ihre mürrisch-verkniffene Miene hellte sich auf, als habe sie etwas heruntergespült, was sie bedrückt hatte. Sobald sie bei Gertrud bezahlt hatte, ging sie zum Tresen und redete auf Olli ein, der sie von oben herab unbewegt musterte und verächtlich die Nase rümpfte, als sie hüfteschwenkend den Bären verließ. Eine Viertelstunde später hinkte Benno Brockes in den Raum, unterhielt sich kurz mit Olli und verließ sofort wieder die Gaststube. Seine hohen Gummistiefel wirkten durch Lehm und Dreck wie gepanzert.

Gertrud lächelte grimmig, ihr entging nicht viel.

»Wo wohnt diese Andrea eigentlich?«

»In der Hauptstraße.« Eine Sekunde zögerte Gertrud, aber die Boshaftigkeit siegte über ihre Diskretion: »Da wird sie heute aber nicht schlafen.«

»Sondern wo?«

»Bei Benno.«

»Wo liegt denn diese alte Schäferhütte?«

»Halbwegs Herlingen. An der Straße zum Deneckerhof.«

In der Nacht blieb alles ruhig.

Mittwoch, 20. September

Den Tag vertrödelte Rogge in Herlingen. Zum ersten Mal langweilte er sich, hockte in einem Café und studierte den *Stockerboten* von der ersten bis zur letzten Zeile, stöberte in der Buchhandlung und besichtigte die Kirche, die außer einem ehrwürdigen Altar und fragwürdigen Renovierungen künstlerisch nichts zu bieten hatte.

Um die Zeit totzuschlagen, lief Rogge auf der Landstraße zurück, ärgerte sich über die vielen Autos und bog dann in eine schmale Seitenstraße ein, die laut Hinweisschild zum Deneckerhof führte. Die Steigung war beachtlich, doch auf der Kuppe wurde man mit einem schönen Blick in ein Seitental belohnt, an dessen Ende Rogge hinter hohen Bäumen gerade noch einen Fachwerkbau erkennen konnte. Rechts lag die Schäferhütte, wie der Hauptkommissar vermutete, obwohl der Ausdruck ›Hütte‹ nicht zutraf. Zwar gab es ein kleines Fachwerkhäuschen, aber auch zwei scheunengroße Gebäude, bis zur halben Höhe gemauert, darüber aus Holz gebaut. Die früheren Ställe? Das ganze Anwesen machte einen verlotterten, verlassenen Eindruck. Gemütlich schlenderte Rogge daran vorbei. Es passte zu Benno.

Auf dem Rückweg bemerkte er, dass die Dachfirste der Hütte und der Ställe etwas tiefer lagen als die Kuppe der Anhöhe. Also wind- und sichtgeschützt.

Mittlerweile kannte Rogge viele Gäste vom Sehen und um den einzigen Unbekannten, einen jungen Mann zweite Hälfte zwanzig, kümmerte sich Gertrud so angelegentlich, dass er grinsen musste. Ihre roten Ohren verrieten alles.

»Wie heißt er denn, Gertrud?«, flüsterte Rogge und sie seufzte: »Michael.«

Da hatte der Blitz gezündet, es brannte lichterloh.

X.

Bis zum Einbruch der Dunkelheit verbargen sie sich in dem Dorf. Es schien ausgestorben zu sein, nur in zwei Häusern war Licht, die anderen halb eingestürzten Gebäude lagen im Dunkel, die Straßenlaternen funktionierten wohl schon lange nicht mehr. Kein Hund bellte, keine Katze miaute. Es roch nach Verfall, als ob hier nie Menschen gelebt hätten. Nach dem letzten großen Oder-Hochwasser waren viele weggezogen.

Ellwein schauderte und der Grenzschutzoffizier betrachtete ihn herablassend. An die Einsamkeit hatten sie sich gewöhnt, auch an diese merkwürdige Stille, in der alle Geräusche auf Kilometer deutlich zu vernehmen waren. Nicht einmal die Blätter raschelten und das Oderwasser floss lautlos.

Auch so ein Schreibtischstratege, der längst von der Realität abgehoben hatte. Warum Ellwein sich seinem Trupp angeschlossen hatte, wusste der Offizier nicht so genau, das BGS-Gebietskommando hatte einen Besucher vom Bundesnachrichtendienst angekündigt und den dienstlichen Befehl übermittelt, ihm alle technischen Geräte im Einsatz vorzuführen, falls nötig und möglich. An welchem Fall der Mann arbeitete, wollte man dem Grenzschützer nicht verraten; das war ungewöhnlich, aber hier an der deutsch-polnischen Grenze würde noch viel Wasser die Oder hinunterfließen, bis man von normalen Verhältnissen ausgehen konnte.

Hinter der Scheune stand ein Unimog. Die Mannschaft hatte auf der Ladefläche einen Mast hochgeklappt, der an der Spitze eine riesige Halbkugel aus festem Kunststoff trug, die Öffnung zur Oder gerichtet, die knapp einen Kilometer entfernt lag. In der Mitte der Halbkugel war eine kleinere Halbkugel montiert, bestückt mit zwei empfindlichen Mikrofonen. Kabel verbanden sie mit einem anderen Unimog, auf dem sich die batteriegespeisten Verstärker mit den vielen elektronischen Störfiltern befanden. Während der Fahrt hatte der Oberleutnant mit lässigem Stolz erklärt, dass sie mit diesen Fernmikrofonen hören konnten, wenn auf der anderen Seite des Flusses Ruder in das Wasser tauchten, vorausgesetzt natürlich, Wind und Wellen spielten ihnen keinen akustischen Streich.

»Falls doch – was tun Sie dann?«

Ach du meine Güte, ein Anfänger. Es gab Restlichtverstärker. Infrarotnachtsichtgeräte. Transportable Radargeräte. An einigen Stellen, die von den Schleusern bevorzugt wurden, hatten sie auf dem Flussgrund Kabel verlegt, die jede Veränderung des Magnetfeldes, etwa durch ein darüber fahrendes Boot, registrierten. Ja, sie maßen so genau, dass sie inzwischen vorhersagen konnten, was sich da näherte, ein Holz- oder Metallboot, groß oder klein. Und wenn die Polen mitspielen und ihnen eines Tages erlauben würden, die Kabel auch auf der polnischen Hälfte zu installieren ... Na ja, man durfte ja wohl noch träumen. Mit dem Schleusen wurde viel Geld verdient, wahrscheinlich schon mehr als durch Drogenhandel und -transport.

»Ernie, es geht los!« Der Mann mit den Kopfhörern hatte in normaler Lautstärke gesprochen, trotzdem schrak Ellwein zusammen, als sei eine Bombe explodiert.

»Und wo?«

Auf dem Mast bewegte sich die Halbkugel ganz langsam.

»Planquadrat 11-26.«

»Die alten Buhnen. Auf geht's!«

Die Männer bewegten sich geschickt und sicher durch die Dunkelheit. Dunkle Uniformen, dunkle Sportschuhe, die Gesichter geschwärzt.

»Kein Geräusch!«, mahnte der Oberleutnant. »Bleiben Sie dicht hinter mir!« Er steckte sich den Knopfhörer ins Ohr und schaltete das Funkgerät ein.

Die nächste Viertelstunde wuchs sich zu einem Albtraum aus. Ellwein hätte nie geglaubt, dass es so finster sein könnte, dass man wortwörtlich seine eigene Hand vor den Augen nicht sah. Und in dieser schwarzen Hölle hasteten die Männer, als trainierten sie Langstreckenlauf. Den Grund für die Eile hatte ihm der Oberleutnant voller Erstaunen über so viel Naivität dargelegt: »Ja, was denken Sie denn? Die beobachten seit heute

Mittag unser Ufer. Eine ungewöhnliche Aktivität, ein Mensch, den sie nicht kennen, und das Übersetzen wird um 24 Stunden verschoben. Oder an einen anderen Ort verlegt.«

Natürlich, das hätte Ellwein sich selbst sagen können, aber das tröstete nicht über die Bäume und Sträucher, den unebenen Boden, die Löcher und Rinnen hinweg. Erst aufwärts, das musste der Deich sein, dann abwärts. Nach drei Minuten stachen Ellweins Lungen, er keuchte wie ein Blasebalg und der Oberleutnant drehte sich ungehalten nach ihm um, sagte dann aber doch nichts. Dabei schleppten die anderen Männer noch jeder ein Ausrüstungsstück, Scheinwerfer, Akkus, Handschellen, Fotoapparate, Stricke, Netze. Und natürlich ihre Waffen, mit denen sie die illegalen Einwanderer, die viel Geld für diese Reise in das gelobte Land zusammengekratzt hatten, einschüchtern konnten. Oder gegen die Schlepper benutzten, die sich mehr als einmal den Weg zurück über die sichere Grenze freigeschossen hatten; schließlich wussten diese Leute sehr genau, was auf dem Spiel stand.

Kein Laut, nur das dumpfe Poltern der Sohlen; dann schimmerte ein hellerer Streifen auf, der Fluss, die Männer schwärmten aus, Befehle brauchten sie nicht, das war alles oft geübt. Der Oberleutnant warf sich zu Boden, hielt das Glas mit dem Restlichtverstärker vor die Augen und pfiff kaum hörbar vor sich hin.

»Da, schauen Sie mal!«, triumphierte er.

Auf dem flachen Glas leuchteten grünliche Konturen auf. Tatsächlich, ein Boot, nicht leicht zu erkennen vor dem unruhigen Hintergrund. Ellwein gab das Gerät zurück, sein Begleiter summte entspannt, hielt dann plötzlich etwas vor den Mund: »Trupp zwei auf die Buhne. Links halten, ducken.«

Es war nicht zu glauben, er brummte den Gefangenenchor aus Nabucco, brach plötzlich ab: »Licht!«

Keine zwei Sekunden später flammten zwei Scheinwerfer auf und tauchten die Szene in grelles Licht. Ein Boot hatte an der Buhne angelegt, ein Mann kniete auf den Steinen und hielt den Bug fest, während andere Männer eilig an Land sprangen, jetzt plötzlich innehielten, als sei ein Film gerissen.

»Na prima!«, lobte der Oberleutnant laut. »Das hat ja hingehauen.«

Die Truppe zwei erschien wie aus dem Wasser gestiegen an der Heckseite des Bootes, die Maschinenpistolen im Anschlag. Zehn Sekunden rührte sich niemand.

»Wir haben sie. Platt machen und Abmarsch zum Einsammeln.« Unendlich weit entfernt sprangen Motoren an, es war fast beängstigend, wie weit die Nacht den Schall trug. Plötzlich schnellte unten ein Mann hoch, raste in Zickzacksprüngen auf das Wasser zu, eine Maschinenpistole belferte einen kurzen Stoß, dann verschwand der Mann im Fluss.

»Los! Platt machen!«, brüllte der Offizier in sein Mikrofon und mit diesem Befehl brach die Hölle los.

Von allen Seiten stürmten dunkle Gestalten auf die immer noch Versteinerten zu, zwei oder drei versuchten dann doch zu fliehen, aber sie hatten keine Chance, wurden zu Boden gerissen und gefesselt. Die meisten wehrten sich nicht, wie gelähmt durch diese Explosion von Härte und Rücksichtslosigkeit.

Eine Minute später war alles vorbei.

»Ich hab zweiundzwanzig gezählt«, sagte der Oberleutnant gleichmütig. »Nummer 23 haben wir leider verpasst, aber der wird uns keinen Ärger mehr machen.«

»Wie meinen Sie das?«

»Zurück schafft er es nicht mehr. Die Oder hat hier eine stärkere Strömung, als es aussieht. Na, da sind ja unsere Erntewagen.«

In dem verlassenen Dorf tranken sie Kaffee aus Thermoskannen und Ellwein ließ sein Zigarettenpäckchen herumwandern. Der Oberleutnant musterte ihn immer noch wie einen schrägen Vogel, trotz seiner Jugend versprühte er viel Zynismus und seine Leute spurten, wenn er lässig einen Befehl hinwarf. Ein Landsertyp, nicht unbedingt Vertrauen erweckend, aber sicher tüchtig, und von seinen Männern verlangte er nur, was er selbst leistete.

Beim ersten Morgengrauen brachen sie auf.

Bevor Ellwein in Berlin losgefahren war, hatte er ein kurzes und unangenehmes Gespräch mit einem furztrockenen Juristen geführt, der beim Geheimdienstkoordinator im Bundeskanzleramt arbeitete und das Wort Kooperation noch nie gehört hatte, sogar ausfällig wurde, als Ellwein seine Kenntnisse ausbreitete: »Es gibt ein loses Spitzelnetz in Polen, über das der Grenzschutz gelegentlich erfährt, wann und wo eingeschleust werden soll.«

»Wer hat Ihnen das erzählt?«

»Unwichtig.«

»Von wegen. Wer?«

»Vergessen Sie's, ich hab den Informanten auch schon vergessen.«

»O nein, so geht das nicht, das werden Sie ...«

»Genau so und nicht anders geht das.«

»Sie hören noch von mir! Sie Bond-Verschnitt!«

»Ich wusste gar nicht, dass man seine Eier abliefern muss, sobald man das Kanzleramt betritt.«

Das Netz existierte, sein Informant hatte ihn nicht betrogen und der forsche Oberleutnant hatte nicht nachgefragt, warum man ihn in dieser Nacht gerade an diesen Flussabschnitt kommandiert hatte. Aber das Netz konnte nicht auf Polen beschränkt sein, es musste weit nach Weißrussland und die Ukraine hineinreichen, wenn solche Meldungen bis zu achtundvierzig Stunden vor dem Schleusungsversuch eintrafen. Denn in Polen mussten sich die illegalen Einwanderer verborgen halten, weil sonst ihr Aufenthalt in einem so genannten sicheren Drittland aktenkundig wurde, oder anders: Sie mussten Polen so rasch wie möglich durchqueren, damit sie nicht – zufällig oder gezielt – entdeckt oder aufgehalten wurden. Dass diese Schleuserei trotz des Risikos ein grandioses Geschäft für die Schlepperbanden war, stand fest. Und wenn so eine Organisation erst einmal funktionierte, musste man sich nicht auf hilflose Menschen beschränken. Es gab Waren, Informationen, Gelder, Personen, die unbemerkt nach Deutschland zu schaffen waren – was äußerst generös bezahlt wurde. Oder aus Deutschland heraus.

Aber als Ellwein seine Idee vorgetragen hatte, den Grenzschutz einzuweihen, erstarrten die Gesichter vor ihm. Um

Gottes willen! Das Netz aufrollen, dem man so viele Zugriffe auf illegale Einwanderer und falsche Asylbewerber verdankte? Und das zu einer Zeit, in der man jeden Tag im Zusammenhang mit der Zuwanderungsregelung eine neue Asylrechtsdebatte erwarten musste? War er denn von allen guten Geistern verlassen?

»Die Spionage ist nicht gestorben, nur weil die Sowjetunion nicht mehr existiert«, hatte Ellwein sie beschworen. »Das Geschäft ist sozusagen privatisiert worden, Patente sind jetzt wichtiger und lukrativer als Panzerzahlen und Raketenpläne und die Agenten schmuggeln nicht nur Menschen oder Zigaretten. Unsere alten KGB-Freunde arbeiten inzwischen auf eigene Rechnung, sie sind nicht weniger gefährlich, nur weil sie nicht mehr vom Obersten Sowjet entlohnt werden.«

Ellwein hatte gegen eine Wand gesprochen und zu den mildesten Beleidigungen gehörte noch die süffisante Frage, ob er für den BND händeringend neue Aufgaben suche, um seine Auflösung zu verhindern. Den schmerzhaftesten Schlag versetzte ihm ein Kollege, der ganz diskret murmelte: »Ich hatte doch läuten hören, dass Sie hinter einem rechten Ding her sind?!«

Dass er in ein Wespennest gestochen hatte, begriff Ellwein erst tags darauf: strikter Befehl, jede Kontaktaufnahme mit dem Grenzschutz war verboten. Wenn sein nächtlicher Ausflug bekannt werden würde, musste er mit einem Disziplinarverfahren rechnen. Aber Ellwein hatte nicht kneifen wollen, es gab Grenzen der Selbstachtung, die man nicht verletzen durfte, wenn man sich noch im Spiegel anschauen wollte, und von Gönter und Weinert hatte er die Schnauze gestrichen voll. Das war doch Kinderkram, herumzusitzen und Däumchen zu drehen, nichts zu tun und auf ein Wunder zu hoffen, während das Objekt sich über sie lustig machte. Okay, es gab Phasen, in denen man sich tot stellen musste, aber doch nur, um die Zeit abzuwarten, zu der man selbst aktiv werden konnte. Weinert würde das nie kapieren, und Gönter traute Ellwein nicht mehr hundertprozentig.

Sein Bekannter bedauerte am Telefon: »Die Sendung ist angekommen, aber dein Paket war nicht dabei.«

»Ein Päckchen ist ins Wasser gefallen.«

»Ja, hab ich auch gehört. Wahrscheinlich ist es jetzt ruiniert.«

Und wenn er nicht ertrunken war, würde der Mann diesen Weg nach Deutschland nicht mehr riskieren. Einmal pro Jahr reiste er ein und brachte Rohdiamanten mit, die ein Mitglied der Organisation unauffällig verkaufte. Der Erlös diente dazu, hiesige Agenten zu bezahlen oder Wissenschaftler zu bestechen, Patente zu erwerben oder Industriespionage zu finanzieren. Manche Regierungen zogen es vor, ihre Bestellungen auf diese Weise zu bezahlen, um keine Spuren bei den Banken zu hinterlassen.

Dem ersten, ungewöhnlich präzisen Tipp hatten sie nicht getraut, aber alle Einzelheiten trafen zu. Bei der letzten Kontrolle im Zug nach Wien musste etwas das Misstrauen des Kuriers so erregt haben, dass er sich nicht mehr auf seinen gefälschten Pass verlassen wollte. Zu der Zeit kannten sie schon seinen Tarnnamen und staunten nicht schlecht, als der Computer ihn bei der Auswertung einer Agentenmeldung identifizierte. Der Mann musste geahnt haben, wer das Boot aufgriff, und hatte lieber sein Leben als eine Festnahme riskiert. Also durften sie auch dieses Kapitel schließen.

Donnerstag, 21. September

Über Nacht war es kalt geworden, Rogge kehrte vor dem Gästehaus um und zog sich einen Pullover an. Die Sonne verbarg sich hinter einem grauen Schleier und auf seinem Marsch zum Beltenstein rüttelten ihn scheußlich kühle Böen durch. Sein letzter Wandertag, und wenn er Simon nicht erklärt hätte, er werde bis Freitag wegbleiben, wäre er heute schon abgefahren.

Von der ehemaligen Burg auf dem Beltenstein existierten nur noch wenige Mauern, der Eichenwald war bis zum Gipfel heraufgewachsen und nur durch eine kleine Schneise glitzerte wie ein heller Strich am Fuß des Berges die Bundesstraße, die hier auf der Trasse einer uralten Handelsstraße aus dem Böhmischen Richtung Rhein verlief.

Auf dem Parkplatz hätte Rogge sich am liebsten die Ohren zugehalten. Aus einem Bus stolperten, stürzten, drängten und purzelten Kinder heraus, die ihrem aufgestauten Bewegungsdrang durch Schreien, Toben und Rangeln erst einmal Luft machen mussten, bevor sie bereit waren, sich um eine energische Frau zu scharen.

Rogge schnitt eine Grimasse, blieb aber unwillkürlich stehen und hörte zu, nachdem sich ein Kreis um die Frau gebildet hatte. An die dreißig Kinder, zwölf, dreizehn Jahre alt, wie er schätzte, die meisten Jungen noch richtige Rüpelbolzen mit zu viel Kraft, einige Mädchen aber schon zurückhaltend, kleine gezierte Damen, die für solche Kindereien überhaupt kein Verständnis mehr besaßen. Ein Klassenausflug, Wandertag. Und die Frau mit den kurzen sandfarbenen Haaren und dem entschlossenen Kinn war die arme Lehrerin. Der Bus entfernte sich.

»So, jetzt schaut ihr alle mal runter ins Tal. Was seht ihr da?«

»Eine Straße.« – »Autos.« – »Luft.« Schrilles Lachen, ach Gott, was war man witzig.

»Richtig. Eine Straße. Und eine Straße, allerdings nicht so breit und glatt und asphaltiert, gab es hier schon vor über fünfhundert Jahren.«

Langsam schob sich Rogge näher heran und buchte ihr in Gedanken einen Pluspunkt gut. Laut anfangen, unmerklich leiser werden, der Lärm verstummte, alle mussten die Klappe halten und die Ohren spitzen, um sie verstehen zu können, den Trick lernten die Polizisten in der psychologischen Schulung beim Kapitel ›Umgang mit Demonstranten‹.

Schon damals herrschte auf der Straße viel Verkehr und hier oben auf der Burg saß der Beltensteiner, ein gefürchteter Raubritter, der immer wieder mit seinen Leuten den Berg hinunterstürmte und die Wagen überfiel, ausraubte oder von den Kutschern ein Wegegeld erpresste. Manchmal wehrten sich die Fuhrleute, es gab Tote, der Beltensteiner war nicht zimperlich und hinter den dicken Mauern trotzte er seinen Gegnern. Bis sich die Nürnberger und der Mainzer Erzbischof verständigten und mit einem richtigen Heer anrückten, um die Reichsacht an dem Beltensteiner zu vollstrecken.

Rogge grinste breit, an seine Schulzeit hatte er nicht die besten Erinnerungen, aber Geschichte von dieser Lehrerin gefiel ihm.

Sie warf ihm einen gereizten Blick zu, Rogge verbeugte sich knapp und sie fuhr fort. Fünf Minuten, dann brach sie ab: »So, den Rest erzähle ich euch oben auf der Burg.«

Prompt entwickelte sich ein mittleres Chaos. Dann bemerkte Rogge zwei Jungen, die sich strategisch geschickt in die Büsche abzusetzen versuchten.

»Vergesst es!«, rief er ihnen laut nach, schuldbewusst drehten sie die Köpfe zu ihm und er wies mit der Hand auf den Pfad: »Da geht's rauf!«

Ihre Flüche las er nur von ihren Lippen ab und die wütenden Blicke ließen ihn kalt. Mit sich zufrieden kletterte Rogge den schmalen, steilen Weg hoch. Bei der nächsten Erklärung der Lehrerin mischte er sich schon unter die Schüler.

»Okay, in einer Viertelstunde geht's weiter.« Die Bande stob wie ein aufgescheuchter Hühnerschwarm auseinander, Rogge fing wieder einen Blick auf und stellte sich vor: »Jens Rogge. Ich hoffe, ich störe Sie nicht.«

»Sibylle Wagner. Nein, Sie stören nicht, und wenn Sie sich nützlich machen wollen, dürfen Sie die Nachhut bilden.«

»Alles klar. Einige Herrschaften gieren nach einer Zigarette, wie ich vermute.«

Sie lachte, was sie ausgesprochen sympathisch wirken ließ: »Schlimmer noch. Ich kann nicht alle Saftflaschen und -behälter kontrollieren.«

Den Rest des Tages war Rogge als Aushilfswächter engagiert, sie stellte ihn den Kindern vor und damit war für seine Unterhaltung gesorgt. Die jungen Damen siezten ihn ausnahmslos, die meisten Jungen duzten ihn und nur in zwei Fällen hatte er das Gefühl, dass darin aggressive Verachtung mitschwang. Von der Burg liefen sie ins Tal hinunter. Rogge musste alle seine Kenntnisse zusammenklauben, um zu erklären, wie Holzkohle gebrannt wurde, und die Lehrerin machte den Kindern klar, welchen Wert in früheren Zeiten Holz besaß, als Baumaterial und für das Heizen im Winter. Rogge räusperte sich und erklärte, dass Fleisch teuer und selten war, dass aus Hunger regelmäßig gejagt wurde, aber nicht jeder einfach schießen durfte. Es gab Wald- und Jagdrechte, außerdem Fischrechte, und weil Wald so wertvoll war, durfte auch nicht jeder Bäume schlagen, wie er wollte. Bei seinem Vortrag zerkaute die Lehrerin ein Lächeln und fragte hinterher halblaut: »Sind Sie Jurist?«

»Nein, Polizist.«

»Hervorragend, dann weiß ich ja, wie ich meine Terroristen notfalls einschüchtern kann.«

In der Kochenbachmühle war für Rogge und die Lehrerin gedeckt und sie unterhielten sich wie alte Bekannte. Zwei Mädchen setzten sich zu ihnen und begannen, ihm ein Loch in den Bauch zu fragen. Nein, er war kein Lehrer. Ja, er hatte auch Kinder. Nein, die gingen nicht mehr zur Schule. Ja, er war schon Großvater. Nein, er machte Urlaub. Ja, er lief gerne. Nein, er kannte Frau Wagner nicht von früher. Ja, er würde gerne noch bei ihnen bleiben.

»Dann is ja gut.« Und weg waren sie.

»Der Ritterschlag«, belehrte Sibylle Wagner Rogge und amüsierte sich.

Der restliche Tag verging wie im Fluge, und am meisten erstaunte und rührte ihn sogar, dass ihm die Kinder freiwillig die Hand gaben, als er sich verabschieden musste.

»Sie waren eine große Hilfe«, dankte die Lehrerin ernsthaft und Rogge verbeugte sich: »Das vernimmt man gerne.«

Gertrud schien ein wenig beleidigt: »Kein Essen heute?«

»Nein, danke, ich musste über Mittag eine Riesenportion Erbsensuppe mit Würstchen essen.«

»Nicht doch eine Kleinigkeit? Die Chefin hat falschen Hasen gebraten, der ist wirklich gut.«

»Also eine winzige Portion Bärenhase und einen gemischten Salat.«

Zufrieden spitzte sie die Lippen und wirbelte davon. Der Bär war mittelprächtig besucht, die schwarze Schönheit stand hinter dem Tresen und zapfte, Olli schien sich einen freien Abend zu gönnen. Zwei aus Bennos Bande hockten rechts auf der Bank und ödeten sich an, den einen zierte ein prächtiger, wenn auch schon schmuddeliger Kopfverband und Rogge musste an die Diskoschlägerei vom Wochenende denken.

Der falsche Hase schmeckte wirklich ausgezeichnet und Gertrud freute sich über das Lob: »Ich richt's der Chefin aus.«

Was sie auch sofort tat, die Schwarzhaarige suchte seinen Blick und verneigte sich ungezwungen. Was Rogge brav erwiderte und sich wieder einmal fragte, was sie über ihr Leben mit Olli denken mochte. Wenn sie lächelte, war sie verführerisch schön.

Olli erschien gegen 23 Uhr und löste seine Frau am Zapfhahn ab. So weit es ihm überhaupt möglich war, eine Stimmung zu zeigen, wirkte er heute selten zufrieden, fast aufgekratzt; er verzichtete sogar darauf, sich mit einer Hand abzustützen.

»Tja, Gertrud, wir müssen uns auch auf Wiedersehen sagen. Ich fahre morgen Vormittag.«

»Die Chefin hat's schon erzählt.« Gertrud nickte betrübt.

»Ich komm bestimmt noch einmal vorbei.«

»Ja, sicher«, sagte sie zögernd und musterte ihn verlegen, bevor sie sich vorbeugte und hauchte: »Können wir – ich meine, ich würde Sie gern noch – also, haben Sie nachher noch Zeit für mich?«

»Ja, natürlich«, entgegnete Rogge ruhig.

»Fein, ich komm dann zu Ihnen.« Sie huschte davon, und als er ihr nachsah, fing Rogge von Olli einen wütenden, gehässigen Blick auf, der ihm zu denken gab. Es hatte ihm nicht gefallen, dass Gertrud einen Moment so vertraulich mit Rogge gesprochen hatte.

Der Wirt merkte, dass Rogge ihn beobachtet hatte, und schaute ihn ausdruckslos an. Dem Kerl würde ich nicht gern allein im Dunkeln begegnen, schoss Rogge durch den Kopf.

Das Telefon hörte er, als er sein Zimmer aufschloss.

»Rogge.«

»Hei, Chef, hier spricht Kili. Wir erwarten dich dringend auf dem Revier in Herlingen.«

»Wir?«

»Simon ist auch da. Beeil dich!«

Nachdenklich legte Rogge auf. Wenn Simon und Kili nach Herlingen gefahren waren, musste es wichtig sein. Wichtig genug, um sich mit drei Gläsern Bier im Bauch ans Steuer zu setzen.

Rogge parkte direkt vor der Wache und Wibbeke hielt ihm die Tür auf. »Sie werden mir eine sehr lange Geschichte erzählen müssen«, bemerkte Wibbeke trocken.

»Meinen Sie?«

»Nein, das weiß ich. Der Besuch sitzt in meinem Zimmer.«

Im Bereitschaftszimmer füllte eine Streifenwagenbesatzung Formulare aus. Der Schichtleiter löste ein Kreuzworträtsel, ein Radio dudelte kaum vernehmbar. Die meisten Lampen waren ausgeschaltet und der düstere Raum wirkte kalt und abweisend.

Als Rogge die Tür zu Wibbekes Zimmer öffnete, gähnte Kili, dass seine Gelenke knackten, und Simon schreckte aus einem Halbdusel hoch. Der ›Besuch‹ entpuppte sich als ein spindeldürres Männchen, das vor Unruhe schlotterte. Seine wässrigen Äuglein flitzten hin und her, während er sich nervös die Handflächen an der Hose trockenrieb. Die grauen Haare waren dünn geworden, Rogge schätzte ihn auf zweite Hälfte fünfzig und wunderte sich, dass man ihn wegen dieses Würstchens hierher zitiert hatte.

»Hans-Peter Eckard, 57 Jahre alt, verheiratet, wohnhaft Neustadt an der Eltz, Wiesenstraße 122, Lagerist bei der Firma Elektro-Markt in Neustadt«, leierte Kili herunter.

»Guten Abend«, sagte Rogge leise und Eckard zog den Kopf ein.

Simon schlenkerte seinen eingeschlafenen Fuß, und sobald Wibbeke sich zu Eckard gesetzt hatte, verzogen sie sich zu dritt ins Nebenzimmer, Kili schloss die Tür.

Simon verbreitete schlechte Laune: »Wir haben ihn heute Abend geschnappt, auf dem Autobahnparkplatz Feltenwiese.«

Rogge hockte sich auf eine Tischkante und zog seine Zigaretten hervor. Deshalb also!

»Er war dort mit einem anderen Mann verabredet.«

»Der euch entkommen ist«, flachste Rogge, aber das bekam Simon in die falsche Kehle, er schnarrte vor Wut: »Sparen Sie sich Ihre witzigen Bemerkungen. Der andere wartete bereits mit einem Kombi in dem Wald hinter dem Parkplatz, und weil es noch hell genug war, haben wir sein Kennzeichen entziffern können.«

»Und über Funk abgefragt«, warf Kili schnell ein; die Spannung zwischen den beiden Männern, die sich sonst so gut verstanden, irritierte ihn. »Der Kfz-Halter heißt Anton Lohse, Stockau, Hauptstraße 29.«

»Olli!« Verblüfft schüttelte Rogge den Kopf, was Simon zu besänftigen schien, jedenfalls fuhr er in halbwegs normalem Ton fort: »Und weil mir Ihre Vorzimmermedusa mitzuteilen geruhte, dass Sie sich in einer Gastwirtschaft ›Zum Bären‹, Stockau, Hauptstraße 29, einquartiert haben, habe ich angeordnet, den Mann laufen zu lassen. Um Ihnen Schwierigkeiten zu ersparen.«

»Danke«, murmelte Rogge.

»Dieser Eckard kam mit seinem Lieferwagen auf den Parkplatz gefahren, ist in den Wald eingebogen und dann haben die beiden Männer umgeladen.«

»Hinter dem großen Ilexstrauch«, riet Rogge und Simon räusperte sich: »Sie wissen wieder mal mehr?«

Er wehrte ab: »Ich habe nur Ihre Anweisungen befolgt, Herr Rat.«

»Ja, sicher. Botanisiert, wie? Kartons mit Elektrogeräten.«

Ein Lagerist bei einem Elektromarkt, ja, da blieb nicht viel zu rätseln.

»Der Lohse ist dann mit seinem Kombi aus dem Wald herausgefahren, über eine Wiese hinunter ins Tal.«

»Sie heißt Feltenwiese und hat dem Parkplatz den Namen gegeben«, erläuterte Rogge.

Kili atmete durch: »Diesen Eckard haben die Kollegen dann auf dem Parkplatz hopsgenommen.«

»Für das Umladen gibt es Zeugen?«

»Vier Beamte, ihre Aussagen sind bereits protokolliert. Und genügend Fotos, die Filme sind schon im Labor.«

»Fein. Ich würde Eckard gerne etwas unter Druck setzen.«

»Von mir aus!« Simon starrte einen Moment zur Decke. »Ich verdufte.«

»Ein fester Wohnsitz – kann ich ihn laufen lassen?«

»Natürlich. Sonst liegt nichts gegen ihn vor, sagt der Computer.«

»Und wegen der Hehlerware ...«

»Soll Wibbeke erledigen. Das ist sein Revier. Gute Nacht.«

»Der hat es aber eilig!«, knurrte Kili, vorsichtshalber so leise, dass Simon nichts hörte.

Rogge grübelte. Für Simons hastigen Abgang gab es nur eine vernünftige Erklärung: Die ganze Geschichte sollte so lange wie möglich inoffiziell, auf dem kleinen Dienstweg, behandelt werden. Wogegen Rogge nichts einzuwenden hatte.

Eckard schwitzte vor Angst, er konnte einem Leid tun, aber Rogge musste die Gelegenheit nutzen: »Tja, da haben Sie sich ja ganz schön in die Scheiße geritten, Herr Eckard.«

»Was soll das heißen, wieso hab ich mich in etwas ...« Er war immer langsamer geworden, weil Rogge energisch den Kopf schüttelte: »Bitte kein Theater jetzt! Wir haben Zeugen, dass Sie Diebesgut in Ollis Wagen umgeladen haben, wir sind gerade dabei, Olli auffliegen zu lassen, an Ihrer Stelle würde ich ganz schnell und ganz brav auspacken.«

Wibbeke stand auf: »Ich besorg mal Kaffee, was meinen Sie?«

»Eine sehr gute Idee!«, pflichtete Kili bei. »Ich helfe Ihnen.«

Rogge schwieg eine Minute, in der sich Eckards Gesicht grau verfärbte. »Nun machen Sie schon! Wir werden Ihren Arbeitgeber verständigen müssen, das ist Ihnen doch klar.«

Daran hatte Eckard noch gar nicht gedacht, erst jetzt wurde ihm das ganze Elend in seinem vollen Ausmaß bewusst und nun sprudelte es nur so aus ihm heraus. Den Olli habe er auf dem Rennplatz kennen gelernt, na ja, wie man so ins Gespräch kommt, wenn die Pferdchen immer anders einliefen, als man getippt hatte. Geld konnten sie beide gebrauchen, beim Bier hatte Eckard Olli erzählt, wo er arbeitete und wie lässig diese Reklamationsfälle gehandhabt würden. Olli hatte beiläufig bemerkt, dass er viele Bekannte und Gäste habe, die sich gerne mal einen neuen CD-Spieler leisten würden, aber mit den Mäusen seien sie halt auch klamm. Vielleicht könne man sich ja gegenseitig helfen.

»Und wann war das?«

Vor drei Jahren. Bis jetzt sei ja auch alles glatt gelaufen. Wenn Eckard etwas beiseite geschafft hatte, rief er Olli an und sie trafen sich in dem Wald hinter dem Parkplatz. Ware gegen Geld, Eckard fuhr auf die Autobahn und über die B 111 gleich nach Hause zurück. Manchmal packte ein großer Mann mit an, dem man den Mund zugenäht hatte, aber Olli hatte nur gebrummt, der wüsste Bescheid und wäre in Ordnung.

»Wie oft haben Sie sich getroffen?« Rogge fragte gleichmütig und Eckard räusperte sich ausgiebig.

»Ein-, zweimal im Monat«, krächzte er.

Wibbeke und Kili hatten tatsächlich Kaffee aufgetrieben und Rogge lobte: »Herr Eckard ist sehr kooperativ.«

»Wie uns das freut«, knurrte Wibbeke. Einer musste ja den Part des hässlichen Bullen übernehmen und Wibbekes Uniform beeindruckte den Kleinen.

Nach der Pause beugte Rogge sich vor: »Also immer auf der Feltenwiese?«

»Ja.«

»Und das ist immer glatt gegangen?«

»Nei-ein.« Eckard schluckte verzweifelt.

»Nein? Warum denn nicht?«

»Manchmal war da zu viel Betrieb.«

»Abends? Auf dem Parkplatz? – Das glauben Sie doch selber nicht!«

Doch, bestimmt. Nicht direkt auf dem Parkplatz, auch nicht im Wald, aber auf der Wiese dahinter. Mein Gott, was da herumgevögelt wurde – da trieb sich so eine Dorfschönheit herum, eine richtige kleine Hure, die hatte Freier von wer weiß woher, manchmal hatte Eckard eine Stunde oder länger warten müssen, bis sie ihre Kunden abgefertigt hatte und die Luft rein war. Einige Male hatte sie so lange auf dem Parkplatz gesessen, weil sich wohl ein Freier verspätet hatte, dass Eckard weitergefahren war und Olli über Handy abgesagt hatte; Olli schimpfte auch immer über diese läufige Hündin, die ihn wohl kannte. Olli traute sich deshalb erst über die Wiese zu fahren, wenn er sich vergewissert hatte, dass auf der Wiese kein Wagen mehr parkte und die kleine Hure ins Dorf zurückgegangen war. Aber das war zum Glück nicht oft passiert.

Rogge erhaschte Wibbekes Blick und winkte unauffällig ab.

»Na schön, Herr Eckard, dann beschäftigen wir uns mal mit einem bestimmten Monat. Mit dem September im vorigen Jahr.«

Wibbeke schaltete sofort, Kili brauchte einige Sekunden, bis er glänzende Augen bekam, also hatte er die Akten auf Rogges Schreibtisch gelesen.

»Was soll da gewesen sein? Im September?«

»Am 15. September ist auf dem Parkplatz Feltenwiese eine Frau gefunden worden ...«

Er brach ab, weil Eckard eine heftige Bewegung machte: »Die ihr Gedächtnis verloren hat?«

»Ja, woher wissen Sie das?«

»Aus der Zeitung. Und später ist sie im Fernsehen gewesen.«

»Genau die. Also: vorigen September.«

Bei Rogges drohendem Ton rang das Männchen nach Luft: »Was hab – denken Sie etwa – damit hab ich doch nichts zu tun.«

»Wirklich nicht?«

»Nein, bestimmt nicht.«

»Das soll ich Ihnen glauben?«

Wibbeke fuhr grob dazwischen: »Der Kerl lügt doch, Herr Kollege.«

»Moment mal, ich lüge nicht, im September bin ich gar nicht – im September war ich im Urlaub. Mit meiner Frau. In der Eifel. Sie können sie fragen.« Vor Erregung begann er zu stottern und zu sabbern.

»Pff. Seine Frau. Die wird uns Märchen erzählen, dass sich die Balken biegen.«

»Nein, warum denn – sie weiß doch gar nichts von meinen – warum sollte sie – wir waren wirklich in der Eifel.« Jetzt jaulte Eckard vor Verzweiflung, schaute flehend von einem zum anderen.

Rogge drohte leise, sodass der Kleine erneut zusammenfuhr: »Es gibt Zeugen, Herr Eckard.«

»Die können mich doch gar nicht gesehen haben, ich war doch gar nicht da!«

»Wer denn sonst?«

»Das weiß ich doch – vielleicht dieser Hinkende. Oder dieser Kerl mit dem großen Mercedes.«

»Ach, jetzt ist es auf einmal ein Mercedes«, höhnte Rogge, noch wie betäubt von dem Wort ›Hinkender‹. Wer das gewesen war, konnte er sich gut vorstellen.

»Ja, ein S 500 Coupé, blau metallic.«

»Toll!«, brüllte Kili los. »Was Sie nicht alles im Dunkeln sehen. Und das Kennzeichen?«

»H-PE und drei Ziffern, aber die hab ich mir nicht gemerkt.« Unter Kilis gespielter Wut hatte Eckard sich regelrecht geduckt; Wibbeke hatte Mühe, ernst zu bleiben.

»Aber die Buchstaben, die hat er sich gemerkt. Für wie dumm halten Sie uns eigentlich?«

»Es sind doch die Anfangsbuchstaben von meinem Namen!«, schrie der Kleine in heller Verzweiflung.

»Seine Initialen!«, jaulte Kili auf und schien zusammenzubrechen. »Nein, ich halt's nicht mehr aus.«

»Mach du mal weiter, Kili!«, befahl Rogge düster und winkte Wibbeke. »Wir gehen ein wenig vor die Tür. Und wenn er nicht reden will …«

Wibbeke nahm eine Zigarette und fluchte leise: »Den Hinkenden kennen Sie?«

»Höchstwahrscheinlich Benno Brockes. Und die kleine Hure ist Andrea Wirksen, ich hab sie bei ihrem Geschäft beobachtet.«

»Und Sie glauben, Benno oder Andrea haben etwas gesehen?«

»Ich weiß nicht, Herr Wibbeke. Irgendetwas ist da faul an der ganzen Geschichte. Es kann mit dieser Frau zu tun haben, aber vielleicht auch mit einer ganz anderen Sache …«

»Benno und Andrea, das ist ein Pärchen …«

»Ja, schon, aber was ist mit Ollis Hehlerei? Da läuft was unter der Decke, Gertrud scheint zu wissen, um was es sich handelt, heute Abend wollte sie noch mit mir reden.«

»Gertrud ist in Ordnung«, betonte Wibbeke langsam.

»Ich hoffe«, erwiderte Rogge bedrückt.

Hinter der Tür erhob sich Kilis Stimme zum Gebrüll eines gereizten Löwen. Wibbeke griente verächtlich.

»Ich überlasse Ihnen das Würstchen«, entschied Rogge. »Diebstahl, Veruntreuung, Unterschlagung, machen Sie mit ihm, was Sie wollen. Im Protokoll soll nur nicht auftauchen, dass ich mich für die Leute interessiere, die sich im vorigen September auf der Feltenwiese herumgetrieben haben.«

»Geht in Ordnung. Er hat einen festen Wohnsitz, ich muss ihn laufen lassen. Wie haben Sie Ihren Rat dazu gebracht, vier Leute zur Bewachung des Rastplatzes abzustellen?«

»Simon hat ein schlechtes Gewissen. Deshalb diese Aktion.«

»Und Olli?«

»Ich habe schon angekündigt, dass ich morgen früh abreise. Können Sie so lange warten?«

»Kein Problem. Zwei meiner Leute passen vor seiner Garage auf, falls Eckard ihn sofort anruft.«

»Er ist um 23 Uhr wieder im Bären erschienen.«

»Dann hat er keine Zeit gehabt, die Ware irgendwo hinzubringen«, sagte Wibbeke zufrieden.

Rogge grunzte: »Lassen Sie mir Brockes? Den brauche ich für meine Zwecke.«

Wibbeke nickte und Rogge fragte spontan: »Wissen Sie, dass Ollis Frau einen Liebhaber hat?«

»Nein, aber es verwundert mich nicht.«

»Na fein, dann sind wir uns einig.«

»Einschließlich des Versprechens, mir irgendwann einmal eine lange Geschichte zu erzählen.« Wibbeke schmunzelte und drückte die Zigarette aus. »Mein Schwiegersohn baut Wein an. Ganz ordentlich für hiesige Breitengrade.«

»Ich sage nicht nein.«

Als sie den Raum wieder betraten, schaute Rogge auf das Tonbandgerät und Kili drückte unauffällig die Aufnahmetaste. »Also, Herr Eckard, das Ganze noch einmal von vorne …«

In sehr manierlichem Tonfall stellte Kili seine Fragen nach den Diebstählen und der erleichterte Eckard wiederholte bereitwillig sein Geständnis. An einem bestimmten Punkt schüttelte Rogge leicht den Kopf, Kili stoppte das Band und gemeinsam nahmen sie den Kleinen noch einmal in die Zange. Aber es lohnte die Mühe nicht. Ja, er hatte einen großen, hinkenden Mann gesehen. Und eine Frau, die zu Männern ins Auto stieg. Und mehrmals diesen Mercedes mit dem Hannoveraner Kennzeichen, im vorigen Sommer. Nein, sonst nichts.

Rogge schaute auf die Uhr.

»Was geschieht jetzt mit mir?«

»Das werden Sie von Oberkommissar Wibbeke erfahren.« Damit stand er auf und Kili kannte seinen Herrn und Meister gut genug, einen prächtigen Abgang hinzulegen: »Aber glauben Sie ja nicht, Sie seien uns los.«

Auf dem Marktplatz schöpften sie beide tief Luft. Die Wolken hatten sich verzogen, den Mond verdeckte leider ein Dach zur Hälfte, aber die Sterne funkelten. Es war sehr still und sehr friedlich.

»Was machst du jetzt?«

»Ich muss in den Bären zurück, Wibbeke wartet bis zum Morgen. Vielleicht können wir Olli täuschen, dass er mich mit seinen Scherereien nicht in Verbindung bringt.«

»Und ich peste das Kraftfahrzeugbundesamt.«

»Okay, wir sehen uns dann morgen – nein, verdammt, heute schon.«

»Ich glaube, die Staatsanwaltschaft hat Sehnsucht nach dir.«

»Gute Nacht, Kili.«

Rogge fuhr sehr langsam, müde und zugleich aufgekratzt. Hannover – das waren drei Stunden Fahrtzeit. Zwei, wenn man auf einer leeren Autobahn Tiefflug üben konnte. Etwas lang und weit, nur um eine Bordsteinschwalbe aufzupicken und zu vögeln. Eine Frau, die teure Unterwäsche trug und mit Schmuck für mehrere tausend Mark behängt war, passte eher in ein 500er Coupé.

Der Bär lag im Dunkeln, irgendwo mussten Wibbekes Männer warten und ihn jetzt beobachten, aber Rogge sah niemanden. So leise wie möglich rangierte er seinen Wagen auf den reservierten Streifen neben dem Garagentor und ging rasch zum Gästehaus. Alle Türen waren verschlossen. In seinem Zimmer fand er einen Zettel, unter der Tür durchgeschoben: *Tut mir Leid, dass ich Sie versetzen muss, aber Michael ist noch gekommen. Ihre Gertrud.*

Michael war wichtiger, stimmte Rogge belustigt zu.

Freitag, 22. September

Lautes Gebrüll weckte Rogge, das Geräusch von Schritten, Männer schrien, Türen knallten, er fuhr hoch, sein Herz raste, und erst nachdem sich der Schwindel gelegt hatte, verstand er: Wibbekes Männer hatten zugegriffen und sich Olli geschnappt. Rogge zog sich langsam an, lauschte auf ein Martinshorn, das sich entfernte, und packte gemütlich. Je später er nach vorne kam, desto besser.

Die Polizeiaktion hatte den Fahrplan des Bären völlig durcheinander gebracht, die beiden Frühstückstische waren wohl schon gedeckt, aber kein Mensch ließ sich blicken.

Nach einer Viertelstunde machte Rogge sich auf die Suche, öffnete die Tür zu den Privaträumen und rief laut: »Hallo?«

Die Tür zur Küche ging auf und die schöne Wirtin starrte ihn an, als sehe sie Rogge zum ersten Mal.

»Guten Morgen«, grüßte Rogge munter. Offiziell wusste er ja von nichts.

Sie runzelte die Stirn, ihr Blick kam aus weiter Ferne zurück und dann haute es ihn fast um: Sie lächelte, nicht mühsam oder höflich, sondern herzlich, geradezu fröhlich. »Guten Morgen«, erwiderte sie.

»Entschuldigen Sie, ich wollte nicht stören …«

»Nein, nein. Es tut mir Leid, ich habe mich verspätet, Ihr Kaffee kommt sofort.«

Sieh mal an, dachte er amüsiert. Frau Wirtin schien von der Tatsache, dass die Polizei ihren Mann einkassiert hatte, nicht gerade erschüttert. Eher erleichtert. Ob sie etwas von Ollis

Hehlerei geahnt hatte? Oder nur auf einen solchen Vorfall gewartet hatte?

Als sie das Tablett absetzte, hatte sie sich jedenfalls wieder gefangen. Ein Monatsgehalt für das, was hinter deiner schönen Stirn vorgeht, schoss Rogge durch den Kopf.

Aber sie sagte nichts außer »guten Appetit«, und als sie zum Tresen ging, musterte Rogge sie etwas aufgebracht. Enge Samthosen und ein enges, dünnes weißes Oberteil, für sie ging das gewohnte Leben weiter. Er zahlte und sie behielt das verträumte Lächeln bei.

»Grüßen Sie bitte Gertrud von mir«, bat er, was sie versprach: »Gerne, Herr Rogge. Alles Gute.«

Um zwei betrat Rogge sein Büro, bereit, die unvermeidliche Papierkriegsschlacht zu bestehen. Drei Stunden saß er vor dem Computer und tippte seinen Bericht, tastete die Druckbefehle und ging ins Dienstzimmer, wo der Drucker leise summte. Seine Leute hatten ihn nicht zu stören gewagt oder nicht bemerkt, dass er wieder an Deck war. Kili belämmerte Hertha mit einer langen Erzählung, sie schmunzelte, eigentlich mochte sie den Filou ganz gut leiden, aber sie würde sich lieber die Zunge abbeißen, als das zuzugeben.

»Gibt's schon Ergebnisse von der KTU?«, unterbrach Rogge den Kaffeeplausch.

»Nein. Lohse und Eckard kriegen wir dran, aber das ist ja wohl nicht das, was dich im Moment beschäftigt. Ach ja, hier sind die drei Anschriften. Und dann hat vorhin Wibbeke angerufen, das Labor wolle sich nicht festlegen. Was meint er damit?«

»Lies meinen Bericht – ach, und schick einen Durchschlag an Wibbeke. Oder bring ihn hin, ich verreise übers Wochenende.«

»Schon wieder?«, argwöhnte Kili, die Stirn wie ein Dackel gefaltet.

Rogge holte tief Luft: »Weißt du, Kili, in diesem Laden ersticke ich manchmal.«

Samstag, 23. September

Um sechs Uhr ordnete er sich auf der Autobahn ein und staunte. Tiefflug konnte er zwar nicht üben, das gab sein betagter Wagen nicht mehr her, aber bis Hannover brauchte er nur ziemlich genau drei Stunden, obwohl die Autobahn kurz vor Hildesheim doch voll geworden war. Er folgte den Hinweisschildern ins Zentrum und stieg auf gut Glück im erstbesten Hotel ab; der junge Mann beglückwünschte ihn gemessen zum Wochenend-Sonderpreis, Sauna und Gymnastikstunde inklusive, und organisierte im Handumdrehen einen Stadtplan.

Drei Männer hatten im vorigen September einen Mercedes S 500 Coupé mit dem Kennzeichen H-PE xxx gefahren. Eine Adresse lag direkt an der Eilenriede, eine Straße fand Rogge in Hainholz, die dritte in Linden.

In der Klenzestraße musste er sein Auto in eine winzige Parklücke rangieren und sich wie ein Aal herausschlängeln. Das Haus Nummer 19 war ein Neubau, bei dem an nichts gespart worden war, weder an Glas, Kupfer noch an Holz. Jede Wette, das waren Eigentumswohnungen, und zwar in der Preislage, die sich normale Sterbliche nicht leisten konnten, erst recht keine Hauptkommissare. Ein Coupé entdeckte er nicht, das Tor zur Tiefgarage war geschlossen.

Arno Welder schien das Penthouse zu bewohnen, Rogge rückte die Krawatte zurecht, übte noch einmal kurz das beflissene Gesicht und klingelte.

Eine etwas nörglerische Frauenstimme meldete sich: »Ja?«

»Guten Morgen, mein Name ist Rogge, ich bin mit Herrn Welder verabredet.« Zehn Sekunden später summte der Türöffner.

Der Architekt musste selbst beim Aufzug überlegt haben, was er an zwar überflüssigem, aber teurem Schnickschnack einbauen konnte. Rogge schnaufte mäßig beeindruckt und verließ den Käfig mit, wie er hoffte, serviler Eile und dienstbeflissener Miene. In der Tür stand eine leicht bekleidete Schönheit, die ihn geringschätzig musterte; eine brennende Zigarette hing achtlos zwischen ihren Fingern, was Rogge als starken Raucher vergrätzte, und während er sich vor ihr verbeugte, hüllte ihn eine Wolke eines schweren, süßlichen Parfüms ein. Kunstblonde Gespielin kurz vor dem Verfallsdatum, taxierte Rogge.

»Sie wollen zu Arno?«, quengelte sie und er nickte demütig: »Bitte.«

»Er kommt gleich.« Damit trat sie zur Seite.

Über Geschmack ließ sich bekanntlich nicht streiten, ebenso wenig darüber, dass diese Sammlung von nicht zueinander passenden Scheußlichkeiten ein aasiges Geld gekostet haben musste. Welder besaß mit Sicherheit keinen Stil, aber ohne jeden Zweifel ein dickes Bankkonto.

»Wollen Sie was trinken?«, erkundigte die Frau sich und verschliff die einzelnen Wörter.

»Wenn Sie einen Kaffee für mich hätten ...«

»Kaffee gibt's nicht«, beschied sie ihn verächtlich und glitt in einen Sessel, wobei ein Gutteil ihrer ohnehin spärlichen Bekleidung zur Seite geschoben wurde; die Dame war, vom Gesicht abgesehen, ganz ansehnlich, aber sonst ein Museumsstück, wie Rogge solche Frauen bezeichnete: Schau hin, aber lass die Finger davon. Bewusst dekorativ goss sie sich ein Glas Champagner ein, er betrachtete sie ausdruckslos.

Nach drei unbehaglichen Minuten spazierte ein großer, kräftiger, auffällig gebräunter Mann ins Wohnzimmer. Er mochte Mitte dreißig sein, trug auf der Stirn das Schild ›Sportfanatiker‹ und unter dem Kinn den Hinweis: ›Vorsicht, verträgt keinen Spaß‹.

Rogge war er auf den ersten Blick unsympathisch und deshalb erhob er sich besonders höflich: »Herr Welder?«

»Ja.« Kein Gruß, auch Welder liebte es kurz angebunden da, wo er glaubte, auf Höflichkeit verzichten zu dürfen, und sein Blick verriet, dass er Rogge längst als unbedeutend, außerdem als lästig klassifiziert hatte.

»Mein Name ist Rogge, von der Firma Terrana Immobilien.« Sein erwartungsvolles Lächeln löste bei Welder nur ein Stirnrunzeln aus.

»Ja?«, machte Welder noch einmal, schon hörbar unfreundlicher.

»Ich komme wegen der Hotelanlage in Sunderloch.« Dabei griff Rogge mit großer Gebärde nach seiner Aktenmappe, was den Zweck nicht verfehlte.

»Sunderloch?«

Rogge verlangsamte seine Bewegung und zauberte einen Ausdruck von besorgter Unsicherheit auf sein Gesicht. »Ja, Sie wollten doch mit uns sprechen ...«

»Ich mit Ihnen?« Welder bekam schmale Augen.

»Ja, doch. Wegen der Hotelanlage, der Beteiligung ...« Er war immer leiser geworden.

»Wie heißt Ihre Firma?«

»Terrana Immobilien.«

»Kenne ich nicht.« Welder presste die Lippen zusammen.

»Das verstehe ich nicht. Ich bin doch extra aus Stuttgart ... Arno Welder, Klenzestraße.«

»Ja, der bin ich, aber Ihre Klitsche kenne ich nicht, und nun machen Sie, dass Sie verschwinden.«

Gegen einen sauberen Rauswurf wehrte Rogge sich nicht, langte nach seiner Mappe und verbeugte sich tief verletzt, aber höflich vor ihr und ihm. Sie gluckste, als habe eine Fliege Männchen gemacht.

Auf der Straße grinste Rogge. Hätte er sich ordnungsgemäß bei seinen Hannoveraner Kollegen angekündigt, würde er denen jetzt den Tipp geben, sich um die Einkommensverhältnisse dieses Arno zu kümmern.

Goldkettchen, Goldamulett, Rolex, das Seidenhemd halb bis zum Bauchnabel aufgeknöpft. Und so viele Haare auf der gebräunten Brust, freilich nicht dicht genug, die Tätowierung zu bedecken. Zuhälter-Uniform.

Den durfte er streichen! Seine sexuellen Bedürfnisse konnte Arno jederzeit in nächster Umgebung stillen.

Die Ulanenstraße verriet weniger Geld als die Klenzestraße und die Nummer 35 gehörte zu einer Zeile von Stadthäusern, die offenbar der Zerstörung ringsherum entgangen waren, Wand an Wand errichtet, mit den Giebel-Schmalseiten zur Straße.

Eberhard Böttiger schien über die Störung alles andere als erfreut. Er war Ende vierzig, mittelgroß und schleppte einen winzigen Bauch mit sich herum, der ihn zwar gemütlich aussehen ließ, aber seiner Eitelkeit ein schlechtes Zeugnis ausstellte. Und eitel schien er zu sein, Rogge erkannte dieses schnelle, nervöse Blinzeln, mit dem Kurzsichtige, die keine Brille aufsetzen wollten, ihre Nöte verbargen.

»Terrana Immobilien? Das muss ein Irrtum sein.«

»Ich habe von der Firma Ihren Namen und Ihre Anschrift erhalten«, stotterte Rogge.

»Hotelanlage in Sunderloch – tut mir Leid, Herr Rogge, davon hab ich nie gehört, das muss eine Verwechslung sein.«

»Ja, wird wohl«, gab Rogge zu und alles Elend einer langen, vergeblichen Fahrt schwang in den drei Silben so vernehmbar mit, dass Böttiger ihn mitleidig musterte. Aber trotzdem nicht ins Haus bat!

Nach zwei Stunden wurde ein günstiger Parkplatz frei, Rogge holte sein Auto und richtete sich auf eine lange Wartezeit ein, die zum Glück schon eine Stunde später endete. Böttiger verließ das Haus, begleitet von einer jüngeren Frau in einem Umstandskleid, Hand in Hand, und Böttiger bemühte sich um sie, als führen sie direkt zur Entbindung ins Krankenhaus. Was, wie Rogge schätzte, bei normalem Verlauf noch gut zwei Monate Zeit hatte.

Böttiger verfrachtete die Schwangere sorgsam in einer viertürigen Familienkutsche. Danach stürzte er ins Haus und kehrte mit einem Kleinkind auf dem Arm zurück, das er ihr ins Auto reichte, um dann den Klappwagen und eine Kinderliege zu holen, die er auf der Rückbank festschnallte. Dann legte sie das Baby in die Liege, während er den Klappwagen im Kofferraum verstaute und das Haus verschloss.

Rogge schüttelte den Kopf: Wie kompliziert Ausflüge mit Kleinkindern waren, hatte er schon vergessen. Rogge strich Böttiger von seiner Liste.

Sein letzter Kandidat hieß ebenfalls Eberhard mit Vornamen, Eberhard Fuhrmann, Van-Haaren-Allee. Grau angelaufene vier- und fünfstöckige Mietshäuser, die ihren besten Jahren nachtrauerten und aus großen, altmodisch hohen Fenstern triste auf ihn herabblickten. Die Straßenränder bis auf den letzten Zentimeter zugeparkt, ein großer Teil der Bürgersteige zugestellt und auf den beiden verbleibenden Fahrspuren rollte pausenlos der Verkehr.

Zunehmend gereizt kurvte Rogge durch das Viertel, bis er einen Parkplatz fand, und musste sich anschließend zur Van-Haaren-Allee durchfragen.

Zehn Mietparteien, Fuhrmann schien im obersten Stockwerk zu wohnen. Fünfmal klingelte er vergeblich, bis Rogge auf gut Glück den Knopf daneben drückte. Jetzt schnarrte der Öffner.

Im Treppenhaus roch es ungelüftet und die praktische Ölfarbe, ein scheußliches Oliv, blätterte an einigen Stellen ab. Im letzten Stock hatte ein alter Mann seine Wohnungstür einen Spalt aufgezogen und schaute ihm griesgrämig entgegen; Rogge schoss durch den Kopf, dass der Mann neben seiner Klingel unten ein Schildchen anbringen sollte: *Verbitte mir jede Störung.*

»Guten Tag, Herr Vorwerk, entschuldigen Sie bitte die Störung, mein Name ist Rogge, Jens Rogge.«

»Guten Tag«, quäkte der Alte.

»Ich bin ein alter Bekannter von Herrn Fuhrmann und wollte ihn besuchen, aber er scheint nicht zu Hause zu sein.«

Seine Antwort überlegte sich Vorwerk gründlich. »Nein.« Der Name Fuhrmann hatte bei ihm keine freundlichen Assoziationen ausgelöst.

»Wissen Sie zufällig, wo er ist? Oder wann er zurückkommen wird?«

Unwillkürlich spitzte der Alte die Lippen, als wolle er ausspucken. Zwischen ihm und seinem Nachbarn mangelte es offenkundig an Harmonie.

»Wir haben uns vor vielen Jahren aus den Augen verloren, und weil ich nun mal zufällig in Hannover bin …«, bat Rogge.

»Keine Ahnung, wo der sich rumtreibt.« Das hörte sich so kratzig und falsch an, als feile Opa Vorwerk Stahl.

»Ich hab's auch schon in der Firma versucht, aber da nimmt niemand ab.«

»In der Firma?«

Vorsicht, dünnes Eis! »Ja«, bestätigte Rogge verwundert, »wir haben uns bei Phoenix kennen gelernt.«

Das war zu viel für eine zornige Altmännerseele. »Der hat mal fest in einer Firma gearbeitet?«

»Sicher, ja, warum nicht?«

»Kann ich mir gar nicht vorstellen.«

»Wieso? Was macht er denn heute?«

»Klinkenputzer ist er. Vertreter.«

»Eberhard?« Wenn dramatisches Theater gewünscht wurde, konnte Rogge mithalten und die Rolle des entsetzten Ungläubigen beherrschte er berufsbedingt besonders gut. »Eberhard hat seinen Job aufgegeben?«

»Ich weiß nur, dass er Vertreter ist. Dickes Auto, große Sprüche, Schulden bis obenhin, immer neue Mädchen nebenan und ewig Lärm, rücksichtslos bis zum Es-geht-nicht-Mehr.« Jetzt war es heraus, das hatte er mal loswerden müssen, und was er Eberhard nicht an den Kopf werfen konnte, durfte er wenigstens bei seinem mitschuldigen Freund und Bekannten abladen.

Rogge fasste es nicht: »Eberhard? So kenne ich ihn gar nicht.«

»Dann wird es höchste Zeit, dass Sie Ihren Freund richtig kennen lernen.«

Rogge schüttelte den Kopf: »Da muss was passiert sein.«

Vorwerk meckerte vorwurfsvoll. »Wetten, dass er wieder unterwegs ist, um sich ein neues Flittchen aufzugabeln?«

»Aufzugabeln? Wo?«

»Meistens in Onkel Toms Hütte.«

Ach nee, er spionierte seinem ungeliebten Nachbarn also doch nach, aber Rogge wollte den Alten nicht darauf hinweisen, dass er sich verraten hatte.

»Das ist ja alles sehr betrüblich«, trauerte er. »Tja, vielen Dank auch und entschuldigen Sie bitte die Störung.«

Der junge Mann an der Hotelrezeption betrachtete ihn voller Zweifel, der mit Abscheu gemischt war: »Onkel Toms Hütte?«

»Ja, kennen Sie das Lokal?«

»Doch, ja. In der Nähe vom Steintor, im Rotlichtviertel.«

Das Lokal lag im doppelten Sinne des Wortes an der Grenze und Rogge betrat es erst, nachdem er zwei Straßen weiter ein dunkelblaues Coupé mit der Buchstabenkombination H-PE entdeckt hatte. Eine Kneipe mit schlechter Luft und lauter Musik, billig mit Resopaltischen und unbequemen Metallrohrstühlen eingerichtet, an den Wänden ein Spielautomat neben dem anderen, der Holzboden übersät mit Kippen. Einen Moment fürchtete Rogge, Giftzwerg Vorwerk habe sich geirrt, aber dann fiel ihm auf, dass sich keiner nach ihm umdrehte. Das Publikum war ausgesprochen gemischt, alte Männer und junge Frauen, und der Mann hinter dem Tresen fletschte die Zähne so liebenswürdig wie eine ausgehungerte Speikobra.

»'nen Bier«, brummte Rogge und bemühte sich, nicht auf die fleckige Sitzfläche des Hockers zu schielen. Bisher ging der Fall gewaltig zu Lasten seiner Garderobe.

»Zum ersten Mal hier?«, vergewisserte sich der Wirt.

Rogge unterschätzte die Fähigkeit dieser Leute nicht, einen Bullen zehn Meilen gegen den Wind zu riechen. »Ja. Bin mit einem Hardy hier verabredet.«

Das sagte dem Knaben nichts, er zuckte die Achseln und Rogge drehte sich sofort weg, eine Antwort erwartete er nicht.

Nach einer halben Stunde leistete er dem wütenden Nachbarn in einem Punkt Abbitte. Onkel Toms Hütte war tatsächlich eine Anbandelkneipe, zwar auf dem untersten Niveau, aber auf hohen Touren. Ab und zu kamen zwei Frauen zusammen herein, aber nie ein Paar, und wer sich allein an einen Tisch setzte, ob Männlein oder Weiblein, wurde sehr bald angesprochen. Die meisten gingen nach einer halben Stunde wieder, und zwar in Begleitung.

Rogge überlegte, wie er weiter vorgehen sollte, aber da wurde ihm die Entscheidung abgenommen. Hinter ihm polterte es plötzlich bedrohlich, und als er herumfuhr, sah er, wie zwei Männer aufeinander einschlugen. Wie der Blitz schoss der Kerl hinter dem Tresen hervor, in der Hand einen gummibezogenen

Knüppel, doch es lief nicht so ab, wie er sich das vorgestellt hatte. Den einen Kampfhahn erwischte er zwar sauber am Kinn, hatte aber eine Zehntelsekunde nicht aufgepasst und wurde deshalb voll von dem Stuhl getroffen, den der andere Streithahn mit mörderischer Wut schwang. Riesengebrüll, der Thekentyp ging zu Boden, riss einen Tisch mit um, andere Männer sprangen auf, Frauen kreischten, Glas splitterte und Rogge glitt eilig vom Hocker, kippte ihn einem Heranstürmenden, der bereits die Übersicht verloren hatte, in den Weg und schlängelte sich vorbei an dem Hektischen, der lang hinschlug, nach draußen. Drinnen tobte jetzt eine mittlere Völkerschlacht. Dass er seine Biere nicht bezahlt hatte, beschwerte Rogges Beamtengewissen nur mäßig.

Er schaute zwei Straßen weiter nach, das Coupé war verschwunden. Er machte sich auf die Suche nach einem Taxi.

XI.

Es dämmerte schon, als Glasauge ins Zimmer schlüpfte und geräuschlos die Tür verriegelte. Vor einer halbe Stunde war sie aufgewacht, einer der üblichen Angstträume hatte sie geweckt, in deren Mittelpunkt immer er stand, das Monster, die Maschine. Er trank nicht, rauchte nicht, schwätzte nicht, ermüdete nicht, jemand hatte ihn darauf programmiert, die Papiere zu finden, um jeden Preis, und das würde er erledigen, stur wie ein Panzer, unerbittlich wie ein Roboter. Manchmal hielt sie ihn für einen Killer, dann zweifelte sie wieder, weil er ihr so unsäglich dumm vorkam.

»Vielleicht gibt es diese Papiere gar nicht«, hatte sie einmal zu bedenken gegeben und seinem Glasaugenblick standgehalten, obwohl ihre Lippen zitterten. Eine Antwort bekam sie nicht, hatte sie auch nicht erwartet. Aber mit wem sollte sie reden?

Die anderen, vom Verfassungsschutz, vom Bundesnachrichtendienst, vom Zollkriminalamt, hatten sie doch längst entdeckt, sie und das zweite Team, aber das schien ihn nicht zu stören. War er so verblendet, so beschränkt, dass er die Gefahr nicht erkannte? Warum griffen die anderen nicht zu? Dafür musste es einen Grund geben, doch von ihm würde sie keine Silbe erfahren.

Schritte kamen näher, sie unterdrückte einen Schluchzer. Jeden Abend fiel er über sie her, regelmäßig wie eine Maschine, ein schweigendes Monster. Auf was hatte sie sich da eingelassen? Und das alles nur, weil er nicht aufgepasst und übersehen hatte, dass die Frau doch im Haus war, vor der er dann in Furcht oder Panik weglief, statt auch sie umzulegen. Doch dazu hatte er keinen Auftrag gehabt, und den Bericht hatte er auch nicht gefunden! Eine Leiche, zwei Leichen, lebenslänglich war ihm so oder so gewiss.

Unter seinen Stößen jammerte sie vor Schmerzen auf.

Sonntag, 24. September

Sauna und Gymnastik betrachtete Rogge als konzessionierte Formen von Masochismus, aber Schwimmbecken liebte er, zumal dann, wenn er sie wie jetzt ganz allein für sich hatte. Auch den Frühstücksraum betrat Rogge als Erster.

Nach dem Frühstück zahlte er und quälte sich noch einmal zur Von-Haaren-Allee durch. Auch am heiligen Sonntag litt das Viertel unter akuter Parkplatznot, Rogge lief kreuz und quer, bis er das Coupé entdeckte, und stiefelte anschließend zum Haus. Diesmal schnarrte der Öffner und er betete, dass Opa Vorwerk nicht am Türspion klebte.

Fuhrmann sah aus, als plage ihn ein veritabler Kater. Unrasiert, ungekämmt, in einem schmuddeligen Trainingsanzug, die Augen rot unterlaufen, sichtlich nicht ausgeschlafen. Er mochte Mitte vierzig sein und Rogge schätzte, dass er nüchtern und gewaschen, in einem ordentlichen Anzug noch gut genug aussah, um etwas unbedarfte Frauen in Onkels Tom Hütte zu beeindrucken. Fuhrmanns weicher Mund verriet Gemeinheit. In Onkel Toms Hütte war er Rogge gestern nicht aufgefallen, allerdings zuckte Fuhrmann zusammen, bevor Rogge etwas gesagt hatte.

»Morgen«, brummte Rogge. »Kann ich Sie einen Moment sprechen?«

»Um was geht es denn?«

Ohne dieses erschrockene Zucken hätte Rogge die höfliche Platte mit dem Immobilienfonds aufgelegt, aber dieses Augenflackern verkündete etwas, das ihn interessierte. Angst?

»Müssen wir das im Treppenhaus klären?«

»Ich habe – Besuch.«

»Na und?«

Fuhrmann zögerte, drehte unruhig den Kopf in die Wohnung, willigte endlich kleinlaut ein: »Meinetwegen.«

Der Flur musste dringend gestrichen werden und der Kokosläufer wies Löcher auf. Fuhrmann ging eilig voran, um eine Zimmertür zu schließen, und Rogge nölte breit: »Netter Besuch?«

»Es geht«, presste Fuhrmann heraus. Das Wohnzimmer verstärkte den ersten Eindruck, die Möbel waren zu alt, um noch als passabel durchzugehen, und noch nicht alt genug, um antiquarischen Wert zu beanspruchen. Nein, hier regierte die leere Brieftasche.

»Was wollen Sie?«

»Können Sie sich das nicht denken?«

»Sie waren gestern Abend in Onkel Toms Hütte, nicht wahr?«

»Ja, bis zu der Schlägerei.«

»Spionieren Sie mir nach?«

»Was heißt schon spionieren. Ich weiß gerne, mit wem ich's zu tun habe.« Dabei lächelte Rogge in sich hinein, das war nicht gelogen.

Fuhrmann wich einen Schritt zurück. »Ich hab doch schon gesagt, dass ich nicht alles auf einmal zurückzahlen kann.«

Rogge musterte ihn stumm. Gelobt sei Opa Vorwerk, man sollte viel mehr alte Männer bei der Polizei anstellen. Oder als Hausmeister und Informanten engagieren, zwecks Kontrolle der Mieter. Endlich gähnte er: »Sie haben ein sehr großes Auto.«

»Das brauche ich doch.«

»Ein kleineres tät's auch. Überlegen Sie sich das mal.« Damit machte Rogge auf dem Absatz kehrt, er hörte, dass Fuhrmann ihm folgte, trotzdem klinkte er die Tür auf.

Im Bett hatte sich eine junge Frau mit verquollenen Augen aufgerichtet, die erschrocken aufgickste und das Deckbett vor den üppigen Busen presste. Die Wurzeln ihrer blonden Haare schimmerten dunkel.

Rogge drehte sich um, Fuhrmann zitterte vor Wut, wagte aber nicht, etwas zu sagen.

»Dafür ist offenbar immer noch Geld da!«, grummelte Rogge. »Na, wie Sie wollen, jede Geduld hat mal ein Ende.«

Auf halber Treppe hörte er, wie eine Sperrkette ausgehängt wurde, und deshalb beschleunigte Rogge. Nichts gegen Opa Vorwerk, aber man sollte von Neugier profitieren, sie nicht füttern.

Im Grunde passte nichts zusammen. Der eine hatte viel Geld und war ein ordinärer Zuhälter. Der zweite schien ein ordentlicher Kerl zu sein und gluckte um Frau und Nachwuchs herum. Der dritte riss in billigen Schuppen Frauen auf und fürchtete den Schuldeneintreiber. Zu wem wäre eine Inge Weber freiwillig ins Auto gestiegen? Wenn eine Amnesie nicht auch Geschmack und Prinzipien völlig veränderte – zu keinem.

Da hatte er sich wohl in eine Sackgasse verrannt. Sein Verstand befahl Stopp, das Auto fuhr automatisch weiter, und als er auf den Tacho schaute, zitterte die Nadel über der Zahl 150. Diesen Ausflug hätte er sich sparen können!

Zum Ausgleich klappte es jetzt wie am Schnürchen. Rogge bog in Stockau in die Brückenstraße ein und hielt vor dem zweistöckigen Haus mit dem Arztschild. Als er seinen Wagen abschloss, kam ein Paar auf ihn zu, den Mann hatte er schon einmal gesehen.

Der Mann war breitschultrig und hatte ein freundliches, zerfurchtes Gesicht mit einem Paar zuverlässiger Augen. Er strahlte Gelassenheit und Humor aus. Die Frau neben ihm war höchstens einen Zentimeter kleiner und kaum schmaler als er und das enge, völlig schmucklose dunkelgraue Kleid enthüllte eine eckige, fast männliche Figur. Ihre Haare trug sie extrem kurz geschnitten, wie eine knapp sitzende Kappe, was ihr nicht stand und ihre scharfen Züge betonte. Ein reizloses Gesicht voller Unzufriedenheit.

»Wollen Sie zu uns?«, fragte der Mann gemütlich.

»Wenn Sie Dr. Fuhrmann sind – ja.«

»Der bin ich. Meine Frau. Sie sind Herr Rogge, nicht wahr, der Kriminalbeamte aus dem Bären?«

»Es hat sich wohl herumgesprochen«, seufzte Rogge und gab der Frau die Hand. »Guten Tag, gnädige Frau.«

»Guten Tag«, erwiderte sie hart und er begriff, dass sie ihn mit einem Blick taxiert und für unsympathisch befunden hatte. Ihre Augen waren klein und ihr Blick stechend. Warum fixierte sie ihn so böse? Ihr Händedruck fiel verboten kräftig aus.

»Was können wir für Sie tun?«

»Ich würde gerne mit Ihnen sprechen, Herr Doktor.«

»Über was? Über Olli?«

»Indirekt, ja. Sie haben gehört, was …?«

»Natürlich. Sogar der Pfarrer hat eben darüber gepredigt.« Dabei schüttelte der Arzt den Kopf, als könne er es immer noch nicht glauben. »Lene, macht es dir etwas aus, wenn Herr Rogge und ich in die Praxis gehen?«

»Nein«, fauchte sie. Natürlich machte es ihr etwas aus und an jeder anderen Stelle als auf der offenen Straße hätte sie ihm seinen Wunsch glatt abgeschlagen. Ohne ein weiteres Wort an Rogge zu verschwenden, schwenkte sie zur Seite und marschierte auf die Haustür zu. Sie ging ruckartig, als versage sie sich jede Form von Verbindlichkeit oder Weiblichkeit, und diese Bewegung kam ihm bekannt vor.

»Kommen Sie, Herr Rogge.«

In der Praxis zerrte Fuhrmann die Jalousien hoch, und nachdem er im Sprechzimmer hinter seinem Schreibtisch umständlich Platz genommen hatte, schien er sich wohler zu fühlen.

»Was wollen Sie wissen?«

»Herr Doktor Fuhrmann, haben Sie einen Bruder Eberhard, der in Hannover wohnt?«

Dem Arzt blieb der Mund offen stehen, mit allen möglichen Fragen hatte er gerechnet, doch nicht damit. Nach einer Weile schluckte er heftig, als müsse er zu sich kommen, und stammelte: »Ja, den habe ... Ja, Eberhard.« Mühsam riss er sich zusammen: »Warum fragen Sie mich das?«

»Haben Sie bitte noch etwas Geduld? Ich will's Ihnen nachher gerne erklären.«

»Ja ... ja ...« Er hatte sich von seiner Überraschung noch nicht erholt.

Rogge musterte ihn scharf: »Wann haben Sie Ihren Bruder das letzte Mal getroffen?«

»Wann? – Wann war – im vorigen Jahr.«

»Hier in Stockau?«

»Ja, hier im Haus. Er kam – das war im Mai. Oder Juni.«

Zeitlich stimmte es, die erste Hürde war genommen. Deshalb griente Rogge verlegen: »Ich weiß, was Ärzte übers Rauchen denken, aber würden Sie mir gestatten ...?«

»Sicher.« Komischerweise gab die Bitte seines Besuchers Fuhrmann die alte Sicherheit zurück und er stand auf. »Wir müssen aber das Fenster öffnen. Wenn meine Patienten riechen, dass hier geraucht wird, tun sie noch weniger, was ich Ihnen vorschreibe. Aber für ganz schlimme Sünder habe ich sogar einen Aschenbecher.«

Bevor Fuhrmann sich wieder setzte, schüttelte er ratlos den Kopf: »Eberhard ...«

»Herr Dr. Fuhrmann, ich komme gerade aus Hannover. Ich habe dort mit Ihrem Bruder gesprochen. Es tut mir Leid, wenn ich Sie jetzt verletze: Er lebt mehr als bescheiden, reißt Frauen in billigen Lokalen auf und hat Schulden.«

»Sie erzählen mir nichts Neues.« Das klang so gequält wie bitter.

»Wie stehen Sie zu Ihrem Bruder?«

»Wie ich zu ihm stehe? – Wir schätzen uns nicht sonderlich.«

»Dann besucht er Sie also nicht regelmäßig?«

»Regelmäßig? – Ach nein. Er kann mich nicht leiden und meine Frau hasst ihn beinahe.«

»Warum war er dann im vorigen Jahr hier?«

Der Arzt lehnte sich zurück, sein Gesicht wurde verschlossen, darauf wollte er nicht antworten.

»Gut, ich will's Ihnen sagen. Er hat sich Geld von Ihnen geliehen.«

»Wirklich? Wie kommen Sie denn darauf?« Hinter dem gutmütigen Spott schwang etwas anderes mit

»Heute Morgen hat er mich für einen Geldeintreiber gehalten.« Rogge lächelte zerknirscht. »Ich hab den falschen Eindruck nicht korrigiert, was nicht die feine Art ist, aber so hat er mir unfreiwillig eine wichtige Auskunft gegeben: ›Ich hab doch gesagt, ich kann nicht alles auf einmal zurückzahlen‹, so hat er sich verteidigt.«

»Ja?«

»Er fährt einen großen Wagen, etwas zu teuer für seine Verhältnisse, nicht wahr?«

»Eberhards Lebensprinzip: Mehr scheinen als sein.«

»Ja. Er zahlt oder stottert ab, gerade genug, dass ihn seine Gläubiger nicht zwingen, den großen Wagen zu verkaufen. Aber so unregelmäßig, dass er sich vor mir gefürchtet hat.«

»Gut möglich. Mein Bruder steckt immer in Schwierigkeiten, das ist sein Markenzeichen.«

»Er hat Sie also im Vorjahr um Geld angebettelt.« Es war ein Schuss ins Blaue, aber Fuhrmann ließ das Gespräch treiben, wehrte sich nicht, weil er in Gedanken bei einer ganz anderen Sache war, weit weg.

»Wenn Sie's schon wissen ... fünfundzwanzigtausend.«

»Sie haben's ihm geliehen?«

»Was man Eberhard leiht, ist so gut wie verschenkt.«

»Obwohl Sie ihn nicht sonderlich schätzen?«

»Ach Gott, schließlich ist er mein Bruder. Und wozu – wir haben keine Kinder, wem sollte ich's vererben?«

»Ihre Frau war einverstanden?«

»Sie weiß nichts davon«, erwiderte Fuhrmann ruhig. »Ich möchte auch nicht, dass sie's erfährt.«

»Das war im Mai oder Juni vorigen Jahres?«

»Ja.« Fuhrmann blickte auf seine gefalteten Hände.

»Wie oft ist er hier gewesen?«

»Einmal. Um sich das Geld zu holen.«

»Das stimmt nicht, Herr Dr. Fuhrmann. Er ist mehr als einmal in Stockau gewesen.«

Rogge hielt es ihm ganz freundlich, fast besorgt vor und Fuhrmann hob den Kopf. »Warum soll das nicht stimmen, Herr Rogge?«

»Es gibt Zeugen dafür, dass er mehr als einmal hier war.«

»Zeugen?«, wiederholte der Arzt resigniert.

»Ja.« Drei, vier Züge rauchte Rogge schweigend, Fuhrmann rang mit sich, als müsse er mit sich ins Reine kommen, eigentlich wollte er was verbergen, aber zugleich schämte er sich dessen.

»Er war ein paar Mal hier«, gab Fuhrmann endlich zu und sah Rogge prüfend an.

Nein, ein schlechtes Gewissen wegen seiner Lüge hatte er nicht; was ihn beschäftigte, konnte mit seinem Bruder zusammenhängen, vielleicht wusste oder ahnte er etwas und wünschte nicht, dass der Kriminalbeamte davon erfuhr. Ein weniger beunruhigter Mann hätte sich längst erkundigt, was diese Fragen nach seinem Bruder mit den Aktivitäten des Bärenwirtes zu tun hatten.

»Würden Sie mir den Grund nennen?«

»Geld. Was denn sonst! Er hatte sich ganz tief in die Schei…, er hat Probleme. Und ein paar brutale Geldeintreiber waren die kleinere Sorge, die er hatte.« Unvermittelt lachte der Arzt böse auf. »Aber immer Auftritte wie Graf Kotz der Große, Blumen für meine Frau, Pralinen für Monika, diskreter Hinweis auf großartige Geschäfte, die er gerade angeleiert hatte.«

»Wer ist Monika?«, fragte Rogge leise und spürte, wie ihm ein Ring den Brustkorb einschnürte.

»Monika Ziegler. Meine Helferin.«

»Ihr Bruder hat im vorigen Jahr Monika Ziegler kennen gelernt?«

»Sicher. Und ich kann Ihnen flüstern, er hat sie mächtig beeindruckt.«

Mit letzter Kraft behielt Rogge sein Gesicht unter Kontrolle. Fuhrmann hatte nichts bemerkt, er schien mehr mit sich selbst zu reden als mit Rogge, der heftig die Zigarette ausdrückte, um seinen Kopf zum Aschenbecher senken zu können.

»Na ja, was kann's schon verderben – vier Mal ist er hier gewesen und hat mich um Geld erleichtert.« Jetzt schnitt Fuhrmann eine Grimasse, aber die Verachtung galt nicht Rogge. »Zweimal offen, zweimal heimlich, weil Lene mir die Pistole auf die Brust gesetzt hatte – dieser Mensch, Schwager hin oder her, käme ihr nicht mehr ins Haus.«

»Das letzte Mal – das war im September?«

»Ja«, bestätigte Fuhrmann zerstreut. »Danach hat er Ruhe gegeben.«

»Wenn er Sie besuchte, ob offen oder heimlich – ist er dann über Nacht geblieben?«

»Wo denken Sie hin!«, spottete Fuhrmann zornig. »Hier übernachten? Lene hätte mir was gehustet! Nein, er kam am späten Nachmittag und ist abends immer wieder zurückgefahren. Ein schnelles Auto leistet er sich ja.«

Rogge lächelte flüchtig. Hier war noch längst nicht alles ausgesprochen, natürlich verheimlichte der Arzt etwas, aber Rogge hatte erfahren, was er wissen musste, und deshalb erhob er sich: »Vielen Dank, Herr Dr. Fuhrmann, ich will Sie nicht länger aufhalten.«

Beim Anblick der Frau in der Tür fiel Rogge nur das Wort ›farblos‹ ein. Eine blasse Frau, die man anschaute und sofort wieder vergaß. Dazu etwas ängstlich, fast wie geduckt, immer besorgt, sie könne etwas falsch machen. Die Kittelschürze schien ihr am Leib festgewachsen.

»Meine Tochter ist nicht da«, sagte sie unruhig. Sie hatte sich nicht einmal die Zeit genommen, seinen Dienstausweis gründlich anzugucken.

»Oh, das ist schade. Wissen Sie, wo ich sie finde?«

Jetzt zeichnete sich trotzige Verlegenheit in ihrem Gesicht ab. Sie hatte sandfarbene, strohige Haare und vor zwanzig Jahren lautete wahrscheinlich das größte Kompliment, das man über sie verbreitete, ›ganz niedlich‹. Aber das war lange her.

In der Wohnung rumorte jemand, sicherlich ihr Mann, und

seinetwegen würde sie Rogge nicht hereinbitten. Deshalb trat Rogge näher heran und senkte die Stimme: »Sie ist draußen auf dem Scherkenhof, bei Jo Thelen, nicht wahr?«

Die Frau nickte verstohlen und drehte unwillkürlich den Kopf zur Seite.

Papa Ziegler schätzte es wohl nicht, wenn sich seine einzige Tochter mit einem gescheiterten Elektriker herumtrieb. Frauen gehörten ins Haus und sein Verhältnis mit Angi Lohse, der schönen Bärenwirtin, betrachtete er bestimmt als sein gutes Recht.

»Vielen Dank, Frau Ziegler.«

Man konnte den Scherkenhof auch auf einer schmalen geteerten Straße erreichen; mühsam war nur das Entziffern der Hinweisschilder, die alle so aussahen, als hätten Generationen von Schulkindern sie als Zielscheiben für ihre Katapulte genutzt, und zwar erfolgreich. Kaum ein Hofname war wegen der abgeplatzten Farbe oder Löcher deutlich zu lesen und der Rost erledigte den Rest.

Zwei große Hunde trotteten gemütlich auf Rogge zu, als er ausstieg, und beschnüffelten ihn gründlich. Erst nach der Inspektion bellte jeder einmal kräftig. Auf das Signal hin kam ein großer Mann aus dem Haus geschlendert.

»Guten Tag, mein Name ist Rogge. Ich müsste unbedingt einmal mit Monika Ziegler sprechen – wenn sie hier ist.«

»Sie hilft in der Küche. Wollen Sie nicht hereinkommen?«

»Nein, vielen Dank, es wäre sehr liebenswürdig, wenn Sie Monika herausschicken würden.«

»Mach ich!«, versprach der Mann etwas verwundert.

Monikas Lippen begannen zu zittern, als sie Rogge erkannte. »Guten Tag, Herr Rogge.« Sieh mal an, seinen Namen hatte sie also behalten.

»Tach, Monika. Ich muss mit Ihnen einmal unter vier Augen sprechen.«

»Das passt – wir sind gerade beim Kochen …«

»Tut mir Leid, aber es muss sein.«

»Ja – ja … Ich sag nur Jo Bescheid.«

»Unter vier Augen, Monika!«, warnte er und sie nickte kläglich.

Offenbar dauerte es länger, Jo Bescheid zu sagen; denn Rogge wartete fast zehn Minuten, bis Monika Ziegler wieder herauskam, den Reißverschluss ihres Anoraks hochziehend. Jetzt ähnelte sie auf fatale Weise ihrer Mutter, blass und unscheinbar.

»Gehen wir ein paar Schritte? Ich bin heute Morgen ein ganzes Ende Autobahn gefahren, von Hannover bis hierher, ich muss mir die Füße vertreten.«

Den schnellen Blick von der Seite konnte sie nicht unterdrücken und Rogge sah, wie sich ihr Gesicht verkrampfte.

»Ja, ich habe mich mit Eberhard Fuhrmann in Hannover unterhalten.«

Jetzt lief sie wie ein Automat, der Fuß vor Fuß setzte, und ihre Furcht war fast körperlich zu greifen. Aus ihrem Gesicht war jede Farbe gewichen.

»Was wir jetzt bereden, bleibt unter uns. Deine Eltern erfahren nichts und auch Jo Thelen nicht. Aber du musst jetzt alles erzählen. Einiges kann ich mir schon zusammenreimen, nicht alles, aber doch den größten Teil.« Ein Bluff, zugegeben, und sogar ein ausgesprochen hässlicher, aber Rogge wollte diesen Schutzpanzer durchbrechen. »Du hast im vorigen Jahr den Bruder deines Chefs kennen gelernt?«

Nach einer Weile nickte sie und schaute auf ihre Schuhspitzen.

»Er hat dich ziemlich beeindruckt, nicht wahr?«

»Ja.« Ein Hauch nur, aber immerhin.

»Wie weit ist das zwischen euch gegangen, Monika?«

Eine Minute Schweigen. Eine zweite Minute.

»Hat er dich oben auf der Feltenwiese vergewaltigt?«

»Woher wissen Sie …« Angesichts der Panik in ihrer Stimme schämte er sich. Doch sie hatte sich verraten, sie würde selbst einsehen, dass sie nun reden musste. Zwei Minuten, drei Minuten.

»Nein, er war es nicht.«

»Wer dann?«

Verzweifelt schüttelte sie den Kopf. Geduld, mahnte Rogge sich und musterte sie von der Seite; sie wagte nicht, ihn anzusehen, und ihr Gesicht war kalkweiß. Es musste einen Grund geben, warum sie den Täter nicht nennen wollte, und ihre Furcht brachte ihn auf den richtigen Gedanken: »Der Mann hat gedroht, dir was anzutun, wenn du ihn anzeigst?«

»Ja.«

»Monika, ich verstehe, dass du Angst hast. Trotzdem musst du jetzt reden. Wir nennen den Täter einfach mal den ›Mann‹, einverstanden? Du musst mir seinen Namen nicht verraten, er ist einfach der Mann. Okay?«

»Aber wenn Sie ihn verhaften, weiß er doch, dass ich ihn angezeigt habe.«

Komisch, dass er sie automatisch geduzt hatte! Bei Gertrud wäre ihm das nicht passiert. Aber der Wirbelwind Gertrud wirkte auch viel erwachsener als dieses verschreckte Kind neben ihm. »Nein. Ich kann ihn nur verhaften, wenn du vorher eine Aussage bei der Polizei gemacht und unterschrieben hast.«

»Und das muss ich nicht …?«

»Nein, ich werde dich zu nichts zwingen.«

Wenigstens hob sie jetzt den Kopf. Ihn schaute sie immer noch nicht an, aber sie blickte geradeaus.

»Wo soll ich …«

»Bei Eberhard Fuhrmann.«

Kili, die Kodderschnauze, pflegte in solchen Fällen zu lästern: Gib jedem die Zeit, seine Schleuse aufzukurbeln, und vergiss nicht, je fester und länger sie geschlossen war, desto eher ist sie verrostet und erfordert Kraft und Zeit. Es dauerte fast fünf Minuten, bis sie anfing zu erzählen.

Im Mai war Eberhard zum ersten Mal zum Doktor gekommen, da hatte sie ihn kennen gelernt, weil er sich ganz brav ins Wartezimmer gesetzt hatte und abwehrte, es handele sich um eine private Sache mit seinem Bruder, und deshalb wolle er nicht stören, kein Patient solle seinetwegen warten. Sie hatten sich sehr nett unterhalten.

Bei ihrem Tonfall seufzte Rogge heimlich. Bruder Eberhard hatte sie eingewickelt. En passant, weil er gerade nichts Besseres vorhatte. Wer wie er Frauen abschleppte, erkannte ein bequemes Opfer auf den ersten Blick.

Einen Monat später war Eberhard wieder gekommen und hatte Monika eine große Schachtel Pralinen mitgebracht. Ja, und abends hatten sie sich auf der Feltenwiese – getroffen. Ernsthaft hatte sie gar nicht geglaubt, dass Eberhard so lange in seinem großen Auto auf sie warten würde. Aber er hatte es getan. Weil sie – sie war erst hochgelaufen, als es schon dunkel wurde. Im Juli hatten sie sich wieder – getroffen. Auch im August, mehrmals, da waren der Doktor und seine Frau in Urlaub gefahren, und Hardy meinte, es wäre besser, wenn sein Bruder nichts von ihrer Liebe erführe. Ja, immer auf der Feltenwiese, wenn es dunkel geworden war. Eigentlich ging sie nicht gerne dort hoch, wegen – Sie hielt inne und Rogge lachte leise.

»Wegen Andrea Wirksen. Ja, ich weiß Bescheid, sie ist eine kleine Hure.«

Monika Ziegler zuckte zusammen, fuhr aber tapfer fort. Ja, wegen Andrea. Sie hatte immer aufgepasst, Andrea hatte sie nie gesehen. Und im September, als der Doktor aus dem Urlaub zurück war, hatte sie sich zum letzten Mal mit Hardy – getroffen. Wieder in seinem Auto, oben auf der Feltenwiese. Hardy hatte Monika in der Praxis zugeflüstert, er habe ein Geburtstagsgeschenk für sie, das wolle er ihr – nachher überreichen.

»Wann hast du denn Geburtstag, Monika?«

»Am 16. September.« Rogge schnappte nach Luft, aber sie hatte nichts bemerkt. Also war sie – sie hatten sich wieder – getroffen. In seinem Auto, auf der Feltenwiese. Hardy schwor ihr, er würde gern bleiben, sie in der ersten Sekunde ihres Geburtstages küssen, aber er müsse fort, es habe Krach mit seinem Bruder gegeben, ganz scheußlichen Streit, und deswegen bekomme sie ihr Geschenk jetzt schon. Sie hatte trotz seines Protestes das Päckchen ausgepackt, eine goldene Armbanduhr, und dann – und dann – sie kämpfte mit den Tränen. Hardy wollte schon beim ersten Mal mit ihr schlafen, aber sie konnte doch nicht, sie nahm keine Pille und Hardy hatte kein Kondom dabei, sie hatte Angst, aber er wollte so gerne, und wenn sie Angst vor einem Kind hätte, dann könnte sie doch – sie hatte sich ausgezogen und – getan, um was er sie bat.

Schweigend ging Rogge neben Monika her.

Ja, sie hatte es getan. Und dann fuhr Hardy fort, er war immer über den Parkplatz auf die Autobahn gefahren, sie schaute dem Auto noch nach, als der – Mann plötzlich neben ihr auftauchte. Und sie zu Boden warf und sie – sie wollte schreien, aber der Mann hatte ihr den Mund zugehalten, sie hatte sich aus Leibeskräften gewehrt, aber er war ja viel kräftiger als sie. Und dann war der Mann aufgestanden und hatte ihr gedroht: Wenn sie nur einen Mucks verraten würde, ginge es ihr schlecht. Außerdem würde er allen Menschen erzählen, was sie in dem Auto getrieben hatte, ihren Eltern, Jo, ihrem Chef.

Monika machte sich nicht klar, was sie damit preisgab: Sie kannte ihren Vergewaltiger also genau.

Sie hatte geweint und versprochen, den Mund zu halten, und der – Mann war weggegangen.

»Wohin, Monika?«, fragte er gleichmütig.

»Zum Parkplatz.«

»Und wann ist das alles passiert?«

»Abends. Im Dunkeln.«

»Am Tag vor deinem Geburtstag?«

»Ja.«

»Weißt du noch, wie spät es war?«

»Ich bin ins Dorf hinuntergelaufen und da hab ich die Gertrud vor dem Bären getroffen, es war fast Mitternacht.«

»Und weil es dir so schlecht ging, hast du der Gertrud alles erzählt?«

»Ja.« Sie musste sich doch – ihr Höschen war zerrissen und das Blut an ihren Beinen ...

Gertrud hatte den Hauptschlüssel für das Gästehaus geholt und einen Slip, und Monika hatte sich in einem der Bäder gewaschen und Gertrud hatte den Riss in dem Kleid genäht. Und Gertrud hatte sie nach Hause gebracht, sie musste doch ihren Eltern erklären, wo sie so lange geblieben war ...

»Hast du Gertrud den Namen des – Mannes genannt?«

»Ja, ich war so durcheinander.«

Eine ganze Weile liefen sie stumm nebeneinander her. Rogge konnte sich nicht vorstellen, dass Gertrud herumgetratscht hatte, was Monika passiert war, das traute er ihr einfach nicht zu. Aber die Krakeeler-Truppe wusste Bescheid, an das höhnische Schweigen, als Monika den Bären betreten hatte, konnte er sich noch gut erinnern. Und an diese halb lüsternen, halb geringschätzigen Blicke, guck mal, die kann man sich nehmen, die lässt sich das gefallen, über die ist schon mal einer rübergerutscht … Nein, Monika musste den Namen des Mannes nicht aussprechen, Rogge wusste, wer es gewesen war. An Monikas Stelle würde er Benno Brockes auch fürchten, der keine Hemmungen kannte, sie gnadenlos zu verprügeln, sollte sie ihn anzeigen.

»Wollen wir umkehren, Monika?«

»Ja.«

»Es bleibt dabei – von mir erfährt niemand etwas. Auch der – Mann nicht. Aber eines überlege dir bitte: Wenn du den Mann nicht anzeigst, wird er noch andere Frauen überfallen. Ohne eine Aussage seiner Opfer können wir ihn nicht hinter Gitter bringen. Ich weiß, es ist scheußlich und sogar entwürdigend, in einem Prozess auszusagen und nach den intimsten Dingen befragt zu werden, aber ich weiß nicht, ob du das nicht durchstehen solltest. Wenn du dich zu einer Anzeige entschließt, rufe mich an. Ich schicke dir eine Polizistin aus meinem Kommissariat, sie ist ebenfalls vergewaltigt worden und hat den Prozess durchgestanden, sie versteht, wie du dich fühlst.«

»Ich kann nicht …«

»Lass dir Zeit. Du hast mir schon sehr geholfen.«

Später musste Rogge sich ein Lächeln verkneifen, Jo Thelen eilte ihnen entgegen, und die Mischung aus Empörung und Besorgnis auf seinem Gesicht reizte zum Schmunzeln; Rogge hörte, wie Monika scharf nach Luft rang.

»Guten Tag, Herr Thelen.«

»Tach!«, knurrte der junge Mann und konnte sich nicht entscheiden, ob er Rogge an die Kehle springen oder Monika umarmen sollte.

»Tut mir Leid, dass ich Monika entführen musste. Aber Sie haben doch sicher gehört, was mit Olli geschehen ist?«

»Ja, sicher …«, stammelte Jo, aus dem Konzept gebracht.

»Ich glaube, ich weiß jetzt, wo wir den Täter suchen müssen.« Thelen verstand die Welt nicht mehr und Rogge stieß Monika an: »Danke, das war ein guter Tipp. Daran hätten wir früher denken sollen.«

»An Olli?«

»Den Wirt, Jo«, antwortete Monika schnell und nur Rogge hörte die Mischung von Angst und Erleichterung aus ihrer Stimme heraus. »Der Kommissar hat mich nach Olli und Gertrud ausgefragt.«

»Olli und Gertrud?«

»Vielen Dank, und noch einen schönen Sonntag.«

Die beiden Hunde saßen vor der Tür und schauten Rogge gelangweilt zu, wie er rasch in sein Auto stieg. An Besucher, die nichts im Hofladen erwarben, verschwendeten sie nicht einmal ein kurzes Wuff.

Auf dem Revier in Herlingen herrschte Hochbetrieb. Zwei junge Kerle in abgerissenen Jeans und geflickten Lederjacken hatten am helllichten Tag einen dreisten Wohnungseinbruch riskiert und nur die Dauer des Gottesdienstes falsch eingeschätzt. So waren sie dem Vater und dem Schwiegersohn in die Hände gelaufen – oder besser: vor die Fäuste, die den Fall erst einmal privat bereinigten, bevor sie die Einbrecher aufs Revier schleppten; jetzt wuselte die ganze Familie einschließlich dreier Kleinkinder hin und her und kaute die Szene immer wieder laut und zunehmend begeistert durch. Ein junger Wachtmeister schimpfte: »Halt doch endlich still, du blöder Hurenbock!«, und mühte sich mit Verbandsmull und Pflaster ab. Der Schichtleiter schmunzelte, und als Rogge an den einen Kerl herantrat, der immer noch nicht geschnallt hatte, was ihm geschehen war, und wie beiläufig Jacken- und Hemdsärmel hochschob, grölte der Schichtleiter vor Vergnügen: »Na klar, wissen Sie, warum die nach Herlingen gekommen sind? – Die wollten endlich mal ’nen kalten Entzug erleben.«

»Ein echtes Sonntagserlebnis«, pflichtete Rogge bei. »Kann ich mal telefonieren?«

»Nebenan.«

An Kilis Apparat flötete eine Frauenstimme: »Bei Haindl.«

»Ich fiebere dem Tag entgegen, an dem Sie das ›bei‹ weglassen.«

»Jens!« Sie schrie vor Entzücken leise auf und Rogge konnte sie sich gut vorstellen: Küsschen ins Telefon hauchend und dabei auf den vor Eifersucht zerspringenden Kili schielend. Jasmin – so hieß sie – war die Rache des weiblichen Geschlechts an seinem schürzenjagenden Adlatus. Ausnahmsweise strampelte der nämlich in einem Netz und Jasmin, Diplomingenieurin der Fachrichtung Maschinenbau, zahlte ihm genüsslich heim, was Kili allen Frauen durch seine Untreue bisher angetan hatte. »Wann sehen wir uns endlich wieder?«

»Ich verschmachte auch, liebe Jasmin, aber jetzt muss ich euer trautes Beisammensein brutal beenden. Geben Sie mir bitte den Nichtsnutz.«

Kili knötterte: »Ich hab keine Bereitschaft …«

»Der gute Pfadfinder ist allzeit bereit. Du holst meine Dienstwaffe aus dem Präsidium, vergiss deine eigene nicht und in meinem Schreibtisch unten rechts liegen zwei Totschläger. Handschellen, Feldstecher, den üblichen Krams.«

»He, was ist los? Willst du einen Bürgerkrieg anzetteln?«

»Wenn's Not tut, auch das. Und dann wartest du auf dem Revier in Herlingen auf mich.«

»Chef, hat das nicht Zeit? Jasmin ist …«

»Jasmin liebt und verehrt Männer, die ihre Pflicht über ihr Vergnügen stellen. Frag sie ruhig!«

Nebenan hatte der Schichtleiter das Chaos unter Kontrolle bekommen: »Den Oberkommissar finden Sie bestimmt in seinem Garten …«

Wibbeke kroch auf den Knien unter einem riesigen Busch herum und schnitt vertrocknete Halme und Zweige. Über eine Unterbrechung schien er nicht böse zu sein, teilte sogar großzügig den Kaffee aus seiner Thermosflasche und hörte sich schweigend an, was Rogge berichtete. In den Nachbargärten wurde noch fleißig gewerkelt, die beiden Männer saßen in der Sonne und genossen die Wärme.

»Glauben Sie, dass Brockes auf Sie geschossen hat?«

»Keine Ahnung. Trauen Sie's ihm denn zu?«

»Tja«, murmelte Wibbeke unschlüssig. »Wenn ich da nur ... ich will's mal so formulieren: Dass Benno eifersüchtig wird, weil sich die Gertrud so gut mit Ihnen versteht, kann ich mir ja noch vorstellen. Aber dass er deshalb auf Sie schießt – Nee, also, bei allem Schwachsinn, den ich Benno zutraue, das will mir nicht in den Kopf.«

»Vielleicht gibt's noch einen anderen Grund?«

»Möglich. Aber welchen?«

»Vergessen Sie nicht, dass sich Olli und Benno ganz gut verstehen.«

»Ja, das stimmt wohl. Ich würde mal sagen: gleiches Kaliber.« Wibbeke brummte gereizt. »Olli hat gesungen wie die Nachtigall. Und den armen Eckard gewaltig reingeritten.«

»Aber weil Olli einen festen Wohnsitz hat ...«

»... ist er wieder draußen.« Wibbeke kicherte bösartig. »Ich bezweifele nur, dass er sich an diesem Wohnsitz noch lange freuen wird.«

»Die schöne Angi rafft sich auf?«

»So munkelt man.« Dabei lachte Wibbeke still in sich hinein, sein Bauch wackelte. Erst jetzt schien er zu bemerken, dass dicke Erdklumpen an seiner Hose klebten, er bückte sich und klopfte sie ab. Als er sich wieder aufrichtete, schimmerte eine Spur Feindseligkeit in seinem Blick: »Herr Rogge, ist Ihnen auch aufgefallen, dass sich Angi und Gertrud gut verstehen? Und haben Sie sich schon mal gefragt, ob die Ehefrau nie etwas von der Hehlerei des Ehemannes bemerkt hat?«

Während Rogge vor dem Revier hin- und hertigerte und auf Kili wartete, kaute er mehr an Wibbekes Tonfall als an seinen Worten herum. Der versteckte Vorwurf beschwerte ihn nicht, aber ihm missfiel, dass Wibbeke plötzlich bereit schien, seine gute Meinung über Gertrud zu ändern. Hegte Wibbeke einen bestimmten Verdacht oder ärgerte er sich nur, dass ein Fremder etwas aufgedeckt hatte, was in seinem Bezirk geschehen war? Michael würde nicht ewig bleiben, Rogge musste noch mit Gertrud reden.

Kili brummte. Jasmin hatte sich über ihn lustig gemacht, jawohl, herzlos und ungeschminkt, und Rogge hatte ihm eine mühsam herbeigeführte Chance durchkreuzt.

»Hatte sie die Schuhe schon ausgezogen?«, erkundigte Rogge sich sarkastisch.

»Schuhe? Du hast es nicht mit einem Anfänger zu tun!«

»Umso besser. Wir müssen einen Schläger überrumpeln. Er hinkt, aber täusch dich nicht, er soll verdammt schnell sein.«

»Deswegen die Nahkampfausrüstung, ich kapiere. Vielleicht kann mir Jasmin nachher die Wunden verbinden und dabei ihr weiches Herz entdecken.«

»Offenbaren, Kili.«

»Ein Chef hat immer das letzte Wort.«

Als sie in die Zufahrt der alten Schäferhütte einbogen, sah Rogge, dass sich eine Gardine bewegte. Wenigstens war jemand zu Hause.

Kili schaute sich um und schauderte: »Das ist ja ein grässlicher Stall.«

Benno öffnete die Tür, bevor sie ganz herangekommen waren, und stierte sie an. »Was wollen Sie?«, knurrte er und versperrte den Eingang.

»Mit Ihnen reden.«

»Ich wüsste nicht worüber.«

»Entweder lassen Sie uns herein oder wir nehmen Sie mit aufs Revier.« Rogge erklärte es ganz freundlich, aber Benno schaute auf Kili, der wie zufällig seine Waffe herausholte und durchlud, und wurde blass.

»Was soll das …?«

»Das wirste alles hören. Drinnen, Benno.« Damit schob Kili ihn zur Seite und Benno gab nach.

Er hatte plötzlich Angst und verstand die Welt nicht mehr.

Der Wohnraum lag direkt hinter der Tür, es stank nach ranzigem Fett, links führte eine Tür in eine Küche, von der Rogge nur den bis mit Geschirr obenhin voll gestellten Ausguss sehen konnte. Das Mobiliar schien sich Benno auf dem Sperrmüll zusammengeklaubt zu haben und überall flog etwas herum,

Socken, Hemden, Handtücher, Zeitungen. Auf dem wackligen Tisch standen zusammengequetschte Bierdosen und eine fast leere Flasche Apfelkorn.

»Also, was wollen Sie?« Benno dachte nicht daran, ihnen Platz anzubieten, aber Kili räumte schon einen Sessel leer und hielt dabei einen schwarzen Spitzen-BH in die Höhe. »Schönes Stück, Benno.«

»Das geht Sie nichts an!«

»Abwarten. Mein Boss hat ein paar Fragen an dich. Hängt ganz von dir ab, wie lang wir brauchen.«

Aus Kili wurde der Riese nicht schlau, er hatte die Augenbrauen zusammengezogen und runzelte die Stirn. Kili sah aus und trat auf, als sei er einem Modejournal für Männer entsprungen, tadelloser hellgrauer Anzug, dunkelblaues Hemd, Seidenkrawatte, nicht einmal das obligate Ziertuch in der Brusttasche fehlte. Solche Lackaffen stieß Benno normalerweise mit einer Hand aus der Wäsche, aber dieser Laffe legte demonstrativ die Waffe auf den Tisch und juchzte dabei so fröhlich, dass man nicht wusste, was ihm gleich noch einfiel. Benno ahnte nicht, dass es Kili gerade auf diesen Eindruck anlegte. Benno ließ sich auf einen der quietschenden Sessel nieder und griff nach einer Bierdose.

»Nicht werfen!«, mahnte Kili.

»Was wollen Sie eigentlich?«

Rogge verbiss sich das Lachen, Kilis Show war immer wieder schön, nicht ganz den Vorschriften gemäß, aber erfolgreich.

»Also, es geht um den 15. September vorigen Jahres.«

»Was?«

»Vor fast einem Jahr. An dem Abend haben Sie sich oben auf der Feltenwiese herumgetrieben.«

Sichtlich angewidert inspizierte Kili Bennos trautes Heim. Als sein wachsender Ekel ein bestimmtes Maß erreicht hatte, zog er den Totschläger aus der Jackentasche und begann ihn mit dem Taschentuch zu polieren. Benno verschluckte sich vor Schreck und hustete.

»Ich warte, Herr Brockes.«

»Vor einem Jahr? Wie soll ich heute noch wissen, wo ich vor

einem Jahr war.« Über diese Replik freute Benno sich und nahm zur Belohnung schnell einen Schluck.

»Oh, ich glaube, diesen Abend haben Sie nicht vergessen.«

»Doch.«

»Kaum. Wir haben einen Zeugen aufgetrieben, der Sie an diesem Abend dort gesehen hat. Und auch das, was Sie getan haben.«

Kili gähnte, Rogge hatte ihm erzählt, was er Monika Ziegler versprochen hatte, und deshalb mussten sie dieses Schmierentheater spielen.

»Dann wissen Sie's ja schon.«

»Ja, aber wir würden es gerne von Ihnen hören.«

»Kann mich nicht erinnern.«

»Das war der Abend, an dem auf dem Parkplatz diese Frau gefunden wurde, die ihr Gedächtnis verloren hat.«

»Schon möglich.«

»Und von dem Zeugen wissen wir, dass Sie genau zu der Zeit, als die Frau dort ankam, auf dem Parkplatz gewesen sind.«

Benno erstarrte. Kili schob spielerisch die Finger durch die Ringe des Totschlägers und hauchte auf die blanke Fläche. Rogge senkte den Blick und beobachtete Benno. Wenn sie ihn jetzt nicht bluffen konnten …

»Mehr noch, Herr Brockes. Dieser Mercedes aus Hannover ist nicht direkt weggefahren, der Fahrer hat sich im Wald versteckt. Und hat Sie die ganze Zeit über genau beobachtet.«

Zehn Sekunden, zwanzig Sekunden, Himmel, wann entschloss er sich …

In dem Augenblick schoss Benno hoch wie eine Rakete, der Tisch kippte um, er hatte zum Sprung angesetzt, aber Kilis Aufmerksamkeit unterschätzt, der mit einer Hand elegant, fast lässig, die rutschende Pistole aus Bennos Reichweite wischte und mit der anderen nach dem Heranhechtenden schlug. Der Totschläger traf Benno genau unterhalb des Halses, das hielt das stärkste Schlüsselbein kaum aus, und Benno brüllte vor Schmerz, während er zu Boden krachte, dass die Dielen knackten und das ganze Häuschen erbebte. Ob Kili ihn wirklich für so gefährlich hielt oder irgendwie seine Wut über den verpatzten Nachmittag mit Jasmin rauslassen musste – plötzlich bewegte er sich sehr schnell und landete mit beiden Knien in Bennos Nieren und das Gebrüll ging in ein Geheul über, das Steine erweichen konnte. Dann klickten die Handschellen, Kili erhob sich und schnipste den Staub von den Hosenbeinen: »Ein selten dummer Bock, Chef. Willst du nicht ein paar Minuten frische Luft schnappen?«

»Ich brauche ihn lebend, Kili.«

»Das halte ich für einen Fehler. Dreck gehört in die Mülltonne.«

»Vergiss nicht, wir sind Polizisten.«

»Klar, aber seine Aussage steht gegen unsere beiden. Was ist nun, Chef? Nur zwei Minuten.«

»Nein, erst mal sehen, ob er nicht vernünftig geworden ist.«

Was Benno von diesem Dialog mitbekommen hatte, war nicht klar, er wimmerte und schluchzte leise.

»Steh auf, du Hurensohn.«

»Ich kann nicht …«

»Wetten, dass du kannst?« Kili hob einen Fuß und Brockes wälzte sich herum: »Nein, nein …«

»Na siehst du, geht doch.«

Rogge schwieg. Er verabscheute Gewalt, und das nicht nur, weil die Dienstvorschrift sie verbot. Aber er konnte den Spaziergang mit Monika nicht vergessen und deshalb gönnte er dem Hinkenden die Schmerzen, Gewalt war eine Sprache, die der verstand, vielleicht sogar die einzige. Auf allen vieren kroch Benno zum Sofa und quälte sich hinauf; die Handschellen saßen stramm.

»Lass mir die Waffe hier und sieh dich mal um. Mich interessiert vor allem ein Gewehr.«

»Mach ich, Chef, und falls er muckt – nur ein Wort und ich bin da.«

»Also, Brockes, der 15. September.« Rogge steckte die Waffe in die Jackentasche.

Der ›Zeuge‹ lag Brockes schwer im Magen, vor allem, dass Rogge von dem Mercedes, der da weggefahren war, etwas wusste.

Ja, er war oben gewesen. Rogge schaute an ihm vorbei und

fragte nicht, was er auf der Feltenwiese getrieben hatte. Der Luxusschlitten war weggefahren und Benno war aus lauter Langeweile auf den Parkplatz gelaufen. Nur so, wirklich, ohne Grund. Ob er den Zuhälter für Andrea spielte und sich in der Nähe aufhielt, falls einer ihrer Freier schwierig wurde oder nicht löhnen wollte? Oder, auch das traute Rogge dem Kerl zu, Autos ausräumte, wenn Andrea es unbedingt im Gras treiben wollte? Auf dem Parkplatz war niemand gewesen, als Benno ankam. Kein Mensch, kein Auto. Bennos Blick flackerte und Rogge nickte nachdenklich. Jödel zum Beispiel, der unbedingt pinkeln musste: Ob der für die zwei, drei Minuten, die er im Wald verschwunden war, wirklich seinen Wagen abgeschlossen hatte? Viele Fahrer warfen wichtige Dinge einfach auf die Rückbank, da genügte ein schneller Griff, und wenn die Bestohlenen den Verlust bemerkten, waren sie weit weg und konnten sich nicht mehr daran erinnern, wann sie die Jacke, den Fotoapparat, die Aktentasche zuletzt gesehen hatten. Wenn Brockes sich als Parkplatzräuber betätigte, war er jedenfalls nicht aufgefallen, Rogge erinnerte sich an einen Bericht der Autobahnpolizei in Grems Akten, wonach auf dem Parkplatz Feltenwiese keine besonderen Ereignisse bekannt geworden waren. Benno hatte da einen Moment rumgestanden und überlegt, was er jetzt machen sollte. Und dann kam plötzlich dieser dicke BMW auf den Parkplatz gerollt, ein Riesenschlitten. Dunkelblau. Ein Siebener, aber so genau kannte Benno sich damit nicht aus. Und hielt vor den Tischen, eine halb nackte Frau stieg aus und setzte sich auf eine Bank. Ganz einfach so, die Fahrertür hatte sie nicht abgeschlossen, sie saß da wie ein Ölgötze und starrte geradeaus. Bewegte sich nicht, rührte sich nicht, also, die hatte sich von dieser Welt verabschiedet. Natürlich war Benno hingegangen, war ja wirklich komisch, so was, nicht? Setzt sich in Slip und BH auf eine Holzbank und lässt die Fahrertür weit offen. Aber sie hatte ihn nicht bemerkt, bestimmt nicht, und er, er hatte sie nicht angefasst, nein, ganz bestimmt nicht, ihm war sogar ziemlich mulmig zumute gewesen, nicht mal angesprochen hatte er sie, viel zu riskant. Tja, und dann – also, wie es genau passiert war, wusste er selbst nicht mehr, irgendwas musste bei ihm ausgerastet haben, plötzlich saß er in dem Wagen hinter dem Steuer, schlug die Tür zu, ließ den Motor an und brauste los. Wirklich, heute könnte er das gar nicht im Einzelnen erklären. Ehrlich nicht. Hatte sich einfach in das Auto geworfen, den Schlüssel gedreht und war losgefahren. Und die Frau hatte sich nicht gerührt, nicht den Kopf gedreht, nicht gerufen, war nicht aufgestanden, nichts. Mensch, Benno schwitzte richtig, als er auf die Autobahn bretterte. Nichts wie weg.

Rogge lächelte hässlich und Benno fuhr zusammen. Na ja, nun saß er da in dem Wagen, was hätte er machen sollen ...?

»Wohin haben Sie den BMW gebracht?«

Hierher. In Dreschbach/Bellhorner Berge runter von der Autobahn und hierher. In den Stall, den er als Garage benutzte. Bennos Augen funkelten hasserfüllt, aber auf seiner Stirn glänzten Schweißtropfen und deswegen regte sich Rogge nicht auf, sondern grinste nur dünn.

»Was haben Sie mit dem Wagen gemacht?«

»Verkauft.« Benno quetschte jeden Buchstaben heraus.

»Sie meinen – verschoben. Woher hatten Sie denn einen Abnehmer? Oder haben Sie schon häufiger gestohlene Autos verkauft?«

Nein, nie, es war der erste Wagen. Bestimmt. Und einen Abnehmer hatte Benno nicht, er hatte schließlich mit Olli gesprochen, im Vertrauen, und dieses Schwein von Wirt hatte die Hälfte des Geldes als Vermittlungsgebühr eingestrichen.

»Das Kennzeichen, Brockes.«

»Weiß ich nicht mehr. Eine Hamburger Nummer.«

»Wo sind die Schilder?«

»Die hab ich sofort abmontiert und am nächsten Tag auf die Müllkippe gebracht.«

»Und was ist mit den Wagenpapieren?«

»Mann Gottes, glauben Sie, die hätt ich aufgehoben? Ab in den Ofen.«

»Wem gehörte denn der Wagen?« Ganz ruhig, Jens, noch durfte der Kerl nicht abblocken oder aus Trotz zu mauern anfangen.

»Einem Zinneck. Hans Zinneck.«

»Den Namen hast du behalten?« Erst hinterher erschrak er, jetzt duzte er Benno auch schon, doch der Hinkende hatte nichts bemerkt.

»Ja, hab ich.«

»Zinneck – wie schreibt sich das?«

»Mit zwei n und ck.«

»Die Frau hatte doch sicher auch einen Führerschein dabei.«

»Ja, hatte sie. Charlotte Zinneck. Dusseliger Name.«

Rogge schwindelte vor Erleichterung. Endlich ein Name, ein Anhaltspunkt. Hans und Charlotte Zinneck. Ein in Hamburg zugelassener BMW der 7er Klasse. Und das Verrückte war, dass er Bennos Geschichte sogar glaubte. Was immer Inge Webers Gedächtnis geraubt hatte – es war nicht auf dem Parkplatz geschehen, sondern früher, bei einer anderen Gelegenheit, bei der sie ihre Kleidung verloren oder ausgezogen hatte.

»Was ist mit den anderen Sachen aus dem BMW? Mit ihrer Handtasche zum Beispiel?«

»Alles gleich auf die Müllkippe.«

Aber vorher hast du schön alles gefilzt, ergänzte Rogge. Die Intelligenz mochte Benno nicht gepachtet haben, aber er war gerissen genug, alle Dinge sofort zu vernichten, die ihn als Dieb überführen konnten. Und wenn nicht Benno so schlau gewesen war, dann hatte Olli dafür gesorgt.

»Na ja, so weit stimmt das mit der Zeugenaussage überein«, murmelte Rogge scheinbar unschlüssig.

Bennos hoffnungsvolles Grinsen erlosch. Was war denn noch? Er hatte doch alles ausgepackt! Draußen war es seit einiger Zeit verdächtig still und Rogge grinste zufrieden, als Kili just in diesem Moment in das Zimmer kam. Unterbrich nie einen Typen, der sich zum Singen entschlossen hat! Erste Vernehmungsregel.

Bennos Gesicht verfiel. Denn Kili schwenkte ein Gewehr, das er mit einem Taschentuch umfasste: »Chef, das Kaliber stimmt. Jede Wette, dass diese Missgeburt auf dich geschossen hat.«

»Nein!«, heulte Benno auf, doch Kili musterte ihn angeekelt: »Gib dir keine Mühe. Morgen liefern uns die Ballistiker den

Beweis, dass du nicht nur wegen Raubes, schweren Diebstahls und schwerer Körperverletzung, sondern auch wegen versuchten Mordes dran bist. Dich werden wir für lange Zeit aus dem Verkehr ziehen, Bürschchen.«

Sie lieferten einen sehr kleinlauten Benno auf dem Revier in Herlingen ab; Wibbeke hatte es wohl nicht mehr in seinem Garten ausgehalten und war zum Dienst erschienen.

»Ist dieser Dreckskerl eigentlich schon mal ED-behandelt worden?«, tönte Kili so laut, dass Wibbeke die Stirn runzelte. »Aus diesem Gewehr hat er auf meinen Chef geschossen, darauf nehme ich jede Wette an, und ich sage euch: Manchmal könnte ich ihn auch umlegen, aber das ist mein Privileg, da pfuscht mir so ein Schwachkopf nicht rein!«

Die Revierbeamten staunten, Wibbeke schaltete und kniff vergnügt ein Auge zu.

»Außerdem Widerstand gegen die Staatsgewalt, nee, der Junge ist dran.«

»Okay, die Nacht wird unruhig, unsere beiden Jungen da unten heulen schon, als seien die kalten Puter im Anmarsch.«

Alles Schau, und Wibbeke hatte es durchschaut, aber er spielte mit und deshalb wurde Benno unnötig rücksichtslos in den Keller geschubst.

Rogge seufzte, als sich die Tür geschlossen hatte: »Es war ein Eiertanz. Er glaubt an einen nicht existenten Zeugen, noch. In Wahrheit ist es eine Zeugin, die Benno vergewaltigt und bedroht hat, und sie hat Angst, ihn zu belasten.«

»Ein Scheißspiel«, murmelte der Oberkommissar. »Sie wollen nicht …?«

»Nein, ich hab ihr mein Wort gegeben. Anders hätte sie mir überhaupt nicht geholfen.«

»Ja«, meinte Wibbeke nach einer Pause flach. »Manchmal muss man …« Er brachte den Satz nicht zu Ende und das machte ihn noch sympathischer.

Vor dem Revier verkündete Rogge leise: »Ich habe Hunger. Auf Buletten mit Röstzwiebeln und Essiggurken und Schmalzbrot. Und Durst auf Altbier und Samtkragen.«

»Mit anderen Worten: Du willst dich bei Gunda besaufen.«
»Ich lade dich ein.«
»Jasmin wird sich nach mir verzehren.«
»Nein, sie verzehrt irgendwo stilvoll ein Mehr-Gänge-Menü.«
»Und ein anderer zahlt für sie. Bei Kerzenschein und Champagner, ich darf nicht daran denken. Ich nehme deine Einladung an.«

XII.

Schippel hatte Durchfall, ganz ordinären, brutalen Dünnschiss, der einfach nicht aufhören wollte. Alle halbe Stunde packte ihn der Krampf, dann konnte er nur noch wie ein Verrückter aufs WC rasen und beten, dass nicht alle Kabinen besetzt waren. Von Mal zu Mal, so bildete er sich ein, wurden die Schmerzen schlimmer, so was hatte er noch nicht erlebt. Schuld war natürlich dieses verdammte Kraut, er hätte nach der ersten Portion, die wie hart gewordene Essiggurken schmeckte, ablehnen sollen, aber Kitty platzte fast vor Stolz über ihren kulinarischen Frevel. Selbst eingelegt, selbst gewürzt, selbst gesäuert, schmeckte es ihm etwa nicht? Nein, hätte er am liebsten gebrüllt, doch feige, wie er war, hatte er geschwiegen und Bier nachgeschüttet, um diese magenzerfressende Säure zu neutralisieren. Nein, nicht nur feige, zum ersten Mal hatte sie ihn in ihre Wohnung eingeladen und natürlich hatte er sich mehr erhofft als Bier und Essig. Ihr schien es nichts auszumachen, ihr Magen bestand wohl aus – um Himmels willen, es ging schon wieder los!

Pfefferminztee und trockener Zwieback. Wenn er aufstieß, fühlte er, wie es ihm die Speiseröhre spaltete. Im Bett waren sie nicht gelandet; als Schippel ihre Bluse aufknöpfte, bekam sie Migräne. Wozu also das Opfer? Sterbensübel hockte er auf dem Klo und schwor sich, Kitty aufzugeben. So gut konnte sie im Bett gar nicht sein, um diese Qualen zu rechtfertigen.

Und die Scheißkantine hatte natürlich noch geschlossen.

Lauwarmer Tee und Zwieback. Davon hing jetzt sein Überleben ab. Er musste raus aus dem Bau, zum Teufel mit dem Computer, wo war das nächste Geschäft?

Den ersten Zwieback erbrach er umgehend. Und dieser Durst! Eine mitleidige Seele organisierte ihm den Schlüssel für das Krankenzimmer, beim dritten Versuch behielt er Tee und Zwieback bei sich und schlief vor Erschöpfung auf der Liege ein.

Gegen 15 Uhr wankte er wieder in sein Zimmer, hockte sich an seinen Schreibtisch, den Kopf auf beide Fäuste gestützt, und stierte vor sich hin. Der Griff nach der Tastatur zählte zu den unbekannt gebliebenen Heldentaten des männlichen Geschlechts. Achtzig Meldungen waren aufgelaufen und die Anfrage nach Zinneck, Charlotte und Zinneck, Hans hätte er beinahe überlesen.

Pertz schluckte und atmete dreimal tief durch, bis er wieder mit normaler Stimme fragen konnte: »Wann ist die Anfrage eingelaufen?«

»Um 8.06 Uhr.«

»Und das erfahre ich erst jetzt?«

Schippel wollte zu einer Erklärung ansetzen, aber ein gütiges Geschick bewahrte ihn vor diesem Fehler, deshalb schwieg er. Nachdem Jockel Pertz wortlos aufgelegt hatte und nur stumm über die Kooperation von Bundesnachrichtendienst und Bundeskriminalamt fluchte, rief Schippel Kitty an und sagte unter einem Vorwand ihre Verabredung ab.

Montag, 25. September

Seit Sonnenaufgang regnete es, staubfeiner Niesel schwebte herab, genug, um die Windschutzscheibe zu verschmieren, zu wenig, um die knarzenden Scheibenwischer ruhig zu stellen. Es war empfindlich kühl geworden, was Rogge in einem Punkt nicht störte, seine Sommerhosen und -jacketts hatten in den beiden vergangenen Wochen heftig gelitten und mussten irgendwann ersetzt werden; allein bei dem Gedanken an Geschäfte und Anproben und Umkleidekabinen schauderte Rogge. Altbier und Samtkragen verursachten keinen schweren Kopf, erst recht nicht auf der Grundlage von Gundas hervorragenden Buletten und Bratkartoffeln, und auch Kuli, der schon seit sieben Uhr an seinem Schreibtisch hockte, hatte den mäßigen Exzess gut überstanden.

In der Semperstraße parkte Rogge drei Häuser vor der Bäckerei Krone. Als er das Geschäft betrat, warf Inge Weber ihm einen beunruhigten Blick zu, offenbar verriet sein Gesicht seine Spannung.

»Guten Morgen, Herr Rogge.«

»Guten Morgen. Können wir uns einen Moment ungestört unterhalten?«

»Ja, kommen Sie.«

Zwischen Geschäft und Backstube lag ein schmaler Raum, voll gestellt mit Schränken, einem langen Tisch und Stühlen; Inge Weber setzte sich und starrte ihn an.

»Ich glaube, ich habe etwas herausgefunden.«

»So?«

»Sagt Ihnen der Name Zinneck etwas?«

»Zinneck«, wiederholte sie gedehnt. »Nei...ein.«

»Charlotte.«

Sie überlegte, die Stirn vor Konzentration gerunzelt. »Nein«, murmelte sie schließlich und forschte in seinem Gesicht: »Müssten denn beide Namen ...«

»Ich bin mir ziemlich sicher, Sie heißen Charlotte Zinneck.«

»Charlotte Zinneck.« Sie flüsterte die beiden Wörter und ihre Blicke irrten umher. »Charlotte Zinneck – Herr Rogge, ich muss Sie enttäuschen, das sagt mir gar nichts.«

»Keine Erinnerung, keine schwache Ahnung, das merkwürdige Gefühl, man müsste sich an etwas erinnern, aber käme bloß nicht drauf?«

Ihm zuliebe strengte sie sich an, aber als ihre Lippen hilflos zu zittern begannen, erhob er sich mit einem Zentnergewicht auf den Schultern. Den Fehlschlag hatte er nicht erwartet und sie schaute ihn flehend an, als bitte sie um Entschuldigung dafür, dass sie ihm nicht helfen konnte.

»Können Sie heute Nachmittag, nach Ihrem Dienst, zu mir ins Präsidium kommen?«

»Ja, natürlich. Gegen fünf, ja?«

»Dann erzähle ich Ihnen die ganze Geschichte.«

»Ja – ja – um fünf – ich muss Achim anrufen«, murmelte sie verwirrt. Sie war durcheinander, seine Erregung hatte sie angesteckt, und als sie ihm die Hand hinstreckte, kämpfte sie mit den Tränen.

Die Montagskonferenz hatte schon begonnen, als Rogge ins Präsidium kam, und Hertha legte den Kopf schräg: »Ist das nicht ärgerlich? – Nun haben Sie schon wieder diese schöne Versammlung versäumt.«

»Lieber eine Tasse Kaffee als zwei Stunden Konferenz«, flachste er sie an.

»Schon recht, aber wenn ich an die Kaffeekasse denke ...«

»Sie sollten Kassiererin bei der Mafia werden.«

»Hier fühle ich mich sowieso wie bei der Mafia«, entrüstete sie sich und er zückte ergeben sein Portemonnaie.

Kili lobte Gunda in den höchsten Tönen, ihre Buletten etwas weniger, und erwähnte nur höflichkeitshalber die Kombination von Altbier und Samtkragen, einen klaren Schnaps, auf den so vorsichtig ein dunkelroter Magenbitter gegossen wurde, dass er auf der Oberfläche des Klaren schwamm und einen Kragen bildete.

»Wie alt ist Gunda eigentlich?«, fragte Kili sehr beiläufig und Rogge grinste breit. Daraus machte sie ein Geheimnis, Rogge kannte ihr Geburtsdatum allerdings aus den Akten, und als Gunda ihn eines Abends direkt anhaute: »Stört es dich, dass ich vorbestraft bin?«, hatte Rogge geantwortet: »Wäre ich dann hier?«

»Gunda meint ganz zu Recht, man sei nur so alt, wie man sich fühle.«

»Dann steckt sie wohl noch in der Pubertät«, murrte Kili, der gestern Abend heftig mit ihr geflirtet hatte, was Rogge naserümpfend missbilligt, aber nicht gerügt hatte. Die zierliche aschblonde Gunda war hübsch und schien sanften Gemütes zu sein, hatte eine hinreißende Figur und liebte enge Kleider, bei denen sie oben und unten an Stoff sparte, alle drei Eigenschaften hatten Kili wohl daran erinnert, dass seine Jasmin gerade bei Kerzenlicht mit einem anderen Mann schäkerte, wenn nicht noch mehr, und Gunda hatte seine Komplimente mehr geduldig denn erfreut ertragen.

»Es wird sie begeistern zu hören, dass du sie für einen albernen Teenager hältst. Was macht unser Fall?«

»Alles aufs Gleis geschoben, Chef.« Anfragen in Hamburg, bei den Kollegen und der Einwohnermeldestelle, beim BKA, beim Kraftfahrzeugbundesamt, bei den Autoversicherungen. Zentraler Abgleich mit den Vermisstenmeldungen lief noch; dass Hans Zinneck seine Frau – Schwester? – Charlotte nicht als vermisst, verschwunden angezeigt hatte, ließ sich am einfachsten dadurch erklären, dass ihm ebenfalls etwas zugestoßen war. Aber beim BKA geriet jede Anfrage in die große Warte- und Kontrollschleife vor den zentralen Computern.

»Schon was aus Herlingen gehört?«

»Nein, sie drehen Benno noch durch die Mangel.«

Bis zum Mittag saß Rogge vor dem Computer und verfasste seinen zweiten langen Bericht. Diesmal wurde er häufiger gestört, die Mannschaft wollte sich vergewissern, dass er wieder an Deck war, und wie aus heiterem Himmel wuchsen die bekannten und ungeliebten Aktenstapel auf seinem Schreibtisch.

In der Kantine winkte ihm Simon zu, der natürlich das Gras hatte wachsen hören. Rogge berichtete ihm in groben Zügen, was sich ereignet hatte. Sie saßen allein an dem großen Tisch, es gab nur wenige Kollegen, die sich freiwillig zu dem Kriminalrat gesellten. Zudem kultivierte Simon eine fiese Technik, jeden niederträchtig anzugrinsen, der auf den Tisch zusteuerte.

»Gute Arbeit, Herr Rogge«, urteilte Simon endlich anerkennend. »Mit Grem hätte keiner aus dem Dorf so offen gesprochen.«

»Mit Wibbeke auch nicht«, fügte Rogge hämisch hinzu. So billig ließ sich ein erfahrener Hauptkommissar auch von einem durchtriebenen vorgesetzten Kriminalrat nicht abspeisen; daher war ohne Worte ausgemacht, dass Simon eines nicht mehr allzu fernen Tages beichten musste, warum er Grem den Fall weggenommen hatte.

»Übrigens – kein Wort an die Pressestelle«, setzte Simon beiläufig hinzu.

Nach einer Minute bejahte Rogge nachdenklich.

Um fünf Uhr war Rogge halbwegs auf dem Laufenden, um sechs hielt er es nicht mehr aus. In der Bäckerei Krone versicherte man ihm, dass Inge Weber kurz nach vier fortgegangen sei. In ihrer Wohnung hob niemand das Telefon ab.

Hinter Schönborn musste er hertelefonieren, der sein Misstrauen nicht verhehlte, aber versprach, Inge Weber zu suchen.

Um sieben Uhr rief Schönborn zurück: »Nein, sie ist nicht bei mir und nicht in ihrer Wohnung. Auch nicht bei den Nachbarn.«

»Scheiße«, fluchte Rogge aus tiefstem Herzen.

»Was soll das heißen?«

»Ich habe ihr heute Morgen erzählt, wie sie richtig heißt, und prompt ist sie abgehauen.«

Darauf schwieg Schönborn so lange, dass Rogge den Hörer auflegte.

Simon krächzte ins Telefon: »Soll ich jetzt behaupten, ich sei völlig erschüttert?«

»Nein, aber wenn Sie genau diese Reaktion befürchtet haben, hätten Sie mir einen Tipp geben müssen.«

»Diese Reaktion habe ich nicht – ich wiederhole: nicht – befürchtet.«

»Und was machen wir jetzt?«

»Eine Nacht darüber schlafen. Was denn sonst!?«

Weil eine Hiobsbotschaft sich immer so einsam fühlt, schlich Kili in Rogges Zimmer, als solle ihm der Kopf abgerissen werden: »Absolute Fehlanzeige. Zinneck, Hans und Charlotte sind im vorigen September nicht in Hamburg gemeldet gewesen. Es gibt keine Vermisstenmeldung auf den Namen Hans oder Charlotte Zinneck. Im vorigen Jahr ist in Hamburg kein Auto auf einen der Namen angemeldet gewesen. Eine Diebstahls- oder Verlustmeldung für den BMW liegt auch nicht vor.«

»Mahlzeit!«

Damit war das Maß noch nicht erfüllt, Wibbeke rief an und räusperte sich umständlich: »Alles Scheiße.«

»Hier auch.«

»Wir haben Benno Brockes freilassen müssen.«

»Das darf nicht wahr sein!«

»Über Mittag wollte er plötzlich einen Anwalt. Was sollten wir machen? Er gibt den Diebstahl dieses BMWs zu. Aber er leugnet stur, dass er auf Sie geschossen hat, und das Labor will sich mit dem Gewehr nicht festlegen.«

»Hat Benno denn für die Nacht ein Alibi?«

»Nein. Er behauptet, eigentlich sei er mit Andrea Wirksen verabredet gewesen, die habe auch auf ihn in seiner Hütte gewartet, aber weil er was getrunken hatte, gab's Streit und sie rauschte beleidigt wieder ab.«

»Und der Anwalt hat Ihnen daraufhin auseinander gesetzt, dass Benno geständig sei und einen festen Wohnsitz habe, geregelter Arbeit nachgehe und wahrscheinlich auch nicht vorbestraft sei ... Ach, verdammt, Herr Wibbeke, das kotzt mich alles an.«

»Ich tanze auch gerade vor Begeisterung auf dem Tisch«, erwiderte Wibbeke kleinlaut. »Bericht folgt. Tut mir Leid, Herr Rogge, mehr war nicht drin.«

Gegen neun Uhr rief Rogge noch einmal Schönborn an, der ihn bestürmte, alles zu erzählen; Rogge vertröstete und überredete ihn, nicht aus dem Haus zu gehen; vielleicht meldete sich Inge ja noch bei ihm.

Kili warnte: »Lass das lieber sein, Chef.«

»Was habe ich denn vor?«

»Du willst dich in der Wohnung dieser Weber oder Zinneck umsehen und Schönborn soll dir nicht in die Quere kommen.«

»Und genau davon wirst auch du mich nicht abhalten.«

»Dann vergiss das kleine Erste-Hilfe-Päckchen nicht!«

In dem scheußlichen Hochhaus Wilhelmstraße 37 wohnten einundsiebzig Parteien, wahrscheinlich alles Zwerge, nach der Größe der Wohnungen zu schließen. Auf dem nackten Beton hatten sich rostbraune Streifen gebildet, die Platten des Gehwegs waren eingesunken, Rogge balancierte und sprang über große Pfützen. Ein älterer Mann schlurfte von den Müllcontainern heran und hielt ihm die Haustür auf, hier kannte kein Mieter alle anderen.

»Danke«, brummte Rogge. »Läuft wenigstens die Heizung?«

»Nee, woher denn! Erst ab 1. Oktober, keinen Tag früher, diesen Hausmeister könnte ich in die Mülltonne stopfen.«

Mit dem Aufzug fuhr Rogge in den achten Stock und ging leise eine Treppe hinunter. Dank der dünnen Wände bekam er mit, dass die meisten Mieter in ihren Wohnungen waren. Inge Webers Wohnung lag am Ende des Flures, im Vorbeigehen studierte Rogge die Türschlösser, nicht schlecht, aber auch nicht wirklich schwierig. Er lehnte sich mit der Schulter gegen die Wand und schob den Stahlstreifen mit dem Haken in das Sicherheitsschloss, ganz durch, eine halbe Drehung, zurückgezogen, Widerstand auf Marke zwei, noch mal das Ganze, auch Marke drei besaß eine Zylinderkerbung, zwei rechts, drei rechts, fünf links. Sechs eine Hohlkehle. Auf dem Dietrich stellte Rogge die Zacken ein, bis jetzt war noch kein Mieter auf dem Flur erschienen, jawohl, das gute Stück passte, Rogge drehte vorsichtig, das Schloss knackte, die Tür war offen. Wenn die Leute wüssten, wie leicht man Türen aufschließen konnte …

Drinnen verschnaufte Rogge erst einmal in der dunklen Diele, für einen erfolgreichen Einbrecher besaß er einfach nicht die nötigen Nerven. Oder nicht genügend Übung. Er tastete nach dem Lichtschalter, drückte und taumelte vor Schreck, die berühmten Sterne funkelten und wirbelten vor seinen Augen.

Die beiden Männer standen regungslos vor ihm, hatten höfliche, glatte, nichts sagende Gesichter aufgesetzt und richteten ihre Pistolenläufe auf seinen Bauch. Als Rogge wieder nach Luft schnappen konnte, pochte sein Herz schmerzhaft gegen die Rippen. Zwei Profis. Sie trugen Plastikhandschuhe und hatten eng schließende Kappen über die Haare gestülpt, wie die Chirurgen im Fernsehen. Denn aus Haaren ließ sich in der Tat viel rekonstruieren. Dann senkte der Hauptkommissar den Blick auf die Waffen und spürte noch einmal, wie ihn der Schwindel erfassen wollte. Zwei Heckler & Koch, mit hülsenloser Munition, Rogge kannte die Pistolen bisher nur von Bildern.

»Umdrehen!«, befahl der eine. Er hatte eine hohe Stimme. Der andere trat neben den Beamten und filzte Rogge gekonnt, Dienstwaffe, Ausweise, Dietriche. Derweil war der erste zur Seite getreten, keine Chance zu einem Überraschungsangriff und seine zitternden Knie warnten Rogge auch, dass er dazu keine Energie mehr besaß.

»Sie können sich wieder umdrehen.«

Wenn sie von dem Dienstausweis eines Hauptkommissars überrascht waren, ließen sie sich das jedenfalls nicht anmerken. Zwei ordentlich gekleidete Männer, Mitte bis Ende dreißig, beide groß und sportlich, eiskalt und geübt.

»Wir gehen ins Wohnzimmer«, entschied der andere. Er hatte eine tiefe Stimme und sprach mit einem Hauch von Dialekt.

Als Rogge sie mit seiner Manipulation am Türschloss aufgescheucht hatte, hatten sie schon zur Hälfte erledigt, weshalb Rogge gekommen war, doch sie verstanden ihr Handwerk und wussten, wie man eine Wohnung systematisch und gründlich durchsuchte, ohne ein Chaos zu hinterlassen.

»Ziehen Sie bitte Ihre Jacke und Ihre Hose aus, auch die Krawatte.«

Das ›Bitte‹ entmutigte ihn regelrecht und deshalb gehorchte er, ohne zu fragen, was sie mit ihm vorhatten.

»Ins Schlafzimmer.«

Verdammt, sie waren noch kaltblütiger, als Rogge befürchtet hatte. Der eine kramte schon in dem Pilotenkoffer, sie hatten an alles gedacht und waren auf alles vorbereitet, und ob sie nun Inge Weber oder ihn ins Reich der Träume beförderten, bereitete ihnen kein Kopfzerbrechen.

»Leiden Sie an Bluthochdruck? – Diabetes? – Nehmen Sie kreislaufstärkende Mittel oder etwas zur Blutverdünnung?«

»Nein«, sagte er erschöpft, und das war tatsächlich das erste Wort, das er herausbrachte. »Sie können mich unbesorgt schlafen schicken.«

»Etwa acht Stunden«, nickte der mit der tiefen Stimme.

Rogge rollte den Hemdsärmel hoch und der Knabe setzte die Spritze sehr geschickt, er hatte Übung, hielt sogar Tupfer und Pflaster bereit. Der andere beobachtete Rogge unverwandt, jede Sekunde auf einen Täuschungs- und Ablenkungsversuch vorbereitet. So, wie er sich benahm, würde er erst schießen und sich dann nach der vermeintlichen Gefahr umdrehen. Deshalb legte Rogge sich ohne Sträuben ins Bett und deckte sich zu, der Spritzenmensch öffnete sogar das Fenster einen Spalt weit. Was für nette, fürsorgliche Zeitgenossen! Rogge hätte schon gerne gefragt, für wen sie arbeiteten, aber er wusste, dass sie nicht antworten, nicht einmal über ihn lachen würden. Sehr schnell wurde sein Arm etwas taub, eine seltsame Schwäche wallte durch seinen Körper, erreichte seinen Kopf, löschte alles aus.

XIII.

»Sie haben was getan?« Jockel Pertz brüllte, dass die Scheiben zitterten, aber die beiden Männer zuckten nicht zusammen, schauten allerdings starr an Pertz' Kopf vorbei. Dass sie sich in ihrer Haut nicht wohl fühlten, war ihnen anzusehen, doch in ihren Augen spiegelte sich Trotz wider. Den Anpfiff mussten sie ertragen, er war der Chef.

»Sind Sie vom Affen gebissen?«

»Wir hatten keine andere Wahl. Der Befehl lautete, die Frau nicht aus den Augen zu verlieren. Dass die lauen Brüder vom Verfassungsschutz sich am Bahnhof abhängen ließen, geht nicht auf unser Konto. Wir haben nur versucht, einen Fehler auszubügeln.«

Pertz setzte sich wieder. Vier Sätze und jeder korrekt. Nicht zu bestreiten. Eine Panne, diesmal durch einen unglücklichen Zufall bewirkt und nicht durch offenkundiges Versagen, wie es Weinert eingestanden hatte. Es wurde Zeit, die Aktion abzubrechen. Pannen hatten die dumme Angewohnheit, sich zu Katastrophen zu verdichten. Und wenn ihn nicht alles täuschte, bereitete auch dieses Trio Gönter, Ellwein, Weinert schon den Rückzug nach dem Motto vor: Rette sich, wer kann.

»Gut. Den Anschnauzer haben Sie nicht verdient. Ich bekomme bis heute Abend einen vollständigen Bericht.«

Die Männer nickten mit unbewegtem Gesicht.

»Gibt es denn eine Spur?«

»Nein.«

Dienstag, 26. September

Bis auf einen leicht metallischen Geschmack auf der Zunge fühlte er sich ausgeschlafen und topfit. Charlotte Zinneck alias Inge Weber hatte nicht einmal ihre Zahnbürste eingepackt, Handtücher und Seife gab es auch, er vermisste nur einen Rasierapparat, aber Gunda behauptete ohnehin, mit einem Dreitagebart wirke er männlicher und Dörte von Sandau schwärmte sogar für Rauschebärte. Im Kühlschrank fand er alles für ein ordentliches Frühstück. Neun Uhr, Kili würde anfangen, sich Sorgen zu machen, und deshalb rief Rogge ihn auf dem Handy an: »Ich habe die Nacht in einem fremden Bett verbracht.«

»Das freut mich für dich!«

»Leider allein. In Inge Webers Wohnung. Dummerweise sind zwei Herren schneller gewesen als ich und haben mich schlafen geschickt.«

»Wer? Wie? Warum?«

Ja, das hätte Rogge auch gern erfahren, aber dazu war es nun zu spät. Kili schwieg bedrückt, der Chef war unberechtigt in eine fremde Wohnung eingedrungen, was sich bei einem Kriminalbeamten besonders schlecht anhörte, und was immer sich an Hinweisen in den Räumen befunden hatte, war den beiden Profis bestimmt nicht entgangen.

»Also fangen wir wieder von vorne an!«, seufzte sein Adlatus und Rogge kicherte bösartig: »Ja, und ich weiß auch schon, wo und wie.«

»Mach keine Dummheiten!«

»Das wird sich später herausstellen. Wenn Simon nach mir fragt – ich bin gestern nach Hause gegangen und du weißt nicht, wo ich abgeblieben bin.«

»Sei bloß vorsichtig!«

Auf dem Wohnzimmertisch fand Rogge sein Eigentum unversehrt wieder, Brieftasche und Portemonnaie, Waffe, Schlüssel, Ausweise, sogar das kleine Einbruchbesteck. Als er seine Sachen auf die Taschen verteilte, irritierte ihn ein kaum vernehmbares Schnarren: Besorgt um seinen Schlaf hatten sie sogar das Telefon leise gestellt. Inge Weber würde kaum in ihrer eigenen Wohnung anrufen und Schönborn wollte er nichts erklären. Nur aus Neugier sah er sich in den beiden Zimmern um. Was immer die beiden Typen hier gewollt oder gesucht hatten – ihre Mütter hatten sie zu Ordnung erzogen. Nichts deutete darauf hin, dass diese Räume stundenlang durchsucht worden waren; Rogge überlegte daher sogar einen Moment, ob er das Bett machen sollte. Wenig Möbel, alles sehr unpersönlich, sehr sachlich und funktional, aber hier hatte ja eine Frau sozusagen auf Abruf gelebt. Oder auf Wiederkehr ihres Gedächtnisses gewartet, obwohl er an dieser Version mittlerweile zweifelte. Zehn zu eins, dass die beiden Männer gekommen waren, um Inge Weber oder Charlotte Zinneck zu entführen. Kein normaler Einbrecher schleppte Spritze, Schlafmittel und Pflaster mit sich herum.

Unbemerkt verließ Rogge das Hochhaus. Die ›Weberin‹ war abgetaucht, als ihr ein schusseliger, leicht dämlicher Kriminalbeamter in aller Harmlosigkeit eröffnete, dass ihre Tarnung geplatzt war. Am frühen Nachmittag, nachdem sie ihren normalen Dienst absolviert hatte und aus der Bäckerei fortgegangen war. Was wiederum ein gehöriges Maß an Selbstbeherrschung und Kaltblütigkeit verriet. Und schon Stunden später hatte sie zwei Profis an den Hacken, die sie kidnappen wollten.

Eine ganze Weile stand Rogge vor seinem Auto und starrte Löcher in die Luft. Wie konnten die eigentlich so schnell erfahren haben, dass die Kripo Inge Webers richtigen Namen herausgefunden hatte?

Auf der Fahrt nach Stockau tröstete Rogge sich mit der Überlegung, eine Frau, die so viele Psychiater und Psychologen an der Nase herumgeführt hatte, sei eben auch fähig, einen naiven Hauptkommissar zu täuschen. Doch der niedrige, graue Himmel trug nicht dazu bei, seine Stimmung zu heben und den Selbstbetrug zu erleichtern.

Hier draußen hatte es stärker geregnet als in der Stadt, einige Felder standen regelrecht unter Wasser, und als Rogge über die Kuppe der Anhöhe fuhr, fröstelte er. Die Schäferhütte rechts voraus schien mitten in einer Wasserfläche zu liegen, das Holz der beiden großen Gebäude hatte sich voll Feuchtigkeit gesogen. Ein Tor stand weit offen, Benno war wohl fortgefahren. Rogges Auto schwankte, es rauschte wie bei einer Bootsfahrt, als er den Wagen durch die tiefe Pfütze in den Stall lenkte. Kein zufällig Vorbeikommender sollte ein fremdes Auto vor dem Haus bemerken. Rogge zog das Tor zu.

Das Türschloss der Hütte stellte sich als besserer Witz heraus, er öffnete es mit einem einfachen Haken. Im Haus war es kühl, es roch nach schimmeliger Nässe. Seit sie Benno hier einkassiert hatten, war nicht aufgeräumt worden, Rogge zählte noch mehr eingedellte Bierdosen auf dem Tisch. Leise ächzend stieg er die schmale, steile Treppe hinauf und begann unter dem Dach mit der Suche.

Nach drei Stunden verließ er das Haus. Wenn Benno irgendwo Beute versteckt hatte, dann nicht in seinem Häuschen. Und wahrscheinlich auch nicht in dem Stall, den er als Garage benutzte, sonst hätte er wohl das Tor geschlossen.

Elektrisches Licht gab es in dem langen Gebäude nicht, Rogge musste sich mit der Helligkeit begnügen, die durch die kleinen, verdreckten Fenster fiel. Entweder besaß Benno eine Vorliebe für nutzloses Gerümpel oder er war zu faul, etwas wegzuwerfen; Rogge stöhnte laut auf, als er den Haufen von alten Landmaschinen, Brettern, Steinen, Kisten und Säcken sah. An den Längsseiten waren Holzverschläge eingerichtet, ebenfalls bis obenhin voll gemüllt. Herkules würde hier kapituliert haben, deswegen holte Rogge die Taschenlampe aus dem Auto und ging anders vor. Fingerdicker Staub überzog alle Gegenstände und er suchte nach den Stellen, an denen der Staub dünner war oder fehlte oder durch Spuren anzeigte, dass hier vor kurzer Zeit etwas bewegt, in seiner Lage verändert worden war. Neben dem Tor fand er Schnur, die er mit dem Taschenmesser zerschnitt und dort zu Schleifen band, wo er solche Störungen entdeckte oder zerrissene Spinnweben im Licht glitzerten. Nach einer Stunde schienen ihm zwei Stellen besonders viel versprechend, ein Verschlag, gefüllt mit alten Kartons und Kisten, und an der hinteren Schmalseite eine Art Wandschrank, ohne Dach, aber mit einer festen Tür, in dem Hacken, Spaten und Schaufeln herumflogen. Er musste sich beeilen, denn ohne Tageslicht, nur mit einer Lampe, konnte er in diesem düsteren Bau nicht arbeiten.

Der Wandschrank war kein schlechtes Versteck. Als er mit Hilfe einer Latte Innen- und Außenmaße verglich, fand Rogge heraus, dass es eine doppelte Hinterwand geben musste, und nach langem Probieren entdeckte er, dass man die eine Wand einfach aus drei Nuten herausheben konnte.

Die Ausbeute war mager. Zwei Damenhandtaschen, leer, ein schon zerschrammter Aktenkoffer, zwei Lederjacken, mehrere Wolldecken, Autoatlanten, ein wertloser Fotoapparat mit zersprungenem Gehäuse, nichts, was einen Hehler begeisterte. Enttäuscht belud Rogge sich mit der Beute und ging ins Haus zurück. In den Taschen der Lederjacken steckte nichts, was auf die früheren Besitzer hinwies. Auch kein Namensschildchen oder ein Etikett des Fabrikanten. In der billigeren Handtasche fand er einen Lippenstift, der schon zerbröselte, als er ihn aufdrehte. Die andere Tasche, aus schwarzem Lackleder, war wohl teuer gewesen. Der Fotoapparat tat es nicht mehr. In einem Autoatlas lag ein Zettel: Christine anrufen! Das große Los zog Rogge mit dem Aktenkoffer. In einem der vier Deckelfächer entdeckte er eine Diskette und einen zerknüllten Briefumschlag, adressiert an Hans Zinneck, Beelestraße 11, 34131 Kassel. Jemand hatte den Umschlag hastig aufgerissen, um an das Schreiben zu kommen, und nachher den Brief tief in das enge Fach gestoßen, sodass Benno ihn nicht entdeckt hatte …

Ein Maklerbüro aus Dresden. Abgeschickt am 10. September des vorigen Jahres.

Sehr geehrter Herr Zinneck,
zu meinem großen Bedauern muss ich Ihnen mitteilen, dass Herr Leuthäuser seine Zusage zurückgenommen hat. Er will den Mietvertrag nicht unterschreiben, weil er zwischenzeitlich einen Käufer für das Haus gefunden hat. Es tut mir außerordentlich Leid, dass es so gekommen ist. Wenn Sie weiter daran interessiert sein sollten, ein Haus in Dresden oder Umgebung zu mieten, stehe ich Ihnen selbstverständlich zur Verfügung.
Mit freundlichen Grüßen
Ingo Wehrholz RDM.

Bis auf Brief und Diskette ließ Rogge alles liegen. Benno sollte sich ruhig etwas sorgen, wenn er die Sachen fand. Mit der Diskette durfte sich Kili beschäftigen. Wenn sie beschrieben war, würde Computerfreak Kili den Inhalt hervorkitzeln. Wofür stellte ihm denn der reiche Onkel pausenlos neue Geräte hin?

Mittwoch, 27. September

Simon knurrte: »Sie tun was?«
»Ich melde mich für drei Tage krank.«
»Aha. Drei Tage! Krank! Dafür hören Sie sich sehr unternehmungslustig an.«
»Sollte mein Hausarzt derselben Meinung sein, werde ich die Tage nachträglich als Urlaub beantragen.«
Darauf schwieg der Kriminalrat eine ganze Weile, schnalzte nur regelmäßig mit der Zunge. »Was haben Sie vor?«
»Nichts. Im Bett bleiben. Mich auskurieren.«
»Schlafen können Sie auch im Büro.«
»Ich schnarche und möchte den Dienstbetrieb nicht stören.«
»Ach, machen Sie doch, was Sie wollen«, verlor Simon die Geduld und knallte den Hörer hin.

Rogge grinste hässlich. Der Gedanke, wie die Organisation, die zwei Entführer in Charlotte Zinnecks Wohnung geschickt hatte, so schnell von der Enttarnung erfahren haben konnte, plagte ihn immer noch. Sollte es im Polizeiapparat eine undichte Stelle geben, und danach sah es aus, bestand Gefahr, in Kassel einem Empfangskomitee in die Arme zu laufen.

Deshalb verschwieg Rogge auch gegenüber Kili, was er plante: »Ich bin drei Tage krank, mein Handy funktioniert, ich bin aber nicht zu sprechen – Nein, auch für dich nicht.«

An seiner Wohnungstür kehrte Rogge doch noch einmal um und schrieb einige Zeilen:

Liebe Dörte,
sollte ich mich bis Sonntag um Mitternacht nicht bei dir gemeldet haben, rufe doch bitte Kilian Haindl an und sage ihm, ich sei am Mittwoch nach Kassel, Beelestraße 11, gefahren. Bis dahin bitte kein Wort an irgendjemanden und erst recht nicht an den von dir so geliebten Kriminalrat Simon.
Gruß & Danke, Jens.

Das Briefchen schob er unter ihrer Tür durch.

In Kassel suchte Rogge sich ein Hotel, kaufte einen Stadtplan und kutschierte dann zur Wilhelmshöhe. Die Beelestraße stellte sich als eine ruhige, menschenleere Sackgasse heraus, in der früher einmal betuchte Menschen auf großen Grundstücken gebaut hatten, weil sie gern zu ihren Nachbarn Abstand halten wollten. Das Haus Nummer 11 war eine bescheidene Villa, die dringend gestrichen werden musste. Auch der riesige Garten wies Anzeichen von Verwilderung auf. Für Kinder ein kleines Paradies, viel Platz, viel Grün, kein Verkehr. Trotzdem schwebte ein Hauch von Verfall über allen Häusern, so als seien die ursprünglichen Eigentümer weggezogen und hätten die anstehenden Renovierungen den neuen Eigentümern überlassen, die sich aber für die Hypotheken krumm legen mussten.

Im Vorgarten jätete eine junge Frau Unkraut und richtete sich halb erleichtert, halb misstrauisch auf, als er sie ansprach.

»Ja, guten Tag.«

»Guten Tag, mein Name ist Jens Rogge, ich suche Herrn Zinneck.«

»Kaiser«, stellte sie sich vor und schüttelte gleichzeitig den Kopf. »Wer ist Herr Zinneck?«

»Er hat im vorigen Jahr hier gewohnt.«

»Ja? Den Namen habe ich nie gehört.«

»Doch, doch. Wir haben häufig miteinander telefoniert.«

»Tut mir Leid, aber da kann ich Ihnen nicht helfen. Wir wohnen erst seit Januar hier.«

»Verflixt!« Rogge zeigte seine Enttäuschung so gekonnt, dass ihre Abwehr schmolz.

»Das Haus stand einige Monate leer, das hat uns der Makler erzählt.«

»Der Makler! Das ist eine Idee! Würden es Ihnen was ausmachen, mir seinen Namen und seine Anschrift zu geben?« Weil die Frau einen Moment die Stirn krauste, fügte er drängend hinzu: »Ich muss Herrn Zinneck wirklich unbedingt finden.«

»Warum nicht«, zögerte sie. »Pelzer & Strobel, in der Artilleriestraße.«

»Vielen Dank, Frau Kaiser.«

Doch in dem Maklerbüro biss Rogge auf Granit. Die mittelalterliche Bürochefin ließ sich zwar noch dazu herab, in die Akten zu steigen, aber anschließend wimmelte sie ihn ab: »Herr Pelzer ist mit einem Kunden unterwegs. – Ja, den ganzen Tag noch. Sie müssen morgen wiederkommen. – Nein, ausgeschlossen, ich gebe keine Auskünfte. Das müssen Sie mit Herrn Pelzer bereden.«

»Würden Sie ihm bitte eine Nachricht auf den Schreibtisch legen, dass ich ihn gleich morgen früh sprechen muss?«

»Meinetwegen«, gab sie nach und es hörte sich an, als erweise sie einem notorischen Sünder eine unverdiente Gnade.

Auf der Post wälzte er alte Telefonbücher. Der Name Zinneck war nicht eingetragen, vorsichtshalber notierte sich Rogge die Nummer von Kaiser, Gerhard, Beelestraße – für den Fall, dass

Kaiser die alte Nummer von Zinneck übernommen haben sollte. Bei der Auskunft zog er eine Niete: Nein, weder ein Hans noch eine Charlotte Zinneck waren eingetragen, auch nicht angemeldet. Für weitere Auskünfte müsse er einen Antrag stellen, und zwar bei …

»Nein, vielen Dank«, resignierte er.

Nachdem Rogge kiloweise Süßholz geraspelt und eine halbe Telefonkarte für ein Gespräch mit dem Makler in Dresden verbraucht hatte, taute der Makler etwas auf. Nein, Herr Zinneck hatte sich nicht wieder bei ihm gemeldet. Schade, er hatte extra was ganz Exquisites an Land gezogen, in Radebeul, einmalig am Fuß von Weinbergen …

»Das wird ihn ärgern«, unterbrach Rogge das im Maschinengewehrstakkato vorgetragene Eigenlob. »Danke für Ihre Hilfe.«

Aus purer Langeweile verirrte Rogge sich in ein Geschäft. Sehr kleine, sehr diskrete Schilder im Schaufenster verkündeten, dass die Preise für Sommeranzüge, -hosen und -jacken herabgesetzt worden waren. Ein älterer Verkäufer steuerte auf ihn zu, er hatte Zeit, weil wenig zu tun war, und er brachte Verständnis für Rogges Einleitung auf: »Ich hasse Einkäufe und Anproben.«

»Aber jetzt muss es sein, ich verstehe.« Das ergebene Lächeln des Verkäufers machte es schwer, ihn unfreundlich zu behandeln. »Was brauchen Sie denn?«

Eine Stunde später verließ Rogge voll bepackt und noch immer halbwegs gut gelaunt den Laden. Es ging also doch! Und den Abend würde er auch noch herumkriegen, ohne sich zu langweilen. Der famose Stadtplan empfahl genug Sehenswürdigkeiten.

XIV.

Brigitte schwieg so lange, dass Karin Tepper nervös nachfragte: »Bist du noch dran?«

»Sicher bin ich – Karin – ich glaub's nicht …«

»Ja, es ist lange her.«

»Lange? Eine Ewigkeit. Und so plötzlich – wie hast du mich überhaupt gefunden?«

»Über deine Eltern.«

»Wie gut, wenn die alten Leute nicht mehr so häufig umziehen ... Wo steckst du denn jetzt?«

»Im Hotel Merkur.«

»Das ist ja – hör mal, Karin, ich nehme mir den Nachmittag frei und zum Mittagessen treffen wir uns in der Stadt. 13 Uhr, einverstanden?«

Schon in der Schule hatte die praktische Brigitte immer alles organisiert, deshalb lachte Karin und sagte heiter: »Einverstanden. Und wo?«

»Vor dem alten Hauptbahnhof.«

»Wenn wir uns noch erkennen ...«

»Hach! Das wäre doch gelacht! Bis gleich, ich freue mich wahnsinnig.«

Zumindest Brigitte schien sich nicht geändert zu haben, immer noch spontan, vor Energie überschäumend und jederzeit bereit, ein Problem durch vernünftige Planung zu lösen. Vergnügt ging Karin in die Halle hinunter. Gestern Abend hatte sie plötzlich der Mut verlassen, mit Brigitte war sie nie so eng befreundet gewesen wie mit anderen Mädchen aus ihrer Klasse, aber dann war zu ihrem Erstaunen der Kontakt mit Brigitte nie abgerissen, während zwei enge Freundinnen im ersten Jahr nach dem Abitur gelegentlich noch schrieben oder anriefen, dann aber nichts mehr von sich hören ließen, auch auf Karins Briefe nicht mehr antworteten.

Nach dem Abendessen hatte Karin sich an die Bar gesetzt, etwas müde von dem reichlichen Essen und dem langen Gespräch mit Brigitte, ein klein wenig gegen einen Katzenjammer ankämpfend. Sie fürchtete sich vor dem leeren Hotelzimmer, sie wollte unter Menschen sein, ohne Wert auf Kontakte oder Gespräche oder gar Flirts zu legen. Einfach nur das Gefühl haben, dass es um sie herum lebendige Wesen gab.

Gegen neun Uhr setzte sich ein grauhaariger hagerer Mann mit einem langen zerfurchten Gesicht und einem energischen

Kinn neben sie, der die asiatische Bedienung anstarrte, als wollte er sie auffressen. Aus Langeweile hatte Karin ihn beobachtet. Nach dem ersten Bier schien er sich zu entspannen, er fischte ein völlig zerknülltes Zigarettenpäckchen aus einer Jackentasche und fluchte leise, als sein Feuerzeug nicht funktionierte. Dabei drehte er den Kopf und funkelte Karin so grimmig an, als sei sie an allem schuld und ganz besonders an seinem defekten Feuerzeug.

»Brauchen Sie Feuer?«, fragte Karin freundlich.

»Ich hätte nichts dagegen«, schnappte er und jetzt musste sie lachen.

»Ist was?«

»Nein, aber Sie scheinen sich zu wünschen, irgendeinen armen Menschen in der Luft zerreißen zu dürfen.«

»Durchschaut. Ich könnte vor Ungeduld brüllen.«

»Und warum tun Sie es nicht?«

»Hier? In der Bar?«

»Schlimmer als diese Dudelmusik wird es auch nicht klingen.«

Einen Moment lauschte er, dann grinste er unvermittelt breit: »In der Tat. Wenn ich jetzt Ihr Feuerzeug einen Moment haben dürfte ...«

Das zweite Bier schluckte er langsamer.

›In der Tat‹, du meine Güte, wann hatte sie diese Wendung zum letzten Mal gehört? Sie bestellte ihr drittes Glas und druckste ein wenig herum: »Was hat Sie denn so verbittert?«

Einen Moment überlegte er, bevor er die Achseln zuckte: »Muss ich darauf antworten? Die Wahrheit kann und darf ich Ihnen nicht sagen und belügen möchte ich Sie nicht.«

»Oh!«, staunte sie. »Sind Sie ein altmodischer Mensch?«

Daraufhin musterte er sie gründlich, aber nicht erzürnt, eher erheitert. »Das auch.«

»So was gibt's also noch.«

»Wir sterben aus«, vertraute er ihr an. »Und wenn die Lücke bemerkt wird, die andere schnell schließen, murmelt einer was von ›Wertewandel‹ oder ›schnelllebiger Zeit‹.«

»Auch ein Nachruf! Was machen Sie denn beruflich?«

»Was schätzen Sie?«

»Pfarrer«, riet sie übermütig.
»Falsch.«
»Arzt.«
»Leider nein.«
»Dann weiß ich nicht – halt, Schriftsteller.«
»Auch nicht. Ich bin Kriminalbeamter.«
»Nein!«
»Doch. Ein richtiger Beamter und Bulle.«
»Mich laust der … hm.« Vor Verlegenheit musste sie schnell trinken und jetzt amüsierte er sich über sie: »Und Sie? Was treiben Sie, um die täglichen Brötchen zu verdienen?«
»Im Augenblick gar nichts. Ich reise herum, langweile mich, besuche alte Schulfreundinnen und überlege, wie ich die Zeit totschlagen kann.«
»Geht das schon lange so?«
»Nein. Es wird auch nicht mehr lange dauern.«
»Na prima. Ich heiße übrigens Rogge, Jens Rogge.«
»Freut mich. Karin Tepper.«
Er zwinkerte ihr zu und sie griff wieder rasch nach ihrem Glas. Eigentlich ein ganz netter Kerl. Vor allem nicht aufdringlich. Aber in eine Bar passte er nicht, nein, ganz und gar nicht.

Ob ihrer Hellsichtigkeit musste sie kichern, denn er dozierte ernsthaft: »Eine Bar ist ein scheußlicher Ort. Man trinkt, ohne Durst zu haben, hängt herum, weil man das dumpfe Gefühl hat, fürs Bett sei es noch zu früh, und fragt sich die ganze Zeit, ob man nicht was Vernünftigeres tun könnte.«

»Sie sprechen mir aus der Seele«, versetzte sie schnell. Wie alt mochte er sein? Keine Ahnung, und wunderschön, dass es gar keine Rolle spielte. Ein Mann, mit dem man sich unterhalten konnte und der nicht im Traum daran dachte, auf den freien Hocker neben ihr zu rücken. Das Glas war schon wieder leer.
»Die haben hier ein tolles Getränk«, sagte der Mann nun.
»Wirklich? Wie heißt das?«
»Kaffee.«
»Igittigitt.«
»Doch, schmeckt fast noch besser als das, was Sie da eben getrunken haben. Darf ich Sie zu einem Kaffee einladen?«

»Es ist mir eine Ehre.«

Er hatte sie vor dem Absturz gerettet, und als sie später würdevoll aufstand und sich verabschiedete, blieb er ganz ernst.

Als sie am nächsten Morgen die Treppe herunterkam, stockte sie. Rogge saß in der Halle, las Zeitung und hatte sie natürlich sofort gesehen.

»Guten Morgen, Frau Tepper. Wie geht's Ihnen?«

Sie spürte, wie ihr eine leichte Röte ins Gesicht stieg: »Danke, gut.«

»Fein, das freut mich.«

Sie holte tief Luft: »Ich muss mich noch bei Ihnen bedanken.«

»Wofür?«

»Wenn Sie mir den Kaffee nicht spendiert hätten ...«

»Ach, dann hätten Sie jetzt einen kleinen Brummschädel, aber die Welt wäre nicht untergegangen.«

»Wahrscheinlich«, erwiderte sie düster.

»Vielleicht sehen wir uns heute Abend wieder.«

Das musste sie Brigitte unbedingt erzählen. Ausgerechnet ein Kriminalpolizist!

Donnerstag, 28. September

Pelzer gab Rogge den Dienstausweis zurück und betrachtete ihn aus schmalen Augen: »Sie sind nicht von hier.«

Gegen Makler hatte Rogge etwas und am liebsten hätte er den Mittfünfziger grob angetönt, aber nach einer schnellen Musterung verzichtete er darauf; der Knabe sah nicht so aus, als ließe er sich einschüchtern.

»Nein. Wir suchen Hans Zinneck, er wird dringend als Zeuge benötigt. Als Entlastungszeuge, den die Verteidigung zu spät benannt hat, nun drängt die Zeit.«

»Und warum ist der Verteidiger nicht unterwegs?«

»Der denkt nicht dran, der erklärt dem Vorsitzenden lieber, die Kripo habe schlampig gegen seinen Mandanten ermittelt, nicht einmal die von der Verteidigung benannten Entlastungszeugen herbeigeschafft.«

»Der Trick ist nicht neu, aber immer wieder gut«, brummte Pelzer zustimmend. Auf seinem Schreibtisch hatte eine Hängemappe gelegen. Pelzer setzte eine Lesebrille auf und blätterte in der Akte.

»Tja, ich weiß nicht, ob es Ihnen hilft, Herr Rogge. Herr Zinneck war Anfang Mai vorigen Jahres hier. Ziemlich aufgelöst, seine Firma hatte ihn für sechs Monate nach Kassel versetzt und er suchte dringend etwas, eine Wohnung oder ein Haus, am liebsten möbliert.«

»Nur für sechs Monate?«

»Ja, so hat er gesagt. Eigentlich sollte ich das Haus verkaufen, aber die Eigentümerin, eine alte Dame, hatte etwas unrealistische Preisvorstellungen, na schön, sie war mit sechs Monaten Vermietung einverstanden. Aber die Miete im Voraus.« Er schnaubte grimmig. »Am liebsten bar.«

»Das gibt's noch?«

»In meinem Gewerbe gibt's noch ganz andere Dinge, Herr Rogge. Zinneck ist losgezogen, um Geld zu holen, und dann hat er der alten Dame 24.000 Mark auf den Tisch gezählt.«

»Sie verabscheut wohl das Finanzamt?«

»Ich vermute, ja. Für mich war der Fall damit erst einmal abgeschlossen. Bis zum – Moment, November. Da hatte ich einen Kaufinteressenten an Land gezogen, und als ich einen Besichtigungstermin vereinbaren wollte, ging niemand mehr ans Telefon. Schließlich bin ich hingefahren. Das Haus stand leer und verlassen und die Nachbarn behaupteten, die Zinnecks seien schon Ende September fortgezogen.«

»Ohne Piep und Kommentar?«

»Ohne. Weg, einfach abgedampft.«

»Haben Sie die Polizei verständigt?«

»Nein. Warum auch? Der Eigentümerin und mir war kein Schaden entstanden. – Schön und gut, die Schlösser mussten ausgewechselt werden –, aber wenn jemand das Weite suchen will – ich beziehe kein Gehalt vom Einwohnermeldeamt.«

»Woher dieser Zinneck kam, wissen Sie nicht?«

»Nein. Er sagte damals, er wohne in München, auch möbliert, seine Firma neige zu sehr spontanen Entschlüssen.« Weil Rogge eine Grimasse schnitt, fügte der Makler trocken hinzu: »Und die Firma hat er auch nicht genannt.«

»Na dann vielen Dank, Herr Pelzer.«

Auf dem Einwohnermeldeamt füllte Rogge Vordrucke aus, gab als Grund an: ›Geschiedener Schwager‹, besorgte sich Gebührenmarken und erfuhr, was er schon vermutet hatte. Hans und Charlotte Zinneck hatten sich nicht an- oder abgemeldet. Aus dem Nichts aufgetaucht, ins Nichts verschwunden. Bis sie allein als Inge Weber wieder die Bühne betrat.

Zumindest hatte Rogge ordentlich eingekauft.

Im Hotel ließ man ihn ziehen, nicht gerade begeistert, aber offenbar lief das Geschäft gut, man würde sein Zimmer noch vermieten können.

Frau Staatsanwältin gab ihm das Briefchen zurück und musterte ihn ironisch: »Der einsame Wolf zieht allein durch die feindliche Steppe?«

»Du solltest weniger Hesse und mehr Savidny lesen.«

»Dazu komme ich gar nicht. Aber ich hätte ein Viertelstündchen Zeit für eine interessante, spannende Geschichte aus dem prallen Leben.«

»Tut mir Leid, die Viertelstunde musst du meditieren.«

»Schon verstanden.« Sie war nicht beleidigt, eher besorgt: »Du bist in eine große Sache gestolpert?«

»Groß – ja. Aber nicht gestolpert, sondern geschickt worden, wie ich fürchte. Und das gefällt mir nicht.«

»Mir auch nicht«, erwiderte sie trocken, drehte ihn an den Schultern herum und schob ihn zur Tür: »Pass auf dich auf!«

XV.

Der junge Mann zappelte vor Ungeduld und Reincke musste sich beherrschen, um ihn nicht anzubrüllen.

»Also, noch einmal der Reihe nach!«

»Nachmittags hat sie sich in Kassel, im Hotel Merkur, ein Zimmer genommen. Abends ist sie in die Hotelbar gegangen und dort mit einem Mann ins Gespräch gekommen.«

»Zufällig? Oder waren die beiden verabredet?«

»Glaube ich nicht. Sie hatte schon ganz nett getankt, als er sich auch an die Bar setzte. Allerdings haben sie eine ganze Zeit die Köpfe zusammengesteckt, deswegen haben wir uns für den Mann interessiert.«

»Ja, und?«

»Er heißt Rogge, Jens Rogge, und ist Kriminalhauptkommissar.«

Der junge Mann glühte vor Stolz und Reincke lachte ungläubig: »Rogge kenne ich. Das ist ja 'nen Ding!«

»Deswegen bin ich auch sofort zu Ihnen gekommen.«

Das hättest du auch telefonisch erledigen können, dachte Reincke zynisch, aber du wolltest dir deinen Orden persönlich abholen. Laut sagte er: »Sehr gut. Nur eine Frage noch – haben die beiden die Nacht zusammen verbracht?«

Wie ein angepikster Luftballon sackte der junge Kollege zusammen und flüsterte verschämt: »Das wissen wir leider nicht.«

»Schade. Aber trotzdem – gute Arbeit.«

Den ganzen Abend grübelte er, ob er Jockel Pertz im BND anrufen sollte. Das Fernsehprogramm ödete ihn an, seine Freundin schwang auf ihrem Frauenabend wahrscheinlich wilde Reden über die ins Stocken geratene Emanzipation des ausgebeuteten Geschlechts und er öffnete die zweite Flasche Wein. Solange Pertz es nicht für nötig befand, mit mehr Details überzukommen, brauchte er von dem Treffen Karin Tepper–Jens Rogge auch nichts zu erfahren. Dazu war noch immer Zeit.

Freitag, 29. September

Punkt acht Uhr bewunderte Rogge die Haustür, ein Prachtstück mit Schnitzereien und ausgemalten Flächen, alles sorgfältig restauriert und die erhabene Jahreszahl 1786 sogar vergoldet.

Allerdings bildete die Tür auch das einzige bewundernswerte Teil, das schiefe, schmalbrüstige Haus war heruntergekommen und musste dringend von Grund auf renoviert werden.

Rogge drückte auf den Klingelknopf und sah sich um, während er wartete; kein Mensch weit und breit, Stockau schien wie ausgestorben. Doch dann polterten drinnen Schritte, ein Schlüssel quietschte im Schloss und eine völlig verblüffte Gertrud starrte ihn an.

»Guten Morgen, Gertrud«, grüßte er.

»Herr Rogge!«, stotterte sie.

Wahrscheinlich hatte Rogge sie aus dem Bett geholt; sie trug riesige Puschen mit Max- und Moritz-Gesichtern und einen Morgenmantel.

»Tut mir Leid«, entschuldigte er sich zerknirscht. »Ich hab Sie geweckt, nicht wahr?«

»Ja, aber das macht nichts, der Wecker klingelt gleich.«

»Darf ich hereinkommen? Aber nur, wenn Sie allein sind.«

»Was? – Ja, sicher, natürlich. Kommen Sie.«

Die Treppe war steil und schmal und knarrte unter ihrem Gewicht, er hielt sich am Geländer fest und registrierte unbehaglich, dass es schwankte. In dem winzigen Flur konnte man sich kaum umdrehen, den größten Teil nahm eine Bank mit Blumentöpfen ein.

»Bitte!« Sie lächelte etwas verkrampft.

Das Wohnzimmer war klein und für seinen Geschmack etwas zu farbenfroh eingerichtet.

»Darf ich Ihnen – trinken Sie einen Kaffee?«

»Gerne, aber nur, wenn Sie ihn nicht extra für mich kochen.«

»Nein, nein, ich muss auch noch frühstücken.«

Zehn Minuten ließ sie ihn allein, er hörte sie in der Küche und im Bad rumoren, und als sie ein Tablett hereinbalancierte, hatte sie sich angezogen. Er sprang auf, um ihr zu helfen, doch sie wehrte mit der alten Lebhaftigkeit ab: »Also, ich glaub, das kann ich besser als Sie.«

Der Esstisch reichte gerade für zwei Personen. Seine Wohnung war ja auch kein Palast, aber in dieser Enge würde er keine Luft bekommen.

»Vielen Dank für Ihre Grüße«, sagte sie und goss die Tassen voll.

Grüße? – Ach, richtig, ja. »Wie geht's Angi?«

»Gut. Sehr gut sogar.« Schwungvoll setzte sie sich und strahlte ihn an. »Sie hat Olli vor die Tür gesetzt.«

»Endlich.«

Sie beugte sich vor: »Als Wirt ist er ja nicht schlecht, aber als Ehemann – puh.«

Rogge musste sich zusammenreißen, um Gertrud nicht in den großzügigen Ausschnitt zu schielen.

»Und wie geht's Michael?«, zwinkerte er und sie reckte halb würdevoll, halb stolz das Kinn: »Auch gut, danke.«

»Das freut mich.«

Der Kaffee war stark und aus Höflichkeit nahm er sich eine Scheibe Brot; gefrühstückt hatte er schon zu Hause. »Gertrud, was wollten Sie mir an dem Abend erzählen, als Michael kam?«

Einen Moment raufte sie verlegen in ihren Haaren, bevor sie trotzig murmelte: »Das meiste haben Sie ja selbst herausgefunden.«

»Ollis Hehlerei?«

»Das auch!« Sie schloss die Augen, um sich zu konzentrieren und die Geschichte zurechtzulegen.

Als sie nach der Schule im Bären anfing, war Martin schon fast vier Jahre alt gewesen.

Verständnislos starrte er sie an. Wer war Martin? – Richtig, Angis Sohn.

Olli hasste den Bankert oder Bastard, wie er ihn nannte, und der Junge ging ihm aus dem Weg. Mit Olli kam Gertrud einigermaßen klar, zwar hatte der Wirt prompt versucht, ihr unter den Rock zu greifen, aber sie hatte ihm eine Schnapsflasche an den Kopf geknallt und damit war ihr Verhältnis auf Dauer geregelt. Das war noch, bevor Martin überfahren worden war. Für Angi, die Wirtin, brach eine Welt zusammen, sie veränderte sich, wurde eine Zeit lang richtig komisch. Von Olli hatte sie immer wenig wissen wollen, nun bezog sie ein eigenes Schlafzimmer und er ging seiner eigenen Wege. Gertrud bemühte sich um Angi, weil sie die Chefin gut leiden mochte, und Angi schloss allmählich Freundschaft mit ihr. Deshalb beseitigte Gertrud auch alle Hinweise darauf, dass sich Angi mit einem Liebhaber im Gästeanbau vergnügte, warf der Freundin aber eines Tages vor, sie sei unvorsichtig, und wenn Olli dahinter käme, würde sie in Teufels Küche geraten. Daraufhin hatte ihr Angi eine lange Geschichte erzählt, ganz im Vertrauen. Martins Vater heiße Adalbert Fuhrmann …

»Nein! Der Arzt?«

Ja, der. Monikas Chef. Und das Schlimme war – Angi war damals Fuhrmanns Patientin gewesen. Als sie merkte, dass sie schwanger war, wollte Fuhrmann sie zu einer Abtreibung überreden, aber das hatte Angi verweigert. Und scheiden lassen wollte er sich nicht, er hatte Angst vor einem Skandal, so hatte es Angi dargestellt. Enttäuscht trennte Angi sich von ihm, und als sich später Monikas Vater für sie interessierte – Gertrud machte Angi keine Vorwürfe.

»Hat Olli gewusst, wer Martins Vater war?«

Nein. Eines Abends hatte er Gertrud einzuwickeln versucht und mit zwei, dann drei Hundertern gewedelt: Angi hätte ihr doch bestimmt gestanden, wer der Vater des Bankerts wäre. Ziemlich wütend hatte Gertrud ihn abblitzen lassen und danach war er nie wieder auf das Thema zurückgekommen. Dass Olli mit anderen Frauen schlief, verhehlte er nicht, aber brüstete sich auch nicht mit seinen Eroberungen, schließlich hatte sie – Gertrud – den Eindruck gewonnen, dass er nur ein Dach über dem Kopf gesucht und die Frau Angi als lästiges Übel mit in Kauf genommen hatte. Aber sein Handwerk als Wirt verstand er, daran gab es keinen Zweifel, rechnen und feilschen konnte er, du meine Güte, da unterlagen die meisten Lieferanten. Allerdings ging Olli für seine Person sehr großzügig mit dem Geld um, Angi klagte mehr als einmal, dass Olli spiele und auf Pferde wette und sich mit merkwürdigen Freunden herumtreibe.

»Von seinen Frauengeschichten hat sie nichts geahnt?«

Doch, doch, Angi war zwar schweigsam, aber nicht dumm; solange Olli sich nicht in Angis Bett drängte und nach außen den Schein wahrte, durfte er herumbumsen, mit wem er wollte.

Ja, und dann hatten alle Gäste im Bären über diese Fernsehsendung geredet. In der gefragt wurde, wie die Frau heiße, die oben auf dem Parkplatz Feltenwiese gefunden worden war. Das führte zu einer Art Dorfversammlung an einem Samstag, Gertrud kam mit dem Bedienen nicht mehr nach, Angi half aus und ausgerechnet bei diesem Hochbetrieb war der verdammte Olli nach hinten verschwunden. Die Gäste riefen nach Bier, wütend war Gertrud in die Küche gelaufen, aber da war er nicht, und als sie nach hinten raste, zur Treppe in die Wohnung über dem Lokal, hörte sie Stimmen. Benno und Olli, sie stritten sich. Oben, vor der Wohnungstür. Bevor Gertrud rufen konnte, hatte sie gehört, wie Olli rumtobte: »Welchen Scheiß hast du denn da wieder angerichtet? Jetzt sind wir schon im Fernsehen.« Benno brüllte zurück: »Mit der Frau hab ich nichts zu tun, merk dir das, ich hab nur den Wagen genommen, und du passt besser auf und hältst die Klappe, denn in der Geschichte steckst du mit drin, vergiss das lieber nicht.« – »Willst du mir drohen?« – »Nee, aber denk lieber dran, was Angi tun wird, wenn ihr einer was von deinen Nebengeschäften erzählt.« – »Das lass man meine Sorge sein, die Angi hab ich fest in der Tasche, kümmere du dich lieber um deine Andrea, damit die nicht hopsgenommen wird.« – »Lass Andrea aus dem Spiel, ich kümmere mich auch nicht um deine bekloppte Lene. Und vergiss nicht, der alte Vogt hat dir Angi und den Bären überlassen, damit du auf den Bankert aufpasst. Was ja wohl nicht geklappt hat – oder?«

»Halt's Maul!«, hatte Olli losgeschrien und vor Wut war seine Stimme übergeschnappt.

»An dieser Stelle bin ich leise wieder weggeschlichen.«

Rogge nickte gespannt. »Wer ist diese Lene, Gertrud?«

»Das weiß ich nicht, Herr Rogge. Die einzige Lene, die ich kenne, ist die Marlene Fuhrmann.«

»Die Frau des Arztes?«

»Ja, aber was soll Olli mit der Arztfrau zu tun haben?« Sie schüttelte ratlos den Kopf.

Und dann kam ein Kommissar in den Bären. Sollte sie ihm erzählen, was sie da belauscht hatte? Olli in Schwierigkeiten bringen? Und mit ihm auch Angi? Dem Benno gönnte sie alles

Schlechte, aber Benno würde natürlich Olli mit reinreißen. Sie hatte gegrübelt und geknobelt, bis ihr die großartige Idee kam, Benno wegen der Vergewaltigung dranzukriegen. Und wegen seiner Zuhälterei. Also hatte sie bröckchenweise auf die Feltenwiese hingewiesen … und auf Monika …

Ihr Geständnis hatte sie sehr forsch begonnen und war unter Rogges nachdenklichem Blick immer leiser und langsamer geworden. Jetzt verstummte sie und starrte in ihre Tasse.

»Sie haben mich ganz nett an der Nase herumgeführt«, wies Rogge Gertrud endlich düster zurecht.

»Es tut mir Leid.«

Ohne Zorn betrachtet hielt sich der Schaden in Grenzen. Wenn Gertrud nach der Fernsehsendung zur Polizei gegangen wäre, hätte Grem sicherlich in seiner wohlbekannten Manier zugelangt, Olli und Benno mit Gertruds Aussage konfrontiert und wahrscheinlich nur erreicht, dass beide leugneten. Sinnlos, Gertrud Vorwürfe zu machen, sie hatte zum Schluss ja reden wollen und Rogge nur versetzt, weil Michael auftauchte.

»Was macht Ihr Michael eigentlich?«, fragte Rogge unvermittelt und Gertrud fuhr zusammen.

»Er … er … ist Kunsttischler.«

»Ach nein! Dann stammt diese schöne Haustür von ihm?«

Nein, Michael hatte sie nur renoviert. Michael wollte sich selbstständig machen, sie sparten auf seine eigene Werkstatt, und Gertrud hatte Olli nicht – verraten – weil – weil – also, Olli war ein Kotzbrocken, ein Schwein und auch ein Schinder, eine Bedienung für den Bären war einfach zu wenig, aber so musste sie nicht teilen, die Trinkgelder …

»Ich verstehe«, murmelte Rogge. »Was wird denn jetzt aus dem Bären?«

»Ich weiß nicht. Olli ist weg, zu einem Cousin gezogen, und Angi hat eine Aushilfe eingestellt.« Ihre Nase krauste sich besorgt. »Aber der ist nicht gut.«

»Das Geschäft läuft also nicht mehr so?«

Sie schüttelte den Kopf und wagte wieder, Rogge anzuschauen.

»Haben Sie eine Ahnung, was mit Benno geschehen ist?«

»Nichts. Der fährt seinen Molkereiwagen wie eh und je.«

»Und Andrea?«

»Die will weg, aber sie hat nicht gesagt, wann und wohin.« Gertrud zuckte die Achseln, dieser Verlust schmerzte sie nicht.

Monika Ziegler und Jo Thelen würden sich zusammentun, wenn sie den Mut fand, offen mit ihm zu reden, und er die Kraft aufbrachte, sich mit dem Geschehenen abzufinden. Rogge hatte ihr sein Wort gegeben und wollte es halten, auch wenn das bedeutete, dass Benno in dieser Sache straffrei ausging. Um Gertrud musste er sich keine Sorgen machen und Olli gehörte zu jenen dicken, fetten Katzen, die immer auf die Füße fielen.

Rogge trank seinen Kaffee aus und zwinkerte ihr zu: »Na, vielen Dank, Gertrud. Alles Gute – und grüßen Sie Ihren Michael von mir.«

»Das tue ich.« Sie lachte unschlüssig, aber weil Rogge schon aufstand, verschluckte sie, was ihr auf der Zunge gelegen hatte.

Unten an der Treppe drehte Rogge sich doch noch einmal um. »Gertrud, Angi hat mehr als einen Liebhaber?«

Gertrud holte tief Luft: »Ja.«

»Hat im vorigen August, September ein Mann – na ja – mehrmals im Bären übernachtet?«

»Nein, nicht übernachtet. Aber mit der Chefin gebumst.«

Womit wahrscheinlich erklärt war, was Eberhard Fuhrmann neben dem Geld, um das er seinen Bruder erleichtert hatte, nach Stockau gezogen hatte; Monika musste es nicht erfahren, und darum wendete Rogge sich endgültig zum Gehen.

Wibbeke war nicht im Revier, fast die gesamte Mannschaft war wegen eines schweren Verkehrsunfalls ausgerückt, ein umgekippter Reisebus, wie der Wachhabende erklärte. Ab und zu dröhnten Rettungshubschrauber so tief über Herlingen, dass man sein eigenes Wort nicht mehr verstand.

»Sagen Sie Oberkommissar Wibbeke bitte, dass ich ihn sprechen möchte? In der Zwischenzeit gehe ich in die Lokalredaktion vom *Stockerboten*.«

»Alles klar.«

Die Lokalredaktion war in sechs winzigen Räumen untergebracht, alle Verbindungstüren standen weit offen, sonst wäre Rogge wegen klaustrophobischer Attacken sofort geflohen.

Ilse Matussek schmunzelte breit, als Rogge sie danach fragte: »Denkmalschutz, Herr Hauptkommissar. Das war einmal das alte Ständehaus, wir dürfen uns glücklich schätzen und geehrt fühlen, dass uns der Kreis den ganzen ersten Stock vermietet hat.«

Der Rest des Redaktionsteams war draußen, wegen des Busunglücks, sie hielt hier die Stellung. »Der morgige Aufmacher ist also gesichert.«

Ihr Zynismus gefiel Rogge nicht, aber er passte zu ihrem scharfen Gesicht.

»Eigentlich wollte ich mich nur nach einem tödlichen Unfall mit Fahrerflucht erkundigen.«

»Aha.« Sie mochte es nicht, wenn man sich auf Umwegen einer Frage annäherte.

»Ich kenne nur den Namen des Opfers. Martin Lohse. Ein Kind.«

»Moment mal.« So altertümlich die Redaktion untergebracht war, so modern war sie ausgerüstet.

»Hier haben wir es. Soll ich's Ihnen ausdrucken?«

»Bitte, ja, das wäre sehr nett.«

Der Drucker summte nach kurzer Zeit los, mit drei Blättern in der Hand drehte Ilse Matussek sich schwungvoll wieder Rogge zu, die Bretter knarrten und Rogge fragte nervös, nachdem er die Artikel überflogen hatte: »Hat es eigentlich nie Gerüchte gegeben, wer der Fahrer war?«

»Oho!« Ihre Augenbrauen stiegen in die Höhe. »Rede ich mit einem Privatmann oder mit einem Polizeibeamten im Dienst?«

»Die Wahrheit liegt wie immer in der Mitte. Ich bin hier nicht zuständig.«

»Na wunderbar. Dann darf ich also Ihre Anfrage zu einem Artikel verwursten?«

»Wenn da drinstehen würde, dass es Hinweise auf die Identität des flüchtigen Fahrer gibt, die jetzt durch Zufall ans Licht gekommen sind – nichts dagegen.«

»Und mehr nicht?«

»Wie ich Sie einschätze, können Sie schon aus der Tatsache, dass ich vor Ihnen sitze, einen Aufmacher schreiben.« Absichtlich hatte Rogge es in seinem trockensten Ton vorgebracht, aber Ilse Matussek besaß ein dickes Fell und entschied selbst, wer sie beleidigte.

»Okay, kapiert, Sie wollen den ehrwürdigen *Stockerboten* missbrauchen und eine Mine legen.«

»Soll ich aus Prinzip widersprechen?«

»Nein.« Sie lachte kurz. »Sogar bis zu uns hat sich schon herumgesprochen, was mit dem Bärenwirt geschehen ist. Und dass Olli Lohse den Sohn seiner Frau nie leiden mochte, ist bekannt. Es gab sogar böse Gerüchte, dass er ihn selbst überfahren hat, aber natürlich haben wir uns gehütet, das zu schreiben. Verdächtigen Sie Olli?«

»Nein«, erwiderte Rogge bedächtig, »nicht Olli. Der ist viel zu gerissen. Aber Olli hat Freunde und Helfer.«

»Einen Namen wollen Sie mir nicht nennen? Zuflüstern? Unter dem dicksten Siegel größter Verschwiegenheit anvertrauen?«

»Nein. Aber vielleicht sollten Sie mich mit der kryptischen Bemerkung zitieren, dass ich nicht an einen Fahrer von auswärts glaube, der zufällig die Landstraße von Herlingen nach Stockau benutzt hat. Dass ich durch reinen Zufall herausgefunden habe, dass es Frauen gibt oder gegeben hat, die von Martin Lohses Existenz nicht begeistert waren.«

»Dieser Zufall hat sich im Zusammenhang mit den Ereignissen im Bären ergeben?«

Einen Minute prüfte Rogge ihre Miene aufmerksam. Sie konnte giftig, gallig und gehässig sein, aber gerade weil sie das so offen zu erkennen gab, entschloss er sich, ihrer Intelligenz und Korrektheit zu vertrauen.

»Ja«, brummte er deshalb und erhob sich vorsichtig. Trotzdem knarrte das Bodenbrett erschreckend laut. »Vielen Dank, Frau Matussek.«

»Ich würde mich freuen, wenn Sie wieder einmal hereinschauten. Ihre Furcht ist übrigens unbegründet. Mein Chef wiegt an die drei Zentner und das Haus steht immer noch.«

Vor der Zimmertür hielt Rogge unwillkürlich einen Moment inne, diese Wände und Decken bildeten doch kein Rechteck mehr, sondern schon eine Raute, und die Journalistin nutzte ihre Chance: »Sie haben doch nicht wegen Ollis Schiebereien im Bären gewohnt?«

Schmunzelnd drehte er sich um; zuckersüß himmelte sie ihn an und ließ den Bleistift über dem Stenoblock wippen. »Nein. Das war sozusagen ein Abfall-Ergebnis. Ich sollte die Identität der Frau feststellen, die im vorigen September auf dem Parkplatz Feltenwiese gestrandet ist.«

»Und? Hatten Sie Erfolg?«

»Natürlich.« Angesichts Rogges prahlerischem Ton schnaufte sie. »Sie heißt Charlotte.«

»Charlotte und wie weiter?« Ilse Matussek stenographierte ausgesprochen schnell.

»Das erzähle ich Ihnen bei meinem nächsten Besuch.« Vor ihrem Protest hob Rogge lachend beide Hände. »Die Geschichte geht nämlich noch weiter ... Nein, alles andere später.«

Wibbeke verbarg seinen Unmut nicht. Die Szenen, die sich bei dem verunglückten Bus abgespielt hatten, waren ihm an die Nieren gegangen und Rogges Eigenmächtigkeit strapazierte seine Geduld bis zum Äußersten. Nach einem flüchtigen Blick hatte er Rogge die Artikel unwirsch zurückgegeben.

»Alles bekannt.«

»Gertrud behauptet, Olli habe nie erfahren, wer Martins Vater war.«

»Gut möglich.«

»Es war Adalbert Fuhrmann.«

»Was? Der Arzt? Das ist doch Blödsinn!«

»Nein. Angi war seine Patientin, als es passierte, sie hat es Gertrud gestanden, und Gertrud hat keinen Grund, mich zu belügen.«

»Fuhrmann? Mit einer Patientin? War Angi überhaupt volljährig, als sie geschwängert wurde?« Wibbeke hatte Mühe, seine Gedanken von dem Busunglück loszureißen und sich auf Rogge zu konzentrieren.

»Warum nicht? Als Arzt war er besonders leicht verwundbar. Oder erpressbar. Was, Herr Wibbeke, wenn seine Frau eines Tages doch dahinter gekommen ist und Martin, den Sohn, den sie nie hatte, nie bekommen konnte, überfahren hat?«

»Sehr weit hergeholt, Herr Rogge.«

»Dann quartiere ich mich aus einem ganz anderen Grund im Bären ein. Erzähle Gertrud absichtlich, wer ich bin. Die berichtet es Monika Ziegler, die Arzthelferin erzählt es wiederum ihrem Chef und der plaudert es ganz harmlos vor seiner Ehefrau aus.«

»Und die wird nervös, meinen Sie.« Wibbeke verpackte seinen Hohn nur schlecht.

»Möglich, nicht wahr? Warum ist denn sonst auf mich geschossen worden?«

»Moment mal, Sie trauen der Fuhrmann – das halte ich für ausgeschlossen.«

»Wirklich? Ich bin ihr einmal begegnet, und wenn die Frau nicht bis zur Halskrause mit Hass oder Angst abgefüllt ist, gebe ich meine Hundemarke zurück.«

»Aber deswegen schießt man doch nicht ...«

»Wenn sie mich nun gar nicht treffen wollte? Sondern nur verscheuchen?« Wibbeke grunzte Protest, aber Rogge ließ sich nicht beirren. »Benno leugnet stur, auf mich geschossen zu haben.«

Eine ganze Weile grummelte Wibbeke etwas Unverständliches vor sich hin. »Na gut, und wenn sie den *Stockerboten* liest ... Soll ich Ihnen etwas gestehen?«

»Sie haben bis jetzt heimlich Olli verdächtigt, das Kind seiner Frau umgebracht zu haben.«

»Stimmt. Und mal ganz undienstlich, Herr Rogge: Ich hätt's ihm seinerzeit gerne angehängt.«

»Daran zweifele ich keine Sekunde.«

»Sie haben übrigens Glück gehabt, dass Sie die Matussek angetroffen haben, sie ist die einzig Vernünftige in dem Idiotenzirkus da drüben.«

Kriminalrat Simon war nicht zu sprechen. Angeblich eine Konferenz, die gerade begönne, nein, täte ihm Leid, erst in der nächsten Woche wieder. Verstimmt legte Rogge auf und trat ans Fenster. Keine Silbe hatte er Simon eben geglaubt. Seinen Bericht würde er noch schreiben, aber dann durfte ihm der Kriminalrat im Mondschein begegnen, dann war Schluss, noch länger ließ er sich nicht wie eine Figur auf einem Schachbrett hin und her schieben. Obwohl ... Er griente schräg. Diese Kombination aus Urlaub und Ermittlung hatte ihm gut getan, das konnte er nicht leugnen, er hatte Abstand gewonnen und schon viele Tage nicht mehr an den verrückten Jungen gedacht, der mit der Pistole in der Hand auf ihn losgestürmt war. Man konnte über Simon meckern und schimpfen, aber er nahm Rücksicht auf die Eigenarten seiner Leute.

Kili hatte Witze reißen wollen: »Hast du etwa versucht, damit deinen Kaffee zu filtern?«, dann aber alle Eide geschworen, den Inhalt der Diskette erstens sauber auszudrucken und zweitens vor jedermann zu verschweigen und geheim zu halten, was immer passiere.

»Auch vor jederfrau!«

»Denkst du dabei zufällig an Jasmin?«

»Genau das tue ich.«

Bis zur Abendbesprechung hatte Rogge seinen dritten Bericht getippt, korrigiert und gedruckt. Kollege Klaus Schubert hatte sich zum Dienst zurückgemeldet, zusammen mit Peter Dingeldey biss er sich die Zähne an einem mehr als verqueren Fall aus: Ein allseits verhasster Hausmeister war schwer verletzt im Waschmaschinenkeller gefunden worden, aber kein Mieter wollte etwas gehört oder gemerkt haben, obwohl jedem die Schadenfreude aus allen Knopflöchern leuchtete.

Binnen Stunden trabte Rogge wieder voll im Kommissariats-Trott, und weil Kili wohl gewarnt hatte, erkundigte sich niemand, was der Chef in den vergangenen Tagen gemacht hatte. Zum Ausgleich deponierten sie mit faulen Ausreden ihre Akten auf seinem Tisch; die Wochenendarbeit ärgerte ihn, andererseits freute ihn, dass sie ihm vertrauten und selbstverständlich vom Chef Hilfe erwarteten.

Auch Grem schaute »rein zufällig« vorbei; Rogge seufzte, diese Begegnung hätte er gerne vermieden, aber weil der Flurfunk wahrscheinlich mit höchster Leistung sendete, wollte Rogge Grem nicht mit Ausflüchten abspeisen. Dass er Inge Webers Namen herausgefunden hatte, beeindruckte Grem und vergrätzte ihn zugleich; sein verkniffenes Gesicht hellte sich auf, als er hörte, dass Inge Weber/Charlotte Zinneck abgetaucht war: »Also hat sie doch simuliert.«

»Gut möglich«, räumte Rogge ein.

»Ich hab's Simon immer wieder vorgetragen, aber der wusste es natürlich besser.«

Einen Moment überlegte Rogge, aber Grem strahlte vor guter Laune und Schadenfreude, und deshalb riskierte Rogge es: »Sag mal, Grem, ist dir oder deinen Leuten eigentlich aufgefallen, dass sich noch jemand für Inge Weber interessierte?«

»Na klar doch! Nach dieser blöden Fernsehsendung! Plötzlich kurvten da ganz merkwürdige Typen herum und stolperten meinen Leuten über die Füße.«

»Journalisten?«

»Die auch. Ganz schräge Vögel. So hat der Knatsch mit Simon doch begonnen, ich bin den Leutchen kräftig auf die Zehen getreten und einer hat sich wohl bei Simon – oder noch weiter oben – beschwert.«

»Davon steht aber nichts in deinen Akten.«

»Nee, warum auch? Ich musste bei Simon antanzen und der hat mir eine dicke Zigarre verpasst. Behinderung der Presse, ob ich noch alle Tassen im Schrank hätte und so weiter, und zum Schluss Anweisung, mich von der Weberin zurückzuziehen.«

»Nach PDV wohl ganz korrekt«, sinnierte Rogge laut.

»Scheiß auf die Polizeidienstvorschrift Die Frau hat uns alle an der Nase herumgeführt ...«

»Was nicht unbedingt strafbar ist.«

»Irreführung der Behörden, Erschleichung von Sozialhilfe, Führen eines falschen Namens.«

»Moment, Grem. Nur wenn die Weberin von Anfang an simuliert hat, hättest du Recht.«

»Hör auf! Das kenne ich bis zum Erbrechen von Simon.

Mehrere Gutachten von renommierten Sachverständigen, ohne Zweifel totale Amnesie, kein Staatsanwalt wollte ran, kein begründeter Verdacht auf eine Straftat, also Finger weg von der Weberin.«

»Ja«, murmelte Rogge zerstreut, »diese anderen Typen – das waren nicht nur Journalisten?«

»Wahrscheinlich nicht. Privatdetektive, Sensationsjäger, vielleicht auch schlicht Perverse, was weiß ich.«

»Hm. Und jetzt mal vertraulich unter uns Simon-Opfern: Hast du dich an seine Anweisung gehalten?«

»Bin ich verrückt? Natürlich nicht!«

Darauf nickte Rogge nur unverbindlich, aber Grem war noch nicht fertig: »Bis Simon mir den Fall offiziell weggenommen hat. Das verüble ich ihm, das werde ich ihm auch so schnell nicht vergessen.«

An der Tür drehte sich Grem noch einmal um, seine gute Laune sank schon wieder: »Ich hab auch so eine Idee, wer mich angeschwärzt hat, weil ich die Weberin weiter überwachen ließ.«

»Ach ja?«

»Das war dieser Weißbart.«

»Wer ist Weißbart ... Du meinst den Gerichtsreporter vom *Tageblatt*?«

»Genau der. Weißt du, mit wem der befreundet ist?«

»Du meinst Rolf Kramer.«

»Genau. Und dieser windige Privatdetektiv ist ein Spezi von dir, nicht wahr?«

»Willst du jetzt Sippen- und Freundschaftshaftung einführen?«

»Es ist immer gut zu wissen, wer mit wem zusammen kungelt.« Die Tür knallte ins Schloss, Grems Blutdruck hatte wieder die übliche Höhe erreicht.

Während der Abendbesprechung saß Rogge geistesabwesend auf der Fensterbank und hörte nur mit einem Ohr zu. Trotz seiner starken Sprüche war Grem ein guter Polizist, doch für Diplomatie und bürokratische Winkelzüge besaß er kein Gespür. Nicht einmal hatte er über den merkwürdigen Widerspruch nachgedacht, dass Simon ihm den Fall weggenommen und einem anderen Beamten übertragen hatte. Denn dann hätte

Grem auch zu dem Schluss kommen müssen, dass Simon nicht die Tatsache der Ermittlung, sondern nur Grems Methode, die massive Überwachung der Weberin, kritisiert hatte.

»Chef, kennst du den Witz von der Frau, die ihren Mann fragt, warum er denn so lange habe arbeiten müssen, und der sagt, nix Überstunden, sondern eine besondere Gemeinheit der Kollegen, die ihn bei Dienstschluss nicht geweckt hätten.« Kili reckte das Kinn in die Höhe und schielte dabei auf Petra Steiniger.

»Den kenne ich, Kili«, erwiderte Rogge friedfertig.

Kirchbauer schnaufte: »So, wer übernimmt freiwillig Wochenendbereitschaft?«

Alle Köpfe drehten sich zu Rogge, der von der Fensterbank herunterrutschte und freundlich abwinkte: »Ich muss noch etwas erledigen.«

Die Staatsanwältin studierte zuerst die Speisekarte, fingerte dann am Gürtel ihres Kleides herum und musterte Rogge endlich finster: »Weißt du, was du bist?«

»Nix, liebe Dörte, das Wort Sadist weise ich weit von mir. Du hast Kleid und Gürtel ausgesucht.«

»Bist du eigentlich immer im Dienst?«

»Du meinst, weil ich meinen scharfen Blick nicht an der Garderobe abgebe?«

»Himmel hilf!«, stöhnte sie laut auf; am Nebentisch drehte sich ein Paar beunruhigt um. »Was zum Teufel willst du eigentlich von mir?«

»Was soll ein Mann von einer schönen Frau schon wollen?«

»Im Moment stelle ich die Fragen, Angeklagter.«

»Aber ich sitze auf dem Zeugenstuhl, Frau Staatsanwältin.«

»Nicht mehr lange.«

»Richtig. Ich sitze nicht mehr lange still. Wenn du dich nicht entscheiden kannst, laufe ich zum Bahnhof. Da gibt's fantastische Reibekuchen, so richtig schön kross in Fett gebraten ...«

»Kein Wort weiter!«

Nach dem Vorgeplänkel bestellte sie und Rogge amüsierte sich über ihre Zungenspitze, die voller Vorfreude über ihre Lippen huschte. Dörte liebte gute Restaurants und aufmerksame Bedienung, viele kleine Gänge und französische Rotweine, und die innere Wärme stimmte sie heiter, so vergnügt, dass sie beim Kaffee und Cognac seine Attentatspläne auf die geheiligten Prinzipien der Staatsanwaltschaft gelassen, sogar mit einer Spur Wohlwollen ertrug.

»Ich versuch's, Jens, aber große Hoffnungen kann ich dir nicht machen.«

»Simon verschweigt mir einiges ... Ja, kein Einwand, du hast mich vor ihm gewarnt, aber wenn er angewiesen worden ist, Grem von dem Fall zurückzuziehen, muss es einer deiner Kollegen angeordnet haben.«

»Nein, muss nicht. Es kann auch über euren Präsidenten gelaufen sein.«

»Ja, möglich. Aber nicht sehr wahrscheinlich. Denn das würde heißen, dass sich irgendjemand – eine Behörde, ein Amt – außerhalb unseres Gerichtsbezirks für den Fall Inge Weber interessiert.«

»Kommt dir das ganz ausgeschlossen vor?«

Dass Dörte mit ihren blind gefeuerten Schüssen so oft ins Schwarze treffen musste! Die Logik sagte ihm, dass es unwahrscheinlich war, aber sein Gefühl piesackte ihn, eben das zu vermuten. Wer sollte denn diese Typen geschickt haben, die ihn verfolgt hatten, die er beinahe vor Schönborns Villa gestellt hatte – aber eben nur beinahe? Wer hatte ihn in der Weber-Wohnung so fachmännisch außer Gefecht gesetzt?

Sein unglückliches Gesicht verriet ihn, Dörte lachte auf und streichelte seine Hand: »Jens, ich hör mich im Amt um, das ist versprochen, aber zu mehr kannst du mich nicht überreden.«

XVI.

»Ja?«

»Hier ist Kuckuck. Wir haben seit zweiundsiebzig Stunden keine Nester mehr gefunden. Sollen wir weitermachen?«

Seit drei Tagen keinen Kontakt mehr. Das hieß, die anderen hatten sich zurückgezogen. Höchstwahrscheinlich.

»Wie viele brütende Paare waren es zum Schluss?«, erkundigte Jockel Pertz sich vorsichtshalber.

»Drei.«

Sechs Leute. Ein teurer Spaß, um die 50 Mille pro Monat. Mal zwölf, rund eine halbe Million. Das ging ins Geld. Jeder vernünftige Kaufmann setzte sich ein Limit und eine halbe Million klang nach einem kalkulierbaren Einsatz, einer Summe, die man aufwenden konnte, vielleicht sogar riskieren musste.

Sie hatte ein Taschentuch herausgeholt und wischte Pertz den Lippenstift ab. Dass sie schweigen musste, wenn er diesen harten Blick bekam und seine Backenmuskeln spielten, hatte sie gelernt. Und noch einiges mehr, von dem er hoffentlich nichts ahnte. Deswegen versuchte sie gar nicht erst zu lauschen, sondern glitt von seinem Schoß und tappte lautlos zur Tür, wo sie wartete, die Hand auf der Klinke.

»Okay, wir machen Schluss.«

»Verstanden, Ende.«

Pertz legte auf und sie huschte durch die Tür.

Nach dem Telefongespräch hatte Pertz den Apparat umgestellt und sein Arbeitszimmer abgeschlossen, um ungestört Akten zu lesen. Wie immer bei solchen Aktionen war viel Papier zusammengekommen, aber die Aussagekraft verhielt sich umgekehrt proportional zur Menge. Deshalb hatte er sich angewöhnt, bei der ersten Lektüre die wirklich wichtigen Passagen rot zu unterstreichen, und mit diesen Stellen wäre er in zwanzig Minuten fertig gewesen.

Für die Existenz dieser Liga gab es nur drei dürftige, halbwegs sichere Beweise: die Auswertung der mitgeschnittenen Telefongespräche, die Berichte ihres V-Mannes, die Aussage eines Mitarbeiters, der zufällig Zeuge einer Auseinandersetzung in einem Drei-Sterne-Restaurant geworden war. Die V-Mann-Rapporte legte er vorerst zur Seite. Nach den Transkripten der vom BND aufgezeichneten Telefongespräche existierte eine Gruppe, ein loser Zirkel, der sich den Namen Liga gegeben hatte, aber abgesehen von der Tatsache, dass seine Mitglieder etwas mit Import und Export, Wirtschaft und Finanzen, Industrie und Forschung zu tun hatten, waren Größe, Organisation und Zielsetzung völlig vage geblieben. Für die sieben namentlich identifizierten Mitglieder hatten sie eine vergleichende Recherche nach Gemeinsamkeiten angestellt: Schule, Universität, studentische Verbindungen, Ausbildung, Sportclubs, Hobbys, Vereine. Das Ergebnis fiel negativ aus. Auch die so genannten Lebenskreise überschnitten sich nicht so, dass wie bei der Mengenlehre eine allen gemeinsame Schnittmenge übrig blieb.

Genauso unergiebig war die Literaturrecherche ausgefallen. Aus den unendlichen Mengen von Artikeln, Broschüren, Flugblättern, Zirkularen, die mit Fleiß und hohem Aufwand gesammelt wurden, ließ sich keine Organisation extrahieren. Das musste nichts zu bedeuten haben, vorsichtige Menschen mieden schriftliche Aussagen, erst recht, wenn sie zwar gemeinsame Interessen verfolgten, aber keine einheitliche ideologische Basis besaßen. Ihr Ohrenzeuge hatte, wenn man kritisch las, nur einen wichtigen Satz beigesteuert, den erregten Vorwurf eines Unternehmers: »Wenn ich gewusst hätte, auf was ich mich da einlasse, hätte ich nie einen Finger für diese verdammte Liga gerührt.«

Den Sprecher hatten sie ausfindig gemacht und nach allen Regeln der Kunst durchleuchtet. Er hatte Schulden, er betrog das Finanzamt und seine Frau, er zahlte Schmiergelder an das Wasserwirtschaftsamt. Alles in allem hässliche Flecken auf der weißen Weste, aber weder größer noch schwärzer als bei vielen anderen auch, die nicht unter dem Verdacht standen, einer verfassungsfeindlichen Organisation anzugehören und gezielt gegen das Waffenkontroll- und das Außenwirtschaftsgesetz zu verstoßen.

Blieb also nur der V-Mann. Wenn man seinen Berichten Vertrauen schenken konnte, hatte er sich unter Berufung auf die Liga in einen Kreis eingeschlichen, dem tatsächlich ungesetzliche Aktivitäten nachzuweisen war, wobei offen blieb, welches Ziel die Mitglieder wirklich verfolgten: Füllten sie sich nur die eigenen Taschen oder finanzierten sie eine politische Idee?

Jockel Pertz lehnte sich zurück. Mehr als einmal hatte er sich den ketzerischen Gedanken verboten: Gab es die Liga überhaupt? Die Tonbänder hatte er nie gehört, sondern nur die Abschriften gelesen. Mit dem Mitarbeiter war er nie zusammengetroffen, um sich selbst einen Eindruck von seiner Glaubwürdigkeit zu verschaffen. Blieb der V-Mann, dessen Tipps lange Zeit zu etwa neunzig Prozent gestimmt hatten – in diesem Gewerbe eine ungewöhnlich hohe Trefferrate. Vielleicht zu hoch, um nicht vorsichtig zu werden. Der Trick war beliebt: Ein Doppelagent festigte seinen Ruf durch anfänglich hervorragende Informationen; im Laufe der Zeit nahm die Zahl der richtigen Informationen ab, die der gezielten Falschinformationen zu. Was hier allerdings nicht zutraf. Die Zahl der Informationen war bei konstanter Trefferquote kontinuierlich gesunken. Zu dieser Aussage hatte Pertz das Trio Ellwein, Gönter und Weinert regelrecht zwingen müssen und selbst jetzt war Pertz sich nicht sicher, ob sie ihn nicht belogen hatten, und zwar aus einem allen gemeinsamen, wenn auch voreinander verschwiegenen Motiv: Sie ahnten das Ende der Aktion und hatten die Kooperation in Gedanken bereits aufgekündigt, behielten deshalb all jene Erkenntnisse für sich, die in Zukunft für ihre »Mutter«-Dienststellen wichtig werden konnten.

Wie sich überhaupt gezeigt hatte, dass der Egoismus der Dienste und Ämter eine wirklich vertrauensvolle Zusammenarbeit erschwerte.

Nun gut! Pertz rieb sich die Augen. Die Liga existierte, aber sie hatten den Kontakt verloren. Wiederum zwei mögliche Erklärungen: Der Laden hatte sich so gut getarnt, dass nach dem Ausfall des V-Mannes die Abschottung perfekt funktionierte. Oder die Gruppe hatte sich aufgelöst, weil sie nach dem ersten Einbruch in ihren inneren Kreis misstrauisch, übervorsichtig geworden war.

Nebenan hatte die Frau sich an den Flügel gesetzt und Pertz ließ sich eine halbe Minute ablenken. Schubert, ein Impromptu. Warum sie bei ihrem Talent die Ausbildung abgebrochen hatte, verstand er bis heute nicht. Eine Verschwendung von Begabung und Mühe, diese Überlegung bedrückte ihn immer wieder.

Viele der Entscheidungen, die Pertz treffen musste, fielen ›nach Aktenlage‹ und manchmal fühlte er sich dabei wie ein

Mann in einem großen, völlig finsteren Saal mit vielen Ausgängen. Hatte der andere bereits lautlos den Raum verlassen? Oder lehnte er immer noch irgendwo an der Wand und wartete mit endloser Geduld ab, was geschehen würde? Selbst Erfahrung führte da nicht viel weiter, es blieb immer eine Mischung aus wenigen Fakten, Intuition und Erinnerung an viele Niederlagen und einige wenige Erfolge. Das Trio Ellwein, Gönter und Weinert hatte sich, jeder einzeln, strikt geweigert, ihm bei dieser Entscheidung zu helfen. Seine Intuition sagte Pertz, dass sich der Kreis aufgelöst hatte. Entweder waren alle Spuren bereits verwischt – oder die letzte gemeinsame Aktivität bestand zurzeit darin, gefährliche Zeugen auszuschalten und mögliche Beweise zu vernichten. So oder so – es lohnte keine Mühe mehr.

Sorgfältig räumte er die Akten in den kleinen Tresor. Wie immer litt er unter dem Zwiespalt von Erleichterung darüber, dass er sich durchgerungen hatte, und nagendem Zweifel, er könnte etwas übersehen haben.

Petra hörte auf, als er ins Zimmer kam und vor dem Flügel stehen blieb.

»Du siehst unglücklich aus, Jockel«, flüsterte sie zärtlich.

»Unglücklich? – Nein. Unglücklich bin ich nicht. Unruhig.«

»Warum? Meinetwegen?«

Er lächelte trübe, während sie aufstand und die Träger ihres Hängerkleids über die Schultern streifte. Zwei Jahre hatte er sich gegen sie gewehrt, weil er nicht begriff, was sie an ihm fand, und sich zugleich trotz des beruflichen Misstrauens mit allen Fasern nach ihr sehnte.

Sie hakte den BH auf und er zog sie an sich. Weil er ein zärtlicher Liebhaber war, schlief sie gerne mit ihm und schämte sich manchmal, dass sie ihn ausspionierte. Aber dafür wurde sie gut bezahlt, und wozu ihre Informationen dienten, wollte sie gar nicht wissen.

Samstag, 30. September

Das Telefon riss Rogge aus dem tiefsten Schlaf, wütend grabbelte er nach dem Wecker: Viertel nach drei. Welcher Idiot im Präsidium hatte da wieder nicht auf die Liste geschaut?

»Ja?«, grollte er los.

»Herr Rogge? Hier ist Inge Weber. Oder Charlotte Zinneck.«

Zuerst verstand er gar nichts, und das nicht nur, weil die heisere Stimme flüsterte. Noch benommen vom Schlafdusel traute er seinen Ohren nicht. »Wer?«

»Charlotte Zinneck.«

Das war nicht wahr! Das konnte nicht sein!

»Hören Sie mich?«

»Ja«, krächzte er, die Stimme dick belegt.

»Ich brauche Hilfe.«

»Was?«

»Bitte! Die sind hinter mir her.«

»Wer ist … wo sind Sie?«

»In einem Motel. Am Bellhorner See.«

»Das kenne ich.«

»In einem fremden Zimmer, die Nummer weiß ich nicht, ganz außen. Da habe ich mich versteckt.«

Seine Schlafgeister verflogen.

»Ich weiß nicht mehr, was ich machen soll.« Die Stimme zitterte, gleich würde sie zu weinen beginnen. Das hatte ihm gerade noch gefehlt. »Ich habe Angst.«

Wenn sie schauspielerte, verdiente sie einen Preis.

»Können Sie nicht kommen? Bitte!«

Eine großartige Idee. Mal eben an den Bellhorner See rauschen und den Helden spielen …

»Kann Ihnen das Personal nicht helfen?«

»Ich weiß nicht – es ist dunkel, ich trau mich nicht, Licht zu machen.« Das klang nach beginnender Hysterie, mit ihrer Nervosität steckte sie ihn regelrecht an.

»Okay, nur ganz ruhig, ich finde Sie. Bleiben Sie jetzt in der Nähe des Telefons. Eine Stunde, okay?«

»Ja … ja … sicher.«

»Bis gleich!« In fliegender Eile zog Rogge sich an und verwünschte die drei Cognacs, zu denen Dörte ihn verführt hatte. Und fluchte noch einmal, als er feststellte, dass er nur ein gefülltes Magazin für seine Dienstwaffe besaß.

Bis zum Bellhorner Stausee stellte Rogge einen neuen Rekord auf. Die Dämmerung kündigte sich an, es würde ein grauer Tag werden, die Wolken hingen dicht über dem Wasser, es war windstill und schwülwarm. Weil Rogge keine Zeit verlieren wollte, fuhr er direkt auf den Parkplatz. Der Eingang des Motels war verschlossen, zornig rüttelte er an der Tür, zwecklos, bis er jemanden vom Personal geweckt hatte … Er rannte nach links, um den einstöckigen Flügel herum. Ganz außen, hatte sie gesagt. An der Ecke musste er über den Zaun klettern, noch war es zu dunkel, sollte sich jemand im Garten verbergen, würde er ihn nicht sehen können – das äußerste Zimmer. Fenster und Verandatür verriegelt, kein Licht, die Vorhänge nicht vorgezogen, er klopfte hastig, zweimal, dreimal, drinnen rührte sich nichts.

»Charlotte!«, rief er unterdrückt.

Keine Reaktion. Also das Zimmer auf der anderen Seite der L-förmig gebauten Anlage? Quer durch den dunklen Garten? – Oder ließ er sich von ihr verrückt machen? Warum glaubte er ihr unbesehen? – Wenn er an den Terrassen vorbeischlich, bestand Gefahr, dass Motelgäste ihn zufällig sahen und Alarm schlugen – oder sollte er das herausfordern? Und dann war da niemand, nur ein spinnerter Hauptkommissar …

Er spurtete los, raste quer über die Beete, zertrampelte Blumenrabatte, sprang über niedrige Sträucher und hörte plötzlich zweimal ein mattes Plopp. Oder bildete er sich das nur ein? Seine Lungen stachen, die Luft wurde knapp, er sollte weniger rauchen, es konnte aber auch die Furcht sein – noch ein Plopp, in der Stille erschreckend laut, endlich warf er sich auf die Steine der Veranda vor dem Eckzimmer.

»Charlotte!«, keuchte Rogge. Die schlimmsten Alpträume wurden wahr, aber dann öffnete sich wie von Zauberhand die Tür, er kroch auf allen vieren durch den Spalt, sie drückte die Tür schon zu und schrie unterdrückt auf, als das Glas splitterte und knirschte. Ohne zu überlegen griff Rogge nach ihren Beinen und riss sie um, sie schrie vor Schreck oder Schmerz, als sie auf ihn stürzte, keine Zehntelsekunde später hörten sie zwei dumpfe Aufschläge, der Schütze hatte das Holz getroffen.

»Nicht bewegen!«, zischte Rogge und das unangenehm hohe Jammern brach ab.

»Ruhe!«

Zehn Sekunden, zwanzig, dreißig. Absolute Stille. Eine Minute. Im Motel rührte sich nichts. Wie viel Zeit hatten die Männer draußen noch? Eine halbe Stunde, bis es zu hell geworden war? Langsam schob er die Frau zur Seite.

»Nicht aufrichten! Kriechen Sie zwischen Bett und Wand! Und halten Sie den Kopf unten, was immer passiert!«

»Ja«, flüsterte sie.

Seine Augen hatten sich an die Dunkelheit gewöhnt, trotzdem erkannte er sie nur schemenhaft. So leise sie sich auch bewegte, das Kratzgeräusch übertönte alles. »Psst!«

Wieder Stille. Er holte die Waffe aus dem Halfter, entsicherte, lud durch, das Schnappen dröhnte erschreckend laut. In seinen Ohren rauschte das Blut – und dann ein kaum vernehmbares Knacken. Als ob jemand auf einen verdorrten Ast getreten war, gar nicht weit entfernt.

Millimeterweise hob Rogge den Kopf, bis er über den unteren Holzrand der Verandatür schauen konnte. Am Horizont zeichnete sich ein dunkelgrauer Streifen ab. Ihm stockte der Atem. Vor diesem Hintergrund bewegte sich, wie aus dem Boden gezaubert, eine dunkle Gestalt, ein Mann, der im schrägen Winkel auf die Veranda zu schlich. Seine Silhouette veränderte sich, der Mann drehte den Kopf zur anderen Seite, Rogge folgte der Bewegung, eine zweite schwarze Figur näherte sich von rechts, bog ab, als wolle sie im Schutz der Hauswand neben die Verandatür gelangen. Wenn er diese Deckung erst einmal erreicht hatte – mehr aus Instinkt als Überlegung riss Rogge seine Waffe hoch und feuerte durch das Glas, einmal, die linke Figur schwenkte nach rechts, die rechte erstarrte, der Mann links hob den Arm in Rogges Richtung, Rogge glaubte zu ersticken. Ein Albtraum wurde wahr, an die Bewegung des jungen Rumänen erinnerte Rogge sich wie in einer grotesk überdehnten Zeitlupe, das durfte ... Er zielte und wusste dabei glasklar, dass er jetzt aus Panik handelte. Der Schuss peitschte in seinen Ohren, der Mann stockte, ließ den Arm sinken, fiel um wie eine schlaffe Stoffpuppe und dann bemerkte Rogge in den Augenwinkeln, dass die rechte Figur in langen Sätzen davonsprang.

Irgendwo im Motel regte sich etwas. Bei diesen dünnen Wänden musste jemand von den Schüssen aufgewacht sein ...

»Los, raus! Wir müssen weg!«

Erst jetzt registrierte Rogge, dass Charlotte Zinneck wimmerte.

»Los!«

Dann stand sie neben ihm, keuchend vor Angst, und er zerrte sie rücksichtslos auf die Veranda.

»Was ist – was war ...«

»Später, wir müssen weg, bevor der zweite Mann Hilfe geholt hat.«

Trotzdem nahm Rogge sich die Zeit, kurz bei dem umgefallenen Mann niederzuknien. In seiner Angst hatte er nur zu gut gezielt, den Griff nach der Halsschlagader brauchte er gar nicht. Den Toten kannte er nicht. Ein mittelgroßer Mann, Mitte dreißig, sportlich und muskulös. Haare kurz geschnitten, nach der Erscheinung kein Schläger. Wahrscheinlich maßgeschneiderter Anzug. Seidenkrawatte. Eine Rolex.

Hastig durchwühlte Rogge die Taschen. Goldenes Feuerzeug, silberner Kugelschreiber und ledergebundener Notizblock mit leeren Seiten, fast 6.000 DM in bar, aber keine Ausweispapiere. Beim Blick auf die Waffe hielt Rogge unwillkürlich die Luft an; dieses Modell hatte er schon einmal gesehen, Heckler & Koch mit hülsenloser Munition.

Jetzt wurde es von Minute zu Minute heller. Weit entfernt klappten mehrere Autotüren.

»Kommen Sie!«

Hand in Hand rannten sie Richtung See, sie greinte, schluchzte, wenn sie stolperte und er sie einfach weiterschleifte. Das Motel besaß einen eigenen Bootsanleger, von dort führte eine Holzbohlenbrücke zu einem Liegeplatz, sie mussten noch eine Stunde überstehen, dann war es hell … Als Rogge sich einmal umdrehte, ahnte er vor dem dunkelgrauen Hintergrund mehrere schwarze Schatten, die auf das Motel zustürmten. Verdammt, war hier eine ganze Kompanie angetreten?

Die Stiche in der Seite brachten ihn bald um. Auch Charlotte Zinneck keuchte, japste nach Luft. Die Boote vor ihnen waren zu klein.

»Da rüber!«

Auf den Bohlen dröhnten ihre Schritte wie Silvesterböller. Jetzt nicht schlappmachen, ohne Überlegen entschied er sich: »Das große Boot!«

»Wo?«

An einer Stelle war die Plane über dem Cockpit nicht festgezurrt, wie hatte er das überhaupt in diesem Zwielicht sehen können? Sie hatte noch nichts begriffen, mit einer Hand hob Rogge die Plane an, beugte mit der anderen rücksichtslos ihren Kopf nach unten und stieß sie vorwärts: »Rein!«

Wie ein Sack fiel sie in die Vertiefung, Rogge folgte ihr, trat ihr auf den Arm, sie stöhnte laut auf, aber zu Entschuldigungen war jetzt keine Zeit, warum war diese verdammte Plane so sperrig, er kratzte sich die Fingerkuppen blutig, krallte und ruckte, endlich gab sie nach, glitt wieder in die alte Position. Hinter sich hörte er sie leise weinen.

Hoffentlich schwankte das Boot nicht – »Um Gottes willen, nicht bewegen!«

Der Rumpf kam zur Ruhe, jetzt konnte Rogge sich nur noch auf seine Ohren verlassen, aber die Stille war nicht weniger bedrohlich als vorhin das Knacken. Was würden die Männer tun? Sie schienen rücksichtslos und zu jedem Risiko bereit, aber wenn Rogge die Motelgäste mit den Schüssen aufgeweckt oder das Personal alarmiert hatte …

Wie viel Zeit verstrichen war, vermochte er nicht zu schätzen, als er die leisen, verstohlenen Geräusche hörte. Quälend langsam kamen sie näher, vorsichtige Schritte auf der Bohlenbrücke, sie hielten inne. Von der Brücke zweigten die Stege ab, wenn er die Schritte so genau hörte, konnten die Männer nicht weit entfernt sein. Gemurmel, die beiden sprachen miteinander, zu leise, um etwas zu verstehen. Dann trennten sie sich wohl, ein Schrittgeräusch entfernte sich, ein anderes kam näher, Rogge richtete die Pistole auf die Stelle über seinem Kopf. Wenn der Mann die Lücke in der Verzurrung entdeckt haben sollte –

In der nervenfressenden Stille hörte es sich an, als trete der Unbekannte ihnen auf den Kopf, nein, er blieb nicht stehen, ging weiter den Steg entlang bis zum Ende. Kam zurück, etwas schneller, strich wieder an ihrem Boot vorbei, täuschte er sich jetzt? – Nein, die anderen Schritte ertönten von rechts. Wieder das unverständliche Gemurmel, dann entfernten sich die Schrittgeräusche. Entweder hatten sie es aufgegeben, weil sie nicht alle Boote durchsuchen konnten. Oder es wurde zu hell, sie mussten abziehen, bevor sie entdeckt wurden.

Charlottes schwerer Atem beruhigte sich.

»Wir müssen noch warten!«, hauchte Rogge. Es konnte eine List sein, vielleicht hofften die Männer auf ihre Ungeduld.

»Ja«, gab sie leise zurück.

Eine Viertelstunde. Wenn er sich nicht täuschte, wurden Motoren angelassen, ja, da fuhren Autos weg. Die Männer – oder Motelgäste?

»Setzen Sie sich auf den Boden, aber ganz vorsichtig.«

»Ja.« Er spürte die Bewegung, das Boot schaukelte wieder, Rogge griff nach ihrem Arm und sie hielt inne. Die Kante der Sitzbank drückte in seine Rippen, er biss die Zähne zusammen.

Noch eine Viertelstunde? Mittlerweile hatte er jedes Zeitgefühl verloren. Warum blieb es oben so ruhig? Manche Gäste legten wohl wenig Wert darauf, die Polizei zu alarmieren und anschließend ihre Personalien zu Protokoll zu geben. Protokoll – er musste erklären, wie und warum er einen Mann erschossen hatte. Ohne Vorwarnung, ohne Anruf. Mit seiner Dienstwaffe. Ihm schwindelte.

Dann hielt Rogge es nicht mehr aus, drückte mit der Faust die Plane nach oben, bis Licht durch den winzigen Spalt fiel, gerade genug, die Zeiger auf seiner Uhr zu erkennen. Schon 7.30 Uhr. Sie konnten doch nicht über eine Stunde …

»Sind sie weg?«

»Ich hoffe!«, versetzte Rogge barsch und schlängelte sich nach draußen. Alle Muskeln und Knochen protestierten, vorsichtshalber blieb er auf dem Holz liegen und schaute sich um. Kein Mensch weit und breit. Beunruhigt schüttelte er den Kopf. Wo waren die Kollegen … oder hatten die Männer die Leiche mitgenommen?

»Kann ich rauskommen?«

Ungelenk und steif krabbelte sie auf den Steg und stöhnte, als er ihr aufhalf. Richtig hell war es nicht geworden, dicke Wolken hingen tief über dem See, aber in dem trüben Licht konnte Rogge das Motel erkennen, in dem alle Gäste noch zu schlafen schienen, nirgendwo brannte Licht.

»Danke«, flüsterte Charlotte Zinneck und Rogge zuckte die Achseln.

»Ich wusste nicht mehr …«

»Wo haben Sie sich denn die ganze Zeit herumgetrieben?«

»In Rollesheim, in einer Pension.«

Neugierig musterte er sie. Sie trug Jeans und eine hellblaue Bluse und beide Stücke sahen so aus, als habe sie mindestens eine Nacht darin geschlafen. An ihren dicken Joggingschuhen klebte Lehm.

»Frieren Sie nicht?«

»Doch«, sagte sie und prompt klapperten ihre Zähne.

»Ich glaube, Sie haben mir viel zu erzählen.«

»Ja«, stimmte sie geistesabwesend zu. »Am Montag bin ich einfach weggefahren, irgendwohin. Aber ich hatte kaum Geld und vorgestern musste ich aus der Pension ausziehen …«

»Und was hat Sie an den Bellhorner See verschlagen?«

»Ein Freund von Achim hat hier ein Boot liegen, da hab ich mich versteckt.« Sie schüttelte sich und trat vor Kälte von einem Fuß auf den anderen. »Heute Nacht sind sie dann gekommen.«

»Wer?«

»Ich weiß es nicht. Die Männer, die schon lange hinter mir her sind.«

Sie schlug die Arme um sich und Rogge gab sich einen Ruck. »Was halten Sie von einem ordentlichen Frühstück?«

»Ganz, ganz viel«, antwortete sie und ihre hysterische Heiterkeit warnte ihn.

»Prima. Haben Sie noch Sachen auf dem Boot?«

»Meine Handtasche. Und meine Jacke.« Unwillkürlich griff sie nach der aufgesetzten Blusentasche und kicherte schrill, während sie ihm seine Visitenkarte zeigte. »Die hatte ich immer bei mir.«

»Sehr schmeichelhaft für mich«, blaffte Rogge sie an und sie fuhr zusammen. Jetzt bloß kein Ausrasten, das Schlimmste hatten sie schließlich überstanden.

Das Boot war ein winzig kleines Versteck und noch nicht für den Winter hergerichtet; Rogge schauderte bei dem Gedanken, darin übernachten zu müssen. Die Kajüte war eng und sie musste ziemlich gefroren haben. Sie kehrte mit einer scheußlichen Wolljacke zurück, die ihr bis auf die Oberschenkel reichte. Weil sie seinen Blick richtig deutete, erklärte sie trotzig: »Mehr Geld konnte ich nicht ausgeben.«

»Warum haben Sie Schönborn nicht um Hilfe gebeten?«

Ihr Gesicht verschloss sich, darauf wollte sie nicht antworten. Noch nicht. Schweigend gingen sie auf das Hotel zu. Charlotte Zinneck zögerte, als er vom Weg abwich und auf die Stelle zusteuerte, an der die Leiche gelegen hatte. Weg, keine Spur, und nur wer sehr genau hinschaute, entdeckte die Schäden, die sie heute Morgen an Blumen und Sträuchern angerichtet hatten. Das Glas der Verandatür war zersplittert, nun ja, darüber würde sich später ein Gast beschweren, aber ein vernünftiger Betrieb hatte eine Versicherung.

»Wo ist – was ist …?«, stammelte sie.

»Die haben ihren toten Kumpanen mitgenommen«, erklärte er flach. »Zum Glück. Sonst müssten Sie und ich meinen Kollegen viel erzählen.«

Das Motel hatte geöffnet, die junge Frau an der Rezeption gähnte verstohlen und betrachtete sie abschätzig. Nein, kein Zimmer, brummte Rogge und freute sich über ihre Verwirrung, aber ein Frühstück, und zwar ein gewaltiges.

»Ja, ja, natürlich – dort, im Restaurant.«

Sie plünderten das Buffet, als würden morgen die sieben biblischen mageren Jahre anbrechen, und Charlotte Zinneck langte zu, als habe sie seit einer Woche gehungert.

Nach der Arbeit in der Bäckerei war sie mit dem Bus zum Bahnhof gefahren und hatte sich einfach in einen Zug gesetzt. Ohne Fahrkarte, sie hatte nicht einmal gewusst, wohin der Zug fuhr. In Rollesheim war sie ausgestiegen, weil im Nebenwagen ein Schaffner kontrollierte, und hatte sich die billigste Pension im Ortszentrum gesucht. Um drei Nächte bezahlen zu können, hatte sie tatsächlich auf Mittag- und Abendessen verzichten müssen, vor allem, nachdem sie diese scheußliche, aber warme Jacke gekauft hatte.

»Schönborn hätte Ihnen doch geholfen – oder?«

»Sicher«, erwiderte sie so kurz, dass er aufhorchte.

»Werden Sie ihn anrufen?«, forschte er.

Darauf antwortete sie nicht, er sah förmlich, wie ein Vorhang vor ihrem Gesicht niederging, und widmete sich leise seufzend wieder seinem Teller. Auch sie schwieg, bis er ihr sein Zigarettenpäckchen hinhielt.

»Danke. Erst ein Loch im Magen und jetzt platze ich.«

»Dagegen kenne ich ein hervorragendes Mittel.«

»Ja?« Sie lächelte, sparsam, aber immerhin, und wich seinem Blick nicht aus.

»Ein großer, langer Spaziergang.«

Nach einer Weile nickte sie versonnen: »Ja, Sie haben Recht, ich möchte mich bewegen.«

Rund um den See gab es einen bequemen Weg, den sie zu dieser frühen Stunde für sich allein hatten. Nach zehn Minuten spürte Rogge die nasse Kühle nicht mehr. »Also, Frau Zinneck, Lebensrettung und Frühstück haben ihren Preis.«

»Damit geht's schon los. Ich heiße nicht Zinneck.«

»Nein?«

»Nein.« Sie stöhnte so tief, dass er trotz seiner Spannung lachen musste. »Nein, ich heiße Charlotte Bongartz.«

»Das fängt ja gut an«, lästerte er, weil er nicht wollte, dass sich ihre düstere Stimmung festsetzte.

»Und es wird noch besser. Es ist nämlich eine lange, unglaubliche Geschichte.«

»Darauf bin ich geeicht.«

»Hoffentlich. Ich bin achtunddreißig Jahre alt, Herr Rogge. Ein Einzelkind aus steinreichem Hause, wie man so schön sagt. Mein Vater ist kurz vor meinem Abitur gestorben, meine Mutter, als ich fünfundzwanzig Jahre alt war, und danach war ich eine reiche Erbin. Sehr wohlhabend sogar. So reich, dass ich nicht arbeiten musste und Nürnberg verlassen habe. Für immer. Ich bin nach Frankreich gegangen und habe mir ein Häuschen in der Nähe von Cannes gekauft.« Nach einer kleinen Pause setzte sie verschlossen hinzu: »Und aus vielen Gründen alle Fäden zu meiner Vergangenheit gekappt.«

Rogge unterbrach sie nicht, sie wollte es eben auf ihre Art erzählen.

»In Cannes habe ich eine Französin kennen gelernt, die eine Keramikwerkstatt betrieb, dort bin ich später Teilhaberin geworden. In dem Geschäft habe ich einen Deutschen getroffen und nach zwölf Monaten haben wir geheiratet. Das war vor ziemlich genau vier Jahren.«

Die beiden letzten Sätze hatte sie so schnell und trotzig herausgestoßen, dass Rogge sich seinen Teil dachte, aber nur stumm nickte.

»Hans Zinneck hieß er.« Sie legte den Kopf herausfordernd schräg, aber den Gefallen, eine Frage zu stellen, tat Rogge ihr nicht.

»Zinneck arbeitete für eine internationale Investmentfirma in Marseille und verdiente ein Schweinegeld.«

Ein Schweinegeld. Sprache war verräterisch, sinnierte er, aber damals, als sie ihn heiratete, hatte sie daran keinen Anstoß genommen. Reicher Mann verliebt sich in schöne, reiche Frau.

»Einen Monat nach unserer Heirat sind wir aus Cannes weggezogen.«

»Und wohin?«

»Zuerst nach Frankfurt. Dann nach München, nach Stuttgart, Hamburg, Berlin, Hannover.«

»Etwas viel Umzüge für drei Jahre, nicht wahr?«

»Woher wissen Sie ...? – Ach so, ja. Völlig richtig. So viele, dass ich – unruhig wurde.« Sie kickte zwei Kiefernzapfen zur Seite. »Es waren nämlich keine Umzüge, Herr Rogge.«

»Sondern?«

»Von einem möblierten Haus in das andere. Oder auch in Hotels. Apartmenthäuser. In den drei Jahren meiner Ehe waren wir praktisch immer auf Achse.«

»Aus beruflichen Gründen?«

»Das hat Hans Zinneck mir einzureden versucht und zu Anfang hab ich ihm das auch geglaubt. Bis mir der schreckliche Verdacht kam, er sei auf der Flucht.«

»Auf der Flucht?«, wiederholte Rogge verblüfft. »Vor wem denn?«

»Das wollte er nicht verraten. Wissen Sie, vor der Hochzeit, in Cannes, war er – gesellig, ging gerne auf Partys, machte allen möglichen Spaß mit, feierte, hatte Freunde, ließ fünf auch mal gerade sein, und wenn er Lust hatte, flogen wir mal eben nach Paris oder London oder Rom.«

»Aber danach ...«

»Veränderte er sich. Und zwar rapide. Sobald ich irgendwo halbwegs Fuß gefasst hatte, mussten wir wieder los, in eine andere Stadt. Nein, keine Freunde, keine Bekannten, keine Verwandten, Liebe macht wohl blind, aber eines Tages konnte ich wieder scharf sehen.«

»Haben Sie ihn nie zur Rede gestellt?«

»Doch, mehr als einmal. Aber er ist mir immer ausgewichen, hat mich vertröstet und gelogen. Ich konnte es mir nicht erklären ...«

»Also keine andere Frau?«

»Ach was, er war zum Schluss so nervös, dass er auch mit mir nicht mehr geschlafen hat. Und ich – na ja, ich war auch nicht so klug, wie ich hätte sein sollen, ich hab angefangen, zu trinken und Pillen zu schlucken.«

»Rauschgift?«

»Nein, nie. Aber Valium und ähnliches Zeugs. Ich dachte, sonst würde ich zerspringen. Anders hielt ich es nicht mehr aus.«

Alkohol und Diazepam. Rogge grunzte. »Ihr letztes Quartier war in Kassel, in der Beelestraße 11.«

Ihr Mund blieb offen stehen, ihre Augen wurden riesig.

»Jetzt sind Sie noch dran, nachher erzähle ich.«

»Woher wissen Sie ...?«

»Nachher, Frau Bongartz.«

Das musste sie erst einmal verdauen.

»Ja, in Kassel ... An dem Abend habe ich ihn zur Rede gestellt. Er wollte mich wieder hinhalten, auf unser nächstes Quartier in Dresden vertrösten, aber meine Geduld war – erschöpft. Aufgebraucht. Eine Minute Bedenkzeit oder ich verlasse das Haus für immer.«

»Warum ausgerechnet an dem Abend?«

»Weil ich ihn noch nie so erlebt hatte, etwas erdrückte ihn fast vor Angst. Und da machte es klick, jetzt oder nie – verstehen Sie das?«

»Doch, ja.«

»Und er hat ausgepackt. Gleich die richtig schweren Hämmer geschwungen. Er heiße nicht Hans Zinneck, sondern Wolfgang Tepper. Außerdem wisse er gar nicht, ob er rechtmäßig mit mir verheiratet sei. Denn vor gut sechs Jahren sei seine Frau aus heiterem Himmel abgehauen und seitdem habe er nichts mehr von ihr gehört. Gut möglich also, dass sie noch lebte und er immer noch mit ihr verheiratet sei.«

»Das ist stark«, murmelte Rogge konsterniert und sie lachte bitter auf: »Es kommt noch dicker, Herr Rogge. Er war auch kein Angestellter einer internationalen Investmentfirma, sondern V-Mann des Bundesnachrichtendienstes.«

»Sie fantasieren!«, platzte Rogge heraus.

»Nein, nein. Also ein V-Mann und zur Tarnung wäre er in einer Firma angestellt, die dem BND gehörte.«

»Das ist nicht Ihr Ernst!«

»Die hätten ihn nach Frankreich, nach Cannes geschickt, um in eine Organisation einzudringen, die sich Liga nannte. So genau hab ich's nicht verstanden, ich war wie vor den Kopf geschlagen, aber das habe ich behalten: eine politische Organisation namens Liga, mit rechtsradikalen, antidemokratischen

Zielen und hinter dem ideologischen Schmonzes verbarg sich eine Gruppe, die illegale Geschäfte rund um den Globus betrieb. Die Leute in Cannes verschoben Waffen und militärische Fabriken nach Nordafrika, für Libyen und andere Länder, die Washington heute Schurkenstaaten nennt.«

»Er hat Sie verschaukelt!«

Seinen Einwand beachtete sie nicht. »Angeblich hatte er eine große Aktion der Gruppe hochgehen lassen und dann kalte Füße bekommen, weil einige Ligisten misstrauisch geworden seien, deswegen begannen wir unser Zigeunerleben.«

»Das ist doch hochkarätiger Schwachsinn. Wenn er wirklich für den BND gearbeitet hätte, hätte der Dienst ihn doch geschützt.«

»Nein. Den hatte er nämlich beschissen, bei diesem Waffengeschäft, da hat er kräftig abgesahnt, in die eigene Tasche, rund sieben Millionen Mark.«

»Sie haben den Namen Tepper richtig verstanden? Er hieß in Wahrheit nicht zufällig Baron von Münchhausen?«

Darüber konnte sie nicht lachen. »Und jetzt fürchtete er, dass uns beide an den Hacken klebten, die Ligisten und der BND. Die einen wollten einen Verräter, die anderen einen Betrüger und möglichen Überläufer liquidieren.«

Angesichts ihres Gesichtsausdrucks gefror ihm das höhnische Lachen auf den Lippen. Nein, sie belog ihn nicht, sie gab getreulich wieder, was Wolfgang Tepper alias Hans Zinneck ihr an dem Abend gestanden hatte, und sie konnte auch heute noch nicht unterscheiden, was Wahrheit, was Lüge und was Aufschneiderei gewesen war. Wie auch immer – für sie war an dem Abend eine Welt zusammengebrochen.

»Wie ging's weiter?«

»Er hat noch viel gestammelt und gebeichtet, aber ich wollte nichts mehr hören. Ich war hundemüde, hatte seit Tagen nicht mehr richtig geschlafen, weil er mich pausenlos gehetzt hatte, ich bin aus dem Zimmer gelaufen, die Treppe hoch in mein Zimmer.«

Beunruhigt registrierte Rogge, dass sie bleich wurde und ihre Stimme sich in die Höhe schraubte.

»Oben habe ich – ja, zu viel und zu schnell getrunken. Und eine Menge Tabletten geschluckt.«

»Eine gefährliche Mischung«, warf Rogge leise ein und sie nickte hastig.

»Und dann – ich weiß nicht mehr, wie lange ich mich eingeschlossen hatte –, dann krachte es unten zweimal. Ganz laut und – wie soll ich's beschreiben – gefährlich. Um mich herum war alles wie in Watte verpackt, können Sie das verstehen?«

»Ja, sehr gut sogar.«

»Ich bin zur Tür gegangen, habe aufgeschlossen und gerufen: Hans, was ist passiert? Oder so ähnlich – ich weiß es nicht mehr genau. Hans, was ist los? Er hat nicht geantwortet, aber unten klappten Türen. Da bin ich die Treppe hinuntergegangen. Und habe wieder gerufen: Hans, wo bist du?« Entschuldigend streckte sie Rogge beide Hände entgegen: »Ich kann mich noch daran erinnern, dass ich mich wunderte. Woher kam plötzlich der Nebel vor meinem Gesicht? Und warum war alles so unscharf, so weit weg? Hans lag im Wohnzimmer, am Boden, er rührte sich nicht, ich habe noch gelacht, mein Gott, wenn du schlafen willst, warum gehst du nicht ins Bett? – Aber er bewegte sich nicht und ich habe mich zu ihm gebückt, um ihn wachzurütteln, und da war alles voller Blut. Das ganze Hemd – und es wurde immer mehr – ich habe mich hingekniet und ihn angefasst und geschrien, aber er war tot, und irgendwie – es war doch nicht wirklich, das hatte doch nichts mit mir zu tun – oder mit Hans – und dann habe ich gesehen, dass mein Kleid voller Blutflecken war, und auch meine Schuhe – es war so komisch, nein, ekelhaft, alles rot und dreckig, ich dachte, du musst sofort dieses widerliche Kleid ausziehen, das war das Wichtigste in dem Moment – Plötzlich stand ich im Bad, hab das Kleid ausgezogen und die Schuhe und mir gründlich die Hände gewaschen. In dem Augenblick war mir völlig klar, dass ich weggehen musste, nur weg, verstehen Sie? Ich hatte gar keine andere Wahl, ich musste fort, weg aus diesem Haus, bevor dieser Nebel noch dichter wurde. Dann hab ich mir die Schlüssel vom Haken genommen und bin zum Auto rausgegangen. Das hatte Hans vor dem Haus stehen lassen. Alles rauschte, und als der Motor ansprang, fuhr das Auto wie von selbst, in ein – ein …«

»In ein graues Loch«, ergänzte Rogge leise.

»Danach weiß ich nichts mehr. Ich bin wieder wach geworden, als ich in einem fremden Auto neben einem fremden Mann saß. Den Rest kennen Sie.«

Rogge senkte den Kopf. Sollte er ihr glauben? Hatte sie das, was sie subjektiv für die Wahrheit hielt, wirklich erlebt? Oder sich etwas zurechtgelegt? Tabletten, Alkohol, Erregung, Übermüdung, Schock – es konnte so abgelaufen sein, aber er wagte es nicht zu beurteilen.

»Nein«, sagte Rogge endlich hilflos, »den ganzen Rest kenne ich noch nicht.«

»Der Rest – ja«, fuhr sie endlich fort. »Die ersten Wochen waren – scheußlich. Die Ärzte. Und die vielen Tests. Und dieses Gefühl, dass fast alle glaubten, ich würde – simulieren. Wie Ihr Kollege Grembowski. Ich bin erst zur Ruhe gekommen, als die meisten überzeugt waren, dass ich tatsächlich mein Gedächtnis verloren hatte. Da musste ich mich nicht mehr – verteidigen. Dumm, nicht wahr?«

»Nein, gar nicht.«

»Das größte Glück war dieser Job in der Bäckerei. Regelmäßig etwas tun, nicht mehr völlig abhängig sein, ach, das können Sie sich kaum vorstellen.«

»Nein. Vorstellen nicht, aber verstehen.«

»Eines Tages keuchte ein Jogger in das Geschäft. Er sah aus, als hätte er mit seinen Klamotten unter der Dusche gestanden. Ich habe ihm Vorwürfe gemacht. Man könne auch alles übertreiben. Er wurde sehr zornig und am nächsten Tag kam er wieder. Wieder klitschnass. So habe ich Achim kennen gelernt. Natürlich wollte er was von mir – soll ich Ihnen mal verraten, wie er mich herumgekriegt hat? Mit einem einzigen Satz: Lieber eine Frau ohne Gedächtnis als eine Frau mit Krebs.«

»Das klingt sehr herzlos.«

»Ja, das hab ich ihm auch vorgeworfen und dann hat er mir von Miriam erzählt. Der erste Mann, der mich als Frau so akzeptiert hat, wie ich war. Der nicht versuchte, mich zu heilen.

Oder hinter mir herzuschnüffelte, wie Ihr Kollege Grem und seine Leute ... Ja, ja, ich hatte mein Gedächtnis verloren, aber nicht meinen Verstand, und dass da immer Männer und Frauen hinter mir herschlichen, habe ich natürlich bemerkt.«

»Wann ist dieses graue Loch verschwunden?«

»Ende Mai.« Sie antwortete ohne Zögern. »Vor einem Schaufenster in der Semperstraße. Ein Reisebüro. Die hatten ein Plakat von Cannes aufgehängt, für irgendwelche Wochenendtrips. Das Panorama kam mir seltsam bekannt vor, das hatte ich schon einmal gesehen, Cannes, und plötzlich ging ein Vorhang auf. Nicht blitzartig, sondern wie – wie – wie ein langsamer Film.«

»Dann erinnern Sie sich also auch ...«

»Nein«, fiel sie ihm ins Wort. »Es gibt immer noch eine Lücke. Von dem Moment an, wo der Motor ansprang, bis zu dem Augenblick, an dem ich neben diesem Jödel in seinem Auto saß.«

Das würde Bennos Anwalt freuen, dachte Rogge grimmig. Und eigentlich spielte es überhaupt keine Rolle, ob sie nun log, weil sie etwas verbergen wollte, oder die Zeit hinter dem Steuer tatsächlich aus ihrem Gedächtnis gelöscht war.

»Warum haben Sie niemandem erzählt, dass Ihre Amnesie vorbei war?«

»Weil ich Angst hatte.«

»Angst vor wem?«

»Vor den Ligisten. Vor den Mitarbeitern des Dienstes. Vor den Leuten, die hinter mir her waren.«

»Sie hätten zur Polizei gehen können.«

»Der hab ich auch nicht mehr getraut.« Sein skeptischer Blick entging ihr nicht, sie straffte sich: »Herr Rogge, ich hab's nicht gern, wenn man mich für dumm hält. Zinneck besaß Personalpapiere auf den Namen Hans Zinneck, Geburtsurkunde, Abi-Zeugnis, Führerschein, eben all den amtlichen Krams, den der gute Bundesbürger im Laufe eines Lebens ansammelt. Wer hat ihm diese Papiere besorgt?«

»Vielleicht keiner, vielleicht waren sie echt, weil er tatsächlich Hans Zinneck war«, versuchte er sie zu reizen, doch sie erklärte bedächtig: »Eben das wollte ich feststellen.«

»Wie das?«

»Er hatte mir noch in Frankreich mal erzählt, er sei in Lindau geboren und seine Mutter lebe noch dort.«

Die Idee ist nicht schlecht, überlegte Rogge. Irgendwo musste sie ja anfangen. In Frankreich hatte sie den Worten des Hans Zinneck geglaubt, jetzt durfte sie nichts mehr ungeprüft für wahr halten. Aber warum hatte sie damit so lange gewartet?

Mit der Antwort ließ sie sich Zeit. »Solange mir alle glaubten, dass ich mich an nichts mehr erinnern konnte, war ich ungefährlich. Deswegen habe ich den Mund gehalten und weiter Inge Weber gespielt. Bis Sie dann kamen und mir erzählten, dass meine Tarnung geplatzt war.«

»Dieser Wolfgang Tepper – hat Zinneck, oder wie er tatsächlich hieß, etwas über Wolfgang Tepper erzählt?«

»Ja, hat er. Er war Investmentberater und Anlagenvermittler in Frankfurt und lebte im Taunus. Mit seiner Frau Karin.« Rogge zuckte zusammen, aber sie schaute an ihm vorbei. »Bei einem riskanten Geschäft hatte er sich gründlich verschätzt und Verluste gemacht. Um die auszugleichen, vergriff er sich an Kundengeldern, alles geriet ins Rutschen und eines Tages rief ihn jemand an, er solle sich auf den Besuch des Staatsanwaltes vorbereiten. Der erschien dann auch, aber Zinneck-Tepper hatte die verfängliche Korrespondenz vernichtet. Während der Untersuchung tauchte dann plötzlich ein Mann auf, der Tepper einen Handel vorschlug. Wenn Tepper sich bereit erkläre, für einen Geheimdienst als V-Mann zu arbeiten, würde der Dienst dafür sorgen, dass der Staatsanwalt die Ermittlungen einstelle.«

»Worauf er sich eingelassen hat.«

»Ja. Er hatte nichts mehr zu verlieren, sein Geschäft war pleite, seine Frau hatte ihn verlassen, und er wurde auf die Liga angesetzt.«

»Das hat er Ihnen am frühen Abend des 15. September in Kassel berichtet.«

»Ja. So kam er nach Cannes, weil es dort einen Ring von Waffenhändlern geben sollte.«

»Diese Liga – er muss doch was über diesen Verein herausgefunden haben.«

»O ja. Eine Art Geheimbund, international, etwas für feinere, betuchte Leute. Vorherrschaft der arischen Rasse, antisemitisch, rassistisch, elitär und natürlich antidemokratisch. Herrschaft der Besten über eine ständisch gegliederte Gesellschaft.«

»Das klingt alles sehr abstrus.«

»Kann sein, Herr Rogge, aber Hans nahm sie ernst. Alles sehr exklusiv, nichts Schriftliches, man wurde mündlich aufgefordert beizutreten, und wenn man dazugehörte, beteiligte man sich äußerst diskret an illegalen, aber lukrativen Geschäften mit muslimischen Staaten.«

»In Form von Waffenschmuggel.«

»Zum Beispiel. Oder Lieferung von Firmen, die verbotene Sachen herstellen, wie etwa Giftgas.« Charlotte Bongartz zuckte die Achseln und ignorierte Rogges forschenden Blick. Von der Existenz dieser Liga hatte sie Rogge nicht überzeugt. Zinneck/Tepper konnte durchaus vor zornigen Gläubigern oder skrupellosen Waffenhändlern auf der Flucht gewesen sein, was er ihr gegenüber mit der V-Mann-Existenz für einen Geheimdienst verbrämte. Allerdings irritierte Rogge ein Detail: dass ein Ermittlungsverfahren gegen Wolfgang Tepper niedergeschlagen worden war, sozusagen als Köder für seine Mitarbeit. Das ließ sich bei der Staatsanwaltschaft Frankfurt nachprüfen.

»Hat Tepper den Namen des Staatsanwalts genannt, der damals in Frankfurt gegen ihn ermittelt hat?«

»Dr. Driesch, den Vornamen habe ich vergessen.«

Noch war nichts von ihrer Räuberpistole bewiesen. Weder ihr Name noch ihre Heirat mit einem Hans Zinneck alias Wolfgang Tepper, einfach gar nichts. Vielleicht verschaukelte sie Rogge auch gewaltig und amüsierte sich heimlich über ihn. Ihre Intelligenz unterschätzte Rogge nicht; wenn sie die Amnesie immer nur vorgetäuscht hatte, und nicht erst seit Mai, durfte er nie vergessen, dass sie einige erfahrene Ärzte und Psychiater an der Nase herumgeführt hatte. Weil sie den Mann in Kassel erschossen hatte? – Wenn es da überhaupt einen Toten gegeben hatte! Sein Gefühl sträubte sich gegen diesen Verdacht, aber Gefühle waren schön, Beweise besser.

»Sie glauben mir nicht?«

Bei ihrer ruhigen, fast beiläufigen Frage zuckte Rogge zusammen: »Es fällt mir schwer, Frau Bongartz.«

»Das verstehe ich.«

»Ich bin Polizist, und wenn man so oft angelogen worden ist wie ich, entwickelt man großes Misstrauen. Besonders bei so ungewöhnlichen Geschichten.«

»Das nehme ich Ihnen nicht übel, aber umgekehrt wird auch ein Schuh daraus, Herr Rogge: Was hätten denn Sie – oder Ihr Kollege Grembowski – gesagt, wenn ich mit dieser Story zu Ihnen gekommen wäre?«

Was sollte Rogge darauf erwidern? Grem hätte sich vor Lachen gekugelt. Und er selbst? – Gut, er hätte sich nicht auf ihre Kosten amüsiert, in dem Punkt besaß er mehr Takt als Grem – aber geglaubt hätte er ihr auch nicht.

»Erst gelacht, dann nachgedacht. Richtig?«

»Wahrscheinlich«, gab er zu.

»Na fein. Dann bei den Kollegen in Kassel angerufen. Ob da im vergangenen September eine männliche Leiche gefunden worden ist. Im Haus Beelestraße 11.«

»Natürlich.«

»Version eins: Tatsächlich wurde dort eine Leiche gefunden. Täter? – Unbekannt. Aber da hat man ja jetzt jemanden, eine überspannte Frau, die bei der Kripo ein saublödes Lügenmärchen erzählt. Immer noch richtig?«

»Richtig. Wir hätten Sie massiv verdächtigt.«

»Version zwei: keine Leiche und keine Spuren eines Verbrechens. Was schnattert die dumme Gans denn da von Leichen und Schüssen und Blut? Im Wohnzimmer gibt's keinen Teppich, geschweige denn einen mit Blutspuren. Ach so, Gedächtnisverlust – Herr Kollege, hat man die Dame mal daraufhin untersucht, ob sie nicht völlig plemplem ist?«

Rogge lächelte, weil sie laut und temperamentvoll geworden war, mit den Armen herumfuchtelte und ihn schließlich am Jackenärmel festhielt, dass er stolperte. So gefiel sie ihm besser als gedrückt schlurfend.

»Ja, so wär's wohl abgelaufen«, stimmte Rogge endlich zu.

Zwanzig Schritte spazierten sie stumm.

Schließlich murmelte Charlotte Bongartz: »Vor beiden Möglichkeiten hab ich Angst gehabt.«

Jetzt blieb Rogge stehen und sah sich um. An dieser Stelle führte der Weg direkt bis an den See heran und der überhängende Felsen war zu einer Aussichtsplattform geglättet worden.

Zehn Meter unter dem dicken, festen Geländer gluckerte das Wasser und Rogge lehnte beide Unterarme auf das Holz. Ein Ort zum Träumen, dachte er traurig. Ein Hauch von Wind kräuselte die Oberfläche des Sees und bewegte den grauen Dunst.

Plötzlich stand sie neben ihm, auch nach vorn gebeugt, und starrte auf das Wasser hinunter.

»Aber jetzt erzählen Sie mir die Geschichte«, sagte Rogge leise. »Obwohl sie immer noch so unglaublich ist wie vor Monaten.«

»Wirklich? Und ich dachte, der Mann, den Sie erschossen haben, verleihe ihr eine Spur von Wahrscheinlichkeit.«

Den Hohn hatte er verdient, deswegen sagte er nichts.

Nach einer Weile flüsterte sie: »Wie kann ich Sie denn überzeugen?«

»Weshalb haben Sie sich Schönborn nicht anvertraut?« Rogge wandte sich zu ihr und musterte sie versonnen. Verrückte Geschichten mussten nicht erfunden sein, neun von zehn Fällen, die sie im Kommissariat bearbeiteten, waren langweilig, oft mehr als stumpfsinnig, und der zehnte übertraf alles, was sich Krimiautoren ausdachten. Doch auch die verrückteste Geschichte gehorchte einem Gesetz, sie war in sich stimmig, logisch, selbst wenn ihre innere Logik einem Kriminalbeamten nicht auf den ersten Blick einleuchtete. Was Charlotte Bongartz bis jetzt erzählt hatte, fiel in die Kategorie ›unwahrscheinlich‹, aber die Fakten wie die Lücken passten zueinander. Nur ihr Verhalten ab dem Tag, an dem sie ihr Gedächtnis wiedererlangt hatte – das begriff er nicht.

Auch sie hatte sich umgedreht, lehnte jetzt schräg, mit einem Arm abgestützt, an dem Geländer und schaute ihn fest an. Ein anziehendes Gesicht, fiel ihm wieder auf, nachdenklich und ernst. Zu seiner Schülerzeit verguckte man sich noch in ein Mädchen, vielleicht passierte ihm das gerade auch. Ihr Blick ließ ihn nicht los, bis sich ihre Mundwinkel verzogen. Sie konnte die Nase herrlich krausen und zugleich die Stirn runzeln, wie ein Kobold, er lächelte zurück.

»Gehen wir noch ein Stück?«

»Gerne.«

Sie schlenderte neben ihm her. »Warum ich Achim ... Wissen Sie, was mein erster Gedanken war, nachdem sich dieses graue Loch verflüchtigt hatte? – Dass Achim Schönborn eine verteufelte Ähnlichkeit mit Hans Zinneck hat.«

Ja, so konnte man es sehen.

»Natürlich habe ich mir immer wieder überlegt, ob ich ihm die Geschichte erzählen soll, aber ich habe mich nie darauf verlassen können, wie er reagieren würde.«

Damit kam sie der Wahrheit wohl sehr nahe. Schon einmal waren sie Schönborn auf die Pelle gerückt und hatten ihm unterstellt, beim Tode seiner reichen Frau nachgeholfen zu haben. Den Ärger ein zweites Mal? Hätte Schönborn sich für Charlotte stark gemacht?

»Dann schlichen mir immer noch Grembowskis Leute nach. Und die anderen, mein Gott, Herr Rogge, wenn mir Zinneck nun keinen Bären aufgebunden hat, sondern diese Liga tatsächlich einen Verräter liquidiert hat?«

Alles logisch und trotzdem noch nicht überzeugend.

»Aber der wirkliche Grund – als ich plötzlich wieder Charlotte Bongartz war, wusste ich, dass ich Achim nicht liebte. Dankbar, ja, das war ich und bin ich immer noch, aber ich brauchte ihn nicht mehr.« Unvermittelt blieb sie stehen, Rogge ging noch ein paar Schritte weiter und drehte sich um.

»Es fehlt noch etwas«, erinnerte Rogge.

»Ja.« Sie holte tief Luft und blitzte ihn wütend an. »Ja, von Rollesheim habe ich ihn angerufen, da wusste er schon, dass ich Charlotte Zinneck heiße, und es hat ihm gar nicht gefallen, dass ihm das ein Mensch aus dem Polizeipräsidium offenbaren musste. Ich war enttäuscht über seine Reaktion, aber darf ich Schönborn deswegen Vorwürfe machen?«

»Nein«, gab Rogge zu. »Aber Sie brauchten Hilfe. Ohne Geld sind Sie nicht weit gekommen ...«

»Nein, und in meine Wohnung traute ich mich nicht.«

»Was immer Sie geplant hatten, Schönborn musste Ihnen helfen. Und sei es auch nur noch mit einem Tausendmarkschein.«

»Ja, ja, ja«, schrie sie ihn an und stampfte vor Wut mit dem Fuß auf. »Sie Klugscheißer, so weit war ich auch schon gekommen. Nachdem ich auf dem Boot untergekrochen war, habe ich Achim auf Band gesprochen, wo ich bin und dass er kommen soll. Stattdessen haben mich drei Männer fast erwischt. Sind Sie nun zufrieden, Sie ... Sie ...?«

Rogge schüttelte den Kopf. ›Zufrieden‹ traf's nicht, aber die größten Lücken waren geschlossen. Er ging auf sie zu und nahm ihren Arm, zornig machte sie sich frei: »Was wollen Sie noch?«

»Frau Bongartz, man kann Anrufbeantworter abhören. Auch durch eine Fernabfrage. Die Männer, die heute Morgen hier waren, schrecken vor nichts zurück. Meinen Sie, die wüssten nicht, wie man Telefonleitungen anzapft oder in ein Haus einbricht?«

Sie wollte Rogge nicht zuhören, deswegen schlenderte er langsam Richtung Motel zurück.

Nach fünf Minuten vernahm Rogge schnelle Schritte, und als sie atemlos zu ihm aufschloss, sagte sie zerknirscht: »Entschuldigung, ich bin wohl – ich weiß nicht, was ...«

»Aber ich weiß«, erwiderte Rogge gemütlich. »Nämlich, was wir jetzt tun werden.«

»Wir? Was?«

»Sie wollten doch nach Lindau.«

»Klar«, pflichtete sie bei. »Und dann mit der Fähre nach Rorschach.«

»In die Schweiz?«

»Wo deponieren reiche Erbinnen ihr Geld, wenn weder Finanzamt noch Ehemann zugreifen sollen?«

»Ach so, ja, natürlich. Nur schlecht, wenn man mangels kleiner Münzen den ganzen Weg zum Geld laufen muss.«

»Ja, das ist ausgesprochen dumm. Aber wenn ich Sie recht verstanden habe, bieten Sie sich als Chauffeur an?«

»Um Mutter Zinneck aufzusuchen – falls sie noch lebt.«

»Dann können Sie doch sicher noch zwei, drei oder vier Kilometer dranhängen, um mich zum Fähranleger zu bringen.«

Von der Seite schoss Rogge ihr einen scharfen Blick zu, doch sie schmunzelte. Von einer Sekunde auf die andere war ihre Laune umgeschlagen, sie hatte ihm elegant den Ball zugespielt und nun durfte er sich mit seinem dienstlichen Gewissen herumplagen. Denn wenn sie mit ihren Ersatzpapieren auf den Namen Inge Weber erst einmal in die Schweiz eingereist war und dort tatsächlich an ihr Geld kam, würde sie freiwillig nie zurückkehren. Und an eine Auslieferung war nicht zu denken, ganz abgesehen davon, dass ihm beim besten Willen nicht einfiel, wessen man sie anklagen sollte. Wegen des Mordes an Hans Zinneck? Selbst wenn der so geschehen war, wie sie berichtet hatte – wo war die Leiche? Wer hatte sie beseitigt? Kili hatte so viele Suchanfragen in alle Teile der Republik wegen Hans und Charlotte Zinneck losgeschickt, dass irgendein Computer Alarm geschlagen hätte: Achtung, eine Tötung zum Nachteil von Zinneck, Hans. Täter unbekannt. Was sonst? Irreführung der Polizei? Wenn sie, wie sie behauptete, erst im Mai ihr Gedächtnis wiedergefunden hatte, traf selbst das nicht zu – dass Grem auf eigene Faust bis in den September hartnäckig wie ein Terrier auf ihren Spuren geblieben war, hatte sie nicht zu verantworten. Schön, ein Korinthenkacker mit ganz spitzem Bleistift würde aufheulen: unberechtigter Bezug von Sozialhilfe, vielleicht auch von Wohngeld, wenigstens seit Mai. Ach nein, das ergab alles nichts und selbst ein nur mäßig gewiefter Anwalt würde alle Argumente wie Krümel vom Tisch fegen.

Rogge konnte sie nicht festhalten und vielleicht durfte er es nicht einmal, solange skrupellose Typen hinter ihr her waren. Doch wenn er sie über die Grenze brachte, musste er auch dafür sorgen, dass man sie nicht länger verfolgte. Dazu verpflichtete ihn keine Vorschrift, sondern sein Gewissen.

»Reicht das Benzin?«, neckte sie und riss ihn aus seinen Gedanken.

»Wieso Benzin? – Ach so, ja, das reicht. Wenn ich bis Weihnachten hungere, kann ich Ihnen sogar das Fahrgeld bis nach Zürich schenken.«

»Leihen.«

»Abwarten. Noch haben wir's nicht geschafft.«

Den Rest des Weges liefen sie schweigend. Ab und zu hörte er sie summen, nach allem, was sie erlebt hatte, schien sie unangebracht heiter zu sein. Aber sie hatte auch keinen Mann erschossen – oder doch? Zum Teil verstand er ihre Stimmung, sie hatte gebeichtet, ihn zum Mitwisser gemacht und damit einen Teil Verantwortung auf ihn abgeladen. Irgendwann, nicht heute, musste er sich entscheiden, was er wegen des Mannes unternahm, den er im Motelgarten erwischt hatte. Obwohl – er konnte später viel erzählen, aber nichts beweisen.

Aus den Wipfeln der Nadelbäume stieg senkrecht ein feiner Dunst auf. Doch die Sonne würde sich nicht mehr durchkämpfen. Auf dem Parkplatz gähnte sie, was sofort ansteckte.

»Es war eine kurze Nacht«, erklärte sie verlegen.

»Und der Tag wird noch lang.«

Auf der Autobahn berichtete sie, wie sie in eines der Motelzimmer eingedrungen war; man würde eine zweite Verandatür neu verglasen müssen.

»Wie haben Sie die Leute überhaupt bemerkt?«

Sie kicherte nervös: »Einer ist ins Wasser gefallen, als sie die Boote kontrollierten. Vor Schreck hat er gebrüllt.«

»Glück muss die Frau haben«, kommentierte er trocken.

Vor seiner Haustür zupfte sie ihn am Jackenärmel: »Bei Ihnen gibt's doch bestimmt eine Dusche?«

»Und ein Handtuch, na klar doch. Haben Sie eigentlich Ihre Ausweise und Papiere dabei?«

Sie klopfte auf die Handtasche: »Immer. Ich lebe – auf Abruf.« Sie zögerte und streckte trotzig das Kinn vor: »Seit ich Sie kennen gelernt habe.«

Rogge verließ den Aufzug vor ihr und ging auf seinen Flur zu, bog um die Ecke und zuckte zurück. Sie prallte auf ihn, gerade noch rechtzeitig war er herumgefahren und presste ihr eine Hand auf den Mund: »Kein Laut. Zurück zur Treppe!«

»Waas«, gurgelte sie, aber Rogge drehte sie schon herum und schubste sie. Zum Glück gehorchte sie ohne Widerstand, die beiden Männer, die vor seiner Wohnungstür dösend an der Wand lehnten, hatten ihn wohl nicht bemerkt, Rogges Schuhe machten keinen Lärm. Löchrige Jeans, Lederjacken und lange, ungepflegte Haare; ausnahmsweise schienen sie es mit Polizei, mit Zivilfahndern zu tun zu haben. Obwohl sie aussahen, als bestünde ihr größtes Vergnügen darin, bei Dunkelheit kleine Mädchen zu erschrecken.

»Runter!«

Hoffentlich hatte Frau Staatsanwältin wie immer am Samstag lange geschlafen, Rogge klopfte, einmal, zweimal, hinter der Tür hörte er Schritte, und als Dörte von Sandau den Mund zu einer geharnischten Predigt öffnete, legte er ihr rasch einen Finger an die Lippen: »Leise!«

»He, was ist ...« Trotz des Protestes hatte Dörte von Sandau unwillkürlich die Stimme gesenkt, Rogge schob beide Frauen energisch in die Diele und klinkte die Tür lautlos zu. Erst dann wagte er tief durchzuatmen.

»Welcher Floh hat dich heute gebissen – und wer sind Sie?«

»Darf ich vorstellen? Dörte von Sandau, Staatsanwältin ihres Zeichens. Inge Weber. Zwei Flöhe stehen oben vor meiner Wohnungstür und warten auf mich.«

»He? Was? Wer wartet auf dich?«

»Liebe Dörte, Inge Weber ist die Frau, die ihr Gedächtnis verloren hat.«

»Das sind Sie?« Ein guter Staatsanwalt ließ sich nicht verblüffen und trotz seiner Anspannung musste Rogge schmunzeln, als er sah, wie Dörte von Sandau sich bemühte, ihrer Rolle der Unerschütterlichen gerecht zu werden.

Charlotte sah sie schuldbewusst an, mit einer Staatsanwältin hatte sie nicht gerechnet, deshalb redete Rogge rasch weiter: »Sag mal, Dörte, du könntest mir einen Gefallen tun.«

»So?«

»Die Blumen in meiner Wohnung müssen gegossen werden.«

»Die einzigen Blumen, die ich bei dir je gesehen habe, welkten in Biergläsern.«

»Das weißt du, mein Schatz, das ist aber den beiden Typen unbekannt.«

»Welchen Typen?«

»Die vor meiner Wohnungstür herumlungern.«

»Ich verstehe. Du bist also verreist?«

»Exakt. Und zwar bis zum Sonntagabend.« Rogge nestelte den Schlüssel von seinem Bund. »Nach Wiesbaden, zum BKA, falls man dich fragt. Dort will ich mit einem guten Bekannten privat sprechen, und zwar über einen gewissen Wolfgang Tepper, gegen den vor – wann war das ...?«

Charlotte schrak zusammen, als er sie anredete, und Dörte spitzte die Lippen: »Gut sieben Jahre.«

»... gut sieben Jahren wegen – ich vermute mal: betrügerischen Konkurses ermittelt worden ist. Mich interessiert besonders, wer daran gedreht hat, dass das Verfahren eingestellt wurde.«

»Aha. Und mit all diesen Neuigkeiten soll ich den Knaben um den Hals fallen?«

»Ich halte sie für Zivilfahnder. Also werden sie sich ausweisen, du wirst dich als Staatsanwältin vorstellen und dir alle diese Details bröckchenweise aus deiner hübschen Nase ziehen lassen.«

»Großartig. Und das ganze Manöver nur, damit ihr in deine Wohnung könnt?«

Ihr leicht unfreundlicher, anzüglicher Ton entging ihm nicht; sollte Dörte eine leise Regung von Eifersucht verspüren? »Nein. Ich bin's leid, dass mich alle herumschubsen, ich will endlich Stinkbomben werfen.«

Dörtes Blick wanderte zwischen ihm und Charlotte hin und her, bis sie schließlich ungehalten die Schultern zuckte: »Für unsere Kripo tun wir doch alles. Also verhaltet euch schön ruhig, ich werd sie in die Wüste schicken.«

Hinter Dörte fiel die Tür unnötig laut ins Schloss; Rogge zwinkerte Charlotte zu und ging zum Telefon, das er unter einem Berg von Akten ausgrub.

Hauptkommissar Kierle wollte gerade seine Wohnung verlassen und knurrte: »Ja, Jens, was gibt's?«

»Tut mir Leid, wenn ich störe, aber ich sitze da in einer Klemme. Ist dir der Name Liga mal untergekommen?«

»Liga?«

»Angeblich ein sehr exklusiver Verein von rechten Kapitalisten. Operieren international, Antidemokraten, antisemitisch und weiß der Geier was noch, und damit tarnen sie zum Beispiel Waffengeschäfte und illegale Industrieexporte.«

Am anderen Ende blieb es lange still, Rogge drückte sich die Daumen, dann räusperte sich Kierle umständlich: »Wie bist du denn darauf gestoßen?«

»Ach, durch einen Zeugen. Hat bei einer Investmentfirma gearbeitet und wohl was mitgehört, was nicht für seine Ohren bestimmt war. Mit der Folge, dass jemand versucht hat, ihn umzubringen. Behauptet er, aber dafür suche ich noch Beweise.«

»Sag mal, Jens, diese Liga, die würde mich interessieren. Wo bist du jetzt?«

»Unterwegs nach Köln.«

»Köln?«

»Zum Bundesamt – na ja, für Verfassungsschutz. Da hab ich einen alten Kumpel sitzen, der soll für mich mal herausfinden, ob's diese Liga überhaupt gibt.«

»So, ja.« Kierle zögerte, aber bevor er sich entscheiden konnte, flötete Rogge freundlich: »Tschüss und danke, Norbert!«, und legte rasch auf.

Charlotte Bongartz stand in der Tür und sah ihn unsicher an: »Sie können aber sehr flüssig lügen.«

»Das lernt man, wenn man ein Leben lang schwere Jungens und leichte Mädchen verhört.«

»Den einen lassen Sie ausrichten, Sie führen nach Wiesbaden, Ihrem Freund flunkern Sie vor, Sie wollten nach Köln …«

»Freund? Kierle ist nicht mein Freund«, stellte er klar. »Er ist Leiter des Staatsschutzes. Wenn ich mal ausnahmsweise ganz gute Laune habe, erzähle ich Ihnen, was ich von Staatsschutz und Verfassungsschutz halte.«

Darauf wusste Charlotte nicht, was sie antworten sollte, und er betrachtete sie erheitert. Die Tragweite dessen, was sie ihm bei dem Spaziergang am Bellhorner See erzählt hatte, konnte sie wohl nicht einschätzen, und Rogge dachte nicht im Traum daran, sie aufzuklären. Aber wenn er nicht ganz falsch lag, wurde sie verfolgt, weil sie bis jetzt die einzige Zeugin war, die Zinneck oder Tepper mit der Liga in Verbindung brachte. Mit seinem Anruf und Dörtes Botschaft hatte er signalisiert, dass jetzt auch mindestens ein Polizist diese Details kannte. Und was ein Polizist wusste, verbreitete sich auf dem Dienstweg nach der schönen Formel: erst zwei, dann vier, danach acht. Zu viele, um alle Mitwisser kaltzustellen oder zum Schweigen zu vergattern.

»Sagen Sie mal, Frau Bongartz, an dem Montag, an dem ich Ihnen mitgeteilt habe, dass Sie Charlotte Zinneck heißen – haben Sie da anschließend mit jemandem telefoniert oder gesprochen.«

»Darüber, dass Sie herausgefunden haben ... Nein.«

Zur selben Zeit hatte Kili per Computer, Faxgerät und Fernschreiber und E-Mail die Neuigkeit an alle möglichen Dienststellen verbreitet. Und von einer Stelle aus war diese Neuigkeit jemandem zu Ohren gekommen, der zwei Männer in Marsch setzte, um Charlotte Zinneck in ihrer Wohnung zu kidnappen.

»Warum sind Sie nicht mehr zu Ihrer Wohnung gefahren?«

Zu Rogges Erstaunen rang sie die Hände und schluckte so heftig, dass ihm plötzlich ein Licht aufging.

»Sie haben befürchtet, Schönborn sei ein Ligist?«

Sie wurde so bleich, dass er aufsprang, um sie festzuhalten, aber sie fing sich: »Ja, ja, natürlich.«

So natürlich war das nicht, aber er verstand, welche Zweifel sie an dem Abend überfallen hatten, als sich vor dem Plakat des Reisebüros der Vorhang hob. Ein reicher Mann, der sie an Hans Zinneck oder Wolfgang Tepper erinnerte, bemühte sich um sie, eine hilflose Frau, die nicht wusste, wer sie war. Nahm sie quasi in sein Haus mit, begann ein Verhältnis mit ihr, bot sich als Schutz und Helfer an. Wenn es nun keine Zuneigung war, sondern Kontrolle? Ihrem Ehemann hatte sie nicht vertrauen dürfen, warum sollte sie sich auf Achim Schönborn verlassen?

»Wann haben Sie Schönborn kennen gelernt? Vor oder nach dieser Fernsehsendung?«

»Nachher.« Sie schwankte.

»Setzen Sie sich!«, befahl Rogge und führte sie zu dem einzig freien Stuhl; alle anderen Sitzgelegenheiten hatte Dörte wieder mit Akten belegt. Charlotte weinte nicht, aber hielt die Tränen nur mit Mühe zurück. Daran hätte er eher denken müssen: Mit ihren Erfahrungen musste sie doch allen Menschen misstrauen. Auch ihm. Auch einem Achim Schönborn, der – wie er sich nur zu genau erinnerte – aus seiner konservativen bis reaktionären Gesinnung kein Hehl machte und für Polizei und Gesetze nur Hohn und Spott übrig hatte. Speziell für Staatsanwälte. Wenn es diese Liga tatsächlich gab und sie sie richtig beschrieben hatte, war Schönborn ein Top-Kandidat für diesen Verein.

Dörte knurrte und knallte den Schlüssel auf den Tisch: »Sie haben's geschluckt.«

»Zivilfahnder?«

»Ja. Halte dich fest – zu deinem Schutz abgestellt!«

»Wer's glaubt, wird selig.«

»Und ich werde nach allem, was ich für dich tue, heilig gesprochen.«

»Heilige trinken keinen Cognac«, beschied er sie fröhlich. »Danke dir, wir verschwinden.«

»Und wohin?«

»Ins Ausland.«

»Na, dann viel Spaß.«

Ganz Baden-Württemberg schien auf Achse zu sein und die Mehrheit bewegte sich offenbar Richtung Bodensee. Obwohl Rogge angeboten hatte, Charlotte in ihre Wohnung zu begleiten, lehnte sie ab und deswegen opferten sie eine Stunde in Neuenburg, um das Nötigste für sie einzukaufen, damit die Reisetasche nicht ganz leer blieb. Anfangs sträubte sie sich, Geld von ihm anzunehmen, aber als er sachlich fragte, wie sie denn in der Schweiz die Fahrkarte nach Zürich bezahlen wollte, willigte sie ein; den Schuldschein lehnte er wiederum ab: »Meine Adresse haben Sie ja.«

»Ich weiß nicht, wie ich Ihnen danken soll.«

»Gar nicht. Außerdem ruinieren Sie mich nicht.«

»Aber Sie werden fürchterlichen Ärger kriegen.«

»Meinen Sie?« Er gluckste. »Das glaube ich nicht. Ich habe mittlerweile den dumpfen Verdacht, dass einige Stellen, die zur Verteidigung der freiheitlich-demokratischen Grundordnung aufgerufen sind, uns wie Schachfiguren hin und her schieben wollten. Plötzlich spielen die Figuren nicht mehr mit, was sehr peinlich ist, und deshalb wird der Amtsmechanismus greifen. Keiner war's, keiner wollte was, man geht kollektiv in Deckung.«

Darüber grübelte sie bis zur nächsten Vollbremsung, es hatte sich schon wieder ein Stau aufgebaut, und seufzte: »Das alles kommt mir manchmal wie ein Albtraum vor.«

»Auch daran gewöhnt man sich!«, tröstete Rogge.

Weil es schon dämmerte, versuchten sie gar nicht erst, ein Hotel auf der Insel zu finden, sondern mieteten sich in einem mächtigen vierstöckigen Bau aus der Zeit der Jahrhundertwende ein. Zwei Einzelzimmer, die letzten, ganz großes Glück, dass vor einer Viertelstunde ein Gast abgesagt hatte; Rogge starrte den älteren Mann unbewegt an und zeigte sich nicht im Geringsten beeindruckt, was den grauhaarigen Knaben mächtig verstimmte. So konnte man Kunden auch vergraulen, aber das behielt Rogge für sich.

Eine Martha Zinneck war tatsächlich im Telefonbuch eingetragen; Rogge rieb sich über das knisternde Kinn und strich alle Pflichten für heute: Morgen war auch noch ein Tag.

In der Halle schauten sie sich unsicher an und lachten wie auf Kommando los: Beide unterdrückten ein Gähnen.

»Zu früh, um schon ins Bett zu gehen!«, befand Rogge.

»Aber zu müde für einen großen Stadtbummel.«

Ein Taxifahrer empfahl ihnen ein Restaurant und sie folgten seinem Rat. Das mächtige Frühstück lag ihm noch im Magen, Rogge hielt sich lieber an den Wein, der herrlich entspannte.

»Kennen Sie Lindau?«, fragte Charlotte unvermittelt.

»Kennen wäre zu viel gesagt, ich bin vor Jahren einmal hier gewesen. Mit meiner Frau, auf einer Urlaubsreise.«

»Mich hat's immer schon nach Frankreich gezogen.« Wahrscheinlich hatte ihr genau das an Zinneck gefallen. Oder auch imponiert, weil er nicht nur perfekt Englisch und Französisch sprach, sondern in beiden Ländern und Kulturen lebte, sich dort zu Hause fühlte. Wenn sie zusammen eingeladen wurden, beneidete sie ihn manchmal wegen der Selbstverständlichkeit, mit der die Franzosen Zinneck akzeptierten, so, als habe er schon immer zu ihnen gehört. Auch nach Jahren, die Charlotte in Frankreich gelebt hatte, war sie immer noch die Deutsche gewesen, »Jean« dagegen besaß zufällig einen deutschen Pass. Es hatte sie gekränkt, bis sie begriff, dass Zinneck ihre Verstimmung gar nicht verstand, weil er es nie anders kennen gelernt hatte. Es hatte auch nicht unbedingt mit Selbstbewusstsein zu tun, an dem es ihm übrigens nicht fehlte, sondern mit seiner Unbefangenheit. Zinneck drängte sich nicht auf, aber er bezweifelte nie, dass er mit allen Leuten mindestens auf gleicher Stufe verkehrte. – Ach, es war schwer zu beschreiben. Sie hatte Jahre gebraucht, sich einen kleinen Freundeskreis aufzubauen, er klopfte an und ihm wurden alle Türen weit geöffnet.

»Hat Zinneck seine Geschäfte nie erwähnt?«

Selten, sehr selten sogar. Man brauchte lange, um zu merken, dass er sehr verschwiegen sein konnte. Diskret, so nannte er es ironisch, aber das war eine Beschönigung, manchmal redete er viel, um viel zu verschweigen. In Cannes hatte Zinneck mit einer Gruppe französischer Geschäftsleute verhandelt, die in Nordafrika investierten, und Kontakte zu deutschen und englischen Geldgebern und Produzenten hergestellt. Das lag ihm, er dirigierte gerne andere Menschen an unsichtbaren Fäden, dann blühte er auf. Anfangs hatte Charlotte seine Klugheit, sein Fingerspitzengefühl bewundert und erst später voller Unbehagen registriert, dass Zinneck gerissen war. Doch da waren sie schon verheiratet gewesen – sie verbesserte sich: Da hatte sie angenommen, mit ihm verheiratet zu sein, obwohl Zinneck von seiner ersten Frau noch nicht geschieden war.

»Hat er nie von seiner Familie erzählt?«

Doch. Dass seine Mutter hier in Lindau lebte und von ihm nichts mehr wissen wollte. Der Vater bei einem Arbeitsunfall umgekommen, zwei Schwestern, beide verheiratet, mit den Schwägern verband ihn eine herzliche Abneigung. Man ging sich aus dem Wege, seit Zinneck sich früh von der Familie losgesagt hatte.

»Sind Sie nicht misstrauisch geworden?«

Nein. Nicht, solange sie in Frankreich wohnten. Auch noch nicht, als er plötzlich darauf drängte, fortzuziehen. Manches hätte ihr auffallen müssen, aber damals – sie verstummte und schob mit gesenktem Kopf ihr Glas hin und her. Nach einer langen Pause atmete sie tief durch. Jetzt durchschaute sie seine Taktik. Wie ein dummes Gör war sie darauf hereingefallen. Erst bemühte er sich um sie, bis sie mit ihm ins Bett stieg, dann zeigte er ihr die kalte Schulter und brachte sie dazu, ihm nachzulaufen. Ein uralter Trick, wie oft hatte sie sich über Romane geärgert, in denen Frauen so dumm dargestellt wurden und den Männern in die Falle nachliefen. Dass sie selbst ... Aber da war es zu spät gewesen und er hatte sie nie mit anderen Frauen betrogen. Belogen, getäuscht, hingehalten, ja, aber nicht betrogen. Rogge schaute sie stumm an und spürte, wie seine Zweifel wieder wuchsen.

»Vor diesem Abend in Kassel hat er das Wort ›Liga‹ nie ausgesprochen?«

Nein. Nicht direkt. Manchmal hatte Zinneck ein Konsortium erwähnt und darunter hatte sie sich eine Gruppe von Kaufleuten oder Financiers vorgestellt, mit denen er über Kreuz geraten war. Doch warum – sie zuckte die Achseln. Geschäftlich ging's ihm nicht schlecht, Geld war immer da, und Charlottes leise Befürchtung, Zinneck habe es auf ihr Erbe abgesehen, war schnell verflogen. Nur diese Unruhe, dieses ewige Umziehen, Weiterziehen ... Natürlich stimmte was nicht mit ihm, und als Zinneck sich weigerte, ihr Rede und Antwort zu stehen, starb ihre Liebe.

Warum hatte Zinneck sie überhaupt geheiratet – oder, wenn alle Einzelheiten stimmten, so getan, als heiratete er sie? An ihrem Geld schien er nicht interessiert zu sein, große Liebe hatte er für sie wohl auch nicht empfunden, da drängte sich natürlich der Verdacht auf, dass er Charlotte als Schutz benötigte. Falls Zinneck wirklich vor diesem Konsortium geflohen war, das sich vor einer Zeugin hüten musste. Denkbar, sozusagen um vier oder fünf Ecken gedacht, und so schien Zinneck vorgegangen zu sein, war auch ein anderes Motiv. Eine reiche Erbin erklärte, dass Zinneck über viel Geld verfügte, zumindest nach außen hin, und wenn er bei einem Geschäft, in das er als V-Mann eingeschleust worden war, wirklich ›abgesahnt‹ hatte, würde sein Führungspersonal eine Begründung für diesen plötzlichen Reichtum verlangen. Zinneck wäre nicht der erste V-Mann gewesen, der zuletzt drei Herren diente, dem Auftraggeber, den Überwachten und sich selbst. In dieser Grauzone von Lüge, Gefahr und Abenteuer versagten viele, weil die tägliche Anspannung sie überforderte und die ständige Versuchung Maßstäbe verschob. Wenn Rogge mit einem Informanten redete, ging er immer davon aus, dass der Mann seine Kenntnisse auch der anderen Seiten verkaufte, aus Geldgier und aus Selbstschutz.

Charlottes vorwurfsvolles Hüsteln riss ihn aus seiner Grübelei: »Soll ich Ihnen mal sagen, was ich heute wirklich glaube?«

Rogge blubberte ein Ja und beäugte sie aufmerksam.

»Er war ein Spieler. Keiner, der sich beim Roulette oder an diesen Automaten ruinierte, aber einer, der ohne diesen Kitzel nicht leben konnte, alles auf eine Karte zu setzen.«

»Ja«, stimmte Rogge zu und lächelte befreit. »Zu diesem Schluss bin ich auch gekommen.«

»Dann verraten Sie mir mal, wieso ich ausgerechnet auf einen Spieler hereingefallen bin.«

Mit der Antwort ließ Rogge sich viel Zeit. Charlotte war eine hübsche, attraktive und intelligente Frau; selbst das billige Kleidchen, das sie in Neuenburg gekauft hatte, stand ihr gut und das Dämmerlicht in der niedrigen Gaststube verdeckte die Müdigkeit in ihrem Gesicht. Ob sie eine ernsthafte Frage gestellt hatte? Natürlich konnte Rogge sie trösten: Säufer und Spieler entwickelten fantastische Fähigkeiten, ihre Umgebung zu täuschen, ihre Sucht zu verheimlichen. Und ein Betrüger, der nicht charmant und zuvorkommend auftrat, hatte seinen Beruf verfehlt. Aber wollte sie das alles wirklich hören?

Charlotte schnitt eine ironische Grimasse: »Hiermit ziehe ich meine Frage zurück.«

»Meine Antwort hätte Sie auch nicht überzeugt.«
»Ich heiße tatsächlich Charlotte.«
Er verbeugte sich: »Jens.«
»Aber eine Verkürzung kann ich nicht leiden.«
»Charly, nicht wahr?«

Sonntag, 1. Oktober

Rogge hatte wie ein Toter geschlafen, und ohne diese Erschöpfung wäre es nicht bei einem Kuss vor der Zimmertür geblieben. Doch so war es besser, sie mussten sich heute trennen und sie konnten sich unbefangen ansehen. Ein böser Traum hatte ihn aufgeweckt, ein junger, gesichtsloser Mann mit zwei Pistolen in den Händen stürmte auf ihn los und schoss an ihm vorbei, traf einen anderen, der ebenfalls bewaffnet war und tot zusammenbrach. Den Wunsch seines Unterbewusstseins, sich für den Tod des Mannes vor dem Bellhorner Motel zu rechtfertigen, verstand er, doch mit diesem Bild würde er noch lange leben müssen. Er fühlte sich nicht schuldig, sondern verantwortlich, ein winziger, doch wichtiger Unterschied, das hatte er sich eingestanden. Doch selbst wenn seine Erinnerung ihm bestätigte, dass er in Notwehr geschossen hatte, bildete das nur einen schwachen Trost.

»Wenn man zu viel geschlafen hat, ist man schrecklich faul«, begründete Charlotte ihren Wunsch nach einem weiteren Kaffee.

»Ob die Schiffe auch so denken?«

»Schon verstanden. Du bist ein Sklaventreiber.«

»Na prima, dann also auf zum Rudern.«

Zwanzig Minuten später bremste Rogge vor einem winzigen Häuschen, das mit wildem Wein bis unter das Dach zugewachsen war. Über Nacht hatte es geregnet und die schwüle Feuchtigkeit verursachte Kopfschmerzen. Um diese Zeit war die schmale Gasse menschenleer, in dem grauen Licht wirkte sie trostlos, ja schäbig.

»Muss ich mitkommen?«

Das hatte Rogge sich auch schon überlegt. »Nein, ich gehe besser alleine.«

Das verrostete Gittertor im Zaun klemmte und quietschte lauter als jede Klingel. Ein Dackel kam um die Hausecke gebraust und bellte sich die Lunge aus dem Leib, wurde aber umgehend friedlich, als sich Rogge bückte und ihn hinter den Ohren kraulte.

»Ja, Sie wünschen?« Sie stand sehr gerade, sehr aufrecht unter der Tür und blitzte ihn an. Wahrscheinlich hatte sie die achtzig erreicht, das Alter hatte seinen Tribut von ihren Kräften gefordert, jedoch nicht von ihrer Wachsamkeit.

»Guten Tag, Frau Zinneck, mein Name ist Rogge.«

»Guten Tag.« Ihre Musterung war offenbar zu ihrer Zufriedenheit ausgefallen, denn sie lächelte schwach, und wie Rogge sie einschätzte, verließ sie sich auch auf ihren Dackel, der neben Rogge saß und fröhlich hechelte.

»Ich würde mich gerne nach Ihrem Sohn Hans erkundigen«, begann Rogge sehr vorsichtig und erschrak über ihr fassungsloses Gesicht.

Sie schwankte und musste sich am Rahmen festhalten. »Nach – Hans?« Die Stimme wollte ihr nicht gehorchen.

»Ja«, nickte er zurückhaltend.

»Was soll denn … Mein Sohn ist doch tot.«

»Tot?«, echote er verwirrt.

»Hans ist vor zehn Jahren ertrunken.«

»Nein!«

»Wussten Sie das nicht?«

»Nei…ein«, stotterte Rogge. An ihren Worten zweifelte er nicht, dazu hatte sie zu entsetzt und zu spontan geantwortet.

»Wie kommen Sie dazu – was ist denn passiert?«

So geriet man in Klemmen und jetzt musste Rogge aufpassen, dass er sich einigermaßen elegant herauswand: »Nein, das wusste ich nicht, Frau Zinneck. Es tut mir Leid, ich wollte nicht …«

»Das ist lange her«, unterbrach sie ihn würdevoll. Der Dackel gähnte.

»Es muss sich um ein Missverständnis handeln. Ich suche einen Hans Zinneck, von dem ich nur weiß, dass er in Lindau geboren worden ist.«

»Hans ist in Lindau zur Welt gekommen«, sagte sie, jetzt zeigte sie ihren Argwohn offen.

»Ja«, stimmte er schnell zu, »aber mein Hans Zinneck hat vor zwei Jahren noch gelebt.«

»Dann ist er nicht mein Sohn«, behauptete sie fest. Der Dackel konnte ihre Gedanken lesen und schob sich leise knurrend ins Haus. »Auf Wiedersehen.«

»Auf Wiedersehen«, erwiderte Rogge betäubt und rührte sich nicht, bis er hörte, dass sie den Schlüssel im Schloss drehte. Drinnen verabschiedete sich der Dackel mit einem unfreundlichen Wuff, Rogge drehte sich um und stakste zur Straße zurück. Also hatte Charlotte wohl doch die Wahrheit ... Rogge erstarrte, eine Hand noch am Griff des Törchens.

Zwei Männer, wie aus dem Boden emporgewachsen, versperrten ihm den Weg und musterten ihn finster. Der linke mochte Mitte zwanzig sein und die Natur hatte ihm wohl mehr Muskeln als Grips mitgegeben. Dagegen besaß der rechte, gut zehn Jahre älter und kleiner, ein intelligentes, aber gemeines Gesicht.

»Wer sind Sie? Was machen Sie hier?«, fuhr der Gemeine Rogge an.

Wäre dieser arrogante Tonfall nicht gewesen, hätte Rogge versucht, sich herauszuschwindeln oder sie mit einem Bluff abzuschütteln, doch jetzt schoss die Wut wie eine Hitzewelle in ihm hoch.

»Ich hab Sie was gefragt!«

Wenn es sein musste, funktionierten die Reflexe immer noch. Mit aller Wucht trat Rogge dem Arroganten zwischen die Beine und traf, der Mann klappte laut aufschreiend wie ein Taschenmesser nach vorn, der Schläger, eine Sekunde lang von dem plötzlichen Angriff überrumpelt, bewegte sich schon vorwärts, doch Rogge tänzelte bereits zur Seite, aus der Reichweite des Brüllenden, der sich zu Boden fallen ließ, und riss die Pistole aus dem Halfter. Wieder zögerte der Bullige, der über seinen sich windenden Kumpel hinwegsteigen musste, gerade ausreichend lange, dass Rogge entsichern und durchladen konnte. Zwei, drei Sekunden standen sie wie die biblischen Salzsäulen einander gegenüber, der andere wimmerte und presste beide Hände auf seinen Unterleib. Dann senkte Rogge die Waffe auf den Mann am Boden.

»Zurück!«, befahl er und selbst der Schläger begriff, dass es hier jemand ernst meinte. Millimeterweise schob er sich zurück.

»Noch weiter. Schneller.«

Der Mann gehorchte, Rogge wechselte die Pistole in die linke Hand und bückte sich zu dem Arroganten, presste ihm die Waffe an den Kopf: »Sag deinem Freund, dass er abhauen soll, und zwar ganz schnell und ganz weit.«

»Was soll … ich kann …«

»Ich zähle bis drei. Eins …«

»Hau ab! Los!« Vor Angst schrillte seine Stimme, der Schläger kratzte sich unschlüssig am Kopf und Rogge rief laut: »Zwei …«

»Nun mach schon, du Idiot!«

Langsam drehte sich der andere um und entfernte sich, verfiel in einen merkwürdigen Zockeltrab.

»Dein Glück!«, zischte Rogge.

»Was … was wollen Sie?«

»Erst einmal möchte ich deine Waffe, wenn du eine hast. Und bitte ganz langsam, ich bin sehr nervös.« Seine Stimme zitterte tatsächlich vor Wut.

»Ich habe – ja …« Unendlich vorsichtig, als könne er jeden Moment einen empfindlichen Zünder berühren, griff der Arrogante unter die Jacke, Rogge drückte die Pistole fester an seine Schläfe, die Hand bewegte sich noch langsamer zurück. Tatsächlich, eine Pistole. Und kein Finger am Abzug.

»Gib mir die Waffe, Hand am Lauf.«

Irgendwo wurde ein Fenster geöffnet, eine Männerstimme rief: »Ist was passiert?«

»Kann jederzeit geschehen«, zischte Rogge leise.

»Soll ich den Notarzt rufen?«

»Der käme zu spät!«, knurrte Rogge und riss dem Arroganten die Waffe aus der Hand, richtete sich auf und trat schnell zwei Schritte zurück, noch immer auf den Liegenden zielend.

Der Zuschauer vergaß seine staatsbürgerliche Pflicht zur Hilfe und staunte über den Livekrimi in seiner Gasse.

»Bleib noch liegen. Ich werde dir eine Quittung für die Waffe geben.«

»Wa...as?« Die Angst hatte den Schmerz betäubt und jetzt siegte die Verblüffung. »Was wollen Sie?«

Die Marke kannte er nicht, ein großes Kaliber, wahrscheinlich neun Millimeter. Einen Besen samt anhängender Putzfrau wollte Rogge fressen, wenn das eine Dienstwaffe war. Der Mann rollte sich herum, um ihn zu beobachten, das Gesicht immer noch vor Schreck und Schmerz verzerrt, aber er wagte nicht aufzustehen.

Rogge steckte die Pistole in eine Jackentasche und holte mit einer Hand mühsam Brieftasche und Kugelschreiber hervor, bückte sich wieder, legte das Ledermäppchen auf das Pflaster, holte eine Visitenkarte heraus und schrieb, immer wieder auf den Arroganten schielend: *Quittung über eine 9-mm-Pistole. Lindau, 1. Oktober.*

Die Karte legte Rogge vor sich hin, stand auf und zog sich noch weiter zurück.

»Ich rufe die Polizei!«, drohte der Zuschauer nun mit maximaler Lautstärke.

»Nimm die Karte und verschwinde. Du hast ja gehört, gleich kommt die Polizei!«

Auf allen vieren kroch der Typ bis zu der Karte, nahm sie auf, las Vorder- und Rückseite und fletschte die Zähne. Aus hilfloser Wut oder vor Jähzorn?

Rogge zielte unbewegt auf ihn, der Mann steckte die Karte ein und quälte sich hoch, taumelte, aber den Trick hatte Rogge einkalkuliert und war noch drei Schritte zurückgetreten.

»Lieber nicht!«, warnte er.

Damit hatte Rogge ihn wohl endgültig überzeugt, der Arrogante drehte sich um und wankte davon, seinem Kumpel hinterher, der an der nächsten Kreuzung wartete. Zwei Minuten. Die beiden Männer trafen zusammen, drehten sich nach Rogge um, der sich nicht bewegt hatte. Dreißig Sekunden Beratung, dann gondelten sie um die Häuserecke außer Sicht.

Schnell ging Rogge auf seinen Wagen zu; Charlotte hatte sich tief nach unten rutschen lassen und betrachtete ihn aus weit aufgerissenen Augen, totenbleich, vor Angst wie paralysiert.

»Später!« Der Motor gehorchte, Rogge wendete in bester Kavaliersmanier mit kreischenden Reifen und gab Gas; im Rückspiegel sah er zwei Gestalten, der eine hoppelte ungeschickt und kam nicht so schnell voran, wie sein Kumpel wünschte, ihr Auto musste in der Nähe des Zinneck-Häuschens parken, aber sie brauchten zu lange; bis sie ihn verfolgen konnten, war Rogge außer Sicht.

»Wer – wer – was war das?«

Fünf Minuten raste Rogge kreuz und quer durch Seitenstraßen, landete auf einer Landstraße und missachtete Tempo 100. Erst als sie sich einer Kreuzung mit einer Bundesstraße näherten, vor der Lindau/Zentrum angezeigt war, entspannte er sich.

»Ich weiß es nicht«, sagte Rogge, was nur halb gelogen war.

»Haben die auf uns gewartet?«

»Ja und nein.« Mit viel Gas schoss er nach rechts auf die Bundesstraße, der Fahrer hinter ihm bediente virtuos seine Lichthupe. »Nicht speziell auf dich oder mich, aber auf Leute, die sich für Mutter Zinneck interessieren.«

»Warum denn das?«

»Um herauszufinden, ob einer die falsche Identität des Hans Zinneck durchschaut hat.«

»War sie denn falsch?«

»Ja. Die Mutter hat mir erzählt, dass ihr Sohn Hans vor zehn Jahren ertrunken ist.«

Nach zwei Minuten flüsterte Charlotte: »Die arme Frau.«

Er schaute starr geradeaus.

Auf der ›Insel‹ stellte Rogge den Wagen in einem Parkhaus ab. Vielleicht hatten sie sich doch sein Kennzeichen gemerkt und unnütze Risiken sollte man sich ersparen.

Bis zur nächsten Abfahrt der Fähre bummelten sie wortlos durch die Stadt, es war alles gesagt, sie würden sich nicht wieder sehen.

Am Anleger küsste sie ihn flüchtig: »Danke, Jens.«

»Alles Gute.«

An Bord winkte Charlotte ihm noch einmal zu, Rogge hob die Hand und hockte sich auf ein Mäuerchen, bis das Schiff abgelegt und volle Fahrt aufgenommen hatte. Dann warf er die Zigarette fort.

Auf der Autobahn döste Rogge bei einem gemächlichen Tempo vor sich hin. Wer immer diesen Wolfgang Tepper mit falschen Personalpapieren ausgestattet hatte, pokerte hoch, aber mit Umsicht. Eine Legende aufzubauen war gar nicht so leicht, und eine der Hürden bildete die Gefahr, dass sich jemand an dem ausgewählten Geburtsort informierte, ob wirklich an dem angegebenen Tag ein XY dort geboren worden war. Unterstellt, für Tepper waren falsche Papiere benötigt worden – wer machte sich die Mühe, dafür die Personalien plus Universitätsdiplom eines vor zehn Jahren verunglückten Mannes zu besorgen? Wer konnte überhaupt wissen, dass jemand vor so langer Zeit ertrunken war? Irgendein Gauner, der Papiere fälschte? Klang das nicht eher nach einer Behörde, die alles immer ganz genau erledigte? Bürokratisch korrekt? Und wenn das so war – gewann dann Charlottes Behauptung, Wolfgang Tepper/Hans Zinneck habe als V-Mann für den BND gearbeitet, nicht an Glaubwürdigkeit? Und falls Rogge das bejahte: Hieß das nicht auch, dass es tatsächlich eine Liga gab, mit den verrückt-verbrecherischen Zielen, die Charlotte geschildert hatte?

Plötzlich lachte Rogge laut auf. Wie von selbst war er auf einen Parkplatz eingebogen. Er stellte den Karren ordentlich in eine Bucht und stieg aus. Am Himmel jagten dunkle Wolken schnell nach Osten und die Temperatur war fühlbar gesunken. Am Tisch nebenan hatte eine Familie zum Picknick gerüstet, sein Magen knurrte laut.

Wahrscheinlich ungewollt hatte Charlotte ihm ein paar wichtige Anhaltspunkte geliefert. Charlotte Bongartz, 38 Jahre alt, aus einer reichen Nürnberger Familie stammend, der Vater gestorben, als sie etwa 18 oder 19 war, sechs oder sieben Jahre später die Mutter, nach Frankreich verzogen, zum Schluss nahe bei Cannes wohnend – wenn er Charlotte noch mal finden musste, konnte er sie aufstöbern. Aber musste er das? Wer wollte ihn dazu zwingen? Rogge rauchte und schnupperte. Wie hatten die Eltern die Gulaschsuppe warm gehalten? Nur einmal angenommen, Charlotte hatte sich nicht getäuscht, sondern genau beobachtet, dann hatten zwei Gruppen sie beschattet. Die Ligisten und irgendein Dienst. Schön. Die einen fürchteten, sie könne ihr Gedächtnis wiedererlangen und dann ausplaudern, was ihr Hans Zinneck/Wolfgang Tepper anvertraut hatte. Das sprach für die Liga und genauso hatte sie kombiniert: kein Gedächtnis – keine Gefahr, dass sie etwas verriet – kein Grund, sie zu beseitigen. Aber welchen Grund sollte der Dienst gehabt haben, sich an ihre Fersen zu heften? Wenn Tepper/Zinneck wirklich als V-Mann eingesetzt gewesen war, gab es dafür nur eine überzeugende Erklärung: Der Dienst hatte seinen Agenten aus den Augen verloren und erwartete, Tepper/Zinneck werde sich bei Charlotte melden. Deren Aufenthaltsort er – wie übrigens auch die Liga – spätestens aus der ›XY … ungelöst‹-Sendung erfahren hatte. Das hieß aber auch: Der Dienst wusste nichts davon, dass Tepper/Zinneck ermordet worden war.

Gut, denkbar, dass die eine Seite einen Überläufer beseitigt hatte und nun fürchtete, Charlotte habe am Abend des 15. September des vorigen Jahres in der Kassler Villa Beelestraße doch etwas bemerkt, was den Mörder überführen konnte. Denkbar, aber nicht sehr wahrscheinlich. Auf der anderen Seite – Rogge legte den Kopf weit in den Nacken und starrte in den Himmel hinauf. Beide, Liga wie Dienst, hatten Charlotte verloren, als sie sich halb nackt in das Auto setzte und einfach losfuhr, den oder die Täter abhängte. War das überhaupt möglich, in ihrem Zustand Auto zu fahren? Ihre Geschichte musste ja nicht stimmen; vielleicht hatte sie ihren Mann erschossen und sich dabei mit Blut besudelt, vielleicht hatte sie danach fliehen müssen, weil jemand ins Haus gekommen war oder sie die Nerven verloren hatte. Hatte sie Benno auf dem Parkplatz Feltenwiese bemerkt und gewähren lassen, um das verräterische Auto loszuwerden? Was zum Teufel sollte Rogge glauben?

Die große Erleuchtung blieb aus. Nebenan packte die Familie ein. Für ein halbes Käsebrötchen hätte er jetzt fast jeden Preis gezahlt, aber die Mutter jammerte dem Vater vor, es wäre nichts übrig geblieben.

In Herlingen herrschte ein fast bedrückender Sonntagsfrieden, nur zwei abgestellte Autos auf dem menschenleeren Marktplatz.

Wibbeke ließ mit schuldbewusster Miene die Zeitschrift sinken, als Rogge das Revier betrat.

»Herr Rogge. Wir haben Sie schon überall gesucht.«

»Ich war am Bodensee«, wich er aus.

»Es ist – nun ja, es ist etwas passiert«, sagte Wibbeke lahm und faltete das Blatt zusammen, wobei er Rogges Blick mied. Im Wachzimmer lachte die Mannschaft wie über einen guten Witz laut auf und Rogge schüttelte entmutigt den Kopf: »Spendieren Sie mir einen Kaffee?«

»Sicher.« Im Nebenzimmer waren sie ungestört und der Oberkommissar schloss umständlich die Tür. Das Fenster stand einen Spalt auf, es zog kühl herein.

»Marlene Fuhrmann«, begann Wibbeke zögernd. Er fühlte sich nicht wohl in seiner Haut und Rogge ahnte, dass er sich Vorwürfe machte.

»Was ist mit ihr?«

»Selbstmord.«

Das Wort hing lange zwischen ihnen und Rogge hätte am liebsten den Kopf auf die Arme gelegt und geschlafen. Nur nichts mehr hören, endlich abschalten, alles vergessen.

»Fuhrmann hat gestern Abend angerufen.«

Der Kaffee schmeckte nicht mehr, er hatte zu lange in der Thermoskanne gestanden. Trotzdem trank Rogge wie ein Verdurstender und verzog bei dem muffigen Nachgeschmack das Gesicht.

»Sie hat sich erschossen.«

»Warum? Warum bloß, Herr Wibbeke?«

»Es gibt keinen Abschiedsbrief … Nein, nein, einwandfrei Suizid. Wir mussten die Tür aufbrechen. Aber das lag in ihrem Zimmer auf dem Tisch.«

Der *Stockerbote* vom Samstag. Das schreckliche Busunglück

war mit Bildern auf Seite eins gelandet. Vier Tote, zweiundzwanzig Verletzte, davon sieben schwer. Auf der Aufschlagseite des Lokalteils hatte Ilse Matussek einen Aufsetzer geschrieben, sehr korrekt, wie er las. *Ein Hauptkommissar R. quartierte sich im Stockauer Bären ein, um die Identität ... Charlotte mit Vornamen ... im Zuge der Ermittlungen drei Männer vorübergehend festgenommen ... Diebstahl, Hehlerei, Autoraub ... und der Verdacht, dass es sich bei dem Tod des Kindes Martin Lohse nicht um einen Verkehrsunfall mit Fahrerflucht handelte ...*

»Was sagt Fuhrmann dazu?« Jedes Wort fiel Rogge schwer, die Zunge gehorchte ihm nicht mehr.

»Wenig. Dass ihre Ehe in die Brüche ging, als feststand, dass sie keine Kinder bekommen konnte. Danach hat sie sich verändert. Er gibt das Verhältnis mit Angela Lohse zu, auch, dass er der Vater von Martin ist – oder war –, aber er ist felsenfest davon überzeugt, dass seine Frau nie etwas von seiner Affäre erfahren hat.«

»Das würde ich an seiner Stelle auch behaupten.«

»Natürlich. Er war nicht – erschüttert, nicht wirklich entsetzt, meine ich. Durcheinander, verwirrt, kopflos, das schon, aber wirkliche Trauer um seine Frau – nein, die empfindet er nicht.«

»Den Heldenmut hat Fuhrmann nicht erfunden. Es hat nicht einmal zu einer Scheidung gelangt.«

»Ja, er ist ein Weichei. Und das hat mich auf eine Idee gebracht. Ich habe mit Monika gesprochen. Mit Monika Ziegler, der Arzthelferin. Nicht amtlich – na ja, oder doch, halb sozusagen. Sie hat bestätigt, dass die Frau des Chefs krankhaft eifersüchtig war. Auch auf sie, bis dann dieser Ökofax auftauchte. Haben Sie das gewusst?«

»Dass Monika Ziegler mit Johann Thelen ...?«

»Nein, dass ausgerechnet Marlene so eifersüchtig gewesen ist?«

»Hatte sie denn Grund dazu?«

»Gemunkelt wird's seit langer Zeit. Und bei der Frau ...«

Mutlos schüttelte Rogge den Kopf. Wibbeke war ans Fenster gegangen und starrte in die Dämmerung hinaus. Jahrelang war scheinbar alles glatt verlaufen, dann kulminierten die Ereignisse, weil ein Fremder wegen einer fremden Sache aufkreuzte. Jemand warf einen Stein ins Wasser und ein Damm brach. Ursache und Wirkung schienen nicht in einem begreifbaren, geschweige denn logischen Verhältnis zu stehen.

»Von ihrem Jähzorn hatte sie schon einige Kostproben geliefert, Marlene Fuhrmann, meine ich. Einiges hat ihr Mann vertuscht oder mit Geld geregelt, bei anderen Vorfällen bin ich – na ja, wenn man vom Rathaus kommt ...« Nachdrücklich verriegelte Wibbeke das Fenster und drehte sich um: »Der Tod von Angis Sohn ist also weiterhin ungeklärt.«

»Ja. Hat sich die Wirtin wegen des Artikels bei Ihnen gemeldet?«

»Nein. Und ich bin dankbar für jede Stunde, die sie damit wartet. Was soll ich ihr denn sagen?«

»Ich muss gehen, sonst schlafe ich hier ein.«

»Einen Moment noch, Herr Rogge. Fuhrmann schwört Stein und Bein, er habe nichts von der Pistole gewusst, mit der seine Frau sich erschossen hat. Und auch nichts von dem Gewehr.«

»Welchem Gewehr?«

»Das wir in ihrem Zimmer auf dem Kleiderschrank gefunden haben.«

Rogge brauchte einen Moment, bis er die Bedeutung verstand: »Ein Gewehr? Also hat sie auf mich geschossen?«

»Benno leugnet stur.« Wibbeke zuckte die Achseln und Rogge spürte seinen Widerstand.

Was wussten sie schon, wie es in den Köpfen und Seelen aussah. Fuhrmann würde nie zugeben, dass er jungen Frauen nachstieg, und noch viel weniger, dass seine frustrierte Frau gewalttätige Neigungen besessen hatte. Wenn es überhaupt so gewesen war, wenn sie Martin Lohse getötet und auf Rogge geschossen hatte. Keiner würde jetzt noch etwas zugeben, an der Fassade durfte nicht weiter gekratzt werden. Den Schützen würden sie nie finden und überführen, aber Rogge konnte Wibbeke schlecht erklären, warum er keinen Wert darauf legte.

»Haben Sie Ihren Fall abgeschlossen?«

Nach einer Weile schaute Rogge hoch. Hatte er das? War es

überhaupt ein Fall gewesen, der eingeleitet und formell abgeschlossen wurde? Eine Minute sinnierte er und grinste endlich verlegen: »Ich weiß es nicht. Wahrscheinlich.«

Wibbeke zog die Augenbrauen hoch, diese Aussage verstand er nicht, doch als er Rogges Blick auffing, verzichtete er auf weitere Fragen. Widerwillig teilte er mit: »Ilse Matussek vom *Stockerboten* bittet dringend um einen Anruf.«

»Ich werd's nicht vergessen.«

Kili musste er auch sofort anrufen, wegen der Diskette.

Vor dem Revier rief er Kili über Handy zu Hause an, doch der stöhnte sofort auf: »Nichts, Chef, heute nicht. Heute kriegst du mich nicht hier raus.«

Trotz seiner Müdigkeit schaltete Rogge sofort. »Das ist Jasmin, die da im Hintergrund so fröhlich trällert.«

»Sie ist es. Sie hat für uns gekocht. Was sagst du nun?«

»Gar nichts. Das Glück will ich nicht stören. Ich brauche nur die Diskette, die ich dir gegeben habe. Hast du sie lesen können?«

»Ich nicht, aber mein Computer. Ein merkwürdiges Zeug.«

»Kann man es ausdrucken? Und besser noch, kann man die Diskette kopieren?«

»Aber sicher doch.«

»Würde beides dein Glück bei Jasmin nachhaltig stören?«

»Nein, wenn du nicht zu lang bleibst.«

»Schon kapiert. Ich bringe eine junge Dame zum Essen mit und gleich anschließend verschwinden wir mit Ausdruck und kopierter Diskette.«

»Der Teufel soll dich holen.«

»Vorsicht, Kili, noch so ein frommer Wunsch und ich benutze in Jasmins Gegenwart die Wörter Trauzeuge und Standesamt.«

»Eine solche Gemeinheit würdest du fertig kriegen?«

»Aber spielend.«

Ilse Matussek wunderte sich sehr, als Rogge anrief und sie zum Essen bei seinem Kollegen Haindl einlud. Weil er am Telefon nichts erklären wollte, stimmte sie zu und staunte nicht schlecht, als sie Kilis Domizil betrat.

»Das kann sich ein Kriminalhauptmeister leisten?«

»Wenn er den richtigen Onkel hat – jederzeit.«

Zu Rogges Erstaunen verstanden sich die beiden so gegensätzlichen Frauen auf den ersten Blick und Jasmin Köhler hatte sowieso wieder einmal für eine Kompanie gekocht.

Als die Journalistin ächzend aufbrach, Ausdruck und Diskette einpackte, warnte Rogge: »Passen Sie auf, dass Sie sich keine einstweilige Verfügung einfangen oder eine Kugel. Sie stochern in einem gefährlichen Hornissennest.«

XVII.

Sie trafen sich auf einem Parkplatz im Westerwald und begrüßten sich erst, als die anderen Spaziergänger hinter der Wegbiegung verschwunden waren. Hier oben fächelte um diese Morgenstunde noch ein lausig kalter Wind, aber die Sonne schien aus einem klaren Himmel und im Tal löste sich der Dunst rasch auf. Reincke fröstelte und schlug ein schnelles Tempo an.

»Tut mir Leid, Jockel, aber es geht nicht mehr ohne Informationen, wenn wir nicht riskieren wollen, dass uns die Kiste völlig aus dem Ruder läuft.«

»Ich habe alle Aktivitäten einstellen lassen.«

»Gut, aber die Presse ist wach geworden. So ein winziges Provinz-Käseblättchen aus Herlingen hat gestern Morgen über den Zusammenhang mit einer Organisation namens Liga spekuliert. Unter Berufung auf einen Kriminalbeamten. Wir müssen uns auf eine Sprachregelung zur Schadensbegrenzung einigen.«

»Das ist eine lange komplizierte Geschichte«, begann Pertz widerwillig. »Ich weiß nicht, ob du die Hintergründe kennst.«

»Nein, nicht im Zusammenhang.«

»Dann fange ich am besten bei Adam und Eva an.«

»Geht's etwas zügiger?«

»Doch, lässt sich machen. Am Anfang war der BND.«

»Du meinst, das Chaos.«

»Nein, ich rede von dem neuen Spielzeug. Irgendein kluger Kopf hatte beim Abhören der Bänder, die sich wegen eines programmierten Stichworts angeblich automatisch in den Telefonverkehr einschalten, mehrfach das Wort ›Liga‹ gehört und sich gewundert, was das bedeuten soll.«

»Wie hieß denn das programmierte Wort?«, fragte Reincke neugierig und Pertz zog den Kopf ein: »Landmaschinen.«

»Also geriet das Wort ›Liga‹ auf die Computerliste und die brennende Frage, wer oder was diese ›Liga‹ war, gab der BND, wie ich mal vermute, an den Verfassungsschutz weiter.«

»Oder an den Staatsschutz, das weiß ich auch nicht. Da sind die Verbindungen ohnehin enger, als mir gefällt.«

»Und wenn Liga und Landmaschinen zusammen ertönten, wurde das Zollkriminalamt eingeschaltet.«

»Du weißt ganz genau, mein Bester, dass einige Waffenexporte als Ausfuhr von Landmaschinen getarnt worden sind.«

»Das leugne ich nicht.«

»Dummerweise gebrauchten auch Angehörige der Bundeswehr das Wort Liga.«

Reincke blieb stehen und hielt Pertz am Ärmel fest: »Sag mal, wie viel hundert Anschlüsse habt ihr denn überwacht?«

»So schlimm war's nicht, nur eine zweistellige Zahl.«

Kopfschüttelnd schlenderte Reincke weiter. »Also waren jetzt schon BND, MAD, Verfassungsschutz und Zollkriminalamt daran beteiligt.«

»Was glaubst du denn, warum man mich mit der Koordinierung beauftragt hat?«

»Das Durcheinander kann ich mir gut vorstellen.«

»Nein, kannst du nicht«, berichtigte Pertz bedrückt. »Denn jetzt wird's richtig bunt. Eines Tages bekomme ich einen Verfassungsschutzbericht in die Finger …«

»Seit wann tauscht ihr eure Berichte aus?«

Das hatte Pertz nicht gehört. »… in dem eine Organisation namens Liga erwähnt wird. Nichts Genaues wusste der Schreiber nicht. Ein loser Zusammenschluss von Konservativen, wahrscheinlich international arbeitend. Der Laden soll sich die Abschaffung der parlamentarischen Demokratie und den Aufbau einer ständischen Hierarchie zum Ziel gesetzt haben.«

»Albern!«, platzte Reincke heraus, doch Pertz wehrte nachdenklich ab: »Nein, nicht unbedingt. Es gibt viele Spinner, nicht nur in Deutschland. Immerhin reichte die Andeutung, um den Staatsschutz einzuschalten.«

»Jetzt geht mir ein Licht auf. Ein Knochen, an dem viele Hunde zerrten.«

»Eben. Zerren und nagen wollten. Bis mir der Papierkragen geplatzt ist und ich durchgesetzt habe, dass wir, also der BND, einen V-Mann einsetzen konnten. Um überhaupt erst mal zu klären, mit wem oder was wir es bei dieser ominösen Liga zu tun hatten.«

Reincke stoppte: »Redest du jetzt von diesem Wolfgang Tepper?«

»Ja.«

»Den habt ihr euch vor sieben – nein, fast acht Jahren von mir – na – erbeten. Und da lief die Aktion schon wie lange?«

»Zwanzig Monate.«

»Was im Klartext heißt: alles ohne gesetzliche Grundlage.«

»Aber zum Schutz der Bundesrepublik.«

»Und ihrer freiheitlich-demokratischen Grundordnung. Alles klar, ich hab kapiert, warum ihr die Aktion unbedingt unter der Decke halten müsst. Wie seid ihr überhaupt auf diesen Tepper gekommen?«

»Durch einen ganz dummen Zufall. Er telefonierte häufiger mit einem Mann, den wir als Ligisten führten, ganz harmlos, rein geschäftlich, es ging um private Investitionen.«

»Das hat dem Bundeskriminalamt gereicht, ihn anzuheuern?«, zweifelte Reincke.

»Nein. Wir hatten einen Tipp bekommen – frag mich bitte jetzt nicht nach dem genauen Weg! Mit diesem Tepper war ein gewisser Gerd Arkenthin befreundet, eine halbseidene Existenz, für den sich schon Kripo, Staatsanwaltschaften und Verfassungsschutz interessiert hatten. Gelegentlich hat er Informationen verkauft, um sich lieb Kind zu machen ...«

»Oder genauer: weil er unter Druck gesetzt wurde!«

»Ach Gott, betreiben wir hier Motivforschung? Arkenthin packte aus, dass Tepper Kundengelder veruntreut habe, händeringend nach Krediten suche und jederzeit mit Anzeigen und einem Ermittlungsverfahren rechnen müsse.«

»Eure Chance!«

Pertz blieb stehen und schaute Reincke zornig an: »Was soll der Ton?«

»Weil ich mir gut vorstellen kann, wie's weitergegangen ist.«

»So, wirklich?«

»Na klar. Ihr wolltet Tepper, aber mein Freund Hommel hätte bei eindeutigen Beweisen nie gewagt, seinem Staatsanwalt die Einstellung des Verfahrens zu befehlen. Also musstet ihr dafür sorgen, dass Tepper einen Hinweis bekam und belastendes Material rechtzeitig vernichten konnte.«

»Und wenn es so gewesen wäre?«

»Erstens ist es so abgelaufen, Jockel, und zweitens habt ihr freihändig die Justiz behindert. Einen Schuldigen vor der Strafe bewahrt. Von den Geschädigten nicht zu reden.«

»Wer Dreck zur Seite schaufelt, darf sich nicht vor schmutzigen Händen ekeln.«

»Na schön, über diese Philosophie lohnt sich nicht zu streiten. Der BND hat also den Tepper angeheuert.«

Jockel Pertz ging weiter, in mürrisches Schweigen versunken, bis Reincke lachte: »Kapitel Rechtsstaat beendet.«

»Ja, ja, beendet – okay, wir haben ihn übernommen und mit einer Legende ausgestattet. Hans Zinneck, die hatten wir in Reserve.«

»Dass Teppers Frau abgehauen war, kam euch zupass.«

»Klar doch. Wir haben ihn nach Frankreich geschickt.«

»O je. Ohne direkte Führung?«

Pertz sagte langsam: »Fuchs, die Geschichte war – oder ist – brisant. Nicht nur simpler Waffenexport. Sondern getarnte Investitionen in Waffenfabriken und eine Giftgasproduktionsanlage. Die Franzosen und wir haben den ganzen Ring auffliegen lassen, Tepper hat in Frankreich gute, sogar hervorragende Arbeit geleistet, daran gibt's keinen Zweifel, aber das konnte er nur, weil wir ihn an der langen Leine laufen ließen.«

»Dann war er dieser Liga auf den Pelz gerückt?«

»Sicher. Ziemlich sogar. Wir haben uns zurückgezogen, als er meldete, welche Kontakte er angebahnt hatte, wir durften ihn auf keinen Fall gefährden.«

»Schön, akzeptiert. Aber was ist nun mit ihm: Verschwunden, untergetaucht, übergelaufen oder beseitigt?«

»Frag mich was Leichteres!«, murrte Pertz nach einer Weile und kickte wütend einen Pilz vom Weg.

»Wann hat es denn den letzten Kontakt gegeben?«

»Im August vorigen Jahres. Da wollte er von Kassel nach Dresden umziehen.«

»Das ist nicht dein Ernst!«

»Doch, leider.« Er ging langsamer. »Weißt du, bei Amateuren gibt es immer eine Gefahr.«

»Dass sie Profis werden wollen?«

»So ähnlich. Eines Tages verraten sie sich, fallen auf, wecken Misstrauen. Was tut dann die Gegenseite?«

»Beseitigt den Verräter.«

»Möglich, ja, wenn sie brutal genug ist. Was auf die Liga nach allem, was wir wissen, zutrifft. Aber wenn sie klug vorgeht, wird sie vorher etwas anderes versuchen.«

»Sie will herausfinden, wer den faulen Apfel in ihre Steige praktiziert hat.«

»Und wie schützt sich der faule Apfel gegen – sagen wir – schmerzhafte Befragungen?«

»Indem er alles niederschreibt, was er weiß, das Dossier an einem sicheren Ort deponiert und verlauten lässt, es würde veröffentlicht, wenn ihm etwas zustoßen sollte.«

»Du hast gerade die Aufnahmeprüfung als V-Mann mit Auszeichnung bestanden.«

Pertz' heiterer Ton täuschte Reincke nicht. Beide Seiten waren also immer noch hinter diesem Dossier her. Die eine befürchtete Enttarnung, die andere einen politischen Skandal. Die eine Seite belauerte die andere, ob sie das Depot entdeckt hatte.

Sie waren lange genug im Geschäft und brauchten Selbstverständliches nicht auszusprechen.

Pertz räusperte sich: »Tepper war aus vielen Gründen der ideale Kandidat für uns, aber bestimmt nicht wegen seines Charakters. Mir ist bei ihm von Anfang an unwohl gewesen und deshalb haben wir ihn sorgfältig abgeschirmt.«

»Ich ahne etwas.«

»Ein Führungstrio. Jeweils einer aus dem BND, Verfassungsschutz und Zollkriminalamt.«

»Wie habt ihr die drei getarnt?«

»Als leitende Mitarbeiter einer Finanzberaterfirma.« Pertz schniefte. »Tepper wurde offiziell in dieser Firma angestellt. Natürlich unter dem Namen Zinneck.«

»Eine eigens für ihn gegründete Firma?«

»Nein, sie bestand schon länger. Für ähnliche Aufgaben.«

»In Pullach?«

»Nicht weit davon entfernt.« Zum ersten Mal grinste Pertz schadenfroh; wie viele BND-Leute liebte er seine Zentrale nicht.

»Schön, verstanden. Wie kommt nun mein Freund Rogge auf die Bühne?«

»Zinneck hatte in Frankreich eine Deutsche kennen gelernt und sich mit ihr zusammengetan. Es gibt da so ein Gerücht, dass er sie sogar geheiratet hat, aber das wäre Bigamie gewesen.«

»Soll in den besten Familien vorkommen.«

»Und ein zweites Gerücht lautet, Zinneck habe bei dem geplatzten Investitionsdeal der Liga kräftig in die eigene Tasche abgesahnt. Wie auch immer, plötzlich verließ er Hals über Kopf Frankreich.«

»Mit dieser Frau – wie heißt sie?«

»Charlotte Bongartz. Ja, mit der zusammen.«

»Und ihr? Was habt ihr unternommen?«

»Eine Zeit lang hat Tepper – äh, Zinneck noch Informationen über die Liga geliefert. Dann riss der Faden plötzlich ab und wir stellten fest, dass wir ihn und seine ›Frau‹ verloren hatten.«

Reincke hatte schon den Mund zu einer gepfefferten Bemerkung geöffnet, verschluckte sie aber, als er Pertz' gequälte Miene registrierte. Stattdessen fragte er sachlich: »Und wann habt ihr die Spur wieder aufgenommen?«

»Im März. Da wurde im ZDF, in dieser ›XY … ungelöst‹-Sendung, eine Frau vorgestellt. Totale Amnesie. Es war diese Charlotte Bongartz.«

»Ich kapiere. Also habt ihr sie überwacht, in der Hoffnung, Tepper oder Zinneck habe die Sendung auch gesehen und werde sich bei ihr melden.«

»Ja, natürlich. Aber die Sache hatte einen Haken. Den Fall bearbeitete ein Verrückter, ein Hauptkommissar Grembowski. Der Kerl ließ die Frau so ungeniert überwachen, dass sich kein vorsichtiger Mensch an sie herantraute.«

»Bis man auf dem kleinen Dienstweg …«

»Langsam, langsam. Ich hab mich geweigert, was zu unternehmen. Bis ich von dir hörte, dass Karin Tepper nach Deutschland zurückgekehrt war und ihren Mann suchte.«

»Da drängte plötzlich die Zeit.«

»Ja, ich habe den Präsidenten angerufen. Der war mir noch einen Gefallen schuldig. Er hat den zuständigen Abteilungsleiter angewiesen und der hat diesem Grembowski den Fall weggenommen.«

»Weißt du, wie dieser Abteilungsleiter heißt?«

»Simon.«

»Ach du meine Güte! Und auf deinen Wunsch hin ist Simon nichts erklärt worden?«

»Nein, es gab schon genug Mitwisser.«

»Da hast du einen Fehler begangen. Karl Simon hat einen Dickschädel, der lässt sich nicht gerne herumkommandieren. Also hat er Grembowski abgelöst und dafür Rogge auf den Amnesiefall angesetzt.«

Pertz drehte den Kopf, nur scheinbar überrascht, wahrscheinlich hatte er die Zusammenhänge längst selbst durchschaut. Und Rogge hatte die Identität dieser Inge Weber oder Charlotte Bongartz herausgefunden, der Teufel mochte wissen, wie. Dass er während seiner Recherchen in einer Hotelbar mit Karin Tepper zusammengetroffen war, gehörte zu den Zufällen, die kein Mensch glauben konnte.

Nach einer Weile holte Pertz tief Atem. Nach Reinckes Anruf hatte er lange überlegt, ob er dem Kollegen aus dem Landeskriminalamt gestehen sollte, welchen Bock sie geschossen hatten. Kein Mensch gibt gern Fehler zu, aber wenn er Reincke auch nicht sonderlich leiden mochte, so schätzte er doch dessen Fähigkeiten. Außerdem empfahl es sich gelegentlich, alles freiwillig vor einem vertrauenswürdigen Zeugen auszupacken, bevor es in entstellter Form durch schwatzhafte Kollegen oder die Presse publik wurde. Mit Ruhm hatten sich alle Beteiligten nicht bekleckert, die Liga nicht aufgerollt, den V-Mann nicht wieder aufgespürt, und bei dem diffizilen Verhältnis zwischen den Diensten und der Polizei konnten sie einen Skandal überhaupt nicht gebrauchen. Seit ihm Weinert gestanden hatte, dass Rogge und der Freund dieser Weber zwei seiner Männer überrascht, wahrscheinlich auch enttarnt hatten, hatte Pertz sich darauf eingerichtet, dass sie die Aktion abbrechen mussten. Leise, still, unauffällig beerdigen mussten. Unter Umständen benötigte er sogar Reinckes Beziehungen, um Simon und Rogge ruhig zu stellen; nach den letzten Meldungen hatte sich der Hauptkommissar gefährlich nahe an die Wahrheit herangerobbt. Und die Journalisten würden so schnell nicht lockerlassen, wenn die erschreckend präzise Meldung aus dem Provinzblatt erst einmal die Runde gemacht hatte …

»Ihr habt diese Bongartz oder Weber also als Köder benutzt?«

»Ja.«

»Wenn ihr sie durch diese Fernsehsendung wieder gefunden habt, kann die Liga sie auch entdeckt haben.«

»Hat sie, wir haben zwei ligistische Gruppen beobachtet.«

»Aber nicht festgenommen?«

»Nein.«

»Das heißt im Klartext, ihr seid bereit gewesen, die Bongartz zu opfern? Oder glaubst du, diese Liga hätte sie verschont, obwohl sie annehmen musste, dass Zinneck – oder Tepper – sie eingeweiht hatte?«

»Ja – wir hätten sie geopfert. Nein – die Liga hätte sie nicht verschont. Ich habe an diese Amnesie-Kiste nie geglaubt. Warum ist sie dann sofort untergetaucht, als dieser Rogge sie mit ihrem wahren Namen konfrontierte?«

Darauf antwortete Reincke nicht. Einen Menschen ungeschützt herumirren zu lassen, an dessen Fersen sich gefährliche Verschwörer geheftet hatten, behagte ihm nicht, aber er würde sich hüten, Pertz deswegen Vorwürfe zu machen. Die Entscheidung war ihm mit Sicherheit nicht leicht gefallen, so weit kannte er Pertz, und zu ihrem Geschäft gehörte auch, dass einer die Verantwortung übernehmen musste und die anderen ihm nicht hereinredeten.

»Hast du eine Ahnung, wo Tepper und diese Bongartz jetzt stecken?«

»Nein. Ich will's auch gar nicht erfahren. Weißt du, der BND – Ellwein – hat die Finanzierung eines Spionagerings wenn nicht zerschlagen, so doch unterbrochen, Gönter, also das Zollkriminalamt, hat einen Waffenhändler hochgehen lassen, nur der arme Verfassungsschutz hat keinen Erfolg verbuchen können. Jetzt wollen wir die ganze Affäre nur noch ohne Schaden abschließen. Charlotte Bongartz drücken wir die Daumen; mehr können und wollen wir nicht mehr tun.«

Krimis von Jan Zweyer

Glück auf, Glück ab
ISBN 3-89425-212-X
Der erste Krimi mit Rainer Esch
Der Fahrsteiger Klaus Westhoff wird tot aufgefunden. Selbstmord, sagt die Polizei. Doch warum? Stefanie, Rainer Esch und Cengiz Kaya stoßen auf eine dubiose Investmentfirma.

Alte Genossen
ISBN 3-89425-221-9
Der zweite Krimi mit Rainer Esch
Die lukrative Tour für Taxifahrer Rainer Esch ist die letzte Fahrt von Jürgen Grohlers: Er wird erschossen. Und Esch wird fortan bedroht.

Siebte Sohle, Querschlag West
ISBN 3-89425-230-8
Der dritte Krimi mit Rainer Esch
Mord auf der siebten Sohle! Ein Bergmann wird tot aufgefunden. Schnell findet die Polizei einen Verdächtigen mit Gelegenheit und Motiv.

Tödliches Abseits
ISBN 3-89425-234-0
Der vierte Krimi mit Rainer Esch
Ein toter BVB-Anhänger, ein toter Bayern-Fan, ein toter HSF-Freund: Meuchelt ein fanatischer Schalke-Fan die Anhänger der Konkurrenz?

Georgs Geheimnis
ISBN 3-89425-242-1
Der fünfte Krimi mit Rainer Esch
Rentner Pawlitsch will wissen, ob sich Esch im Presserecht auskennt – und am nächsten Tag hat der Anwalt das Mandat eines Toten.

Tatort Töwerland
ISBN 3-89425-253-7
Der sechste Krimi mit Rainer Esch
Insel Juist, Weihnachten. Spekulanten streiten mit Ökos um einen Golfplatzbau. Und Rainer Esch gerät in einen Interessenkonflikt.

Glänzender Tod
ISBN 3-89425-263-4
Versicherungsdetektiv Jean Büsing sucht einen für tot erklärten Kunsthändler und gerät zwischen die Fronten von Kunstmafia und Geheimdiensten.

grafit

Krimis aus den Niederlanden

***Henk Apotheker:* Ayse ist weg**
Deutsche Erstausgabe ISBN 3-89425-511-0
Arnheim: Im ›Türkenviertel‹ verschwindet ein 4-jähriges Mädchen.
»Apothekers Schreibkunst, die auch eine Heilkunst ist, hat einen lebenswarmen Kern: Es ist das Mitgefühl mit ihren Figuren.« (Die Zeit)
»Henk Apotheker konfrontiert den Leser in seinem Krimi nicht nur mit erschreckenden Geschehnissen, vielmehr erzählt er auch die Geschichte ›seines‹ Arnheims. Darüber hinaus zeichnet er mit ironischer Feder ein zeitgenössisches Sittengemälde seiner Landsleute. Kurz gesagt, ein Krimi, der spannend und deshalb lesenswert ist.« (NRZ)

***Felix Thijssen:* Cleopatra**
Deutsche Erstausgabe ISBN 3-89425-504-8
Privatdetektiv Max Winter wird in ein Geflecht aus Korruption, Erpressung, Ehebruch und Rache hineingezogen.
»Ein routiniert geschriebener Krimi mit dichter Atmosphäre und gut gezeichneten Charakteren, der bis zur letzten Seite fesselt.« (ekz-Informationsdienst)
»Hier werden europäische Elemente in einem äußerst spannenden und guten Krimi verknüpft. Die Empfehlung des Quartals!« (Briefmarken-Hammer)

***Felix Thijssen:* Isabelle**
Deutsche Erstausgabe ISBN 3-89425-513-7
Was als romantische Liebesnacht begann, endet als Tragödie: Der Liebhaber der jungen Isabelle wird vor ihren Augen erschossen, sie selbst schwer verletzt. Als die Ermittlungen der Polizei ins Stocken geraten, bittet die Witwe des Toten Max Winter um Hilfe. Eine Erbschaft, ein Waisenhaus und eine Adoption bringen den Privatdetektiv und seine Freundin CyberNel auf eine Spur, die nach Frankreich führt.

***Jac. Toes:* Auf der Strecke geblieben**
Deutsche Erstausgabe ISBN 3-89425-506-4
Der Anwalt Fred Benter und der Journalist Donald de Wacht kommen einer vertuschten Affäre aus den achtziger Jahren auf die Spur und geraten dabei selbst in Lebensgefahr.
»Subtil die Morde, subtil aber auch die Personen, die letztlich für Aufklärung sorgen.Toes baut dabei Spannung auf, die den Leser fesselt, ihn nicht mehr loslässt.« (Emsdettener Volkszeitung)
»Jac. Toes erzählt mit viel Liebe zum Detail. Sein Krimi ist mit Humor und Ironie gewürzt, auch was die niederländische Heimat des Schriftstellers angeht.« (NRZ)

***Jac. Toes:* Tief gesunken**
Deutsche Erstausgabe ISBN 3-89425-516-1
In der Arnheimer Mafia rollen Köpfe. Eine Abrechnung unter Kriminellen? Oder hat die Polizei ihre Finger im Spiel? Fred Benter, Donald de Wacht und die Polizistin Yvon Matiber kommen einer Verschwörung auf die Spur, die ihren Ursprung in politischen Ambitionen und verletzter Eitelkeit hat.